Rheinkastanie

Band 7 der Düssel - Krimis

von

Jörg Marenski

ISBN 9783738637632
Originalausgabe 2015
Copyright © 2015 by Jörg Marenski
Umschlaggestaltung: Jörg Marenski
Motiv: Himmelgeister Kastanie 2013
Fotos: Frank Laumen, Nina Fokken Printed
in Germany
Herstellung und Verlag:
BOD - Books on Demand, Norderstedt

Vorwort

Die Idee zu *Rheinkastanie* hat ihren Ursprung im Jahr 2012. Damals lernte ich mehr zufällig Andreas Vogt kennen, als er auf einem Stand des ambulanten Kinderhospizdienstes Informationen verteilte. Aus einem Gespräch wurden ein längeres Telefonat, ein Besuch und dann die Konfrontation mit der Geschichte eines sehr seltsamen Baumes.

So erfuhr ich auch von den Unglücksfällen, die rund um diesen Ort stattgefunden hatten. Andreas meinte, dies müsse doch ein Thema für einen Kriminalroman sein. Schnell waren wir uns einig, dass allein an dem Vorfall aus den 70er Jahren mehrere Faktoren äußerst merkwürdig seien. Sollte sich daraus wirklich ein Roman entwickeln lassen?

Es gingen fast drei Jahre ins Land mit Gesprächen, Recherche und Kombination aus bereits bestehenden Plots für Kriminalromane. Das Gesamtbild formte sich und die Geschichte um die *Rheinkastanie* war geboren. Viele Ereignisse in diesem Buch haben sich tatsächlich ereignet, andere Dinge entstammen der Kreativität oder dem Irrsinn des Autors ☺ und sind somit Fiktion.

Eines ist jedoch sicher: unsere Kinder leben in einer Welt, in der wir als Erwachsene besonders wachsam sein müssen, um sie zu schützen.

Von unserem Versagen handelt dieser Roman ...

Kapitel 1

Der Herbst hatte schon etwas Anheimelndes an sich. Morgens die Kühle, Fetzen von Nebelschwaden, die über den abgeernteten Feldern waberten. Goldenes und tiefrotes Laub, das die Gehwege bedeckte ... und wenn man Glück hatte, schenkte einem ein freundliches Schicksal auch noch ein paar wärmende Sonnenstrahlen im Verlauf des Tages.

Genauso ein Bilderbuchtag war es, an dem sich Andreas Vogt mit seiner Frau Sabine und vielen anderen Gleichgesinnten auf den Weg zur Himmelgeister Kastanie machte. Seit vielen Monaten war dieses Event geplant worden und nun endlich war es soweit: die Laubsammelaktion und das Kartoffelfeuer an dem Baum, der als einer der wenigen in Deutschland eine eigene Postadresse hatte. Man hatte den Stadtoberen sogar eine Ausnahmegenehmigung für die Zufahrt mit Autos aus den Rippen leiern können, sicherlich unter anderem dem Einfluss des neuen Oberbürgermeisters geschuldet, der am heutigen Tag auch erscheinen wollte.

Bereits um 11 Uhr hatte sich der Freundeskreis vor Ort eingefunden, da die Vorbereitungen doch einige Zeit in Anspruch nehmen würden. Der Besitzer eines der anliegenden Äcker hatte genehmigt, dass auf dem bereits gepflügten Feld die Feuerstelle hergerichtet werden konnte, natürlich in gebührendem Abstand von dem über 200 Jahre alten Baum, der natürlich nicht durch Funkenflug zu Schaden kommen sollte. Ein befreundeter Gastronom hatte ein kleines Catering beigesteuert und das Gartenamt war mit doppelter Manpower anwesend, um mit den erwarteten Grundschulklassen einige herbstliche Basteleien veranstalten zu können.

Andreas hob winkend die Arme, denn in der Ferne kam der sog. Jüchtgraf in vollem Ornat angestiefelt – wobei Außenstehende ihn eher für eine Imitation des Barons Münchhausen hielten, mit seinem Dreispitz und langschäftigen Reitstiefeln. Ihm folgten Schlag auf Schlag die erwarteten Medienvertreter sowie Honoratioren und Lokalprominenz. Die beiden Highlights waren hier der neue Oberbürgermeister und das kurz zuvor inthronisierte Düsseldorfer Prinzenpaar Christian II. und Venetia Claudia. Geduldig posierte man in Begleitung von Baumschutzgeist Jüchtwind (in Person von Andreas' Frau Sabine) für die Fotografen und Kameraleute.

Nach geraumer Zeit zeigten sich einige Kinder eher desinteressiert am Basteln von Kastanienmännchen oder dem Abmalen des großen Baumes. Sie fanden, dass sich die Gegend doch deutlich besser für eine Exkursion hinter den Deich eignete. So machten sich Pascal, Verena, Ludwig und Cem auf den Weg in Richtung des Transformatorenhauses, welches auf der Deichkrone stand. Dahinter befanden sich ausgedehnte Weiden, umzäunt von Stacheldraht. Die im Sommer hier weidenden Kühe hatten längst ihr Winterquartier auf den umliegenden Höfen bezogen. Also auch hier eher gähnende Langeweile. Ludwig sagte plötzlich: „Ich muss mal pinkeln!", und kletterte vorsichtig den Deich herab zu den an einem Weidezaun wachsenden Kopfweiden. „Pinkel dir nicht auf die Schuhe", war der hämische Kommentar seiner Freunde, während Verena auffällig-unauffällig ebenfalls in Richtung der Weide strebte. „Hau ab, ich kann nicht, wenn jemand zuguckt", schnauzte Ludwig die Klassenkameradin an und drehte sich von ihr ab. „Ich guck doch gar nicht, du Spacko", erwiderte sie und stapfte weiter zum nächstgelegenen Baum.

Im Nachhinein war es schwer für alle Beteiligten, sich genau an die Reihenfolge der Ereignisse zu erinnern – kein Wunder, die Kinder waren alle um die elf Jahre alt und hatten so etwas zum Glück noch nie zuvor gesehen. Einig war man sich jedoch, dass Verenas angsterfüllter Schrei der Auslöser gewesen war. Das Mädchen war um einen Baum herumgegangen, an dessen Wurzeln sich eine große Menge Laub zu einem Hügel aufgetürmt hatte. Dann hatte sie in dem Mischmasch aus braunen, gelben und roten Blättern etwas Seltsames gesehen und sich neugierig herabgebeugt. Sie schob mit der flachen Hand die oberste Blätterschicht beiseite und ... begann zu schreien! Sie schrie, wie sie es noch nie zuvor in ihrem Leben getan hatte. Sie konnte gar nicht aufhören und die Schreie wurden immer höher und spitzer. Ihre Freunde erstarrten und grinsten zunächst. „Hast du eine Maus oder ein totes Kaninchen gefunden?", fragten sie ganz männlich großspurig. Als Verena dennoch weiter kreischte, kamen sie näher. Und so unterschiedlich sie waren, so verschieden waren auch ihre Reaktionen. Ludwig fiel in die Schreie ein, Pascal beugte sich vor und erbrach sich, Cem war wie erstarrt und blickte nur auf das entsetzliche Bild, das sich ihnen darbot.

Mittlerweile hatten die ersten Erwachsenen, darunter Andreas und Sabine, den Deich rennend überschritten. Sie eilten näher, sahen die Reaktionen der Kinder und drängten sie von den Bäumen ab. Sabine reichte ein einziger Blick, um sie aschfahl werden zu lassen. Andreas versuchte angestrengt seinen Atem unter Kontrolle zu bringen, nahm das Schreckensbild in sich auf und fingerte nervös in seiner Jacke nach dem Handy. Er beschrieb der Polizeileitstelle genau den Fundort und hinterließ seine Daten.

Als er sich umwandte, stellte er fest, dass es den Helfern und Sabine gelungen war, die Kinder zum Cateringpavillon zurückzubringen. Prinz und Venetia hatten kurz entschlossen ihren Terminplan geändert und bemühten sich, den Kindern ein wenig von den Schrecknissen zu nehmen ... wohl wissend, dass sie dazu kaum in der Lage sein würden.

9

Es verging keine Viertelstunde, als man aus der Ferne das erste Polizeifahrzeug mit Blaulicht nahen sah. Immerhin, es war ein gutes Stück Weg von der Wache in Wersten. Jetzt fiel die Spannung von allen Beteiligten ab. Man konnte die Verantwortung abgeben – und mit dem nachlassenden Druck unterlag die Ratio den Emotionen und Andreas schloss seine schluchzende Frau in seine Arme.

Kapitel 2

„Also, Herr Schreiner, versuchen Sie sich bitte nochmals genau zu erinnern. Welcher Fahrzeugtyp, welche Farbe? Beim Telefonat waren Sie sich doch noch ganz sicher gewesen!" Mein Gegenüber machte den Eindruck, als ob er erst in den frühen Morgenstunden ins Bett gekommen sei.

Im Zuge der Ermittlungen in einem Gewaltverbrechen hatten wir einen potentiellen Augenzeugen an seinem Arbeitsplatz aufgesucht. Schreiner war bei einer renommierten Unternehmensberatung beschäftigt und hatte sein Büro in einer der oberen Etagen im GAP 15, einem der imposanten Bürotürme in der Düsseldorfer Innenstadt. Jupp genoss die Aussicht über die Stadt und überließ mir die leidige Befragung eines Mannes, von dem wir nicht wussten, ob er sich nur wichtigmachen wollte oder ob er einfach nur im Moment einen Blackout hatte.

„Beim besten Willen, Herr Kommissar, ich krieg das nicht mehr auf die Reihe. Wenn wir vielleicht heute Nachmittag ... oder morgen?" Das letzte Mal hatte ich so einen verzweifelt flehenden Blick beim Golden Retriever einer Freundin gesehen, der es auf mein Steak abgesehen hatte. Jupp mischte sich ein: „War wohl ein bisschen heftig vergangene Nacht?" Schreiner lächelte entschuldigend. „Ja, es waren wohl ein paar Cocktails zu viel gestern Abend. Wir waren im Kino und sind dann im Bogarts im Hafen versackt." Ich schob ihm meine Visitenkarte über den Schreibtisch. „O.k., dann eben morgen, 15 Uhr pünktlich in unserem Büro. Und dann bitte etwas substantieller, Herr Schreiner!" Ich sah ihn aufatmen.

Jupp und ich standen vor dem Aufzug und warteten. Da wandte sich mein langjähriger Freund und Kollege an mich: „Wohin geht's jetzt eigentlich? Ich mein nur, wegen der Zeit ..." Ich blickte ihn fragend an. „Na, wegen ... mein Problem ... du weißt doch!" Stimmt, ich erinnerte mich. Jupp plagte seit Wochen eine hartnäckige Blasenentzündung und bei jeder passenden und unpassenden Gelegenheit rannte er zur Toilette. „Na los, mein Alter, ab mit dir auf den Boiler!" Er ging zurück zu den Büros und verzog sich aufs „stille Örtchen". Ich nutzte die Gelegenheit, um meine Lebensgefährtin anzurufen. Sarah erholte sich nur langsam von einer sehr schweren Operation. So waren meine Anrufe meist von der Sorge geprägt, dass es ihr nicht gut ginge und ich sie zum wiederholten Male ins Krankenhaus fahre müsse. Sie nahm das Gespräch sehr schnell an. „Na, Schatz, wie sieht es aus? Wie war dein Tag bis jetzt?" Sarahs sonst fröhliche Stimme klang matt. „Soweit ganz gut, nur ein wenig müde von den Schmerzmitteln. Ich glaube, ich verstehe erst jetzt, wie sehr DU dich plagst ... und das seit Jahren!" Sie spielte damit auf meine Schmerzmittelabhängigkeit an, die Folge einer Schussverletzung vor einigen Jahren. Seitdem nahm ich Morphine und Opioide in unterschiedlichen Dosierungen zu mir, mit teils nur mäßigem Erfolg. Es war der Intervention und Rückendeckung unseres Chefs, Kriminaloberrat Richter, zu verdanken, dass mich der ärztliche Dienst oder eine übergeordnete Stelle nicht längst in die Frühpension geschickt hatte. So ein schlechter Bulle war ich scheinbar doch nicht! „Kannst du mir heute Abend etwas Leckeres kochen, mein Grizzly?" Ich überlegte. „Dann fahr ich nach dem Dienst noch beim Fischladen vorbei und schau, was die da haben. Jetzt erstmal einen dicken Kuss für dich, Süße, ich muss los!"

Jupp kehrte von seinem „Geschäft" zurück und war wortwörtlich „erleichtert". Er grinste mich verlegen an und wir drückten den Rufknopf für den Aufzug. Die Kabine setzte sich mit uns in Bewegung und es entstand die übliche lähmende Stille mit verstohlenen Blicken, als in der nächsten Etage unter uns zwei weitere Personen eintraten. Dann, in Höhe des fünften Stockwerks, ruckelte der Aufzug ein wenig, knirschte vernehmlich und hielt dann an. Wir blickten uns verstört um und dann die anderen Insassen an. Zum Glück blieb das Licht an und nach einer gefühlten Ewigkeit, in Wahrheit vermutlich weniger als eine Minute, drückte ich den Notfallknopf. Wir hörten einen Quittungston und dann eine neutrale Stimme aus einer Servicezentrale. „Sie wollen einen Notfall melden?" Ich antwortete: „Ja, wir sitzen fest, mit vier Personen im Aufzug im Gebäude GAP 15!!" „In welcher Stadt befindet sich das Gebäude, bitte?" Ich glaubte mich verhört zu haben. Dann jedoch beschrieb ich den genauen Standort und stellte die naheliegende Frage: „Sie sind gar nicht hier in Düsseldorf?" „Nein, wir sind ein international agierendes Unternehmen und unsere Notfallhotline für Deutschland befindet sich in Berlin." „Und wann können wir mit einem Techniker rechnen, der uns hier heraushilft?" „Höchstens eine halbe Stunde", flötete mein telefonisches Gegenüber.

Eine alte Regel lautete: verdopple IMMER die Zeit, die man dir in einer Hotline für die Bearbeitung nennt! Damit kamen wir jetzt leider nicht hin. Zum Glück hatten wir in der Kabine Netzempfang und so telefonierten vier Menschen in der engen Metallkabine zeitgleich mit unzähligen Personen, von denen sie sich Hilfe erhofften. Da tippte mich Jupp auf die Schulter und ein Blick in sein Gesicht offenbarte mir sein Dilemma. Sein „Problem" meldete sich wieder! Verdammt, warum ausgerechnet jetzt? Ich zischte: „Ich weiß, aber was soll ich machen? Glaubst du, ich hab ne Pinkelpulle dabei???" Schmitz' Augen blickten mich verzweifelt an und schienen ein wenig aus den Höhlen zu treten. Leider war ich außerstande, irgendeine Hilfe zu leisten. Zu allem Übel begann eine der Frauen zu hyperventilieren, während die andere nervös ihre Handtasche auf- und zuklappte. DAS fehlte jetzt gerade noch: Jupps Protestantenblase und eine durchdrehende Dame!

13

Rettung in letzter Sekunde war dann die Durchsage aus dem Lautsprecher, dass der Techniker vor Ort sei und mit der Reparatur beginne. Wir hörten sein Klopfen, vernahmen beruhigende Worte und tatsächlich: drei Minuten später setzte sich der Fahrstuhl in Gang. Der Servicemann war offensichtlich sehr erfahren, denn er empfing uns mit wissendem Blick und reichte uns an eine Mitarbeiterin des Hauses weiter, die uns sofort zur nächstgelegenen Toilette führte. „Der Teufel steckt manchmal im Detail", sagte der Mann zu mir, während ich auf meinen Kollegen wartete. Er überreichte mir eine ca. 1 cm große Stecksicherung. „Zur Erinnerung an den Schrecken. Ein Pfennigartikel mit großer Wirkung!" Ich reichte das Teil an eine der Damen weiter, die gerade mit Jupp aus dem Sanitärbereich zurückkehrten.

Da klingelte mein Handy. Ich lauschte ruhig den Worten des Anrufers und legte dann auf. „Jupp, wir müssen los, Einsatz. Kinderleiche in Himmgelgeist!" Bei meinen Worten zuckten die beiden Frauen zusammen. Hätte der Aufzugshorror nicht für diesen Tag gereicht? Entschuldigend hoben wir die Schultern und eilten zum Wagen in die Tiefgarage des Gebäudes. Kaum aus der Ausfahrt raus, pappte ich unser Blaulicht auf das Autodach, während Jupp sich mit einigem Augenmaß durch den städtischen Verkehr drängelte. Die Slalomfahrt endete erst mit dem Erreichen der Münchener Straße, wo wir zügig bis in den südlichen Stadtteil durchfahren konnten. An Schloss Mickeln vorbei nutzten wir den Wirtschaftsweg zu den GPS Koordinaten, die mir die Zentrale gemailt hatten. Unmittelbar an der Himmelgeister Kastanie waren Pavillons aufgestellt und eine größere Zahl an Personen hatte sich dort gruppiert. Kollegen von der Streife hatten den fraglichen Bereich hinter dem Rheindeich bereits mit Flatterband abgesperrt.

Wir hatten uns in den vergangenen Monaten ein wenig zu oft mit den Kriminaltechnikern in der Wolle gehabt. Daher warteten wir dieses Mal ab,

14

bis wir den Kleinbus mit dem Team anrollen sahen. In ihrem Gefolge näherten sich zwei PKW, aus dem schnell erkennbar Pressemitarbeiter stiegen. Ihre Fragen wehrte ich bestimmt, aber höflich, ab, zumal wir ja selbst gerade erst angekommen waren. Daher stürzten sich die Reporter auf die Anwesenden, um sich von ihnen den Vorfall beschreiben zu lassen. Erst, als sich ein Schreiberling auch den Kindern näherte, wurden sie von den Organisatoren abgeblockt, die selbst noch von dem Gesehenen geschockt waren.

Fast eine Stunde dauerten die Untersuchungen der KTU und unmittelbar danach hatte ein Anderer den Vortritt. Ruprecht Vollmer, der Rechtsmediziner, kniete neben dem verstümmelten Kinderkörper und murmelte Befunde in sein Diktiergerät. Jupp und ich traten näher. Wir hatten die Zwischenzeit genutzt und den Organisator dieses Events hier, einen gewissen Andreas Vogt, zu sprechen. Er, seine Frau und einige weitere Personen, beschrieben ihre persönlichen Eindrücke und wir notierten dies sowie die Kontaktdaten. Da rief Vollmer uns zu sich. „Weibliche Leiche, Alter um die zehn bis zwölf Jahre. Zum Todeszeitpunkt kann ich mich jetzt nicht auslassen. Wir haben Tierfraß und fortgeschrittene Verwesung vorgefunden. Wir müssen prüfen, in welchem Zustand sich die Insekten und Schädlinge befinden, die wir im Körper des Kindes gefunden haben. Was ich jedoch erkennen konnte, sind Würgemale am Hals des Mädchens. Der dritte und vierte Halswirbel sind gebrochen und der Kehlkopf wurde eingedrückt. Ich würde euch das gerne mal zeigen." Damit erhob er sich, trat vor mich und legte mir beide Hände an den Hals. Seine Finger umschlossen mein Genick und ein Daumen lag auf meiner Kehle, der andere unter meinem Kinn. „So in etwa! Ihr wisst, was das bedeutet?"

Es war uns nur zu klar. Der oder die Mörder hatte dem Kind bei der Tötung ins Gesicht geblickt, hatte dessen Angst, Verzweiflung, Hilflosigkeit gesehen! Hatte die Kleine noch schreien können? Hatte sie sich gewehrt? Manche dieser Fragen würde die Technik beantworten können, anderes war UNSERE Aufgabe. Vollmer gab noch ein paar Hinweise an die Techniker, deren Boss mich auch schon mit ein paar Infos versorgte. „Wenn sie sich gewehrt hat, dann ist es ihr nicht gelungen, den Täter zu verletzen. Unter den Fingernägeln haben wir kaum Rückstände gefunden. Vermutlich hat der Mörder Handschuhe getragen, ich habe feine Spuren von Talkum gefunden. Ihr wisst schon, für die Latexhandschuhe. Wir haben in den Sachen keine Hinweise auf die Identität des Kindes gefunden. Ihr müsst also doch erstmal die Vermisstenanzeigen auswerten. Weiteres, sobald wir ein wenig schlauer sind."

Hatten wir bislang oft genug richtig Glück mit unseren Hospitanten und Durchläufern gehabt, waren wir im Moment völlig ohne Anhang und mussten diese Arbeiten selbst machen. Jupp war sehr einsilbig geworden. Seit er als eine Art Ersatzvater für seine Nichte eingesprungen war, hatte sich sein Verhalten gegenüber Kindern völlig gedreht. War er früher schnell genervt und nur bedingt bei Straftaten im Zusammenhang mit Kindern einsetzbar gewesen, stellte er sich heute sehr schnell, aus meiner Sicht oft zu schnell, unreflektiert auf die Seite der Kinder und Jugendlichen. Dieser Fall würde an ihm nagen. Oft genug einmal hatte er in Gesprächen thematisiert, wie sehr es ihn beschäftigte, wenn wir mit Menschen im Alter seiner Nichte zu tun hatten. Gut, Elisa war inzwischen älter als das ermordete Mädchen, aber das änderte für ihn nichts. Jupp hatte sich in dem Mehrgenerationenhaus, wie er es nannte, in Hamm eingelebt. Das Erdgeschoss bewohnte er mit seiner Lebensgefährtin Jutta Schäfer, einer Kommissarin des KK 12. Im Obergeschoss lebten seine Schwester und Nichte.

Jupp hatte sein Handy hervorgeholt und eine Kurzwahlnummer angeklickt. Er sprach kurz mit seinem Gegenüber, verabschiedete sich und ging zur

16

Fundstelle hinter dem Deich. Dort machte er mit dem Telefon ein Foto und sandte es direkt ab. Zurückgekehrt erklärte er mir: „Ich habe Jutta angerufen und ihr ein Foto des Kindes geschickt. Trotz des Tierfraßes ist das Gesicht ja noch leidlich erkennbar. Sie findet sicher schneller als wir was im Verzeichnis."

Ich blickte auf die Uhr. „Können wir für heute Schicht machen? Sarah geht es nicht ganz so gut und ich will noch etwas für sie einkaufen." Schmitz nickte nur und bot an, sich von den Streifenkollegen oder Vollmer nach Hause fahren zu lassen. „Hamm ist doch nur ein Umweg, wenn du nach Benrath musst. Ruprecht wohnt doch auch da, vielleicht macht er ja heute mir zuliebe etwas früher Schluss."

Ein kurzer Zwischenstopp bei dem Riesensupermarkt in Reisholz, wo ich tatsächlich einigermaßen frischen Zander bekam. In Benrath, vor Sarahs Haus angekommen, packte ich aus und schleppte meine Erwerbungen nach oben. Sarah lag auf der Couch und zappte sich durch die Programme. „Ich werde nie verstehen, wie sich Menschen DAMIT jahrelang unterhalten können. Talkshows, Gerichtsshows, scripted Reality wohin du blickst! Da sind mir die Tierdokus fast noch die liebsten!" Ich gab ihr einen Kuss, betrachtete das blasse Gesicht und meinte: „Reg dich doch nicht auf. Dann schau dir doch was anderes an, in der Mediathek oder so. Einen Tatort! Oder lies mal ein gutes Buch!" Sie warf mit einem Kissen nach mir und sank dann ermattet zurück. „Es reicht schon völlig aus, wenn du mir ab und zu von deinen Fällen erzählst. Da brauche ich keinen Krimi mehr."

Aus der Küche rief ich: „Ich koche dir jetzt erstmal was Feines. Zanderfilet mit Lauch und Kartoffelschnee. Und danach sehen wir uns einen romantischen Film an. Wie klingt das?" Ich bekam keine Erwiderung und ein kurzer Blick zeigte mir, dass sie eingeschlafen war.

17

Mechanisch bearbeitete ich die Zutaten für unser Essen. Gut, dass mir das Kochen so leicht von der Hand ging. So konnte ich in Ruhe meinen Gedanken nachhängen. Sarah hatte mehrere Jahre mit sich gerungen, ob sie die letzte geschlechtsangleichende Operation durchführen lassen sollte oder nicht. Sie hatte mich an ihren Gedanken teilhaben lassen und auch nach meiner Meinung gefragt. Meine Antworten waren aber nur selten das, was sie zu hören erhofft hatte. Meine Bedenken gegen den Eingriff hatten mehrere Gründe. Durch meine eigenen Erfahrungen wusste ich zur Genüge, welche Risiken Krankenhausbehandlungen in sich bargen, denn im Endeffekt war mein Humpeln und meine Medikamentenabhängigkeit eine direkte Folge der nun mehrere Jahre zurückliegenden Operation infolge einer Schussverletzung. Die Kugel hatte damals Sarah gegolten. Durch Internetrecherche und Gespräche mit Sarahs Freundinnen aus ihrem Transgenderkreis hatte ich mich über die Maßnahmen informiert, die meine Geliebte vollends zur Frau machen würden. Gewiss, es gab inzwischen genug Mediziner, die Erfahrung und beachtliche Erfolge erzielt hatten. Aber ich hörte auch von schweren bis schwersten Komplikationen, vereinzelt auch von Todesfällen. Und das waren nur die Fälle, die publik wurden. Nicht wenige Menschen, die ihre Geschlechtsidentität geändert hatten, kamen mit dem neuen Leben nicht zurecht, häufiger durch zu hohe oder falsche Erwartungen. Nun, DIESE Sorge musste ich sicher nicht bei Sarah haben, sie war psychisch stabil und hatte sich lange Zeit genommen, das Für und Wider abzuwägen.

Warum aber, verdammt nochmal, war sie dann jetzt so niedergeschlagen? Gut, es gab ein paar medizinische Probleme, aber nach Auskunft der Ärzte würden sich diese binnen kürzester Zeit erledigt haben. Wie konnte ich ihr bloß helfen? Meine Gedanken schweiften ab und ich dachte an den Tatort in Himmelgeist. Mir ging der Anblick des toten Mädchens wie eine

Diashow durch den Kopf und eine leichte Gänsehaut bildete sich auf meinem Arm. Seit der Sache damals mit dem Russen Koslow und seinem Killertrupp reagierte ich bei Fällen mit Kindern besonders sensibel. Dann packte mich kalte Wut, als ich an die Passanten dachte, die in geiler Neugier ihre Hälse reckten und ihre Handys an Händen oder Selfie-Sticks hochreckten, um einen Blick auf das zu erhaschen, was doch an sich gar nicht sehenswert war. Scheinbar hatte sich eine Verrohung in der Menschheit breit gemacht, ganz sicher kein rein deutsches Problem, die dazu geführt hatte, dass sich unheimlich viele Menschen zum virtuellen Sensationsreporter berufen fühlten und auch noch den kranksten Scheiß im Internet posteten.

AUA! Na klasse, jetzt hatte das Küchenmesser auch noch den Weg in meinen Zeigefinger gefunden und ich blutete die Kartoffelschalen voll. An dem Finger nuckelnd, ging ich ins Bad und kramte in Sarahs Schubladen nach einem Pflaster. Was waren denn das für Tabletten neben dem Verbandsmaterial? Kaum verarztet, hörte ich Sarahs Stimme. „Tut mir leid, ich bin wohl eingeschlafen. Kann ich dir helfen? Tisch decken oder so?" Ich war hinter sie getreten, betrachtete sie von oben und hielt ihr dann die Schachtel mit den Tabletten vor die Nase. „Warum sagst du mir nicht, wie schlimm es ist?" Sie startete einen Erklärungsversuch. „Du hast so viel um die Ohren. Ich will dich nicht mit meinem Kram belasten. Es reicht schon, dass du dich wie eine Pflegerin um mich kümmerst. Da muss ich dir nicht noch die Ohren volljaulen wegen meiner Schmerzen und ..." Ich unterbrach mit erkennbar ungehaltener Stimme. „Was soll der Quatsch? Das ist Morphium. Das bekommst du nicht, wenn es nur „ein bisschen" weh tut." Ich schüttelte den Kopf und setzte mich neben sie. Geduldig ihre Füße massierend fragte ich: „Meinst du nicht, dass ich wenigstens dieses kleine bisschen Ehrlichkeit verdient habe? Ich rede jetzt gar nicht von unserem Zusammenleben, aber ich glaube, ich habe dir bewiesen, dass ich mit dir durch dick und dünn gehe. Versteh mich recht, das ist kein

Opfer für mich, sondern ein Liebesbeweis." Ich sah sie erwartungsvoll an, hoffte auf eine Erklärung. Sie zögerte, sah mich mit großen Augen an ... und brach dann in Tränen aus. Meine Sarah, meine starke Sarah, die nichts und niemand aus der Bahn werfen konnte –die ich nur einmal hatte weinen sehen, nämlich im Krankenhaus, als nicht sicher war, dass ich die Schussverletzung überleben würde. Dann ein Flüstern: „Halt mich bitte, halt mich ganz fest. Sonst dreh ich durch!" Ich umarmte sie, fühlte ihr Zittern und war doch so hilflos. Wie sollte ich ihr beistehen, wenn ich gar nicht wusste, was sie bedrückte oder quälte? Es kam mir unendlich lange vor, aber langsam schien sie sich zu beruhigen, hob den Kopf von meiner Brust und ich sah, dass ihr Makeup völlig verlaufen war. Ich versuchte einen unbeholfenen Scherz. „So, mein kleiner Panda, nun sag dem Onkel mal, was los ist!" FETTNAPF! Zornig blitzte sie mich an. „Ich suche deine Hilfe und du? DU machst Witze!" Jetzt war es an mir, aus der Haut zu fahren. „Hilfe brauchst du? Ach so, toller Trick, so darum zu bitten. Tut mir leid, Verehrteste, ich bin nur ein kleiner Bulle, Gedankenlesen gehörte nicht zu meiner Ausbildung. Aber du kackst dich ja nicht aus. Ich stehe nun Gewehr bei Fuß, wenn du irgendwas brauchst, aber ich erfahre doch nichts mehr davon, wie es in dir aussieht."

Sie mühte sich von der Couch hoch, stellte sich breitbeinig vor mich und holte tief Luft. „Du hast wohl gar nichts mitbekommen, was in den letzten Monaten bei mir los war, was? Die Operation, die Nachbehandlungen, die ständigen Arzttermine, Medikamente über Medikamente, gestörte Wundheilung, Probleme beim Pinkeln, alles wund und ..." DAS wurde mir nun zu viel. Ich baute mich vor ihr auf, immerhin einen Kopf größer als sie. „Nichts mitbekommen nennst du das? Wer war denn mit dir im Krankenhaus in München? Wer hat denn neben dir gesessen, als du auf der Intensivstation aufgewacht bist? Wer hat dich immer zu den Terminen gefahren, hat gewartet, dich verbunden, dir die Spritzen gegeben?"

Schwer atmend standen wir einander gegenüber, die Brust pumpte wie nach einem Boxkampf. Wütend starrten wir uns an, bis sich Sarahs Augenbrauen hoben und sie die Hände vor das Gesicht schlug. Wieder schüttelte sie sich in Weinkrämpfen, aber nach unserer Auseinandersetzung war ich einfach nicht in der Lage, sie sofort in den Arm zu nehmen. Glücklicherweise machte sie dieses Mal den ersten Schritt. Wieder brauchte sie sehr lange, um sich zu beruhigen. Dann trat sie einen Schritt zurück, ergriff meine Hände und sah mich an. „Was siehst du, Micha? Was genau siehst du in mir? Eine Laune der Natur? Eine Perversion? Ein Stück Fleisch, das man geil findet und gerne mal durchficken würde? Was bin ich für dich? Was bedeute ich dir?" Nun konnte ich kaum noch Tränen zurückhalten. Leise antwortete ich: „Und diese Frage stellst du mir jetzt nach über acht Jahren? Habe ich dir nicht bewiesen, dass ich dich liebe, dass ich zu dir stehe, dass ich für dich da bin? Klar, wir haben auch eine sexuelle Beziehung, eine ganz besondere, wie man sie nicht so oft erlebt. Aber was soll jetzt die Frage? Hab ich dir einen Anlass gegeben, dass du an mir zweifelst?"

Sarah ließ sich wieder auf die Couch sinken. Von unten schaute sie hoch und ich konnte erkennen, dass die Wut verflogen war. „Ach, Micha. Ich kenn mich doch selbst nicht mehr richtig aus. Es kann ja auch an den Hormontabletten liegen, dass ich so unausgeglichen bin. So viele Jahre habe ich damit gekämpft, die geschlechtsangleichende Operation machen zu lassen. Ich glaube, kaum eine hat sich so gut vorbereitet wie ich. Ich habe ja auch genug Scheiße in meiner Praxis erleben müssen. Selbstzweifel, Versagensängste, Suizidneigungen ... all das kenne ich von meinen Patientinnen. Aber wenn es einen selbst trifft, nutzt alles theoretische Wissen nichts. Ich ... ich ... ich will ... ich MUSS einfach wissen, ob du mich noch willst ... so ... so wie ich jetzt bin. Es kann sein, dass es nie mehr ganz in Ordnung kommt. Das Risiko kannte ich, verdrängte es aber einfach. Micha, bitte ... sag mir ... was ..." Ich hatte ihrem Vortrag mit wachsendem Erstaunen zugehört. Völlig verblüfft von dem Gesagten, kniete ich mich vor sie hin. „Dich nicht mehr wollen? Wie kommst du nur darauf? Du bist doch noch die gleiche Frau, die ich damals kennen und lieben gelernt habe. Du bist einen schweren Weg gegangen und bist jetzt so sehr Frau, wie du es dir ersehnt hast. Ich habe dir damals erklärt, dass ich erst lernen musste, was es bedeutet, mit einer Transsexuellen zu leben. Aber mittlerweile steht für mich fest, dass ich einen Menschen wegen seines Wesens lieben kann, unabhängig von seinem Geschlecht. Dass uns beide auch noch die Leidenschaft für SM verbindet, ist doch nur ein glücklicher Zufall, quasi die Cocktailkirsche auf der Eisbombe. Und wenn du fragst, ob ich dich noch will ... nun, den Beweis kann ich direkt antreten." Sie zuckte zurück. „Wie? Jetzt? Aber ... aber ... ich bin ... doch gar nicht zurechtgemacht und ... du weißt ... nee, du weißt nicht ... es geht bestimmt noch nicht ... ist doch noch alles wund ... und unser „Spiel", dafür hab ich noch ... nicht genug Kraft!" Sie stammelte, knetete ihre Finger und sah mich dabei doch erwartungsvoll an. Ich zog sie hoch, presste sie an mich und flüsterte: „Weißt du was, mein Schatz? Das ist mir jetzt sowas von scheißegal, wie du aussiehst. Jetzt wird gefickt! Und glaub mir, DAS werden wir auch noch tun, wenn wir über 70 und alt und runzlig sind!" Seit langem hörte ich sie endlich wieder herzlich lachen. Ich hob sie hoch und trug sie ins Schlafzimmer.

Dort angekommen, legte ich sie auf dem Bett ab, entkleidete sie und sie ließ es mit geschlossenen Augen geschehen. Mit den Händen versuchte sie verzweifelt den Verband auf ihrem Schamhügel zu bedecken, aber ich griff neben das Bett in den Nachtisch und zog ein kurzes weißes Seil hervor. Es war wie eine Handschelle vorbereitet und ich legte es ihr um ihr schmales rechtes Handgelenk. Mit einem Ruck drehte ich sie auf die Seite, zog ihre Arme auf den Rücken und vollendete die Fesselung. Jetzt erklang etwas, was ich Monate nicht gehört hatte – ein leises samtenes Stöhnen aus ihrem Mund. Mein Mund näherte sich ihren Brüsten und ich begann ihre Nippel mit der Zungenspitze zu umkreisen. Sie bog die Wirbelsäule durch und streckte sich mir entgegen. Ein erneuter Griff in den Nachttisch und ich hatte eine Dose Melkfett in der Hand. Mit dick eingecremten Fingern näherte ich mich ihrem Gesicht. Sie blickte mich entsetzt an. „Nein, Micha ... nicht das ... nicht jetzt schon ... wenn was schief geht ... ich halt das nicht aus ... es ist doch alles wund ... ich will nicht ...“ Ich unterbrach den Redeschwall mit einem langen tiefen Zungenkuss ... und drehte sie wieder auf die Seite. Sarah war total verkrampft, presste die Beine zusammen aus Angst, ich wollte in sie eindringen. Nun, das hatte ich auch vor, nur anders als sie befürchtete. Meine Hand näherte sich ihrem Po und ich ließ sie langsam in die Ritze gleiten. Vorsichtig massierte ich ihren Anus, während meine andere Hand ihren Nacken und ihre Brust streichelte. Sie begann wieder zu stöhnen und ich rieb meinen mittlerweile harten Penis an ihrem Gesäß. Sie drehte den Kopf zur Seite und fragte: „Meinst du wirklich?“ Statt einer Antwort ließ ich mich unendlich langsam in sie gleiten, überwand den leichten ersten Widerstand des Muskels und ruhte dann einige Minuten in ihr. Sie stöhnte leise auf und flüsterte: „Ja, jetzt bitte ... mehr ... nicht aufhören ... schneller ...“ ich passte mich mit meinen Stößen ihrem Rhythmus an und sie wurde immer schneller. Ihr Stöhnen ging in lüsternes Schreien über. „JETZT ... mehr ... nicht aufhören ... härter ... nimm mich ... bitte ... mehr ... schlag mich!“ Ich ließ meine Hand hart auf ihr Gesäß klatschen, immer wieder und spürte schnell

23

die aufsteigende Hitze. Es konnte nur wenige Minuten gedauert haben –
kein Wunder, so ausgehungert wie wir beide waren. Beinahe gleichzeitig
kamen wir und konnten uns kaum aus unserer lüsternen Verkrampfung
lösen. In Löffelchenstellung kuschelte sich Sarah an mich und ich
flüsterte: „Reicht dir das als Antwort?" Sie reagierte nicht sofort, drehte
den Kopf zu mir und sagte heiser: „Nein ... du musst es mir noch mal
erklären ... aber deutlicher und härter!" ich verstand und es wurde eine
sehr kurze Nacht.

Ich schickte Jupp am nächsten Morgen eine kurze Nachricht auf sein
Handy, dass es etwas später werden würde. So konnte ich wenigstens
noch mit Sarah frühstücken. Sie schien dabei wie ausgewechselt. Ich
merkte zwar, dass sie nach wie vor Schmerzen hatte, denn sie biss beim
Aufstehen und Hinsetzen immer die Zähne zusammen. Aber sie war
irgendwie positiver, optimistischer ... ja, fröhlicher. Etwas beruhigt machte
ich mich auf den Weg nach Hamm, um meinen Kollegen abzuholen.

„Sag mal, Jupp, wie erklärst du eigentlich deiner Nichte solche Fälle wie
den Mordfall in Himmelgeist? Ich meine, sie sieht doch die Zeitung
rumliegen und liest mal eine Schlagzeile." Jupp antwortete zögerlich.
„Nun, bisher ist das noch nicht vorgekommen, aber ich hab mir auch
schon Gedanken gemacht. Elisa ist ziemlich pfiffig und meine Schwester
scheint manches Mal fast ein wenig hilflos, wenn dieses kleine
selbstbewusste Biest Sprüche raushaut, dass dir der Mund offen
stehenbleibt. Jutta meint aber, das wäre normal und gibt sich mit der Zeit.
Na, schönen Dank, meine armen Nerven." Jupps Freundin Jutta, selbst
Kommissarin im KK12, hatte schon beruflich genügend mit den
Eskapaden junger Menschen zu tun. Jupp fuhr fort. „Aber weißt du, wir
waren vermutlich auch so, nur eben anders, wie zu unserer Zeit üblich.

Oder haben sich deine Eltern nicht über Musik von Sweet, Pink Floyd oder Thin Lizzy aufgeregt?" Er grinste und intonierte eine Passage aus „Whiskey in the jar". Und die Fahrzeuge, die uns auf der Münchener Straße überholten, sahen zwei alte Säcke in ihrem Auto „headbangen"!

Im Präsidium empfing uns unser Chef, Kriminaloberrat Richter, bereits auf dem Flur. Das Dröhnen der Presslufthammer, die uns seit Umbaubeginn nervten, überbrüllte er: „Sie müssen heute an der PK wegen Himmelgeist teilnehmen. Ich kann nicht, hab einen Termin in Hubbelrath. Der Pressesprecher ist informiert. Erzählen sie mir einfach später, wie es gewesen ist." Damit machte er sich auf den Weg und ließ uns mit offenem Mund da stehen. Na klasse, und wer von uns würde das nun machen? Wir betraten das Büro, wo es wenigstens ein bisschen leiser war. Ich wollte gerade anfangen zu reden, da sprang Jupp von seinem Stuhl hoch. „Äh, Micha ... du weißt doch ... mein Problem ... geht schon wieder los ... und bei der PK ... das wär doch echt peinlich ... kannst du nicht?" Damit war er mit einem seltsam watschelnden Gang aus dem Zimmer raus. Er müsste dringend mal zum Arzt mit seiner Blasenentzündung, dachte ich, und genau das würde ich ihm bei seiner Rückkehr sagen. Ich sichtete noch kurz die Fallakten und begab mich dann in den Raum, in dem die Pressekonferenz „Kölner Weg" stattfinden würde. Seltsam, dass wir in dieser Stadt die Fälle und PK's immer nach den Tatortstraßen benannten. Da konnte es eines Tages Doubletten geben, wenn es z.B. um die Kölner Landstraße gehen würde.

10.10 Uhr. Die Königsallee und die nahebei liegende Schadowstraße erwachten zum Leben. Security sperrte die Rollläden auf, müde dreinschauende Menschen deaktivierten die Sicherheitssysteme und die Reinigungskräfte verabschiedeten sich nach getaner Arbeit. In den Schadow-Arkaden standen Büromenschen Schlange vor dem Starbucks, um sich ihren flüssigen Morgenkick abzuholen und hasteten danach, ihr Croissant im Laufen kauend, zu ihren Arbeitsplätzen.

Die Arkaden waren einer breiten Öffentlichkeit als Konsumtempel des gehobenen Geschmacks bekannt. Eher im Hintergrund hatte sich der Wandel des Objekts zu einer Art Medienzentrale außerhalb des so imageträchtigen Medienhafens entwickelt. Nach einer eher still vollzogenen Übernahme erheblicher Geschäftsanteile an dem lokalen TV Sender center.tv durch die Rheinische Post war man zu der Ansicht gekommen, dass sich doch deutliche Synergieeffekte erzielen lassen müssten, wenn man das gesamte Medienportfolio an einer Stelle zusammenziehen würde. So kam es, dass neben der Redaktion des Printbereiches nun auch der Fernseh- und der lokale Radiosender Antenne Düsseldorf in diesem Objekt ihren Platz gefunden hatten. Synergie – oft genug das Synonym für Personalabbau. Aber gut, es hatte schon etwas für sich, wenn man einem Reporter ein Aufzeichnungsgerät und eine Cam mit zu einem Termin gab. Die Kameraleute und Tontechniker sahen das natürlich ganz anders, aber wer fragte die schon?

An diesem Morgen fanden sich die anwesenden Redaktionsmitarbeiter der RP in ihrem Sitzungsraum ein, der im Gegensatz zu den sonst üblichen Räumen gleicher Nutzung technisch umfangreich ausgestattet war. In einer Runde standen Schreibtische, bestückt mit leistungsfähigen Rechnern. An der Rückwand mit den Glastüren, die zum Gang führten, befanden sich mehrere Monitore, auf denen stumm TV-Beiträge unterschiedlichster Nachrichtensender liefen. Vor einem Schreibtisch stand der Chef vom Dienst, der Chefredakteur Pinkas Reinardy. Hinter ihm flimmerten auf einem riesigen Flachbildschirm diverse geöffnete Fenster von Computerprogrammen, die unterschiedliche Pressemitteilungen und Artikelentwürfe sowie passende Fotos zeigten. „Also gut, dann lasst uns Gas geben, heute stehen einige wichtige Termine an. Thomas Geisel will heute im Rat der Stadt über die Entscheidung hinsichtlich der Spielbankkonzession berichten. Die Sitzung ist öffentlich und wir sind natürlich dabei. Wer macht das?" Sein Blick wanderte in die Runde und traf eine Kollegin mit dunklen Haaren, die ihren Kuli leicht erhoben hatte. „Okay, Carola, einverstanden. Aber denk bitte daran, bohr auch ein wenig nach bei dem Thema der Grundstücksvergabe im Hafen. Ich glaube, da ist irgendwas faul." Die attraktive Mittfünfzigerin straffte sich etwas und rollte mit den Augen. „Pinkas, ich mache den Job jetzt nun schon 35 Jahre und du brauchst ...". Abwehrend und mit einem Jungenlächeln entschuldigte sich der Chefredakteur. „Alles klar, Carola, ist angekommen. Du hast ja Recht. Wer geht mit?" Eine Volontärin hob schüchtern den Arm wie in der Schule. Es war erst ihr dritter Tag und sie war noch sehr unsicher, wie sie sich in diesem Kreis von Profis exponieren sollte. „Gut, Aylin, Sie können da sicher ne Menge lernen, nicht nur von Carola. So, das ist nun klar. Was haben wir noch? Ja, das passt doch eigentlich ganz gut dazu, die unendliche Geschichte um den Konflikt mit dem Sparkassenvorstand. Machst du das gleich mit, Caro?" Die Angesprochene schüttelte den Kopf. „Keine Luft mehr, ich hab noch den Charityball und das Galopprennen vor der Brust." Reinardy schaute sich wieder suchend um. „Warum eigentlich nicht? Jan, wäre das nicht was für Sie?"

27

Jan Poulsen war seit einem halben Jahr im Team der RP. Geboren am Niederrhein, hatte er in Kleve das Gymnasium besucht und in Köln Politikjournalismus studiert. Wieder heimgekehrt, hatte er ein Volontariat bei der lokalen Tageszeitung begonnen. Poulsen war sehr bodenständig, aber nach den Erfahrungen in der Millionenstadt Köln hatte er Blut geleckt und gemerkt, dass ihm der Niederrhein doch zu provinziell geworden war. Also hatte er zugegriffen, als er ein Stellenangebot eines Düsseldorfer Wochenblattes gelesen hatte. Gewiss, es war nur eine Teilzeitstelle, aber er konnte das knappe Salär mit freien Beiträgen und als Ghostwriter aufbessern. Die Wohngemeinschaft mit drei Studenten erweiterte seinen finanziellen Spielraum und vor sechs Monaten kam dann die inoffizielle Anfrage eines Kollegen von der RP, dem seine Beiträge aufgefallen waren. Poulsen war ein Mann schneller Entschlüsse. Mit seinen 26 Jahren war er nicht mehr so ein wilder Heißsporn, aber er war stolz darauf, dass er sich ein hohes Maß an publizistischer Ethik erhalten hatte. Ein Angebot der Zeitung mit den großen Buchstaben hätte er rundweg abgelehnt.

Poulsen blickte auf. „Ja, wenn Sie meinen. Finde ich die Fakten im Archiv?" Reinardy grinste spitzbübisch. „Junge, sie SITZEN gerade neben dem besten Archiv, das man haben kann bei uns. Halten sie sich an Walter! Was der nicht weiß, ist in Düsseldorf auch nicht passiert!" Der so Gelobte tat, als ob er aus einem Nickerchen erwachen würde, riss die Augen auf und sah sich verwundert um. „War von mir die Rede? Sorry, aber ich habe nur kurz nachgedacht!" Ein mehrstimmiger Chor erklang: „Jaja, Walter hat reflechiert!" Der junge Journalist blickte sich verwirrt um und sah in die feixenden Gesichter seiner Kollegen. Diesen „Insider" würde er sich wohl erklären lassen müssen. Er blickte den besagten Reporter von der Seite an. Walter Gronimus war ein Zeitungsurgestein. Seit Jahrzehnten war er in der Presselandschaft in NRW unterwegs und es gab buchstäblich kein Ressort, in dem er noch nicht gearbeitet hatte. „Nur im Sport nicht – Sport ist ungesund" – so seine oft zitierte These. Gronimus nickte freundlich. „Komm nach der Runde zu mir, dann gebe ich dir, was ich da habe. Wenn du willst," dabei warf er einen Seitenblick auf Reinardy, der zustimmend nickte, „begleite ich dich auch zu dem Termin!" Poulsen zuckte zusammen. Ja, glaubten die denn, er wäre nicht in der Lage, einen seriösen politischen Artikel zu verfassen? Der Alte schien seine Gedanken gelesen zu haben. „Pass auf, ich bleib im Hintergrund. Es ist und bleibt DEINE Arbeit. Aber du bist noch nicht lang genug hier, um alle Seilschaften zu kennen. Nicht nur in Köln gibt es Klüngel, glaub mir." Jan Poulsen hatte bislang nur wenig mit Gronimus zu tun gehabt, aber bei den wenigen Gelegenheiten war ihm der Senior immer durch seine ruhige, bestimmte Art aufgefallen. Man konnte es ja mal darauf ankommen lassen.

Reinardy legte dummerweise noch nach. Er konnte ja nicht wissen, dass Poulsen sich innerlich bereits zur Kooperation entschieden hatte. „Sie sind gut beraten, diese Quelle zu nutzen, Jan. Walter hat morgen seinen letzten Arbeitstag, bevor er sich in den ganz sicher unruhigen Ruhestand zurückzieht.". Walter flüsterte dem Kollegen ins Ohr: „Vergiss das mal. Wenn du was brauchst, frag mich einfach. Ich bin ja nicht aus der Welt!" Woher kam diese Hilfsbereitschaft? Poulsen war so eine Kollegialität nicht gewohnt. Sollte er unter Kontrolle bleiben? War so wenig Vertrauen da, dass man ihm nichts zutraute? Warum hatte man ihn denn dann überhaupt eingestellt? Verärgert machte er sich Notizen und nahm schweigend am Rest der Redaktionskonferenz teil.

Poulsen hatte noch kein eigenes Ressort, sondern arbeitete als eine Art Springer. Momentan unterstützte er die Polizeireporterin Gaby Fresnell. Nach der Ankündigung, dass DÜGIDA die Montagsdemos einstellen würde, war ein Pflichttermin weggefallen, den die Ressortchefin gerne dem „Neuen" aufgedrückt hatte. Anfängliches reserviertes Abwarten war einem stillen Respekt für die Leistung des jeweils anderen gewichen und mittlerweile arbeiteten sie echt als Team. So würde es Poulsen wirklich leidtun, wenn er das Ressort hätte wechseln müssen.

Reinardy hatte nunmehr sämtliche anstehenden Fakten besprochen und hob nun die Konferenz mit den Worten auf: „Und denkt an den Satzspiegel, keine ellenlangen Bildunterschriften, wenn ich bitten darf!" Wieder das wissende Nicken und Grinsen unter der Belegschaft – diese Standardanweisung kannte auch Jan inzwischen zur Genüge. So zog er sich zunächst mit Gaby Fresnell an den gemeinsamen Doppelschreibtisch zurück. Diese sichtete kurz den Terminkalender. „Oh, Mensch, wir müssen schnell los zum Jürgensplatz. Da ist die PK wegen des Leichenfundes in Himmelgeist. Ein Kind! Fährst du?" Gaby überließ ihren jeweiligen Partnern gerne das Fahren. Nicht, weil sie eine schlechte Fahrerin war, ganz im Gegenteil. Sie nutzte diese gewonnene Zeit immer für die Vorbereitung auf den Termin. Jan reihte sich fluchend in den Stadtverkehr ein, der seit langem durch die massiven Umbauarbeiten für den Kö-Bogen der helle Wahnsinn war. Die Hoffnung bestand zwar, dass sich das Ganze in wenigen Jahren durch Fertigstellung beruhigen würde, aber dann würde wieder woanders ein großes Loch gegraben und munter weiter gebaut. Man ahnte auch schon, was das sein würde: die Neugestaltung des Gustav-Gründgens-Platzes vor dem Schauspielhaus. All dies ging dem jungen Reporter durch den Kopf, während seine Kollegin auf dem Beifahrersitz Unterlagen las und leise vor sich hin murmelte.

Nach einer guten Stunde waren sie zurück in der Redaktion. Beide waren völlig frustriert über die Informationslage, denn eigentlich war nichts verkündet worden, was nicht schon längst bekannt war: ein zwölfjähriges Mädchen aus Vennhausen, ältestes Kind einer Übersiedlerfamilie, auffälliges Elternhaus, Informationen zur Auffindesituation, KEINE Hintergründe zur Art des Verbrechens (wie immer) und zum Abschluss der Aufruf an alle Bürger sich zu melden, falls etwas beobachtet worden sei (auch wie immer). Jan hatte das erste Mal neben dem Polizeisprecher auch einen der Ermittler erlebt, einen gewissen Oberle. Der Kerl war ihm unheimlich. Wie er die ganze Journalistenmannschaft taxiert hatte, während der Polizeisprecher seine Ausführungen gemacht hatte! Als er im Anschluss an die PK Fragen der Pressevertreter beantworten sollte, gab er sich einsilbig, verwies in jedem zweiten Satz auf das noch laufende Ermittlungsverfahren und brach den Termin vorzeitig ab. „Bitte haben Sie Verständnis, meine Damen und Herren, aber ich muss einen Kindermörder zur Strecke bringen." Eine seltsame Wortwahl! Nahm der Mann das persönlich? Weshalb wählte er einen Fachausdruck aus der Jägersprache?

„Sag mal, Gaby, kennst du diesen Oberle näher?" Sie blickte vom PC auf und setzte ihre Brille ab. „Wie man's nimmt, so gut, wie ein Pressemensch einen Kriminaler alter Schule kennen kann. Du hast ihn ja heute erlebt." „Ja, was stellt der sich denn eigentlich vor? Das muss doch ein Geben und Nehmen sein. Der will doch unsere Hilfe und dann rückt er mit nichts raus!" Gaby seufzte. „Ich kann da auch nur Vermutungen anstellen. So wie heute habe ich ihn allerdings wirklich noch nicht erlebt. Da solltest du mal seinen Kollegen kennenlernen, diesen Schmitz. Der hat mal vor ein paar Jahren einem Fotografen vom Express die Kamera und die Brille zertrümmert ... als sie noch auf seinem Gesicht saß. Zugegeben, Schmitz hatte den Mann mehrfach verwarnt, aber dann direkt so auszurasten! Aber Oberle ... ja, weißt du, da gab es mal vor längerer Zeit einen ganz üblen Fall. Es ging da auch um tote Kinder, illegaler Organhandel im großen Stil. Ein organisiertes internationales Netzwerk mit Zentrum in SüdamErica. Im Zuge der Ermittlungen ist Oberle zwischen die Fronten geraten und dem Vater eines toten Kindes in die Finger gefallen. Der war ein russischer Auftragskiller und hat Oberle wohl mehrere Tage gefoltert, weil er den Polizisten für den Tod seines Kinders verantwortlich gemacht hatte. Ich war zeitnah nach dem Fall mal zu Gast bei einem Tag der offenen Tür der Polizei NRW. Da hab ich an einem Stand was aufgeschnappt. Zwei Mann vom SEK haben sich bei einem Bier unterhalten und einer hatte gesagt, dass Oberle sein Leben im Tausch für ein Kind angeboten habe. Nun, es mag reine Küchenpsychologie sein, aber vielleicht gehen ihm seit dem Fall Mordsachen mit Kindern einfach zu sehr an die Nieren."

Jan schwieg und dachte nach. Das mochte wirklich ein Grund sein. Er wüsste auch nicht, wie er reagieren würde, wenn jemand der Tochter seines Bruders etwas antun würde. Aber für Oberle waren das doch Fälle, seine tägliche Arbeit. Gaby sah ihr Gegenüber nachdenklich an. Als hätten seine Gedanken auf einem Display auf seiner Stirn gestanden, sagte sie eindringlich: „Das sind für den nicht einfach nur irgendwelche Fälle. Das sind die schwächsten, die schutzlosesten Glieder in der Gesellschaft, die Kinder. Und in einem hatte Oberle recht: wir von den Medien tragen, bewusst oder unbewusst, an der veränderten Wahrnehmung der Gesellschaft mit Schuld. Jedermann glaubt, es gäbe immer mehr Missbrauchs- und Mordfälle an Kindern - was jede Statistik leicht widerlegt. Aber dadurch, dass über den gleichen Fall in 14 Fernsehsendern, 6 Radiostationen, 30 Tageszeitungen und Illustrierten, unzähligen Internetplattformen mehrmals täglich berichtet wird, kommt es einem vor, als würde fast jede Woche ein Kind sexuell misshandelt und ermordet." Jan hob an: „Moment, da habe ich andere Infos. Ich habe vor kurzem erst ganz aktuelle Zahlen gelesen. Nämlich, dass sich zwischen 2013 und 2015 die Zahl der angezeigten Missbrauchsfälle um 28 % erhöht hat. Aber die Dunkelziffer ..." Gaby winkte ab: „Klar, es gibt eine unklare Menge, insbesondere bei den Vermisstenfällen. Aber es ist in keinem Falle so heftig, wie es Otto Normalverbraucher wahrnimmt. Ist aber auch egal, schon EIN Fall ist an sich zu viel."

Der junge Journalist zweifelte an der These seiner Kollegin. Nicht die Aussage zu EINEM Fall zu viel, da war er mit ihr einig. Aber die Daten aus der aktuelleren Kriminalstatistik sowie eine Dokumentation auf 3SAT aus der Reihe „scobel" aus der vergangenen Woche zum Thema Pädophilie hatten ihn dazu gebracht, seinen bisherigen Standpunkt in Frage zu stellen. Poulsen schwieg und durchforstete das Bildmaterial, das er während der PK gemacht hatte. Er suchte das aus seiner Sicht Beste aus, bearbeitete es nach und sandte es an die Kollegen der Druckvorstufe. Er wollte gerade den Ordner mit den Bildern schließen, da stach ihm etwas ins Auge. Mehr unbewusst vergrößerte er das Bild und betrachtete Oberles Gesichtszüge. Dann sah er auf den Zeitindex der Bilddatei. Mit dem Handy wählte er hastig eine Nummer. Da weder er noch Gaby gut mit einer Videokamera umgehen konnten, war ein Kollege von center.tv mit bei der PK gewesen. „Jan hier, sag mal, Ritchie, hast du Aufnahmen von der PK heute am Jürgensplatz? Ja, kannst du mir die Fundstelle auf unserem Server sagen ... okay, danke, hast was gut." Gabys strahlend blaue Augen beobachteten ihn interessiert. „Moment, gleich, ich such da was." Poulsen hatte die Datei gefunden und sprang auf den ungefähren Zeitpunkt, zu dem er das Foto gemacht hatte. Er startete den Film und lauschte dem mitaufgenommenen Ton; „... was, Herr Weichert, können Sie uns zur Todesursache des Mädchens sagen? Ist es missbraucht worden? ...“ Während ein Reporter eines anderen Blattes diese Frage an den Polizeisprecher gestellt hatte, hatte sich der Gesichtsausdruck von Oberle verändert. Da war auf einmal purer Hass und Ekel erkennbar! „DA“, rief er seiner Kollegin zu und stieß den drehbaren Monitor mit Schwung zu ihr herum, „schau dir sein Gesicht an. Der weiß was, da ist mehr dran, an der Sache. Das Kind ist ganz sicher missbraucht worden.“ Gaby lehnte sich zurück und sah Jan nachdenklich an. „Mag sein, mag nicht sein. Wir sollten in jedem Falle Augen und Ohren offen halten. Aber wenn ich dich dran erinnern darf, du hast in einer Stunde den Termin wegen der Sparkassensache. Also spute dich, husch husch wie der Wind, ich brauche deinen Textentwurf!“ Jan streckte ihr die Zunge raus und rief das Layoutprogramm für die Artikel auf.

Als ich nach der Pressekonferenz wieder im Büro eintraf, hörte ich Jupp erregt mit jemandem am Telefon diskutieren. „Ja, aber wie sollen wir das sonst machen? ... Na herzlichen Dank, dann können wir ... ja, SIE mich auch!“ Er knallte den Hörer auf. „Manchmal denke ich, die vom Jugendamt glauben, wir würden gegen sie arbeiten. Ich habe denen die Daten des Falles „Kölner Weg“ gegeben und was krieg ich zu hören? Datenschutz – keine Auskünfte. Rechtshilfeersuchen, blablabla, Verweis an den Herrn des Verfahrens, Anfrage durch den ermittelnden Staatsanwalt. Eh su enne Aaschkramp!“ Ich blickte ihn ruhig an, hockte mich an meinen Tisch ihm gegenüber und erwiderte: „Wie wäre es, wenn du einfach mal Jutta vor den Karren spannst? Die hat doch ständig mit denen vom Jugendamt zu tun. Da wird es doch eine informelle Quelle geben, wo man schneller zum Ziel kommt. Hat sie nichts in den Vermisstenlisten gefunden?" Jupp schlug sich mit der flachen Hand vor die Stirn. „Scheiße, ich hab doch versprochen, sie vormittags anzurufen. Da muss ich wohl Abbitte leisten." Während des längeren Gespräches, das Jupp teilweise im Flüsterton führte wie ein verliebter Teenager, las ich den kurzen Zwischenbericht von Ruprecht Vollmer, unserem Gerichtsmediziner.

Es war mittlerweile 19 Uhr. Seit der PK im Polizeipräsidium war Jan Poulsen kaum zur Ruhe gekommen. Jetzt hatte er alle anfallenden Terminarbeiten erledigt und dehnte seine schmerzende Rückenmuskulatur. Eigentlich war er heute zum Joggen verabredet, schließlich standen ja die NRW Meisterschaften der Leichtathletik an. Aber irgendwie ließ ihn der Fall des ermordeten Mädchens nicht los. Also begann er im Stichwortarchiv der RP und der angeschlossenen Unternehmen zu recherchieren. Er hatte mittlerweile seinen vierten Espresso hinter sich und würde eh nicht zum Schlafen kommen. Müde rieb er sich die rot geränderten Augen. Ein Blick auf die Uhr ... WAS? Schon 20.30 Uhr? Da bemerkte er, dass jemand hinter ihm stand. Er fuhr herum und sah in das nachdenkliche Gesicht von Walter Gronimus. „Sag mal, muss ich das persönlich nehmen, dass du dich vor meiner Abschiedsfeier drückst?" Jan zuckte zusammen. Total vergessen, obwohl er noch gestern zusammen mit Gronimus bei der Veranstaltung des Sparkassenvorstandes gewesen war und dieser ihn noch an heute Abend erinnert hatte. „Tut mir echt leid, Walter, aber ich war so in Gedanken. Sorry, gib mir noch fünf Minuten, dann komm ich rüber." Der alte Reporter beugte sich vor und fragte neugierig: „Was machst du denn da so Spannendes?" Irgendwie hörte sich der leichte Ruhrgebietsslang seltsam an, fand Poulsen. „Ach, an sich nix Besonderes, nur eben die Hintergründe zu dem Mord in Himmelgeist ... ja, und eben Infos zu diesem Oberle."

35

Gronimus hob das mitgebrachte Altbierglas an die Lippen, nahm einen langen Schluck und zog sich einen Stuhl heran. „Das mit der Kastanie da in Himmelgeist ... das ist schon ne seltsame Sache ... das ist immer schon ein gruseliger Ort gewesen. Der grausamste Fall war der aus den 70ern ... wie war das damals noch gewesen? Ja, da stand mal eine Scheune, ganz nah bei dem Baum. Und ... ja, im Herbst war das, da brannte die auf einmal." Walter nahm wieder einen Schluck Bier. Es war sicher nicht das erste Glas an diesem Abend, da war Jan sicher. Die Sprache des Alten war schon ein wenig undeutlich geworden. „Und als man den Brand gelöscht hatte, fand man die Skelette von zwei Personen in dem Schutt. Zwei Kinder, ungefähr in dem Alter des toten Mädchens von jetzt. Der Fall ist nie aufgeklärt worden." Gronimus leerte sein Glas mit einem letzten Schluck und rülpste leise. Poulsen starrte ihn mit offenem Mund an. „'schuldigung, kann doch mal passieren. Aber nu is Schluß, getz kommste mit!" Mit Mühe stemmte er sich hoch, zog den jungen Kollegen an sich und hakte sich bei ihm unter. „Woher weißt du das alles, Walter?" Der Angesprochene blieb stehen, wandte sich um und stierte Jan aus leicht glasigen Augen an. „Isch weiß noch mehr, viel mehr, mein Junge, aba nich heut mehr. Getz will ich mit dir trinken ... hick. Du komms mich morgen in Ratingen bsuchen, dan sseig ich dir mein Arschief!" Jetzt war es um die klare Aussprache völlig geschehen. Strahlend betrat Gronimus Arm in Arm mit Poulsen den Raum, in dem mehr als ein Dutzend Zeitungsmenschen den beiden zuprosteten und sich an Häppchen gütlich taten.

Kapitel 3

Poulsen erwachte am nächsten Morgen mit einem Kater epischen Ausmaßes. Was hatte er gestern denn alles getrunken, nachdem man in kleiner Runde das Büro verlassen hatte und den Abend mit einem Zug durch die Altstadt fortgesetzt hatte. Entsetzt kramte er nach seinem Portemonnaie. Nanu? Noch alle Scheine da? Aber er konnte sich noch an einige Killepitsch im Ausschank an der Flinger Straße erinnern. Dumpf waberte eine Ahnung durch sein gemartertes Hirn. Gronimus hatte seine fünf Begleiter den ganzen Abend freigehalten. „Oh, mein Gott", dachte sich Poulsen, „wie soll ich diesen Tag überstehen?" Ein Blick auf die Uhr jagte Adrenalin wie einen Tsunami durch seinen Körper. In 25 Minuten würde die Redaktionskonferenz beginnen!

Jan Poulsen vollzog das schnellste Duschen und Anziehen seines Lebens. Nach fünf Minuten saß er mit rasenden Kopfschmerzen auf seinem Fahrrad, den Schädel zusätzlich durch seinen Helm gefoltert. Im Stil eines erfahrenen Fahrradkuriers mogelte er sich an Staus und Engstellen vorbei, sodass er tatsächlich nassgeschwitzt, aber zeitgleich mit Pinkas Reinardy den Konferenzraum betrat. Stöhnend ließ er sich in den Stuhl neben Gaby fallen, die ihn teils entsetzt, teils mitleidig ansah. „Spät geworden?" Jan flüsterte: „Keine Ahnung, Filmriss!" „Genau der Grund, warum ich nicht mitgegangen bin", antwortete sie und schob ihm mit einem mitfühlenden Schulterklopfen ihren Kaffee mit viel Zucker rüber. Dankbar griff der junge Kollege zu und nahm einen tiefen Schluck.

Reinardy hatte die Unpässlichkeit Poulsens bemerkt und wandte sich mit einem diabolischen Grinsen zu ihm hin. Mit einer extrem lauten Stimme sprach er: „Kollege Poulsen, wie ich sehe, sind Sie voll auf dem Deich.

Wie weit sind Sie mit dem Sparkassenartikel?" Die Stimme dröhnte in Jans Kopf wie Gongschläge. Er räusperte sich kurz und antwortete mit belegter Stimme: „Mir fehlt noch das letzte Interview mit dem Vorstandsmitglied. Die Stellungnahmen aus dem Rathaus habe ich und auch schon ein paar Stimmen aus dem Volk. Man hat mich immer wieder vertröstet, aber morgen um 13 Uhr soll nun endlich der Termin sicher sein." Reinardy nickte anerkennend. „Prima, dann können wir den Bericht ja am Samstag bringen. Da wird er den meisten Wirbel machen." Zufrieden grinsend rieb er sich die Hände und wandte sich anderen Mitarbeitern zu.

Poulsen atmete innerlich auf. Er folgte nur oberflächlich den weiteren Diskussionen um Kö-Bogen, Rentendiskussion und Flughafenlärm. Nachdem die Besprechung aufgelöst worden war, verzogen sich alle an ihre Arbeitsplätze und Gaby Fresnell hakte sich bei ihrem Kollegen unter. „Hör mal, heute ist wirklich nicht echt was los. Ich habe hier ein kleines Interview zu der Verkehrssituation in Rath. Magst du das nicht übernehmen? Ist nichts Großes und du kannst danach Schluss machen. Und von Rath ist es ja nicht weit nach Ratingen ... zu Walter, nicht wahr?"

Völlig verdutzt blickte Jan seine Kollegin an. „Häh? Wie denn? Sag mal, hörst du uns hier ab? Woher weißt du denn das schon wieder?" Verlegen grinsend kratzte er sich hinterm Ohr. Gaby legte den Kopf zur Seite. „Tja, mein Nachname ist doch fast Programm. Mein Blick und meine Ohren reichen seeeeehr weit!" Lächelnd fuhr sie fort: „Nein, Spaß beiseite. Walter hat mir gestern noch einen Zettel mit seiner Privatadresse für dich gegeben. Er war sich sicher, dass er gestern Abend mit euch abstürzen würde und dann bis heute vergessen hätte, dass ihr heute einen Termin habt." Poulsen sah auf den Zettel. Mit einer schwungvollen Schreibschrift stand Am Lindchen, Ratingen. Wo im Himmel war das denn? Dankbar nahm er Gaby in den Arm, drückte ihr einen Kuss auf die Wange und sie winkte ab: „Nun hau schon ab, du malträtierter Charmeur!"

Poulsen war überaus glücklich für das Angebot. Tatsächlich sorgten die zwei Aspirin im Büro und die Radtour nach Rath für eine allmähliche Entspannung und er konnte halbwegs bei Sinnen die Interviews mit den Anwohnern der Westfalenstraße und den zuständigen Stadtverordneten machen. Mittags war er fertig und gönnte sich einen Döner Kebap. Nur mit viel Mühe gelang es ihm, das Fast Food unfallfrei zu essen ... gut, ein wenig Salat zierte jetzt den Bürgersteig, aber bei Döner war immer ein wenig Schwund drin. Er griff zum Handy und wählte die Nummer, die Walter Gronimus ebenfalls auf den Zettel geschrieben hatte. Nach einigen Sekunden meldete sich eine mürrische Stimme. „Gronimus, wer stört?" Jan meldete sich. Sofort hellte sich die Stimme seines Gegenübers auf. „Jung, wie isset dich? Haste die Nacht gut überstanden?" Poulsen stöhnte. „Hör bloß auf. Ich leide jetzt noch. Würde es dir passen, wenn ich bei dir vorbeikomme?" Gronimus überlegte kurz. „Ja, komm vorbei. Wie lange brauchst du?" „Ich bin mit dem Rad unterwegs. Vermutlich ne knappe halbe Stunde!" „Alles klar, ich werfe schon mal die Kaffeemaschine an und stelle dir ne Flasche Wasser raus. Bis gleich, Jung!"

Jan tippte die Adresse in sein Handy und schaltete die Fahrradnavigation an. Er ließ sich Zeit und genoss den leichten warmen Wind des Altweibersommers. Er passierte den evangelischen Friedhof in Ratingen und stoppte vor einem Einfamilienhaus. Nicht schlecht! Altbau, aber geschmackvoll renoviert. Er ging durch das Gartentor hindurch und stellte das Rad an der Hauswand ab. Durch das Küchenfenster hatte Walter Gronimus seinen Gast schon bemerkt und öffnete gleich mit einem strahlenden Lächeln. „Dat ging aber fix, weisse! Naja, in DEINEM Alter ... sach mal, machste nich auch viel Sport? Laufen und so?" Jan nickte und trat ein. „Ich hab neben Journalismus auch Sport in Köln studiert. War nicht immer einfach, die Vorlesungen und Prüfungen zu koordinieren, aber irgendwie hat es geklappt. Wenn ich also mal eine langjährige Schreibblockade habe, kann ich immer noch als Trainer arbeiten!"

Gronimus führte seinen Besuch auf die Terrasse, die sonnendurchwärmt war. „Nimm Platz, Jung, ich hol schon mal alles. Und dann gibbet Butter bei die Fische!" Nach wenigen Augenblicken hörte Jan ein Klirren und Walter kam mit einem Servierwagen auf die Terrasse. Das Teil war überladen: Kaffee, Wasser, Orangensaft, Oliven, Käsestückchen, eine komplette kleine Tapas-Sammlung. Unter den Arm geklemmt steckte ein prall gefüllter Ordner und auf dem unteren Brett des Servierwagens lag ein Notebook.

Der junge Journalist blickte den Alten an. „Sag mal, kommt noch jemand? Ich wollte eigentlich nicht hier übernachten!" Schmunzelnd erwiderte Walter: „Lass mal, Jung, wir machen et uns hier richtig gemütlich und dann legen wir los, wenn wir gestärkt sind. Willste nen Bütterken?" An Arbeit war also nicht direkt zu denken. Nach einer halben Stunde rieb sich Walter zufrieden über den Bauch. „So isset gut, woll? Nun aber los mit die Akten!" Damit zog er den Ordner zu sich und klappte ihn auf. Ordentlich abgeheftet waren dort uralte, schon gelb gewordene Zeitungsseiten sowie handgeschriebene Notizen. Leise und unverständlich vor sich hinmurmelnd wühlte Walter in den Akten. Die Sortierung schien aus einem nur ihm vertrauten System zu bestehen - es konnte aber keinesfalls alphabetisch sein. Dann hieb er mit der flachen Hand auf den Gartentisch, sodass die Kaffeetassen hüpften. „Sach ich doch, in ein ordentliches Haus geht nix verloren. Hier, da isset ... Moment, ich les nur noch mal kurz." Er stützte den Kopf in beide Hände, murmelte wieder, befeuchtete gelegentlich den Zeigefinger und blätterte um. „So, getz bin ich wieder im Film." Poulsen richtete sich erwartungsvoll auf und blickte sein Gegenüber an.

„Also, wenn ich zu langatmig werde, dann musse mich das sagen." Immer noch dieser leichte Ruhrpott-Slang, dachte Jan. Er wusste, dass Gronimus seit mehr als 40 Jahren in der Düsseldorfer Nachrichtenszene unterwegs war. „Et war in meiner Anfangszeit in Düsseldorf. Ich kam frisch vonne Journalistenschule und war noch total unbeleckt. Et war im November, mistiges Wetter, Nieselregen und kalt. Zwei Jungs, einer neun, der andere elf Jahre alt, wohnten in Wersten. Spielkameraden eben. Und die sollen zu Fuß die Strecke von Wersten bis nach Himmelgeist am Rhein gelaufen sein, nur so aus Spaß. In dünnen Klamotten! Nachmittag, wo et schon um vier Uhr dunkel werden tut. Dat gibbet doch auf kein Schiff! Jedenfalls sind se die Strecke von FÜNF Kilometern gelaufen, sicher über eine Stunde mit die kurzen Beinchens. Nix mit Straßenbahn. Da gabbet noch kein Schoko-Ticket oder sowat. Unmittelbar an der Kastanie – übrigens ein wunderschöner alter Baum – stand damals eine große Scheune, richtig stabil, mit Steinfundament und so. Voll mit Strohballen. Jedenfalls so ungefähr war dat gewesen: gegen 16 Uhr kam die Nachricht, dat die Scheune brennen tut. Die Feuerwehr kam, konnte aber nix machen, kein Wasser. Als sie dann endlich mit Schläuchen Wasser aus einem Tümpel in Himmelgeist gepumpt hatten, waret eh zu spät. Allet platt! Sogar der Baum war angekokelt, aber den hamm se noch retten können. Und inne Asche lagen die Überreste der Jungs."

Gronimus sah sein Gegenüber nachdenklich an. Jan Poulsen hatte die Zeigefinger zusammengelegt und hielt sie auf die Unterlippe. „Was haben die Jungs da gemacht? Haben sie gezündelt?" Der Alte beugte sich vor. „Siehste? Genau das wollte uns die Polizei weismachen! Aber da waren so viele Ungereimtheiten. Nur mal so als Beispiel: neben den Gebeinen lag da ne Gürtelschnalle in den Überresten der Scheune. Gehörte keinem der Jungs. Und auch ein teures Sturmfeuerzeug. Keiner aus der Familie kannte das. Gut, man könnte sagen, die Schnalle stammt von nem Penner, der da mal übernachtet hat und überhastet fliehen musste. Die Polizei fuhr da oft Streife, wegen illegalen Campern. Und das Feuerzeug könnten die beiden ja auch irgendwo geklaut haben." Walter setzte ein diabolisches Grinsen auf. „Jetzt wird die Sache nur etwas seltsam. Ich selbst hab aufgrund von Hinweisen von einem ... warte mal, wie hieß der noch? ... ja, da steht's: Vogt, Andreas. Der hat mir vor ein paar Jahren erzählt, es hätte noch einen dritten, etwas älteren Jungen gegeben. Von dem weiß aber keiner was und der ist nie gesucht, geschweige denn befragt worden. Und jetzt pass auf, jetzt kommt der Klopper: dieser Vogt, der macht mit seinem Verein viel Tammtamm um diesen Baum, die Himmelgeister Kastanie. Ist irgend so ein Naturdenkmal. Paar hundert Jahre alt. Also, der hat mal so ne Art Fest am Baum gemacht und da ist ein Typ mit nem Rad vorbeigekommen und hat gerufen, dass er derjenige gewesen sei, der damals die Scheune mit den beiden Jungs angezündet hat."

Poulsen war aufgesprungen. „Das glaubst du doch wohl selbst nicht?" Der erfahrene alte Reporter lehnte sich zurück und betrachtete den anderen nachdenklich. „Hab ich auch am Anfang gedacht. Aber ich hab außer mit Vogt auch mit zwei weiteren Personen gesprochen, die da dabei gewesen sind. Die haben das auch gehört ... waren aber zu perplex, um zu reagieren. Dieser Vogt schien aus dem Vorfall so eine Art persönliche Sache zu machen und hat ein Wiederaufnahmeverfahren bei der Polizei beantragt. Er hatte einen weiteren Zeugen gefunden, der aber nicht aussagen wollte. Der hatte ein drittes, etwas älteres Kind an dem Tatort gesehen."

Gronimus pulte sich Essensreste mit einem Zahnstocher heraus, was Jan die Gelegenheit gab, eine Frage zu stellen: „Aber, Walter, du hast doch gesagt, der Ort wäre gruselig. Nur wegen diesem einen Fall?" Der Alte war mit der Zahnpflege fertig und antwortete: „Weißt du, damals gegen Ende des Krieges, da sind noch Deserteure und angebliche Kollaborateure an dem Baum von der SS aufgehängt worden. Die Alten dort nennen den

Baum hinter vorgehaltener Hand heute noch Galgenbaum. Vor ein paar Jahren hat sich dort der Sohn eines ganz hohen Tieres von der Uni das Leben genommen. Ganz in der Nähe, am Rheinufer soll es sogar ein Massengrab geben, mit sogenannten Fremdarbeitern im Dritten Reich. Sie sollten gegen Kriegsende Schützengräben ausheben und Sperren bauen, weil die Amis auf der anderen Rheinseite anrückten. Fatalerweise starben sie bei einem Bomberangriff der Alliierten. Das Schicksal kann manchmal grausam sein."

Poulsen blickte auf seine Uhr. Mein Gott, fast 18 Uhr. Wo war die Zeit geblieben? Walters anschauliche Erzählweise hatte in ihm ein Kopfkino ausgelöst. Schemenhaft glaubte er den Ablauf vor sich zu sehen, wie die beiden Jungen in die Scheune traten, dann eine Art Filmschnitt, und der pechschwarze Himmel rot lodernd vom Feuer, das die Scheune auffraß. Er erhob sich und reichte Walter die Hand. „Ich möchte dir für deine Informationen danken. Mein Kopf ist jetzt derartig voll, dass ich das alles erst einmal sortieren muss. Kann ich mir deine Unterlagen kopieren?"

Gronimus hielt den Ordner in beiden Händen, umklammerte ihn wie einen Schatz und sah den jungen Kollegen nachdenklich an. Sah er in ihm ein jüngeres Ich? Glaubte er, in Poulsen all die Ideale wiederzuerkennen, die er selbst mit den Jahren verloren hatte? Langsam streckten sich seine Arme. „Nimm sie mit und kopiere dir, was du brauchst. Aber wenn nur eine Seite danach fehlt, breche ich dir beide Arme." Grinsend nahm Poulsen die Dokumente entgegen. „Bis Ende der Woche hast du sie zurück, vollständig, versprochen. Ich muss los und noch den Text für die Redaktion tippen und absenden. Und, Walter ... danke für dein Vertrauen!" Der Handschlag der Männer fiel länger und fester aus als normal. Es war wir eine stille Übereinkunft. Vorsichtig verstaute Poulsen den Ordner in seiner Tasche und radelte durch die Dunkelheit davon.

43

Das unauffällige Einfamilienhaus auf der Mörikestraße in Stockum bot dem Vorüberfahrenden nur wenig Einblick. Weiße Fassade, teils vergitterte Fenster, wie es bei Bauten aus den 60ern oft üblich war. Das Dachgeschoß war ausgebaut und nach hinten erstreckte sich eine großzügige Gartenfläche mit alten Bäumen, die als Sichtschutz zu den Nachbarn dienten. Eine regelrechte Straßengemeinschaft bestand hier nicht. Man grüßte sich höflich, hielt Smalltalk ab, tauschte sich über die kleinen Sorgen des Alltags aus. Das Ehepaar, das dieses Haus bewohnte, lebte hier schon seit mehr als 30 Jahren. Der Mann hatte das Haus von den Eltern geerbt und im Dachgeschoß sein Architekturbüro eingerichtet, nachdem er das Studium abgeschlossen hatte. Gereon Ihling war kein innovativer Entwickler. Er war bodenständig und konservativ. Was ihn jedoch auszeichnete und ihm eine Menge Kundschaft einbrachte, war seine absolute Zuverlässigkeit, Termintreue und vor allem gewissenhafte Kalkulation. Er entschuldigte sich schon, wenn er seine Planung um 500 € überschritt. Dies führte zu Mundpropaganda, was ihn voll auslastete und zu einem reichen Mann machte. Ihling und seine Frau Cynthia engagierten sich sozial, waren in Heimatvereinen organisiert, hielten sich aber außer bei Pflichtveranstaltungen im Hintergrund. So existierte von ihm im Internet auch nur ein einziges Foto, ein Portrait auf seiner Homepage, welches ihm sehr schmeichelte und ihn dynamischer darstellte, als er real wirkte.

Die gutbürgerliche Fassade war nahezu perfekt. Was aber nur einem eingeweihten Zirkel bekannt war, war die architektonische Besonderheit des Gebäudes. Wurden heutzutage umfangreiche Erdarbeiten in der Regel zur Erstellung eines Pools gemacht, hatte dies in den 70er Jahren andere Gründe. Die Panik in den USA vor einem potentiellen atomaren Angriff des Warschauer Paktes hatte zu skurrilen Stilblüten geführt. Privatleute hatten sich Bunker und Erdhöhlen gebaut, hatten Vorratslager angelegt und ständige Evakuierungsübungen veranstaltet. Ihling hatte sich von dieser

Paranoia anstecken lassen und 1971 während des Vietnamkrieges einen ausgedehnten Bunker anlegen lassen. Er war damals von seinen Nachbarn belächelt und als Sonderling abgetan worden. Mit den Jahren war das Bauwerk in Vergessenheit geraten und Ihling hatte es mittlerweile zu anderen Zwecken genutzt.

Gereon Ihling, 71 Jahre, und seine Frau Cynthia, 68 Jahre, Tochter eines US-amEricanischen Soldaten und einer deutschen Mutter, hatten immer die Absicht gehabt, Kinder großzuziehen. Aus medizinischen Gründen blieb es bei dem Traum. Als dies unumstößliche Tatsache war, machte sich Cynthia insbesondere stark für sozial benachteiligte Kinder. Sie arbeitete ehrenamtlich in Kindergärten und Waisenhäusern und hatte zumindest auf diese Art Kontakt zu dem ihr selbst versagten Nachwuchs. Zunächst nur ein schaler Ersatz dessen, was ihre Lebensplanung gewesen war, füllte sie die Aufgabe mit der Zeit aus. Doch dann, eines Tages im Sommer 1977, als sie einen Spielenachmittag für eine Gruppe Waisenkinder bei sich zu Hause ausrichtete, hatte sich etwas verändert. Gereon hatte seiner Frau geholfen und für die Kinder ein aufblasbares Planschbecken im Garten aufgestellt. Für jedes Kind hatte er eine Wasserpistole gekauft und sich bei der Schlacht aktiv beteiligt. Cynthia hatte glücklich zugesehen und für das leibliche Wohl gesorgt. Dann wurden die Kinder von dem Paar und der ebenfalls anwesenden Erzieherin abgetrocknet und umgezogen, damit man gemeinsam grillen konnte. Dabei war Cynthia etwas aufgefallen, was sie noch am gleichen Abend mit ihrem Mann besprechen wollte.

Die Abendkühle war über den Garten ins Haus gekrochen und so hatten sie ihren Kamin befeuert. Im flackernden Licht und mit einem Glas Rotwein saß Cynthia neben Gereon im Sessel und streckte ihre Hand nach ihrem Gatten aus. Ohne ihn anzublicken, fragte sie: „Das war schön heute mit den Kleinen, nicht?" Er nickte, ohne seine Frau zu anzusehen. Seine

45

Augen waren starr auf das lodernde Feuer gerichtet und er war fasziniert von den aufsprühenden Funken, die wie Glühwürmchen durch die Brennkammer segelten.

„Gereon, als wir die Kleinen angezogen haben ... ich habe ... da was gesehen. Und darüber will ich mit dir reden!" Gereon verkrampfte sich und hielt den Blick weiter fest auf den Kamin gerichtet. „Ich habe gesehen, wie du körperlich auf diese kleine Blondine reagiert hast und ..." Er sprang auf und fuhr sie an: „Was willst du mir damit sagen? Dass ich mich an Kindern aufgeile? Das ist ja wohl das Letzte. Was hältst du eigentlich von mir?" Sie konnte im schwachen Licht nicht erkennen, ob seine Empörung gespielt oder echt war. Sie wusste jedenfalls genau, was sie gesehen hatte. „Setz dich bitte hin und höre mir ruhig zu, ohne mich zu unterbrechen. Wenn ich fertig bin, bin ich gerne bereit, dich anzuhören." Einen kurzen Augenblick sah er seine Frau entsetzt an und ließ sich dann wieder in den Sessel fallen, weiterhin jedoch ohne sie anzusehen.

„Ich habe gesehen, wie du einen Ständer bekommen hast. Und ich habe gesehen, wie deine Hände länger als nötig das Kind im Intimbereich gewaschen und abgetrocknet haben." Sie konnte erkennen, wie sich seine Kiefermuskeln spannten und seine Zähne sich aufeinander pressten. „Leugne es nicht, ich kenne dich lange genug. Ich weiß, wie sich dein Blick verändert, wenn du erregt bist." Gereon wand sich im Sessel. Das Gehörte bereitete ihm Qualen. War er so leicht zu durchschauen? Aber er war doch kein Pädophiler! Er hatte doch Sex mit seiner Frau und, wie er meinte, auch guten und erfüllenden. Aber es gab eine kleine verschwiegene Ecke in seinem Verstand, gut verborgen vor der Außenwelt, niemandem zugänglich außer ihm selbst –dort träumte er von dieser weichen weißen Haut, dem sanften Fleisch, der noch nicht erblühten Weiblichkeit, dieser Unschuld. Allein die Blicke der Kleinen heute waren ihm ins Herz und ins Geschlecht gefahren. So viel Unschuld und doch solche Grazie und Laszivität. Wie konnte eine Neunjährige so gekonnt posieren und sich in Szene setzen? Er hatte es einfach nicht in der Gewalt und sah seine bisherigen Fantasien real werden. Nachdem sie die Kinder umgezogen hatten, war er nach oben gestürmt und hatte im Badezimmer onaniert.

Cynthia war aufgestanden und hatte sich mitten in seine Blickrichtung gestellt. Er hob den Kopf. „Und jetzt? Was jetzt? Willst du die Scheidung? Soll ich in Therapie gehen? Ich habe doch gar nichts gemacht. Es ist doch nichts passiert, gar nichts!" Sie schüttelte den Kopf. „Das würden andere Leute anders sehen, glaub mir, und ..." Gereon unterbrach sie. „Das ist mir doch egal, was die anderen sagen. Ich bin mir jedenfalls keiner Schuld bewusst." Sie lächelte hintergründig. „Egal was die anderen sagen? DIR? Wem machst du hier was vor? Doch nur dir selbst. Aber jetzt sei bitte still und hör mir weiter zu." Er sackte in sich zusammen, kraftlos, wie eine Marionette, deren Fäden mit einem Schnitt durchtrennt wurden. Sie kniete sich vor ihm nieder und legte die Hände flach auf seine Oberschenkel.

„Gereon, wir waren bisher immer ganz offen zueinander. Nach außen mögen wir ja als Spießer gelten, aber ich weiß, dass tief in dir ein Rebell wohnt, den du nur leidlich kontrolliert hast. Erinnere dich an den Urlaub auf Ibiza, während unseres Studiums. Die Nacht, als wir beide uns mit der kleinen Marokkanerin vergnügt haben. Seit damals weiß ich, wozu du fähig bist." Ihre Hände glitten seine Beine hoch und ruhten dann auf seinem Bauch. Sie fuhr mit heiserer Stimme fort. „Ich habe gesehen, wie du heute reagiert hast. Ich habe gesehen, was du getan hast. Was DU NICHT gesehen hast, ist das, was ICH getan habe." Er riss die Augen auf! „Ich habe mich vorhin um ihre kleine rothaarige Kameradin gekümmert und auch sie fühlte sich so gut an. Ich hab sogar den Eindruck, dass sie sich gegen meine Hand gepresst hat, als ich sie untenrum abgetrocknet habe. Sie war meine absolute Favoritin. Und ich würde die beiden gerne

47

nochmal einladen, dann aber nur zu zweit. Wir sind mittlerweile in dem Kinderheim gut genug bekannt und angesehen. Niemand wird glauben, dass wir etwas anderes im Sinn haben, als den Kindern einen schönen Tag zu bereiten. Wir sind angesehene Bürger, honorig und von untadeligem Ruf. Und dann ...", dabei öffnete sie seinen Gürtel und seine Hose, „... dann werden wir uns zusammen mit den beiden vergnügen. Es hat mich mindestens so geil gemacht wie dich!" Damit ließ sie ihren Kopf sinken und nahm seinen mittlerweile angeschwollenen Penis in den Mund.

Gereon sah den sich hebenden und senkenden Kopf seiner Frau mit schreckensgeweiteten Augen an. WAS hatte sie da eben gesagt? Sein Kreislauf war durchgesackt, er nahm alle Geräusche nur noch gedämmt wahr und in seinem Mund bildete sich ein metallener Geschmack. Kalter Schweiß war auf seine Stirn getreten und er meinte jeden Augenblick bewusstlos zu werden. Sie schien davon nichts zu bemerken und saugte und knabberte mit steigender Intensität an seinem Schwanz. Das konnte jetzt doch einfach nicht wahr sein! Er hatte binnen Sekundenbruchteilen sein Leben in Trümmern liegen sehen und dann DAS? Sie kannte ihn genau, sie wusste, was sie tun musste. Und sie tat es gut. Von der Fantasie des Gehörten beflügelt, schoss er nach wenigen Minuten in ihrem Mund ab. Und als wäre es eine besondere Art von stillschweigendem Vertrag, war nach diesem Akt klar gewesen, dass sie diesen düsteren, für sie beide so erregenden Weg zusammen gehen würden.

Mit den Jahren waren ihre Spiele ausgefeilter, nachhaltiger in ihrer Wirkung geworden. Sie wechselten die „Spielgefährten", wie sie die Kinder nannten, in möglichst kurzem Abstand. Zum einen, weil sie damit Verhaltensauffälligkeiten bei den Minderjährigen vermeiden wollten, zum anderen, weil Abwechslung größeren Reiz bot. Immer wieder neu das Erstaunen in den Augen der Kinder, ihre Hilflosigkeit, ihre unbeholfene

Abwehr. Mit Entstehen des Internets war der Zugang zu Gleichgesinnten deutlich leichter als zuvor. Musste man ursprünglich mit codierten Anzeigen in Zeitschriften miteinander in Kontakt treten, waren jetzt in Foren, Kontaktbörsen und Chatrooms sogar internationale Kontakte angebahnt. Man lernte voneinander, gab sich Tipps und mit wachsendem Vertrauen wurden auch gemeinsame Treffen arrangiert, bei denen die Erwachsenen ihre „Spielgefährten" mitbrachten. So war auch der Kreis rund um David Lessing entstanden. Der Online-Broker hatte sich schnell als Leitwolf dieser Gruppe mit identischen Neigungen herauskristallisiert. Sein Charisma und seine Verbindungen machten ihn für die „Duteils" unverzichtbar. Dieser Name für ihren Clan entstand aus dem pervertierten Missbrauch eines Künstlernamens, der ein Lied mit dem Titel „Prendre un enfant par la main" (Nimm ein Kind an die Hand) geschrieben hatte. Yves Duteil war ganz sicher kein Pädophiler. Das Lied verlangte von Erwachsenen, Kinder schützend an die Hand zu nehmen und in eine sichere Zukunft zu führen – also genau das Gegenteil von dem, was diese Menschen den jungen Geschöpfen antaten.

Es bildeten sich kleinere Zirkel, die an verschiedenen Standorten Treffen veranstalteten, Festival oder Konvent genannt. Neben einem Strandhaus auf dem Darß und einem Wasserschloss bei Doetinchem in den Niederlanden war es das Haus der Ihlings, da es sich durch die bauliche Besonderheit geradezu aufdrängte. Als man das erste Festival in Stockum stattfinden ließ, waren alle Teilnehmer begeistert von den Möglichkeiten, die sich boten. Es gab in dem Erdbunker mehrere Räume, in die man sich zurückziehen konnte, wenn man mit den „Spielgefährten" allein sein wollte. Alternativ dazu existierte ein großer Gemeinschaftsraum, der edel möbliert und mit Unterhaltungselektronik ausgestattet war. Abgerundet wurde die Ausstattung durch mehrere Bäder sowie eine Sauna und einen kleinen Pool. In sämtlichen Räumen waren diverse Stahlösen fest im Boden verankert. Gereon Ihling hatte diese Vorrichtungen nachträglich selbst angebracht. Er hätte einem Handwerker kaum die Notwendigkeit dieser Einbauten plausibel machen können. An ihnen wurden die Kinder festgekettet, sofern sie sich renitent gaben.

Unter den Gruppenmitgliedern waren mehrere Mediziner sowie Personen, für deren Berufsbild psychologische Kenntnisse erforderlich waren. Diesen oblag im Fall der Fälle die medizinische Versorgung der Kinder sowie deren mentale Beeinflussung, um sie von der Preisgabe der Geschehnisse abzuhalten. Eine Erzieherin hatte einmal gesagt: man ahnt gar nicht, wie leicht es ist, so eine schwache Seele einzuschüchtern und umzuformen, sodass sie einem zu Willen ist. So waren sie sich in ihrem Tun auch überaus sicher und fühlten sich zusätzlich unantastbar durch ihre politische und soziale Vernetzung. Einem Spinnennetz gleich zogen sich die Kontakte der „Duteils" durch die oberen Gesellschaftsschichten und Entscheidungsträger.

Die Zusammenkünfte fanden in der Regel alle drei Monate an wechselnden Orten statt. Doetinchem war nur eine gute Autostunde von Düsseldorf entfernt. Gut für die „Duteils", die sämtlich im Umkreis von 50 Kilometern um die Landeshauptstadt wohnten. War ein Treffen auf dem Darß angesetzt, bezeichneten diejenigen, deren „Spielgefährten" nicht die eigenen Kinder waren, die Fahrt als Ausflug. Mal wurden sie als Bonus für ein gutes Zeugnis, mal als Dankeschön für eine vorgebliche Unterstützung durch die Kinder im Haushalt ihrer Gönner bezeichnet. Man unternahm auch vieles mit den Kindern: Boots-und Angeltouren, Museumsbesuche, Theater- und Kinovorstellungen, Ausritte zu Pferd oder Kutschfahrten ... das Programm war vielfältig und so war sichergestellt, dass die Kinder bei der Rückkehr auch wirklich etwas von dem Urlaubsort erzählen konnten. Abends jedoch gingen die Erwachsenen dem eigentlichen Ziel der Reise nach.

Mittlerweile waren Gereon und Cynthia seit über 30 Jahren in der Szene aktiv. Nach einem ersten schreckhaften Zusammenzucken vor den restriktiven Maßnahmen, die die Gesetzgeber Europas gegen Pädophile initiiert hatten, wurden andere Wege gefunden, ihre Neigungen zu praktizieren. Gewiss, die Aufdeckung der Taten rund um die Gruppe von Dutroux in Belgien hatte sie zum Innehalten gezwungen, aber sie wurden vorsichtiger und trafen sich seltener. An die Aufgabe ihrer perversen Neigungen dachte keiner – zumal sich auch keiner für pervers hielt. Man betrachtete sich als privilegierte Stützen der Gesellschaft und des Systems und empfand es nur als gerecht, wenn die Gesellschaft sich für diese „Wohltaten" erkenntlich zeigte –durch ein lasches System von Kontrolle und Fürsorge. Diese Systemschwächen nutzten sie aus – ohne Gnade. Im gleichen Atemzug jedoch waren die Mitglieder des „Duteil"- Kreises eine Gruppe von Menschen, deren caritatives Engagement weit über dem Durchschnitt lag. Bislang war jedoch keinem aufgefallen, dass diese honorigen Gönner stets darauf bedacht gewesen waren, nicht zu deutlich in Erscheinung zu treten. Aufmerksamkeit war das letzte, was sie wollten.

Mit zunehmendem Alter ließ der sexuelle Appetit nach, aber er verschwand nie. Jüngere Mitglieder rückten nach und füllten die Reihen auf, wenn eine Person durch Tod ausschied – der einzig mögliche Weg, sich von den „Duteils" zu lösen. Einmal hatte ein Paar aussteigen wollen und ließ sich auch nicht durch gutes Zureden oder Drohungen von seinem Weg abbringen. Seltsamerweise verunglückten beide kurze Zeit danach auf einer Autofahrt in ihr Feriendomizil am Comer See.

Gereon hatte eine neue Variante der Triebbefriedigung gefunden. Gemeinsam mit seinem Vertrauten, dem Immobilienmakler Klaas Winzer, hatte er des Öfteren Schwimmbäder aufgesucht, in denen Schwimmkurse angeboten wurden. So befanden sie sich ebenfalls im Becken, wenn

Mütter mit ihren Säuglingen zum Babyschwimmen kamen oder Grundschulkinder ihr „Seepferdchen" machten. Beide Männer hatten dann eine der neuen Actioncams in den Taschen ihrer Badeshorts. Mit diesen Kameras mit wasserdichtem Gehäuse machten sie dann Unterwasseraufnahmen von den Kleinen, die man sich dann bei den Zusammenkünften oder auch allein ansah und sich daran aufgeilte. Wer würde schon diese kleinen technischen Wunderwerke bemerken, wenn sie unter Wasser zum Einsatz kamen und dann schnell wieder in den Shorts verschwinden würden? Sie achteten nur darauf, dass niemand mit einer Chlorbrille in der Nähe war, der ihr Tun hätte bemerken können.

Es war an diesem Wochenende kein reguläres Treffen geplant und so saßen die beiden Männer und Cynthia zusammen im Gemeinschaftsraum des Bunkers und betrachteten die Filmausbeute der letzten Wochen. Da klingelte es an der Haustür. „Wer kann das sein?", fragte Winzer hektisch. Er war der Ängstlichste im Kreis der „Duteils", was ihm in der Gruppenhierarchie auch den untersten Platz eingebracht hatte. „Keine Ahnung", meinte Cynthia und ging nach oben. Als sie zurückkehrte, hatte sie David Lessing im Schlepptau. „N'abend, Freunde, wie ich sehe, lasst ihr's euch gutgeh'n. Kaum verständlich, wenn man bedenkt, was im Moment so los ist." Das Trio blickte ihn verständnislos an. „Was soll denn los sein, David? Stimmt, wir haben heute weder Zeitung gelesen noch Radio gehört oder den Fernseher angehabt. Hat Frau Merkel mal wieder 'nen neues Hilfspaket geschnürt?", witzelte Winzer. Lessing blickte ihn mit geringschätziger Miene an. „Klar, dass sowas nur von dir kommen konnte, Klaas. Sagt mal, wann habt ihr das letzte Mal Spielgefährten bei euch gehabt, Gereon und Cynthia?" Sie überlegten nur kurz. „Na, vor zwei Monaten ungefähr, beim letzten großen Festival. Aber das weißt du doch, du warst doch dabei." Lessing blickte sie nachdenklich an. „Tja, dann hat einer aus unserem Kreis es etwas übertrieben und einen Solo-Abend veranstaltet. Kommt euch das Kind bekannt vor?" Damit hob er das aktuelle Exemplar des EXPRESS hoch, auf dessen Titelseite das Foto eines etwa zwölf Jahre alten Mädchens mit langen, blonden Haaren und strahlend blauen Augen prangte. Cynthia riss ihm die Zeitung aus der Hand. „Das ... das ist doch die Kleine von ... Giordano. Die hatte er doch beim Sommer-Festival dabei. Da", damit wies sie hinter sich auf eine bequeme Ledercouch, „hinten haben sie gesessen und geschmust."

„Schön, dass euch das auch auffällt. Ich dachte schon, ihr hättet euch den Rest Verstand ausgevögelt oder weggekokst. Wisst ihr, ob Giordano eine Midi-Session abhalten wollte?" Midi-Sessions waren doppeldeutig: Entlehnt aus dem Französischen, fanden diese Dates zumeist in der Mittagszeit statt und es waren nur wenige Personen beteiligt, also keine Maxi-Session.

Winzer räusperte sich. „Nun, Ricardo hatte schon mal die Idee geäußert, dass er gerne mal einen Gangbang mit seiner Spielgefährtin machen wollte. Ich hab ihm dringend abgeraten, das musst du mir glauben, David. Aber du kennst ihn ja, er lässt sich von niemand etwas sagen. Ich jedenfalls habe abgelehnt. Kann aber sein, dass er was außerhalb des inneren Kreises veranstaltet hat."

Lessing nahm auf der Couch Platz, rieb sich mit den Zeigefingern die Schläfen und dachte nach. Dann öffnete er die Augen und schaute seine Mitverschworenen an. „Ist euch eigentlich klar, was dieser Idiot angerichtet hat? Er hat alles aufgescheucht. Wir müssen uns extrem vorsehen. Und ich werde mir Giordano mal vorknöpfen." Er tippte eine Nummer in sein Handy. Natürlich kein Netz, hier unten im Bunker. Also ging er ins Erdgeschoss des Wohnhauses und führte dort das Gespräch mit Giordano.

53

Nach einer Viertelstunde kehrte er zu den Anderen in den Bunker zurück und wurde erwartungsvoll angeblickt. „Und?", fragte Cynthya. „Können wir uns heute Abend bei euch zu einer Besprechung treffen?", fragte Lessing. Die Ihlings bejahten das und so wurde der innere Kreis der „Duteils" für den Abend eingeladen.

Ich telefonierte gerade mit dem Jugendamt, ob dort irgendetwas über ein Mädchen mit den Kennzeichen des ermordeten Kindes bekannt sei. Da winkte mir Jupp, der ebenfalls telefonierte, aufgeregt zu, dass ich mein Telefonat beenden solle. Kaum hatte ich den roten Knopf gedrückt, legte Schmitz los. „Ich hatte gerade Jutta dran. Sie hat mit einer Bekannten im Jugendamt gesprochen. Seit zwei Tagen ist ein Mädchen abgängig, auf das die Beschreibung passen könnte. Svetlana Gribowsky. Die Eltern sind Russlanddeutsche und sind mit ihren drei Kindern vor vier Jahren übergesiedelt. Sie haben seitdem nicht richtig Fuß fassen können. Der Vater ist starker Alkoholiker und hält die Familie mit Gelegenheitsjobs über Wasser. Die Mutter ist die eigentliche Stütze des Haushaltes. Putzt, macht Bügelarbeiten, jobbt nachts in einer Großküche als Küchenhilfe. Svetlana ist die Älteste, eine gute Schülerin, sehr still, musisch begabt. Sie wird tagsüber von einer Pflegefamilie mitbetreut. Die haben auch die Vermisstenanzeige aufgegeben. Wohnhaft Kamenzer Weg – nicht gerade die beste Wohnlage. Jutta hat angeboten, dass sie uns zusammen mit der Frau vom Jugendamt begleitet." Ich hatte mich bereits erhoben und meine Jacke gegriffen. „Worauf wartest du noch? Es wäre doch zu schön, wenn wir so schnell die Familie des Kindes ausfindig gemacht hätten." Jupp informierte Jutta und wir vereinbarten, uns vor dem Haus der Familie zu treffen.

Der Kamenzer Weg verlief direkt entlang der Bahnlinie, die nach Süden in Richtung Hilden führte. Sehr viele Häuser dort wirkten, als hätte man ehemalige Buden von Schrebergärten sukzessive zu Wohnhäusern umgestaltet. Man sah angestückelte Räume, in das Wohnhaus integrierte Garagen und ähnliche architektonische Meisterwerke. Ich bezweifelte, dass in einem so regelungswütigen Land wie dem unseren so etwas von der Bauaufsicht genehmigt worden war.

Jutta hatte die Dame vom Jugendamt abgeholt und stellte sie uns vor. „Dies ist Teresa Koch. Sie kümmert sich erst seit einem Monat um die Kinder und hat mir unterwegs erzählt, dass sie sogar den Kindesentzug erwogen habe. Aber die Mutter habe so um die Kleinen gekämpft und gebettelt, dass sie ihr noch eine Chance gegeben hätte." Wir gingen gemeinsam die paar Schritte von den Wagen zu dem heruntergekommenen Haus und klingelten. Sofort hörten wir eine Kinderstimme, die in einer fremden Sprache etwas brüllte. Dann wurde die Tür aufgerissen und vor uns stand ein Steppke von etwa fünf Jahren, der uns aus großen Augen anstarrte. Seine Zunge fuhr über den mit Nutella verschmierten Mund, als er überlegte, wie er reagieren sollte. Dann erkannte er Frau Koch, ergriff ihre Hand und zog sie freudig schnatternd ins Haus. Wir folgten unaufgefordert.

Im Haus sah es genau so aus, wie das Äußere es hatte erwarten lassen. Die Eigenart des Klischees ist nun einmal, dass es aus einer Häufung von Übereinstimmungen entsteht. Insofern hatten aus meiner Sicht das Vorurteil und das Klischee die gleichen Eltern: die Häufung gleicher Verhaltensmuster. Und hier war jedes Klischee bestätigt, das man über asoziales Leben und Messis hatte. Kleidung auf einem unordentlichen Haufen, Reste von Fastfood und Verpackungen auf dem Couchtisch, ein lärmender Fernseher, auf dem Pseudo-Dokus flimmerten, ein Mann in einem Sessel, eine Bierflasche in der Hand. Mit wirren Haaren und in einem verschmutzten Kittel kam eine verhärmte Frau um die 40 auf uns zu. „Bitteschön, Frau Koch, warum nicht anrufen? Ich nichts fertiggemacht, ganz unordentlich. Ist aber sonst nicht so, versprochen. Wollen Kaffee, Tee?"

Das Letzte, was ich wollte, war, hier ein Getränk zu mir zu nehmen. Alle lehnten dankend ab und Frau Koch stellte uns vor. Der Mann im Sessel nahm keine Notiz von uns und starrte weiter Richtung Fernseher auf ein sich streitendes Frauenpaar, das vom Wesen her auch gut in dieses Haus gepasst hätte. Jutta übernahm die Gesprächsführung. „Frau Gribowsky, können wir uns irgendwo hinsetzen und in Ruhe reden? Es wäre gut, wenn die Kinder nicht dabei wären." Die Mutter blickte nur kurz etwas verständnislos, scheuchte dann aber den Fünfjährigen und seine zwei Jahre ältere Schwester mit einem unverständlichen Wortschwall nach draußen. Danach forderte sie ihren Mann auf, den Fernseher leiser zu stellen und räumte die Stühle am Esstisch von Spielsachen frei. Frau Koch nahm direkt neben ihr Platz und Jutta sah Schmitz mit einem auffordernden Blick an. Jupp zog ein Foto hervor und legte es verdeckt auf den Tisch. „Frau Gribowsky, Sie haben doch noch ein Kind, die Svetlana. Wissen Sie, wo die im Moment ist?" „Na, wird in Schule sein, Musikunterricht oder Kunst. Svetlana macht Kurse, ist klug und kann so schön singen und malen. Ich nicht gewesen zu Hause seit drei Tage. Immer gearbeitet, putzen, und in Kantine Buffet machen und Gemüse schneiden. Geld reicht nie … aber was soll ich machen? Mein Boris", sie nickte zu dem Mann im Sessel, „kriegt keine Arbeit. So ich schlafe ein paar Stunden in Arbeitsraum und gehe dann zu nächste Job. Aber warum fragen?" Ich räusperte mich. „Haben Sie ein Foto von Svetlana?" Sie sprang auf und eilte in die Küche. Aus ihrer Handtasche kramte sie nach ihrem kostbarsten Besitz: ein kleines Mäppchen mit Fotos ihrer Kinder. Stolz zeigte sie Bilder von Svetlana bei einem Auftritt in ihrer Schule und vor einer Staffelei. Wir Polizisten sahen uns an. Ohne Worte zu wechseln war klar, dass wir den übelsten Teil unseres Jobs jetzt vor uns hatten. „Frau Gribowsky, wir haben eine sehr schlimme Nachricht für Sie. Svetlana ist etwas zugestoßen. Man hat sie in Himmelgeist in der Nähe des Rheins gefunden. Das Mädchen lebt nicht mehr." Sie blickte uns einen nach dem anderen verständnislos an. Frau Koch legte die Hand auf den Unterarm der Mutter. „Haben Sie uns verstanden, Galina? Svetlana ist tot." Galina sprang auf. „Wie tot? Kann nicht sein! Kommt gleich aus Schule, meine Svetlana! Ist Irrtum, großer Irrtum!" Dann wandte sie sich auf Russisch an ihren Gatten, plapperte hektisch auf ihn ein, rüttelte ihn an den Schultern. Aber sein einziger Beitrag war ein Rülpsen und ein verärgertes „Dawai, Suka, Wodka!" Verzweifelt begann die Frau die Haare zu raufen und zu jammern. Jutta und Frau Koch führten sie zurück an den Tisch und redeten auf sie ein. Mit dem Vater zu sprechen, machte in diesem Zustand keinen Sinn. Wir würden morgen wiederkommen und, falls er noch immer in diesem Zustand war, käme er in eine Zelle, bis er vernehmungsfähig wäre.

Frau Koch kam mit Galina Gribowsky überein, dass sie die Kinder für die nächsten Tage in einer Wohngruppe der Diakonie unterbringen würde. In diesem Augenblick brach die Russin bewusstlos zusammen. Wir riefen sofort einen Rettungswagen, der auch schnell kam. Die Fachkräfte kümmerten sich zunächst um die Frau und sahen sich sicherheitshalber noch den Mann an. Ich schrieb auf einen Zettel aus einem Schulheft eine kurze Notiz für ihn und legte eine Visitenkarte dazu. Sofern sich ein lichter Moment einstellen würde, könnte er uns also erreichen. Nachdenklich trennten wir uns. Jutta nahm Frau Koch und die Kinder mit. Ich setzte Jupp zu Hause in Hamm ab.

Sarah erwartete mich in ihrer Wohnung. Sie hatte den Tag damit verbracht, ein wenig aufzuräumen und zu putzen. Stolz blickte sie mich an und hoffte auf ein Kompliment. Ich hingegen war noch immer in Gedanken bei den

Zuständen in der Räumen der Russen. Daher nahm ich die Veränderungen nur bedingt wahr. Enttäuscht verzog sie sich in die Küche, machte uns einen Kaffee und setzte sich dann still neben mich auf das Sofa. Gedankenverloren streichelte ich ihre Hand, woraufhin sie mich anfuhr: „Ich bin nicht dein Dackel, dem du so den Kopf kraulen kannst!" Ich erschrak wegen der Heftigkeit der Reaktion. Dann aber wurde mir bewusst, dass ich sie nicht einmal in den Arm genommen hatte, als ich die Wohnung betrat. Ich sah sie an und sie blickte kampfbereit zurück. Sie erwartete wohl eine ebenso heftige Reaktion. Ich war mir jedoch bewusst, welche Respektlosigkeit mir da unterlaufen war und beugte mich zu ihr, um sie in den Arm zu nehmen. Ihr Widerstand dagegen war zum Glück nur halbherzig. „Tut mir leid, Süße, ich hab Mist gebaut. Sorry, aber der Tag war ... nein, eigentlich nur der Termin eben war Scheiße. Du hast heute aber ziemlich rumgewirbelt. Lass mal sehen", damit sah ich mich um, „kannst du mir sagen, warum wir nicht schon längst die Skulptur dort ans Fenster gestellt haben? Sieht echt viel besser aus. Aber hast du dir nicht zu viel zugemutet?" Ich streichelte ihre Wangen, küsste sie zärtlich und sie beantwortete diesen Kuss mit deutlichem Verlangen. Aber mein Kopf war im Moment noch nicht frei genug für ... ja, für was eigentlich? Ich brauchte im Moment Nähe, Geborgenheit, Normalität. Und mehr konnte ich im Moment nicht geben. Daher machte ich den Vorschlag: „Lass uns doch etwas rausfahren. Es ist noch so schön und es scheint trocken zu bleiben." Sie zog ein paar Sekunden einen Flunsch, sprang dann aber auf und ging zur Garderobe. „Ich fahre", flötete sie und ich ergab mich in mein Schicksal. „Ich fahre" bedeutete, dass wir ihren Mini Cooper nehmen würden: ein rot-schwarzes Drecksbiest, mit einer Sitzfläche nur knapp über der Fahrbahn und einer lichten Höhe, die jedem Normalgewachsenen eine Nackensteife einbrachte. Das war wohl die Revanche für meine Unachtsamkeit. Auf der Fahrt berichtete ich ihr von dem Fall und dem Besuch am Kamenzer Weg. Dabei achtete ich nicht auf die Route und erst, als sie von der Münchener Straße an der Tankstelle links abbog, fragte ich: „Wo willst du eigentlich hin?" „Lass dich überraschen", war die Antwort.

Eine Überraschung war es dann wirklich. Sie steuerte den Parkplatz am Kölner Weg an, nahe dem Schloss Mickeln. Dieser Ort war für uns beide sehr bedeutsam, denn im Zusammenhang mit einer Reihe von Morden an Transvestiten hatte ich Sarah kennengelernt. Auch wenn dieser Ort nicht unbedingt mit den besten Erinnerungen verbunden war, hatte der Park mit seinen teils uralten Bäumen schon eine sehr beruhigende Wirkung. Wir spazierten über einen asphaltierten Weg entlang des Parks und näherten uns im Verlauf eines angeregten Gespräches der Stelle, an dem die Himmelgeister Kastanie stand. Ich war so in die Unterhaltung vertieft, dass ich dies zuerst gar nicht bemerkte. Sarah hielt an, hakte sich bei mir ein und zeigte auf den Baum, der sich in der Abenddämmerung wie ein Scherenschnitt abzeichnete. „Ja, genau da ist das Mädchen gefunden worden. Aber warum wolltest du denn genau hier hin?" Sie legte den Kopf an meine Schulter. „Dich nimmt dieser Fall extrem mit, das merke ich doch. Ist es, weil du dich an die Sache damals mit den entführten Kindern und dem Organhandel erinnert fühlst?" Damit hatte sie einen wunden Punkt getroffen. Schlagartig kamen mir die Ereignisse von damals in Erinnerung. Sie hatte wohl Recht, denn die kleine Svetlana erinnerte mich sehr an ein Mädchen, das damals den Verbrechern in die Hände gefallen war. Und in meinen Gedanken entstand ein Bild einer Fabrikhalle, in der ich an einen Stuhl gefesselt saß und mit Stromschlägen gefoltert wurde. Sarah spürte meine Anspannung, stellte sich vor mich und nahm mein Gesicht in beide Hände. „Das ist vorbei, das ist nur noch Teil deiner Erinnerung. Ich weiß genau, wo du jetzt bist. Als Koslow dich folterte! Ich bin bei dir, du bist nicht allein. Und vor allem bist du nicht hilflos!" Da war sie auf einmal wieder, meine starke, kluge Sarah, die mich in- und auswendig kannte. Die immer genau wusste, was in DEM Augenblick wichtig und richtig war. Langsam dämmerte mir eine Erkenntnis. Ihr hatte viel zu lange das Gefühl gefehlt, gebraucht zu werden, wichtig für jemand zu sein. In den letzten Monaten war es aber so gewesen, dass SIE die Hilfsbedürftige war. In dieser Rolle fühlte sie sich weder wohl noch konnte sie diese lange ertragen. Vielleicht war ein Moment wie jetzt genau das, was nötig gewesen war, sie aus diesem Tief herauszuholen. Ich drückte sie fest an mich und wir schienen mehrere Minuten eng umschlungen da zu stehen, auf einem Asphaltweg inmitten von Feldern, an einem langsam kühler werdenden Abend.

Es war wie ein Erwachen, als wir uns voneinander lösten. Die seltsame Stimmung schien sich auf einmal auch auf die Landschaft zu übertragen. Der Tag war sonnig und warm gewesen. Jetzt war die Sonne fast untergegangen und es stieg dichter Nebel von den Feldern auf. Wie ein Wattebett lag er über den Äckern und schien langsam in unsere Richtung zu kriechen. Es wirkte ebenso morbide wie anziehend – wie ein Abgrund, vor dem man erschreckt, aber einen Blick will man doch riskieren. So gingen wir weiter in Richtung der Kastanie, deren Zweige ohne Laub wie Krallen wirkten, die irgendetwas Unsichtbares in der Luft ergreifen wollten. Seltsam, zu welchen Assoziationen man in besonderen Momenten fähig ist. Dann stockte ich, blieb horchend stehen und fragte dann Sarah: „Hörst du das auch?" Sie schüttelte den Kopf. „Nein, was denn? Bei dem Nebel hört man doch sowieso alles wie durch Watte." Ich schüttelte energisch den Kopf. „Nein, hör doch mal genau hin. Das ist doch … ja, das klingt wie Kinderlachen!" Ich war mir sicher, die Stimmen von mindestens zwei Kindern zu hören, die freudig kreischten und lachten – nur, so wie Sarah es bezeichnet hatte, wie durch Watte gedämpft. Suchend blickte ich mich um, aber was sollte man schon bei einbrechender Nacht und Nebel erkennen? Sarah folgte meinem Blick, sah mich dann sorgenvoll an und fragte: „Geht es dir gut, mein Grizzly?" Ich reagierte zunächst nicht und starrte weiter in das schwammige Grau. Die Geräusche waren verstummt.

„Du, ich habe wirklich was gehört. Lachende Kinder! Glaub mir, ich habe mir das nicht eingebildet."

Sarah schaute mich nachdenklich an. „Es kann durchaus sein, dass du glaubst, etwas gehört zu haben. Du bist beruflich und emotional so nah an diesem Thema dran, dass dir dein Kopf durchaus Streiche spielen kann. Du hast einfach einen starken inneren Trieb, der dich persönlich betroffen macht, sobald Kinder zu Opfern werden. Dabei …" Ich fuhr sie an. „Ach, du meinst also, ich spinne? Na schönen Dank!" Stinksauer machte ich kehrt und ließ sie stehen. Ich war keine 50 Meter weit gegangen, als mir klar wurde, welche Scheiße ich eben gebaut hatte. Sie stand noch da, im diffusen Licht der Sterne und des Mondes, wie ein weiterer Scherenschnitt neben dem Baum. Der Nebel wurde immer dichter und sie schien zu verschwinden. Ich rannte, so gut es mir möglich war, zu ihr zurück und schloss Sarah in meine Arme. „Entschulde bitte, du hast ja Recht. Es ist einfach … zu belastend. Immer wieder, sobald Kinder beteiligt sind." Sie sagte nichts, hakte sich ein und legte ihren Kopf an meine Schulter. Schweigend gingen wir Arm in Arm zum Parkplatz zurück und fuhren in ihre Wohnung nach Benrath. Dort angekommen, ließ ich ihr ein Bad ein und verwöhnte sie mit einem Glas Wein dabei und cremte sie noch nach dem Bad ein, bevor ich sie zu Bett brachte. „Du willst jetzt wirklich gehen?", fragte sie mit einem flehenden Unterton. Ich zögerte, nahm ihre Hände in die meinen und flüsterte: „Du hast heute Nacht einen anderen Mann verdient, als ich es heute für dich sein kann. Ich muss mich irgendwie aus diesem Gedankenkäfig befreien und dazu muss ich einfach alleine sein." Sie hauchte einen Kuss auf meine Lippen. „Dann ab mit dir, mein Grizzly, und vergiss nicht, dass hier jemand ist, der dich braucht wie die Luft zum Atmen." Ein feuchter Schimmer in ihren Augen war das Letzte, was ich wahrnahm. Auf der Heimfahrt ging mir ein Zitat durch den Kopf, welches ich vor kurzem gelesen hatte: Die Grenze zwischen Verstand und Gefühl ist das Jagdgebiet des Teufels! Es wurde höchste

61

Zeit, mich selbst zu exorzieren! Dabei kam mir etwas in den Sinn, was mich den Rest des Abends nicht ruhen ließ. Sarah schien immer genau das Richtige zu wissen und zu tun, egal, in welcher Situation. Aber was war der Beweggrund? War es ihre rein professionelle Meinung? Letztlich war sie auch nur ein Mensch ... und damit den gleichen Irrtümern und Beeinflussungen unterlegen wie alle Menschen. Ich hatte vor einigen Jahren eine Kugel abbekommen, die für Sarah bestimmt gewesen war. Die Folgen beeinflussten meine heutiges Leben massiv: Mein linkes Bein war und blieb ab Knie abwärts gelähmt, ich erlebte immer wieder Albträume aus meinem Koma und ich würde wohl bis zum Lebensende schwerste Schmerzmittel nehmen müssen. Fühlte sie sich deswegen schuldig und mir verpflichtet? Waren ihre Ratschläge durch Sorge um mich oder einen Hütehund-Komplex verfälscht? Was waren sie dann wert, wenn meine Schlüsse zuträfen?

Kapitel 4

Jutta hatte zusammen mit der Mitarbeiterin des Jugendamtes für die Unterbringung der beiden verbleibenden Gribowsky-Kinder gesorgt und sich danach mit Frau Koch für den nächsten Tag verabredet. Die Frauen verstanden sich auch privat gut und in ihren Berufsfeldern gab es ja ausreichend Überschneidungen.

Die Mutter der ermordeten Svetlana hatte nach einer kurzen Versorgung das Krankenhaus wieder verlassen können und sich bereit erklärt, am Folgetag ihr Kind persönlich zu identifizieren. Bei diesem schweren Gang wollten die Beamtinnen die Frau begleiten. Teresa Koch hatte Frau Gribowsky am Kamenzer Weg abgeholt und war mit ihr zum gerichtsmedizinischen Institut gefahren, wo Jutta sie bereits erwartete. Ruprecht Vollmer, mein Freund, war nicht anwesend und daher wurde die Leiche des Kindes von einem Sektionshelfer präsentiert. Mit außerordentlichem Mitgefühl hatte er alles in diesem nüchternen Raum vorbereitet, der so passend leblos mit all seinen Edelstahlgestellen und gefliesten Wänden wirkte. Er hielt sich respektvoll im Hintergrund und stellte sich neben Frau Koch. Die sah ihn von der Seite an und bemerkte seinen ernsten Blick. Er räusperte sich leise und flüsterte: „Ich hab selbst ein Mädchen in dem Alter. Bei sowas verliere ich immer meine professionelle Distanz, auch nach 15 Jahren." Sie nickte und dann warteten sie ruhig ab, bis Frau Gribowsky im Beisein von Jutta Schäfer ihr Kind identifiziert hatte. War die Mutter am Vortag noch zusammengebrochen, zeigte sie jetzt eine unerwartete Stärke.

Als sie das Gebäude verließen, boten die Beamtinnen an, Frau Gribowsky nach Hause zu fahren. „Das ist wirklich kein Problem. Oder wollen Sie lieber zu jemand anderem?" Die Angesprochene schüttelte den Kopf. „Wenn geht, dann bitte zu meine Kinder. Ich muss jetzt sein stark, für die beiden, meine zolotye detishki. Haben ja sonst niemand. Ihr Papa ... naja, Frau Koch, Sie haben gesehen!" Schweigend fuhren sie zum Wohnheim. Nachdem Frau Gribowsky ihre Kinder in einem Warteraum wieder übernommen hatte, wurden sie nach Hause gebracht.

Im Wagen fragte Teresa: „Haben Sie noch Zeit für einen Kaffee? Ich muss jetzt einfach eine kurze Auszeit haben." Jutta stimmte gerne zu, denn sie fühlte sich kaum anders. Vermisste, misshandelte oder verwahrloste Kinder waren, so schrecklich es klang, Teil ihres Berufsalltags. Aber wenn dies auch noch zu einem Todesfall führte, bekam die Sache eine andere, härtere Dimension. Die Beamtinnen fuhren in den Medienhafen und fanden in einem Café am Julo-Levin-Ufer einen freien Tisch. „Zunächst einmal, ich heiße Teresa." Damit reichte Frau Koch ihrem Gegenüber die Hand. „Jutta. Sag mal, Teresa, ist an diesem Fall eigentlich etwas Besonderes, aus deiner Sicht? Ich meine, abgesehen von dem Mord an dem Kind?" Die Kellnerin, die in diesem Augenblick die bestellten Cappuccinos brachte, blickte die Gäste erschrocken an und beeilte sich, wieder hinter dem Tresen zu verschwinden. Beide nahmen einen ersten Schluck und dann fuhr Teresa fort. „Erst einmal grundsätzlich: du bist in deinem Kommissariat ja genug vertraut mit dem Thema Missbrauch. Erinnerst du dich noch an die Daten der letzten Kriminalstatistik? Jeden Tag gibt es in Deutschland durchschnittlich 40 Missbrauchsfälle an Kindern. Wir sprachen ja vor kurzem schon darüber. Es gibt eine so hohe Dunkelziffer, dass ich diese Werte anzweifle. Auch politisch wird das Thema immer wieder aufgegriffen, aber wirklich geschehen ist bei uns an der Front nichts. Wir haben immer geringere Handhabe, jeder beschwert sich über ungerechtfertigte Eingriffe in die Persönlichkeitssphäre, aber wenn was passiert ist, dann ist das Geschrei groß. Wo war das Jugendamt? Warum haben die nichts gemerkt? Tatsache ist, dass wir nur Momentaufnahmen machen können und diese Mosaiksteinchen fügen sich mit der Zeit zu einem Bild zusammen. Dieses lassen wir dann auch von einer weiteren Person prüfen. Erst, wenn wir stichhaltige Argumente haben, mit Zeugen usw., können wir einschreiten. So einfach, wie es oft in den Medien dargestellt wird, ist es nämlich nicht, einer Familie ein Kind wegzunehmen." Teresa hatte sich ein wenig in Rage geredet. Jutta warf ein: „Aber du kannst doch nicht bestreiten, dass von Jugendämtern oft genug auch riesiger Bockmist gebaut wird!" Heftig nickte ihr Gegenüber. „Natürlich, wir sind schließlich auch nur Menschen. Mit allen Schwächen und der Möglichkeit, Fehler zu machen. Aber ich will jetzt auf deine eigentliche Frage zurückkommen. An diesem Fall ist insofern etwas Besonderes, weil er eben so wunderbar in jedes Klischee passt. Das Mädchen hatte denkbar schlechte Startbedingungen, ins Leben an sich und erst recht nach der Übersiedlung nach Deutschland. Erstaunlicherweise war sie aber diejenige in der Familie, die sich am schnellsten eingewöhnte. Es war ihr Wesen, ihre Art, mit anderen Menschen umzugehen. Sie hatte z.B. bereits in der Ukraine angefangen, Deutsch zu lernen und musste bald für alle übersetzen. Sie machte Mal- und Gesangskurse und hatte auch mit Leichtathletik begonnen. Die Mutter, eine liebevolle, aber doch eher schlichte Person – der Vater ein arbeitsscheuer Säufer. Vielleicht hat sie eine Vaterfigur gesucht und ist an den Falschen geraten." Jutta hatte sich erstaunt vorgebeugt. „Woher ... willst du das wissen? Wie kommst du darauf?" Teresa zog die Augenbrauen hoch. „Ich habe schnelle Augen und konnte im Institut einen Blick auf den Bericht werfen, der neben dem Sektionstisch lag. Ich bin vertraut genug mit der Terminologie und kann was mit Begriffen wie vaginale Ruptur oder Analfissur anfangen. Das passiert keiner Zwölfjährigen, auch nicht in unserer sexuell so aufgeklärten Zeit und vor allem nicht einvernehmlich." „Also gut, ja. Das Mädchen ist auf übelste Art missbraucht worden. Ich denke nicht, dass Jupp und Micha das schon bekannt ist. Mein kleiner Kölner würde ausrasten, wenn er das wüsste.

Seit seine Schwester und ihre kleine Tochter mit uns eine Wohngemeinschaft gebildet haben, spielt er so eine Art Ersatzpapa und hat sich auch entsprechende Macken angewöhnt." Teresa zupfte sich lächelnd am Ohr. „Hab ich mir gleich gedacht, dass da was zwischen euch läuft. So, wie ihr euch angesehen habt und wir ihr krampfhaft vermieden habt, nett zueinander zu sein!"

Jutta war mit Teresa noch nicht so vertraut, dass sie dieses Thema vertiefen wollte. Daher machte sie einen Schwenk zurück auf die beruflich-fachliche Ebene: „ Ganz nebenbei, aber das hast du jetzt nicht von mir: man muss davon ausgehen, dass es so etwas wie organisierten Handel mit Kindern für sexuelle Handlungen gibt. Was bislang immer von öffentlicher Seite in den Bereich der Fiktion abgeschoben wurde, ist in Wahrheit eine unter Fachleuten längst bekannte Tatsache. Manche von uns sagen sogar, dass wir den Kampf gegen die Kinderpornographie bereits verloren haben. Einfach aufgrund der schieren Menge an Fällen und zu sichtenden Materials. Aber der Ruf nach mehr Personal und Mitteln verhallt ungehört und da kommen dann logischerweise die Gedanken auf, dass gewisse Personenkreise von höherer und höchster Stelle geschützt werden und niemand an einer zeitnahen Aufklärung interessiert ist. Ich weiß, das klingt alles nach Verschwörungstheorie, aber wie heißt das doch gleich: die Kinderpornographie ist eine Hydra – schlägst du ihr einen Kopf ab, wachsen ihr zwei nach – an einer Stelle, wo du es am wenigsten erwartest. Ich habe gute Bekannte in Schweden, die arbeiten bei einer Sondereinheit. Von daher weiß ich von Projekten wie „Avalanche" oder „Falcon". Dabei wurden internationale Kinderpornographie-Ringe gesprengt. Aber das geschah gegen massiven Widerstand aus Politik, Wirtschaft und Meinungsbildnern. Erschreckenderweise sind sehr oft Flüchtlingskinder die Opfer. Sie sind oft genug nicht registriert oder niemand vermisst sie, wenn sie kurz nach der Einreise verschwinden. Diese Kinder werden teilweise regelrecht nach den Erfordernissen und

Wünschen des Marktes 'gezüchtet', d. h. sie werden psychisch so vorbereitet, dass der Käufer genau das vorfindet, was er begehrt. Steht er beispielsweise auf ein Kind, dass total abgestumpft gegen Schmerzen ist, werden solche Kinder psychologisch und medizinisch präpariert." Jutta verstummte und blickte in das entsetzte Gesicht ihrer neuen Vertrauten. Die folgende Viertelstunde verbrachten sie schweigend und versuchten, das Gehörte und Erlebte zu verarbeiten.

Der Rest des Gespräches verlief außerhalb der beruflichen Ebene und befasste sich mehr mit privaten Dingen. Nach einer Stunde verabschiedeten sie sich und fuhren in ihre Büros.

Jupp und ich befassten uns mit dem Umfeld des toten Mädchens. Schule, Sportverein, Mal- und Gesangslehrer. Von allen Seiten bekamen wir ein einheitliches Bild geschildert. Man war entsetzt von dem Ereignis, äußerte sich nur lobend über Svetlana und hob ihre Fähigkeiten und besonderen Eigenschaften hervor. Insbesondere ihre Klassenlehrerin zeigte sich besonders betroffen. Wir hatten die Realschule am Kamper Weg aufgesucht, um uns ein Bild von den Zuständen dort zu machen und vor allem, um einen Eindruck von der Familie Gribowsky zu bekommen. Jupp und mir erschien es unwahrscheinlich, dass Mutter oder Vater als Täter in Frage kamen. Trotz des mehr oder weniger asozialen Umfeldes hatten wir, insbesondere durch die Erfahrung von Jutta, den Eindruck gewonnen, dass das Mädchen zwar wenig Förderung, aber keine Gewalttätigkeiten zu Hause hatte erfahren müssen.

67

Bevor wir in einen intensiveren Austausch mit der Lehrerin treten konnten, tippte mir Jupp auf die Schulter. „Micha, kannst du schon mal anfangen? Ich müsste mal kurz verschwinden!" Ganz sicher, HEUTE würde ich es ihm sagen. Jetzt aber rollte ich nur mit den Augen und nickte entnervt in Richtung der Toiletten. „Hat Ihr Kollege gesundheitliche Probleme?", fragte die Lehrerin. Ich winkte ab und fragte: „Gab es hier an der Schule irgendeine beste Freundin oder eine Lehrkraft, zu der sie besonderes Vertrauen hatte?" „Nein, eher nicht. Sie war zu jedem gleichermaßen freundlich, aber so richtig enge Freundschaften hatte sie nicht, zumindest nicht hier in der Schule. Ich vermute, sie hat sich ein wenig wegen ihres Elternhauses geschämt. Sie ging ganz in ihrer musischen Ausbildung auf und hatte laut ihrem Musiklehrer die besten Aussichten, auch im klassischen Bereich erfolgreich zu werden." Jupp kehrte zurück, mit deutlich entspannten Gesichtszügen. Wir tauschten noch einige Informationen aus, darunter die Kontaktdaten des Musiklehrers und der Malschule. Dann kehrten wir zu unserem Wagen zurück. Ich warf Jupp die Wagenschlüssel zu. „Kannst du bitte übernehmen? Ich hab im Moment ein wenig Probleme." Damit schlug ich leicht mit der Hand gegen mein linkes Bein. Jupp nickte und ließ sich stöhnend auf den Fahrersitz plumpsen. „Geht's wieder los? Du nimmst doch nicht mehr das Teufelszeug, oder?" Er spielte damit auf meine latente Schmerzmittelabhängigkeit an. *Spinnt der jetzt total*, dachte ich mir. „Du musst gerade reden. Du mit deiner Protestantenblase! Bei jeder unpassenden Gelegenheit rennst du los zum pinkeln. Hoffentlich passiert das nicht mal, wenn wir jemand verfolgen. Wann gehst DU denn endlich zum Arzt? Das ist doch auch nicht mehr normal!" Jupp blickte starr geradeaus. „Danke, Mutti. Du redest schon wie Jutta." „Doch nur, weil du uns nicht gleichgültig bist!", fuhr ich ihn an. Wieder Schweigen. Wir hatten über die Erkrather Straße fast den Worringer Platz erreicht, als er sich wieder zu Wort meldete. „Manchmal ist es leichter, etwas nicht zu wissen. Wenn man erst einmal beim Arzt ist, findet der eh immer was. Marketing in eigener Sache." „Aber warum sträubst du dich denn so dagegen? Gut, so eine Blasenspiegelung ist nicht angenehm, aber du hast doch schon Schlimmeres mitgemacht. Vielleicht hast du ja nur eine verschleppte Blasenentzündung!" Mein Freund kratzte sich am Kopf. „Oder aber es kommt was ganz Übles raus. Mein Vater ist an Blasenkrebs gestorben." Ich drehte mich zu ihm. „Dann musst du das doch erst recht überprüfen lassen. Du hast eine familiäre Prädisposition. Hey, Alter, ich bin zu alt, um mich auf einen neuen Partner einzustellen." Damit klopfte ich ihm auf die Schulter. Schmitz brummte nur etwas Unverständliches und fuhr schweigend weiter bis zum Polizeipräsidium.

Dort erwartete uns bereits ein Mann. Er stellte sich uns vor. „Mein Name ist Jan Poulsen", er hielt uns einen Presseausweis hin. „Ich habe ein paar Fragen zum Todesfall des kleinen Mädchens aus Himmelgeist." Jupp raunzte ihn an. „Wenden Sie sich bitte dazu an unsere Pressestelle. Wir können Ihnen keine Auskünfte zu laufenden Ermittlungen geben." Ich schaltete mich ein. „Macht das bei der Rheinischen Post sonst nicht Frau Fresnell?" Poulsen nickte. „Wir teilen uns im Moment die Berichterstattung im Bereich Polizeireportage. Aber jetzt mal zur Sache: das Mädchen ist doch missbraucht worden, nicht wahr?" Einem Impuls nachgebend, nahm ich den Reporter mit in unser Büro, sehr zum Unwillen meines Kollegen. „Nehmen Sie bitte Platz, Herr Poulsen. Einige Grundsätze unserer Arbeit bedürfen scheinbar einer Erklärung. Wir werden nie, ich betone NIE, alle Fakten an die Medien weitergeben. Das hat zum Einen ethische Gründe, zum anderen, weit größeren Teil, ist es eine Frage der Ermittlungstaktik. Sie haben keine Ahnung, wie viele Freaks es gibt, die sich mit Taten brüsten, für deren Durchführung sie gar nicht genug Verstand haben. Mit diesen nicht preisgegebenen Infos trennen wir die Spreu vom Weizen, sprich Spinner von realen Verdächtigen. Und jetzt frage ich Sie: was bringt es dem Normalbürger zu wissen, ob das Mädchen missbraucht wurde? Diese Info befriedigt nur niedere Instinkte und die Sensationslust der Massen. Geben wir dieses Faktum raus, können Sie sicher sein, dass bald einer Ihrer Kollegen auftaucht, der dann auch noch wissen will, ob der Missbrauch post mortem stattgefunden hat." Poulsen hatte mir geduldig zugehört. „Danke für die Lehrstunde, Herr Oberle. Aber können Sie mir denn wenigstens sagen, in welche Richtung Sie ermitteln? Vermuten Sie den Täter im erweiterten Familienkreis?" Jetzt schaltete sich Jupp ein. „Vermutungen gehören nicht zu unserem Aufgabenfeld. Wir suchen nach Fakten und Indizien. Da wir erst am Anfang der Ermittlungen stehen, sind wir ergebnisoffen. Reicht Ihnen das erst einmal?" Der Angesprochene grinste. „Natürlich nicht! Aber darf ich mir erlauben, IHNEN vielleicht ein paar Tipps zu geben? Es gibt Aufzeichnungen über mehrere Vorkommnisse an der Himmelgeister Kastanie, die auch eine Missbrauchs-Serie möglich erscheinen lassen. Es gab da im Jahr 1972 einen Vorfall, bei dem durchaus die Vertuschung einer Schändung von Kindern realistisch erscheint und ..." Jupp unterbrach ihn aufbrausend. „Jetzt ist es aber langsam gut, junger Mann. Wie wäre es, wenn Sie sich auf Ihre eigenen Aufgaben konzentrieren würden und uns unsere Arbeit machen lassen? Sie können mir glauben, dass wir davon Einiges mehr verstehen als Sie ... mehr als nur Einiges, junger Mann! Und jetzt auf Wiedersehen!" Damit öffnete er die Tür des Büros und schloss sie, nachdem Poulsen betont langsam seinen Notizblock in seine Tasche gepackt hatte und hinausging.

„Dat kleen Fott! Wat beldet sich dä Tünnes en? Ons ze verzelle, wat mer ze donn han un wat nit!" Ich lächelte. „Nun komm mal runter. Wir waren doch auch heiß, als wir so jung waren. Er sucht einfach nach seiner Rolle bei seinem Verein und muss sich positionieren. Der wird sich auch noch abschleifen. Aber neben dem Fall der Kleinen haben wir ja auch noch ein paar andere Dinge zu erledigen." Damit spielte ich auf ein paar Gewaltdelikte an, die wir auch noch zu bearbeiten hatten. Nach einer Stunde konnte ich die Schmerzen in meinem Bein kaum noch aushalten und warf mir, von Jupp unbemerkt, zwei Morphiumtabletten ein. Sie hatten zwar nur eine Depotwirkung und halfen erst zeitversetzt, aber es war besser als das von Jupp als „Teufelszeug" bezeichnete Piritramid. Mit allergrößter Mühe war es mir gelungen, meinen übermäßigen Gebrauch dieses Medikaments zu beenden. Aber wie bei Alkoholikern war ich nur bedingt trocken. Es war durchaus möglich, dass ich bei bestimmten Extremsituationen rückfällig werden würde.

Langsam näherte sich das Ende unseres heutigen Dienstes. Jupp nahm zufrieden den letzten Kaffee aus unserer Thermoskanne und schlürfte genießerisch. „Und? Was steht heute Abend bei euch zwei Hübschen an? Wie geht es Sarah inzwischen?" Ich überlegte, was ich ihm erzählen sollte. Zunächst beschränkte ich mich auf eine reine Berichterstattung über ihre nur langsam voranschreitende Gesundung. Aber mein langjähriger Freund und Kollege stellte interessiert Zwischenfragen, sodass ich am Ende meines Vortrags auf das kam, was mich seit dem letzten Abend doch sehr beschäftigte. So erzählte ich von unserem Spaziergang, bis ich an den Punkt kam, an dem die Kinderstimmen auftauchten. Jupp sah mich bei der Beschreibung sehr nachdenklich an. Als ich fertig war, rechnete ich mit einer sofortigen Erwiderung, da Schmitz sein Herz immer auf der Zunge trug. Völlig unerwartet ließ er sich Zeit. „Micha, ich bin sicher, dass Sarah dir eine erschöpfende psychologische Erklärung für alles geben konnte. Aber wie heißt es doch so schön? Es gibt mehr zwischen Himmel und Erde, als eure Schulweisheit sich erträumt. Wir kennen uns lange genug, dass ich offen mit dir reden kann. Also, ich denke Folgendes: es ist gut möglich, dass du einfach zu lange und zu viel von dem Morphium genommen hast ... so wie eben schon wieder. Glaubst du ernsthaft, ich hab das nicht mitbekommen? Ich bin ja schon froh, dass du wenigstens nicht mehr das Piritramid reinballerst. Ich glaube, du hast dir da etwas eingebildet", dann veränderte er seine Stimme und gab ihr einen rauen Ton, wie der von Marlon Brando in dem Film „Der Pate", „ ... aber als

Freund mache ich dir ein Angebot, dass du nicht ablehnen kannst. Wir beide gehen in den nächsten Tagen zusammen nochmal da hin und dann werden wir sehen, ob an deinen Wahrnehmungen was dran ist oder ob du einfach nur bekloppt bist." Schmitz traf in diesen ernsten Momenten immer wieder den richtigen Ton. Ich nahm die Offerte mit einem dankbaren Nicken an.

Das Klatschen der Ohrfeige schallte durch die leeren Räume. Giordano stolperte unter der Wucht rückwärts und prallte gegen die breite Brust eines Hünen. Dieser fing ihn ab und richtete ihn wieder auf. „Das nur, damit du dich erinnerst, was auf dem Spiel ´steht, du Idiot. Es geht nämlich nicht nur um deinen verdammten kleinen Schwanz, sondern für uns alle um Kopf und Kragen. Also, du wirst mir jetzt haarklein erzählen, was passiert ist und wie die Kleine zu Tode gekommen ist." Der Befragte rieb sich über die schmerzende, rot leuchtende Wange und überlegte, ob er fliehen könnte.

Sie hatten sich in den leerstehenden Räumen eines Ladenlokals auf der Bismarckstraße getroffen. Dieses Objekt war im Portfolio des Immobilienmaklers Klaas Winzer. Lessing hatte ihn um eine Örtlichkeit gebeten, in der er unbeobachtet das Verhör durchführen konnte. Gemeinsam mit seinem Leibwächter Ramon Murillo hatte er Vittorio Giordano an diesen Treffpunkt bestellt, nachdem man am Abend zuvor in einer internen Besprechung im Hause der Ihlings die weitere Vorgehensweise abgesprochen hatte. Lessing schäumte vor Wut.

Giordano blickte ängstlich von Lessing zu Murillo. Gehetzt hoffte er, einen Ausweg aus der Misere zu finden. Murillo legte seine breite Pranke in den Nacken des Italieners und führte ihn mit hartem Druck zu einem bereitstehenden Klappstuhl. Niemand konnte von der Straße aus die Geschehnisse beobachten, da die Schaufenster abgeklebt waren. Lessing wirkte genervt. „Ramon, hilf ihm auf die Sprünge. Sein Gedächtnis scheint nicht richtig zu funktionieren." Murillo beugte sich herab und flüsterte dem vor ihm Sitzenden ins Ohr: „Guarda, stronzo, wir kennen uns lange genug, dass du weißt, was ich kann. Wir ziehen doch alle am gleichen Strang. Nur du willst hier eine Extrawurst gebraten bekommen. Pack jetzt aus, bevor ich richtig sauer werde. David ist es schon!" Damit gab er Giordano einen Klaps auf den Hinterkopf. Dieser zuckte wie ein geprügelter Hund zusammen. Murillo öffnete seine Jacke und griff in eine Innentasche. Der Italiener riss entsetzt die Augen auf. Würde sein Gegenüber jetzt eine Waffe ziehen? Doch der Bodyguard zog einen silbernen Flachmann hervor und goss einen Schluck in die winzige Verschlusskappe. „Hier, damit geht's vielleicht etwas besser." Dankbar nahm Giordano den angebotenen Drink.

Lessing hatte sich währenddessen total zurückgehalten. Jetzt blickte er Murillo fragend an und dieser nickte nur. Lessing sprach den „Delinquenten" an. „So, Vittorio, letzte Chance! Was genau ist passiert?" Giordanos Widerstand war gebrochen. Er war an sich ein ängstlicher Mensch gegenüber Erwachsenen und lebte seine Künstlerattitüde voll aus. Lediglich gegenüber Schwächeren oder Kindern kam seine herrische Seite hervor. Hier, vor diesem dominanten Alphatier David und seinem so unterschwellig bedrohlichen Leibwächter sitzend, war er nur das übliche, weinerliche Häufchen Elend. „Ach, David, mein Freund, du weißt doch, wie das manchmal ist. Es gibt Situationen, da siegt die Libido über den Verstand und man macht all die Dinge, von denen man so lange geträumt hat. Und Svetlana hat mich an dem Tag einfach so sehr angemacht, dass ich sie einfach haben musste. Schau, du erinnerst dich doch an sie: diese schlanken Beine mit den zierlichen Fesseln, dieses engelsgleiche Lächeln, diese kleinen Krönchen auf ihren kleinen Brüsten ...". Lessing unterbrach ihn barsch. „Hör auf mit deiner Schwärmerei. Erzähl weiter!" „Also gut, es kam, wie es kommen musste. Sie sang mir vor und bewegte sich dazu ... und sie kam immer näher ... und ich konnte sie riechen, diesen warmen duftenden Körper. Naja, dann hab ich sie gepackt und es mit ihr getan. Es war das erste Mal, sonst war ja immer nur ein bisschen Streicheln und Fummeln, ihr wart ja selbst dabei beim Festival. Aber ich bin schon so lange scharf auf sie. Sie hat sich auch gar nicht so sehr gewehrt, hat eher stillgehalten. Erst, als ich in sie eindrang, begann sie zu schreien. Das habe ich einfach nicht ausgehalten. Verstehst du? Ich bin Künstler, Musik und Gesang ist mein Leben, mein Gehör ist mein Kapital. Ich musste sie einfach zum Schweigen bringen. Als ich fertig war, war sie still ... so still ... und dann hab ich gemerkt, was passiert ist. Ja, und dann ..." Giordano stockte und ließ den Kopf sinken. „Was dann?", bellte ihn Lessing an. „Dann hab ich alles genau nach unserem Krisenszenario gemacht, genau nach Plan: Körper gewaschen mit Lauge, Körperöffnungen gespült, ihr Handy überprüft und das Löschprogramm drüber laufen lassen ..." Vittorio Giordano spulte die Litanei des Notfallplanes minutiös ab, den jeder „Duteil" auswendig kannte, als er unterbrochen wurde. „Sag mal, wenn du, wie du es beschreibst, sie in einer Art spontaner Aktion genommen hast ... hast du noch an das Kondom gedacht?" Lessing wurde von seinem Gegenüber mit großen Augen angesehen. „Wofür hältst du mich? Natürlich hab ich das!" „Wofür ich dich halte? Für den größten, notgeilen Idioten, den ich kenne. Aber wenigstens bist du noch bei so klarem Verstand gewesen, dass du die Notfallprozedur durchgezogen hast. Hoffen wir also das Beste. Sie war nicht deine einzige Schülerin, oder?" Giordano verneinte. „Hat sich die Polizei schon bei dir gemeldet?" Jetzt ein Nicken. „Also, du wirst sicher noch einmal befragt werden. Schreib dir zur Sicherheit alles auf, was du schon gesagt hast und bleib dabei. Du bist erschüttert über diese unsägliche Tat und kannst es kaum verkraften. Das sollte dir mit deinem theatralischen Wesen leichtfallen. Aber nicht zu sehr übertreiben! Das sind auch keine Idioten, die Bullen!" Er zog den Befragten vom Stuhl hoch, umarmte ihn und klapste ihm auf die Wange. „Du musst das verstehen, Vittorio. Ich muss uns alle schützen. Wir haben uns gegenseitige Treue geschworen und meine Aufgabe ist es, die „Duteils" von jedem Unheil zu bewahren. So, jetzt verschwinde und berichte mir, sobald du das Gespräch mit der Polizei hattest." Dankbar verabschiedete sich der Mann mit einem doppelten Wangenkuss von Lessing und nickte Murillo zu. Als er den Laden verlassen hatte, meinte dieser: „David, glaubst du, er knickt ein, wenn die ihn richtig zwischennehmen?" Der Broker sah seinen Bodyguard mit hochgezogenen Brauen an. „Ich glaube es nicht, ich WEISS es! Aber jetzt schon zu intervenieren, wäre zu riskant. Erst die Schülerin, dann der Lehrer – das wäre zu auffällig. Vittorio ist viel zu ängstlich, um uns etwas zu verschweigen. Sollte die Lage also bedrohlich werden, wirst du etwas unternehmen. Ansonsten stillhalten, sämtliche Termine für Festivals einfrieren und Gras über die Sache wachsen lassen." Sie schlossen das Ladenlokal ab und gingen zu ihrem Wagen, der vor dem Nachbarhaus, einem Gay-Kino, parkte. Zwei Männer standen davor und warfen Murillo begehrliche Blicke nach. „Also, von dem würde ich mich auch gerne mal festnehmen lassen." Der Andere erwiderte: „Meinst du, das sind Bullen?" „Sehen für mich so aus. Hoffentlich von der Sitte, dann besteht die Chance, diesen „strammen Max" mal unter vier Augen zu treffen." Anzüglich zwinkerte er seinem Kumpel zu und sie verschwanden wieder in dem Kino.

Diese selbstgefälligen Arschlöcher! Hätte nur noch gefehlt, dass sie ihn mit „junger Mann" ansprachen! Jan Poulsen kochte innerlich. So viel Arroganz und Engstirnigkeit hatte er nicht erwartet. Natürlich war er kein Ermittler, aber er war auch nicht völlig verblödet und in Sachen Recherchearbeit waren sich Kriminalistik und Journalismus durchaus ähnlich. Wie konnten die nur so eindimensional ermitteln, nur in eine Richtung? Klar, Gaby hatte ihm als erste Aufgabe die aktuellen Kriminalstatistiken zu lesen gegeben. Es war hinlänglich bekannt, dass die meisten Missbrauchsfälle von Personen aus dem nächsten sozialen Umfeld getätigt werden. Aber eben nur die meisten! Es konnte doch ebenso gut sein, dass etwas Anderes dahinter steckte, etwas Größeres, noch Abartigeres. Was wäre, wenn zwischen dem Fall von 1972 und dem aktuellen ein Zusammenhang bestehen würde? Klar, das war über 40 Jahre her, aber was, wenn doch …?

Poulsen hatte die Akten seines Kollegen intensiv durchgearbeitet. In der Nacht hatte er nur wenig Schlaf bekommen und auch am Tage war er nur halb bei der Sache gewesen. Er musste dringend noch einmal mit Gronimus und am besten auch mal direkt mit diesem Vogt reden.

Walter hatte sich geduldig am Telefon den Ausbruch des jungen Kollegen angehört und dabei geduldig in seiner Kaffeetasse gerührt. Als Poulsen fertig war, begann Gronimus: „Du hast sicher Recht, dass die beiden Kriminaler sich da ziemlich blöd ausgedrückt haben. Aber so ganz Unrecht haben sie ja nicht. Die Fakten und Erfahrungen sprechen nun einmal eine ganz klare Sprache. Und du darfst nicht den langen Zeitraum außer Acht lassen. Ich sehe da einfach keinen Zusammenhang. Aber ich teile deine Meinung, dass an der Sache mehr dran sein kann. Häng dich an Gaby ran und weihe sie in deine Überlegungen ein. Ich bin jetzt erst einmal für eine Woche an der Ostsee bei meiner Schwester, Handy nehme ich nicht mit. Aber du kannst mir eine Email schreiben. Ab und zu werde ich mal nachsehen." Gronimus gab die Mailadresse durch und verabschiedete sich.

Poulsen war genervt. Er hatte etwas mehr Begeisterung von Walter erwartet. Aber eines stimmte: Mit Hilfe von Gaby würde er wesentlich mehr Fakten überprüfen können, als wenn er sich alleine damit rumschlagen würde. Er wählte ihre Handynummer und nach zwei Klingeltönen meldete sie sich. „Fresnell! Ach, hallo, Jan. Was gibt es?" „Sag mal, kann ich dich jetzt auf ein Bier einladen? Mich beschäftigt da eine Sache, in der ich alleine nicht weiterkomme. Aber ich will das nicht in der Redaktion verfolgen." Sie zögerte. „Irgendeine Verschwörungstheorie? NSA, STASI, BND?" Er sah es zwar nicht, war sich aber sicher, dass sie grinste. „Nun komm, lass mich nicht betteln. Oder muss ich erst auf die Knie sinken?" „Wäre mal was Neues. Also gut, wir treffen uns in einer halben Stunde im „Füchschen". Aber das kostet dich auch ein Abendessen. Ich wollte gerade ein wohlverdientes Vollbad nehmen." Beide legten auf und Poulsen machte sich direkt mit dem Fahrrad auf den Weg.

Kapitel 5

Jupp nahm Rücksicht auf mich und hatte ein langsames Lauftempo eingelegt. Ich humpelte ein wenig und mein Bein fühlte sich an, als würde es gleichzeitig zerplatzen und in Flammen stehen. Ich beschrieb ihm auf dem Weg zur Himmelgeister Kastanie nochmals meine Wahrnehmungen. Doch mit jedem Schritt, der uns näher zum Ziel brachte, wurde ich unsicherer, was wohl geschehen würde.

Wir hatten ungefähr die Stelle erreicht, an der ich die Kinderstimmen vernommen hatte. Heute herrschte eine ganz andere Atmosphäre. Es war kühl, der Himmel war klar und es wehte eine kräftige Brise. Ich zog eine Wollmütze aus meiner Jackentasche und zog sie weit über die Ohren. Jupp schaute mich von der Seite an. „So hörst du aber noch schlechter, Alter. Wo war das denn nun mit den Stimmen?" Ich drehte mich einmal um die eigene Achse und meinte dann: „Genau hier ist es gewesen. Nur eben unter ganz anderen Bedingungen. Ich komme mir ja selbst jetzt ganz bescheuert vor." Schmitz schwieg und sah sich um. „Schon ein irres Ding, dieser Baum. Was der wohl schon alles gesehen hat!" Dann ging er weiter und zwang mich somit, ihm zu folgen. An der Kastanie angekommen, trat er ganz nahe heran, legte eine Hand auf die narbige Borke und zu guter Letzt legte er jetzt auch noch ein Ohr an den Stamm. Ich stellte mich neben ihn und sagte erbost: „Du musst mich jetzt nicht auch noch verarschen! Ich weiß selbst, dass ihr mich für gaga haltet! Und? Welche Geheimnisse verrät dir Freund Baum gerade?" Jupp schwieg.

Mein Kollege und Kumpel trat einen Schritt vom Baum zurück und kam wieder auf mich zu. Ich erwartete jetzt einen Vortrag über esoterischen Unsinn, die Wahrhaftigkeit der Wissenschaft im Allgemeinen und meine geistige Zerrüttung im Besonderen. Aber ganz im Gegenteil! Sein Statement war völlig unerwartet. „Lass uns bitte gehen ... sofort! Das ist ein ganz mieser Ort hier ... man kann sagen, schlechtes Karma! Auf geht's!" Damit marschierte er los, dieses Mal, ohne Rücksicht auf mich zu nehmen. Wir waren fast am Parkplatz am Kölner Weg angekommen, als ich ihn schweratmend einholte. „Sag mal, hast du sie noch alle? Rennst hier wie ein Irrer los, sprichst kein Wort und lässt mich wie einen Dackel hinter dir herlaufen." Jupp öffnete den Wagen und nahm auf dem Beifahrersitz Platz. „Du fährst – ich rede!" Ich zog resignierend die Schultern hoch und startete den Wagen. Langsam rollten wir am Park von Schloss Mickeln entlang, als Schmitz begann zu reden.

„Ich bin nie ein Freund von solch abstrusen Fantasien gewesen, die unheimliche Orte betrafen. Das war für mich immer Kinderkram. Aber du erinnerst dich doch, dass ich vergangenes Jahr in Irland gewesen bin. Ich wollte dort Lachse angeln und wir sind mit dem Wohnmobil rund um den Lough Carra gefahren. Jutta und ich haben auch das Herrenhaus Moore Hall besucht und ...", er hielt inne, hielt sich am Türgriff fest und fuhr mit dem Finger über seine Nase, „nun, wir haben da auch etwas Seltsames erlebt. Es war eine Szenerie, so wie du sie beschrieben hast: Nebel, wenig Licht, gedämpfte Geräusche. Von dem Haus stehen nur noch die Außenwände, keine Fenster mehr und im Innenbereich ist eine Wiese. Und wir haben es beide gehört, das Lachen von Kindern. Mal hinter uns, mal neben uns und wir waren uns beide nicht sicher, ob es immer nur ein Lachen war oder gar ein Schluchzen. Wir sind ganz schnell dort abgehauen und abends in einem Pub hat uns der Wirt eine Gruselstory erzählt. Moore Hall war die Heimat eines der meistgehassten Schriftsteller Irlands gewesen, George Moore. Ich habe das alles gegoogelt und festgestellt, dass die Story wohl extra für Touristen erzählt wird. Aber der Wirt meinte, als wir fortgingen, wir sollten uns die Ruine mal am frühen Abend ansehen, dann sei die Wirkung um ein Vielfaches stärker. Wir schoben die Entscheidung von Tag zu Tag auf, einfach aufgrund eines undefinierbaren, unguten Gefühls. Am letzten Abend haben wir uns dann einen Ruck gegeben und sind hingefahren. Ich will das jetzt nicht ausbreiten, aber es hätte nicht viel gefehlt und ich hätte zu schreien begonnen. Überall Schatten, die um uns rum huschten, wieder dieses irre Kinderlachen und plötzlich ein widerlicher modriger Geruch, wie Verwesung. Ich glaube, ich habe den lokalen Geschwindigkeitsrekord auf der Rückfahrt zu unserem Stellplatz gebrochen."

Ich hatte Jupp so konzentriert zugehört, dass ich total überrascht war, als er zu sprechen aufhörte. Wir hatten beinahe das von ihm bewohnte Haus in Hamm erreicht. Nachdem mir das Schweigen zu lange dauerte, fragte ich einfach „Und?" Jupps Blick war in eine weite Ferne gerichtet. „Ich will dir einfach sagen, dass ich dir glaube. Ohne Begründung, ohne Erklärung. Ich halte dich nicht für irre. Es kann sein, dass ... dass da wirklich was war. So, und jetzt ist Schluss. Ich muss dringendst aufs Klo!"

Ich war meinem Freund sehr dankbar und verabschiedete mich schweigend mit einem Handschlag von ihm. Manchmal ist es wertvoller, nichts zu sagen als nach großen Worten zu suchen. Ich nahm mein Handy und rief bei Sarah an. „Hallo, Schatz, ist es o.k., wenn ich jetzt zu dir komme?" Sie klang müde. „Nicht böse sein, aber mir ging es heute nicht so gut. Ich würde jetzt gerne Ruhe haben." Ruhe? Ich brachte also Unruhe? Hatte meine Reaktion gestern für eine so tiefgehende Verstimmung gesorgt? Ich bohrte nach. „Wenn es dir nicht gut geht, brauchst du vielleicht etwas? Medikamente? Essen, Getränke? Sag schon, ich besorg dir alles!" Ich hörte sie leise lachen. „Nein, das ist lieb. Ich komme gut klar und bin versorgt. Aber ..." In diesem Augenblick hörte ich im Hintergrund eine andere Stimme. Was sollte denn das jetzt? Meine Reaktion war entsprechend unwirsch. „Ruhe ... ja nee, ist klar. Dann will ich dich und deinen Besuch mal nicht länger stören. Einen schönen

Abend für euch und melde dich einfach wieder, wenn dir meine Nähe nicht zu viel ist." Wütend beendete ich das Gespräch, ohne eine Erwiderung abzuwarten.

Ich war stinksauer. Hatte ich an dem Abend nicht das Recht besessen, mich zurückzuziehen? Sie hätte eh nichts mit mir anfangen können, da mein Kopf mit so vielen Dingen voll war. Es ging doch jedem einmal so, dass man einfach für sich sein musste. DAS hätte ich heute ja auch verstanden, aber weshalb bestand für sie die Notwendigkeit, mir etwas vorzumachen und in Wirklichkeit ihre Zeit mit einem anderen Menschen zu verbringen? Sarah zeichnete sich durch eine besondere Eigenschaft aus: sie besaß die Fähigkeit zu größtmöglicher Ehrlichkeit, ohne dabei verletzend zu sein. Was also hatte sie angetrieben, mir so ein Märchen aufzutischen? Gab es einen anderen Mann? Wenn man sich in Gedanken um sich selbst und nur EIN Thema dreht, läuft man Gefahr, sich Horrorszenarien auszumalen. Nicht anders ging es mir in diesem Moment! Ich sah sie in Gedanken in den Armen eines Mannes liegen und ... ja, und was? Hatte ich so wenig Vertrauen zu ihr? Konnte diese Lüge nicht auch einen ganz anderen Grund haben? Ich griff wieder zum Telefon, hatte den Finger schon auf der Wahlwiederholung und zögerte im letzten Moment. Nee, besser, ich ließ sie jetzt in Ruhe. Einfach eine Nacht darüber schlafen und dann das Gespräch mit ihr suchen.

Ich zog mir eine Fleecejacke über und setzte mich auf den Balkon. Mein Kollege Peter van't Ent aus Amsterdam hatte mir ein besonderes Getränk empfohlen. Ich kannte mich ganz gut mit Brandy aus, Peter hatte sich mit den Jahren zu einem echten Whisky Connaisseur entwickelt. Sein letzter Tipp war jedoch völlig aus der Art geschlagen: ein Rum aus Venezuela, ein Botucal Reserva Exclusiva. Bisher waren seine Ratschläge immer ein Volltreffer gewesen, aber so etwas wie diese Spirituose hatte ich noch nie gekostet. Schon der Duft „neukt jouw neus", wie er mir blumig am Telefon erklärt hatte. Mein Holländisch war inzwischen gut genug, um diese Redewendung zu verstehen. Und er hatte Recht! Das Zeug hatte einen so intensiven Duft nach Früchten und Gewürzen, dass man sich schon auf den ersten Schluck erwartungsvoll freute. Also nahm ich mir die unter Mühen besorgte Flasche und ein Glas, goss mir eine kleine Portion ein und hob es vor dem ersten Schluck prostend zum Himmel. „Auf dich, mein Seelenbruder!" Irgendwann hatte ich Peter mit diesem Titel bedacht, den sonst nur noch Jupp innehatte. Aber direkt der zweite Schluck ging an jemanden, der meinem Herzen noch näher stand. „Auf dich, Sarah, du Biest ... und ich bin gespannt, was der Grund für dieses Märchen ist!" Ich sollte es bald erfahren.

„Was meinst du? Ob ich mal in ihrer Schule nachfrage? Vielleicht bekomme ich da ja was raus." Poulsen hatte sich näher zu seiner Kollegin rüber gebeugt, da der Gesprächsinhalt nicht für jedermanns Ohren gedacht war und die Umgebungsgeräusche einen unglaublichen Pegel erreicht hatten. Im „Füchschen" hatte sich eine gemischte Runde eingefunden, die offensichtlich ein erhebliches Budget für Alkohol hatte. Jan wusste nicht, was schlimmer war: das unerträgliche kreischende Lachen der Frauen oder das Parolengegröhle der Kerle. Gaby Fresnell erwiderte: „Altstadtkneipen sind wirklich ein Spiegel der Gesellschaft. Nur frage ich mich manchmal, ob ich zu dieser Gesellschaft überhaupt dazu gehöre." Sie nahm einen tiefen Schluck Altbier, wischte sich den Mund ab und fuhr fort: „Schaffst du das denn neben deinen sonstigen Redaktionsaufgaben? Dir muss klar sein, dass ich dich da nicht

82

unbegrenzt aus der Schusslinie nehmen kann. Ich unterstütze dich, soweit es mir möglich ist, aber es muss im Rahmen bleiben."

Poulsen prostete ihr zu. „Sag mal, warum unterstützt du mich überhaupt in der Sache? Weißt du etwas Näheres darüber?" Statt einer Antwort schaute sie ihren jungen Kollegen lange an. „Los, zahl mal unsere Deckel. Darüber will ich hier nicht reden." Erstaunt befolgte Jan die Anweisung und winkte nach einem Köbes. Die Ratinger Straße war an diesem Abend stark befahren, aber die Straßengeräusche waren nach dem Lärm in der Traditionskneipe geradezu wohltuend. Schweigend schlenderten die beiden entlang des in Entstehung befindlichen neuen Wohnviertels „Andreasquartier". Vorbei an der Ursulinengasse ging es auf die Altestadt und sie sahen die Kaimauer des Rheinufers.

Die Josephskapelle im Rücken, hockten sie sich auf die Mauer. Das Partyvolk hielt sich mehr am Burgplatz auf, sodass sie hier etwas Ruhe hatten.

„Ich weiß nicht, ob an deiner Idee etwas dran ist. Ehrlich gesagt, finde ich sie sogar etwas schwachsinnig. Aber mich beschäftigt eines an dem Tod der Kinder 1972. Ich hatte Gelegenheit, mit der Mutter eines der Jungen zu sprechen, das liegt vielleicht fünf bis sechs Jahre zurück. Sie wollte sich zunächst gar nicht äußern, aber nachdem ich ihr meine Beweggründe für den Artikel genannt hatte, war sie gesprächsbereit gewesen. Der ganze Fall wurde damals als Unfall eingestuft. Zwei Jungen, die gezündelt haben. Die Mutter war damals von Polizei, Öffentlichkeit und Medien geradezu kriminalisiert worden. Verletzung der Aufsichtspflicht, du verstehst? Tja, und dann gab es einen Anruf des leitenden Ermittlers der Polizei in Düsseldorf. Es war ein forensischer Gutachter eingeschaltet worden und der hatte die Überreste der Kinder untersucht. Ich bin überzeugt, dass die Frau sich das nicht aus den Fingern gesaugt hat. So einen Satz vergisst eine Mutter nicht. Dieser Kriminalhauptkommissar hat also angerufen und gesagt, ich zitiere: *Sie sind ja so scharf auf die Knochen von Ihrem Kind. Die können Sie sich jetzt bei uns abholen.* Eine solche Rohheit ist für mich untragbar und inakzeptabel. Insofern hab ich mich über diesen Mann schlau gemacht. Ein Polizist, der aus meiner Sicht extrem karrieregeil war. Ich mache lange genug Polizeiberichterstattung, auch schon in anderen Städten. Daher bin ich mit der Vorgehensweise und den Bewertungen sicher vertrauter als der Normalbürger. Von diesem Andreas Vogt – von dem hat dir Walter sicher erzählt – habe ich mir alle möglichen Infos besorgt. Der scheint den Fall zu einer persönlichen Sache zu machen. Jedenfalls hat der auch noch mal mit dem Kommissar gesprochen und der konnte oder wollte Vogt nicht weiterhelfen. Aus meiner Sicht sind dort aber Fakten und Umstände einfach nicht untersucht worden. Ermittlerischer Tunnelblick! Standardfall, ab zu den Akten. Aber wenn du den Namen mal googelst, findest du eine Menge Infos. Z.B. über das Geiseldrama in Gladbeck, bei dem es Tote gab. Der gleiche Mann war der Polizeiführer, der den Zugriffsbefehl gab, bei dem eine der Geiseln getötet wurde. Fachleute aus seinem eigenen Stab und beteiligte Ermittler haben dokumentiert, dass der Zeitpunkt völlig ungeeignet und viel zu riskant gewesen war. Aber für mich passt diese Handlung des Mannes in das Bild, das ich von ihm habe. Denn es bestand die Möglichkeit, dass die Polizeiführung aufgrund des „Grenzübertrittes" nach Rheinland-Pfalz von Polizei NRW abgezogen werden würde. Und das wollte er meiner Meinung nach in keinesfalls zulassen. Im Fall Gladbeck wurde so viel Scheiße gebaut, dass er unter ungeheurem Druck stand. Du kannst das in einem sehr ausführlichen Bericht aus dem SPIEGEL nachlesen, der echte Falldokumente zitiert. Aber Kerl wurde nie zu Konsequenzen gezwungen. Und was hat der nicht alles von sich gegeben? Auch so ein Netzfund: Genau dieser Polizist wird in einem Buch zitiert, dass er am liebsten Zugriff auf alle Daten hätte, über die Krankenhäuser und Ärzte verfügen. Totaler Big Brother! Selbst heute noch, bei älteren Polizisten, gehen sofort die Jalousien runter, wenn dieser Name fällt. Es fehlt nur noch, dass sie aufspringen und die Hacken zusammenschlagen. Wenn du bei denen diesen Ermittlungs-Saurier kritisch hinterfragst, dann werden sie kalt wie zehn Zentner Gefrierfleisch und richtig aggressiv gegenüber dem Fragesteller. DESHALB unterstütze ich dich. Vielleicht findest du unter einem anderen Blickwinkel etwas raus."

Poulsens Augen hatten sich im Verlaufe des Vortrags geweitet und jetzt stand ihm sogar der Mund offen. „Genau die gleiche Scheiße läuft doch jetzt gerade mit diesen beiden, Oberle und Schmitz, ab. Auch nur in eine Richtung ermitteln, die wahrscheinlichste. Zum Kotzen, dass solche Mechanismen immer gleich zu sein scheinen." Jan war aufgesprungen. „Jetzt erst recht. Ich mache weiter und werde ganz tief graben, ob an dem Thema mehr dran ist. Und es wird mir eine Riesenfreude sein, wenn ich den beiden Clowns dann die tatsächlichen Täter präsentiere." Gaby schüttelte den Kopf. „Du bist Reporter, kein Detektiv. Und du hast keinen Schutz, wenn du den Tätern zu nahe kommst ... sofern es sie gibt."

Über diesen Satz musste Jan die ganze Zeit über nachdenken, als er zurück zu seiner Wohnung radelte. In seiner Dachgeschosswohnung auf der Freytagstraße angekommen, holte er sich eine Flasche Wasser aus dem Kühlschrank, trank in gierigen Zügen und setzte sich an sein Notebook, um noch einige Gedanken zu fixieren, die er in keinem Falle vergessen durfte.

85

Das Ehepaar Ihling, Lessing und Murillo saßen in einer der Fensterecken des Sternerestaurants „Schorn". Neben der erstklassigen Gastronomie zeichnete sich das Etablissement durch eine weitere Besonderheit aus: die Lage. Die Martinstraße in Unterbilk war ein reines Wohngebiet. Man konnte von Glück sagen, wenn man dort mal einen Parkplatz ergattern konnte.

Das Restaurant war bis auf die vier Gäste um 17 Uhr noch leer. Die Kellner hielten sich dezent im Hintergrund, damit die Gäste ungestört ihre Gespräche führen konnten.

„Giordano ist auf Spur gebracht. Von der Seite her können wir jetzt erst einmal abwarten. Aber wir sollten uns an sich im Moment etwas zurückhalten. Daher schlage ich vor, das Festival in Doetinchem zu verschieben. Im Moment ist die Öffentlichkeit zu sensibel und wird bereits auf Kleinigkeiten reagieren. Ich mache aber einen Gegenvorschlag. Cynthia, wie sieht es bei euch am übernächsten Wochenende aus?" Cynthia zog ihr Handy hervor und schaute im Kalender nach. „Da steht noch nichts im Plan. Weshalb?" „Nun, die Pössels haben ihre Enkel zu Besuch und wir könnten ein wenig Spaß gemeinsam haben. Habt ihr noch Ketamin da? Ansonsten würde ich Rosa Bescheid geben, dass sie etwas mitbringt, wenn sie zu dem Termin kommt." Rosa Dellwo war Kinderärztin und versorgte die „Duteils" mit den K.O.-Tropfen, mit denen sie ihre „Spielgefährten" betäubten. Die Kinder verhielten sich unter der Wirkung der Droge in aller Regel gefügig und konnten sich nach Abklingen der Wirkung meist an nichts mehr erinnern.

„Dann ist das also ausgemacht. Wer informiert den inneren Kreis?" Gereon Ihling hob sein Glas und prostete den anderen zu. „Übernimm du das bitte, Gereon", erwiderte Lessing, „bitte auf dem üblichen Weg." Damit war eine telefonische Anrufkette gemeint, in der verschlüsselt die

Uhrzeit, der Ort und das Festival-Thema bekannt gegeben wurde. Der Inhalt des Telefonats konnte so lauten: *wir haben eine Lieferung Jacobsmuscheln und Wildlachse bekommen, Verkostung im üblichen Rahmen durch den Feinschmeckerkreis, Treffpunkt im Chateau Cavalier du feu, zur informativen Stunde.* In Klarschrift bedeutete das: *wir haben mindestens einen Jungen und ein Mädchen zur Verfügung, nur für den inneren Kreis der „Duteils", im Hause des Ehepaars Ihling in Anspielung auf ein berühmtes Gedicht von Eduard Mörike, den „Feuerreiter" (sie wohnten ja auf der nach ihm benannten Straße), Beginn 20 Uhr (identisch mit dem Beginn der Tagesschau).*

Nachdem die Gruppe ihr Mahl beendet hatte, verabschiedete man sich und fuhr getrennt seiner Wege.

Murillo saß wie immer am Steuer. Sie fuhren entlang des Rheins in Richtung Norden. Lessing blickte nach draußen und genoss das linksrheinische beleuchtete Panorama. „Nimm die B8, Ramon, und lass dir Zeit. Es ist ein so schöner Abend." Gehorsam bog der Fahrer rechts in Richtung Kennedydamm ab. Nach einigen Augenblicken richtete sein Chef wieder das Wort an ihn. „Sag mal, Ramon, eigentlich muss ich ja bescheuert sein, dich so tief in meine Angelegenheiten blicken zu lassen. Wir arbeiten zwar schon einige Jahre zusammen und was ich besonders schätze, ist deine Verschwiegenheit und Neutralität. Aber mal ganz im Ernst: wie denkst du über die Dinge, die ich tue? Und damit meine ich nicht meine Broker-Geschäfte." Murillo blickte verwundert in den Rückspiegel und sah den erwartungsvollen Ausdruck auf Lessings Gesicht. „Nun, David, da du mich so fragst: es ist mir gleichgültig. Es stellt zwar für mich keinen Reiz dar, aber ich habe die Maxime, dass die Lebensgestaltung meiner Auftraggeber für mich ohne Belang ist. Ein Beispiel: ich habe für ein paar Monate den Schutz für einen afrikanischen regionalen Diktator übernommen. Der konnte es nur mit Voodoo-Praktiken und im Beisein einer Ziege. Das war mir gleichgültig. Ich hatte ihm die Zähne eingeschlagen, nachdem er zwei seiner Domestiken gezwungen hatte, mich festzuhalten und selbst auf die Ziege zu schieben. Die beiden Clowns sind tot und der Diktator kann seitdem nicht mehr deutlich reden. Mein Team hat mich dann rausgehauen. Es gibt also Grenzen, die ich aber bei dir noch nie in Gefahr gesehen habe. Und so lange die Überweisungen pünktlich auf meinem Konto sind … reicht dir das als Antwort?" Lessing lachte schallend auf. „Du bist so ein Pragmatiker! Aber genau das mag ich, sach-und ergebnisorientierte Denkweise! Und noch was: ich schätze sehr, dass du die härteren Druckmittel nur dosiert und gezielt einsetzt."

Sie hatten mittlerweile Angermund erreicht und rollten auf den Schotterweg zu seiner Villa. „Ich werde demnächst einen Antrag auf Asphaltierung bei der Stadt stellen. Es kann doch nicht sein, dass ich, der ich so viele Steuern zahle, allein für die Zufahrt zu meinem Haus aufkommen soll." Lachend schlug Lessing seinem Bodyguard auf die Schulter. *Das Leben konnte herrlich sein und wer sollte ihm das, was er hatte, nehmen können*, dachte er bei sich.

Kapitel 6

Poulsen ging mit der Lehrerin über den Schulhof. Es war gerade Pause und Kinder unterschiedlicher Altersklassen nutzten lautstark die Entspannungsphase. Manche spielten mit Softballs, andere lasen in Schulbüchern für bevorstehende Tests, wenige schrieben die letzten Zeilen der noch nicht fertigen Hausaufgaben für die nächste Stunde und die älteren Kinder tippten fleißig auf ihren Smartphones herum. Zu zweit oder dritt untergehakt, spazierten Mädchen über den Hof und schwadronierten über Jungs, Mode oder Makeup.

Jan grinste. Gar nicht so viel verändert seit seiner Schulzeit, dachte er bei sich. Er hatte die Schule kontaktiert und einen Gesprächstermin mit der Klassenlehrerin von Svetlana Gribowsky bekommen. Er erhielt eine ausführliche Beschreibung ihres Wesens und bat zum Ende noch um die Adresse oder Telefonnummer der Musik- und Malschule. Welch Wunder, er bekam beides. Schon toll, was man alles mit ein wenig Flirten erreichen kann.

Das Telefonat mit der Malschule war ebenso erfolgreich. Er konnte sofort hinfahren und mit der Kunsterzieherin reden. Die etwas durchgeistigte Dame schwärmte: „Svetlana war sooo talentiert. Ich habe sofort gespürt, dass da etwas Großes reift. So viel innere Stärke und ein so klarer Blick für das Wesentliche. Wenn sie hätte reifen können, wäre sie eine ganz Große geworden, bestimmt. Ich habe hier eine sehr anerkannte Privatschule und die Familie hätte sich das nie leisten können. Aber man ist ja kein Unmensch, vor allem nicht bei so einem Talent. Welch ein Verlust für die Kunstwelt, welch eine Tragödie für die Familie!"

89

Poulsen hatte genug gehört. Hier würde er keine nützlichen Informationen bekommen. Da die Wohnung der Gribowskys nur wenige Fahrminuten entfernt war, probierte er es auch dort, fand aber nur den stark alkoholisierten Vater vor. Dieser hatte die Tür auch nur geöffnet, weil er mit dem Pizzaboten gerechnet hatte. Mit einem Mischmasch aus russischen und deutschen Worten, angereichert mit diversen Rülpsern, wies er dem Journalisten die Tür. Poulsen machte eine Notiz auf der Rückseite einer Visitenkarte und steckte sie in den Türrahmen. Hoffentlich würde die Mutter sie finden und sich bei ihm melden.

Better luck next time, hatte sein Dozent an der Journalistenschule immer gesagt und damit an die Hartnäckigkeit seiner Schüler appelliert. Also rief er unter der Nummer des Musiklehrers an. Es lief nur ein Anrufbeantworter ohne die Möglichkeit, eine Nachricht zu hinterlassen. Also schwang er sich auf den Sattel seines Rades und machte sich auf zur Schönaustraße. Er klingelte an der großen Holzpforte des wunderbar renovierten Altbaus. Auf einem Messingschild stand zu lesen: Vittorio Giordano, Meisterschule Gesang und Klavier, Robert-Schumann-Hochschule, Università di Bologna. Sehr repräsentativ, dachte Poulsen, als er sein Fahrrad abschloss. Dann erklang eine Stimme an der Gegensprechanlage. „Professore Giordano, pronto?" Poulsen stellte sich vor und bat um ein Interview. Giordano machte keine Anstalten, den Türöffner zu betätigen. Jan musste seinen Presseausweis vor das Auge der Kamera halten, die sich über der Klingel befand. Nach langem Hin und Her ließ Giordano den Pressevertreter ein … zumindest ins Haus. Der Musiklehrer stand in der Tür der Erdgeschosswohnung und betrachtete seinen Besuch argwöhnisch. Poulsen erklärte sein Interesse an dem Fall und bat um nähere Informationen. Der Italiener machte keine Anstalten, Poulsen in die Wohnung zu lassen. Mit leicht italienisch gefärbter Aussprache begann Giordano: „Svetlana war ein Ausnahmetalent. Ihre Stimme –fabuloso, ihr Klavierspiel – stupendo! Ich habe sie einmal mit in die Hochschule

90

genommen und sie vorsingen lassen, ohne dass die Hörer das Mädchen sehen konnten. Es war incredibile ... unglaublich. Die Professori dachten, sie hören eine 25jährige mit ausgebildeter Stimme. Dabei war sie so bescheiden. Ganz lieb und einfach. Sie war sich ihrer Fähigkeiten gar nicht bewusst. Ein ungeschliffener *Diamante!*" Pulsen hatte geduldig zugehört und sich Notizen gemacht. Er war genervt von der Unhöflichkeit des Mannes. Jetzt war es an ihm, Fragen zu stellen. „Können Sie sich vorstellen, wer Svetlana das angetan hat? Nicht genug, dass man sie ermordet hat. Sie wurde auch noch missbraucht." Die folgende Reaktion kam für den Reporter völlig unerwartet. „Was? Warum fragen Sie das mich? Ich weiß gar nichts!" Giordano verfiel in einen Mischmasch aus Italienisch und Deutsch. „Ich war solamente ihr Lehrer. Ich habe niente Kontakt mit ihr außer im Unterricht. Ich könnte nie einem Kind etwas antun! Giammai!" Poulsen war erschreckt zurückgewichen. „Aber ich habe Ihnen doch gar nichts vorgeworfen. Ich habe doch nur gefragt ..." „Gefragt! Gefragt! Fanculo! Ich kenne das doch mit der Presse. Die dreht einem die Worte im Mund um. Porca miseria! Warum habe ich überhaupt aufgemacht? Idiota! Gehen Sie, los! Gehen Sie! Ich habe dieses Kind GELIEBT, verstehen Sie?" Die letzten Worte hatte Giordano erregt gebrüllt, Poulsen von sich fort gestoßen und die Tür mit einem lauten Knall zugeschmissen. Poulsen klopfte noch mehrmals, entschuldigte sich und steckte zuletzt seine Karte durch den Briefschlitz. Als er das Fahrrad aufschloss, dachte er nochmals an das Gesicht des Musikpädagogen. Der Gesichtsausdruck bei den Worten „ich habe das Kind geliebt" war seltsam gewesen, nicht wie der Blick eines fürsorglichen Erwachsenen, sondern der eines verzweifelten Liebhabers.

„Geh schon ran! Testa di Cazzo!" Giordano fluchte mit dem Handy am Ohr, da er nur das Freizeichen vernahm. „Geh endlich dran, Stronzo!" In diesem Augenblick wurde das Gespräch angenommen. Er war froh, dass der Angerufene das letzte Schimpfwort nicht mehr gehört haben konnte. „Hallo, David. Ich muss dich unbedingt sprechen! Jetzt sofort!" Lessing blieb ruhig. „Was ist los, Vittorio? Du bist ja ganz aus dem Häuschen! War die Polizei bei dir?" „Niente, nix, ein Reporter, ein Giornalista! Von der Rheinischen Post. Er hat Fragen gestellt, viele Fragen. Und er hat gefragt, ob ich weiß, wer Svetlana getötet hat!" Lessing schwieg ein paar Sekunden. „Und was war deine Antwort?" „Jas, was soll ich schon geantwortet haben? Nein habe ich gesagt und ihn rausgeschmissen!" „DU HAST WAS???? Bist du irre? Das war das Blödeste, was du machen konntest. Mein Gott, Vittorio, willst du uns alle ans Messer liefern? Reicht es nicht, dass du das Kind kalt gemacht hast? Jetzt kann ICH wieder zusehen, wie die Scheiße ausgebügelt wird. SCHÖNEN DANK AUCH, Professore Giordano! Ich kann nur froh sein, dass du nicht unserer Gruppe vorstehst. Weißt du, manchmal verfluche ich den Tag, an dem wir dich aufgenommen haben! Hast du irgendwelche Kontaktdaten von dem Mann?" Vittorio gab David Lessing alles durch, was auf der Visitenkarte stand. „So, Vittorio, du wirst dich jetzt ganz still verhalten. Kein Telefon, keine Termine, kein Schriftwechsel … mit niemandem! Wenn sich jemand bei dir meldet, wirst du es dokumentieren und SOFORT an mich weiterleiten! Immediato, verstehst du mich, Coglione?" Lessing hatte sich mit der Zeit einige grobe italienische Floskeln angeeignet, da er sicher sein wollte, was Vittorio manchmal von sich gab.

Giordano stimmte zu und legte dann kleinlaut auf. Porca miseria, jetzt würde er auch nicht an dem Festival bei Ihlings teilnehmen können, über das ihn Rosa per Telefon informiert hatte. Verärgert wählte er die Nummer des nach ihm auf der Liste Stehenden an und gab die codierte Nachricht durch. Als er das Gespräch beendet hatte, goss er sich einen großen

Grappa ein und überdachte seine Situation. Ihm war klar, dass ihm bald harte Zeiiten bevorstehen würden.

Der Arbeitstag hatte sich in die Länge gezogen. Im Fall „Kölner Weg" waren wir bislang nicht weitergekommen. Der Musiklehrer war offenbar nicht erreichbar, die Zeichenlehrerin war eine geschwätzige Pute, die sich in den Aussagen mehr über ihre eigenen Fähigkeiten und verpassten Chancen ausließ als über das tote Kind, und in den anderen Deliktsfällen kamen wir auch nur schleppend voran. Verhöre, Berichte, große „Lagen" mit unserem Chef, Kriminaloberrat Richter, und jede Menge Telefonate. Gegen 19 Uhr hatte ich die Nase voll und verabschiedete mich von Jupp, der noch einen Bericht zu Ende bringen wollte.

Auf dem Heimweg klingelte mein Telefon. Ich erkannte auf dem Display Sarahs Nummer. Ich ließ es extra noch zwei Mal klingeln und meldete mich dann. Über die Lautsprecher des Wagens vernahm ich ihre Stimme, die leicht unterkühlt war. „Hallo, Micha, sag mal, warum meldest du dich eigentlich nicht? Den ganzen Tag warte ich schon auf einen Anruf von dir." Da kam sie gerade an den Richtigen. „Tut mir leid, aber ich wollte nicht wieder stören. Du hattest zuletzt ja wohl Wichtigeres zu erledigen", erwiderte ich zynisch. Schweigen! Dann eine Antwort: „Ach, du meinst, weil ich dich das letzte Mal nicht sehen wollte?" Was sollte jetzt dieses unterdrückte Lachen? Mir war gar nicht komisch zumute. „Was gibt's, Sarah? Ich bin auf dem Weg nach Hause und bin ziemlich platt." „Ach, du lässt heute das Training ausfallen? Dann könntest du ja eigentlich auch bei mir vorbei kommen. Glaub mir, es lohnt sich. Ich erwarte dich." Ohne eine Antwort abzuwarten, hatte sie das Gespräch beendet. Und wieder dieses unterdrückte Kichern in der Stimme, wie eine Frühpubertäre, die ihrer Freundin vom ersten Kuss erzählt. Na warte, Mädel, DIR werde ich den Marsch blasen, dachte ich bei mir. War ihr bei der letzten geschlechtsangleichenden Operation auch noch ein „Zicken-Gen" in ihren Gen-Code integriert worden?

Ich gab Gas und fuhr an der Ausfahrt Benrath von der Münchener Straße ab. Noch total ungehalten von dem Telefonat, übersah ich beinahe eine Fußgängerin am Zebrastreifen an der Börchemstraße. Die Dame drohte mit Faust und Stinkefinger, gewürzt mit einem Zeigefingertippen auf die Stirn. Ich entschuldigte mich mit zusammengefalteten Händen und hämmerte andeutungsweise meine Stirn gegen das Lenkrad. Als ich den Kopf wieder hob, stand sie neben meinem Wagen und klopfte an die Scheibe. Ich erwartete die berechtigte Standpauke, aber sie lächelte. „Entschuldigung angenommen, schöner Mann!" Und damit zog sie ab, ihr Gesäß gekonnt schwingend. Grinsend schüttelte ich den Kopf, geschmeichelt, aber auch verwirrt. Ich hielt auf der Händelstraße vor dem Haus, in dem Sarah wohnte. Den Wohnungsschlüssel in der Hand haltend, stand ich vor ihrer Tür, entschloss mich aber zu klingeln. Es erschien mir im Moment einfach unangemessen, so ohne Weiteres die Wohnung zu betreten. Mein Misstrauen war durch die Hintergrundstimme während unseres letzten Telefonats geweckt und ich hatte kein Interesse an einer peinlichen Situation.

Die Tür öffnete sich und vor mir stand ... nicht Sarah! Eine mir völlig unbekannte Frau tat mir die Tür auf. Sie blickte mich neugierig von oben bis unten an und ich tat es ihr gleich. Nach einigen Sekunden begann sie zu lachen. „SIE müssen Michael sein, Sarah hat mir so viel von Ihnen erzählt ... und vorgeschwärmt." Jetzt taxierte sie mich wie ein Pferd auf einer Auktion. „Und ich muss zugeben, sie hat Recht. Immer rein in die gute Stube, Ihre Liebste wartet auf Sie im Wohnzimmer." Ziemlich konsterniert folgte ich der Brünetten, aber Sarah befand sich nicht in dem Raum. „Nehmen Sie doch einfach Platz, ich werde sie holen." Ich wollte jetzt wissen, wer die Frau sei, aber da war sie schon aus dem Zimmer verschwunden. Missgelaunt sah ich mich um. Auf dem Esstisch stand eine Nähmaschine, überall lagen Stoffreste herum. Gar nicht Sarahs Art, dachte ich mir. SIE war es doch immer gewesen, die über meine männliche Unordnung in meiner Wohnung meckerte.

„Ihro Gnaden, darf ich Euch Eure Gemahlin zuführen? Ihr werdet feststellen, dass sie sich trefflich vorbereitet hat. Schauet und staunet!" Diese seltsame Rede stammte von der fremden Frau, die jetzt im Türrahmen stand und den Weg für Sarah freigab.

Ich kannte meine Lebensgefährtin in vielen verschiedenen Kleidungsstilen: sachlich-geschäftsmäßig im Businessoutfit, sportlich-leger in unserer Freizeit, hocherotisch und verführerisch für mich im Bett und dramatisch-erregend, wenn sie sich für ein SM-Date zurechtmachte. Aber DAS war eine neue Seite an ihr! Vor mir stand eine mittelalterliche Maid, in ein Festkleid gehüllt, in verschiedenen Erdtönen gehalten. Sarahs rote Wallemähne wurde von einem zweifarbigen, zu einem Zopf geflochtenen Band gebändigt. Ihr Dekolleté kam deutlich zur Geltung, nicht zuletzt durch den bustierartigen Schnitt des Kleides. Komplettiert wurde die Verkleidung durch Schmuck wie bei einer verführerischen Zigeunerin. Sarah blickte mich erwartungsvoll an.

Das Nächste, was ich wahrnahm, war ein Aufblitzen. Grinsend wie ein Honigkuchenpferd, senkte die Fremde ihr Handy. Sie hatte mich fotografiert und zeigte jetzt Sarah und mir den Schnappschuss. Ich stand tatsächlich mit offenem Mund und großen Augen da, wie in einem

95

schlechten Film. Ich begann ebenfalls zu grinsen und die Anspannung fiel von mir ab. „Mein Gott, Weib, das ist ja unglaublich! Du siehst fantastisch aus! Ach was fantastisch ... unvergleichlich! Und du wirst einigen Männern die Köpfe verdrehen, wenn du ... tja, wann willst du das eigentlich tragen? Bis Karneval dauert es doch noch etwas!" „Befleißigt Euch einer geziemenden Sprach, werter Herr! Ich bin keine lose Dirne, die ihre Gottesgaben wohlfeil bietet. Darf ich euch zuvörderst meine edle Dame, Frau Linda von der Niederweyhe, meine treffliche Schneiderin, vorstellen?" Ich ließ mich auf das Spiel mit der mittelalterlichen Sprache ein und machte vor Linda einen Kratzfuß, wie ich ihn einmal in einem Mantel- und Degenfilm gesehen hatte, und versuchte mich in einem galanten Handkuss. „Fürwahr, edle Frau Sarah, euer Galan erweist sich würdig und huldvoll. Ihr habt nicht übertrieben!" Sarah hielt sich vor Lachen den Bauch. „So, jetzt aber Pause mit dem Rittertum. Das, mein geliebter Schatz, ist eine gute Freundin, Linda Weyhe. Wir haben uns einmal kennengelernt, als sie im „Sündenfall" zu Gast war. Linda ist eine geniale Schneiderin, die Spezialaufträge für Theater, Film und Rollenspieler ausführt. Ich habe sie gebeten, für mich ein festliches Marketenderinnenkleid anzufertigen und um deine Frage zu beantworten: ich will mit dir am Wochenende auf das Mittelalterfest auf Schloss Eller gehen. Und das MUSS zünftig gewandet geschehen." Ich kratzte mich am Hinterkopf. „Dann muss ich mir etwas einfallen lassen. Aber ich bin nicht sehr optimistisch, dass ich in zwei Tagen etwas Passendes finden werde, in dem ich mich mit dir blicken lassen kann. Neben so einer Frau kann ich doch nicht wie ein Bettler herumlaufen."

„Stimmt", warf Linda ein, „daher hat Sarah mich auch beauftragt, für Sie ein Gewand anzufertigen. Sie hat sich gewünscht, dass Sie sie als gewappnete Stadtwache begleiten." Sie verließ den Raum und kehrte Sekunden später mit einigen Kleidungsstücken zurück. Eine lange, dunkelbraune Hose, ein wollweißes Hemd mit Schnürung, ein dunkelgrünes Wams, dazu Helm, Kettenhaube und Handschuhe. „Ein Hirschfänger und ein Schwert liegen noch nebenan, aber das war zu viel auf einmal und zu schwer." „Na, hoffentlich passt es mir. Ich bin, was Kleidung angeht, kein so leichter Kandidat." Unter dem authentischen Kleiderhaufen zog Linda eine Jacke, ein Hemd und eine Hose hervor, die ich eindeutig als meine identifizierte. „Hab ich dir aus der Wohnung entführt, vor ca. drei Wochen. Und wenn du seitdem nicht ordentlich zugenommen hast, werden dir die Sachen ganz sicher passen. Los, zieh dich um. Ich kann es kaum erwarten, dich zu sehen, mein stolzer Recke!"

Ich verschwand im Badezimmer und hatte alle Utensilien mitgenommen. Es war aufwändiger als erwartet und so mussten die Damen fast eine halbe Stunde auf mich warten. Dann betrat ich das Wohnzimmer.

„Tut mir leid, die neumodischen Schuhe passen nicht so ganz. Aber wie findet ihr mich? Kann ich mich so raustrauen?" Sarah blickte Linda dankbar an und umarmte sie. „Das ist ja noch viel besser geworden als auf deinem Entwurf, Linda. Ich bin dir so dankbar." Sie küssten sich auf die Wange. „Soll ich so bleiben oder darf ich wieder in die Gegenwart zurückkehren?" Meine Frage wurde von beiden mit einem Nicken beantwortet. „Ja, was denn nun?" Sarah: „Anbehalten!" Linda: „Ausziehen!" Na Klasse! FRAUEN! Ich verdrehte die Augen. Ich wandte mich um und verwandelte mich im Bad wieder in ein Wesen des 21. Jahrhunderts.

Als ich erneut das Wohnzimmer betrat, stießen die beiden Damen mit einem Glas Wein an. „Nimm dir auch eins und setz dich zu uns." Ich nahm auf dem Sessel gegenüber der Couch Platz. „Lass uns morgen in die Stadt fahren und für dich ein paar passende Stiefel aussuchen. Du glaubst gar nicht, wie ich mich auf das Fest freue. Schon als Kind habe ich mir gewünscht, einmal ein Burgfräulein oder eine Händlerin spielen zu dürfen.

Und du hast mir doch auch mal gesagt, dass du als Kind am liebsten mit deinen Elastolin-Rittern gespielt und die Sigurd-Comics gelesen hast." Ich nickte, beugte mich zu einem Kuss vor und streichelte Sarahs Hand. „Danke, Süße, damit machst du mir wirklich eine große, völlig unerwartete Freude. Wenn ich mir überlege, wie eifersüchtig ich war, als ich beim Telefonat die fremde Stimme im Hintergrund hörte. Ich nehme mal an, das waren Sie, Linda, nicht wahr?" Die Angesprochene nickte strahlend und stolz. „Freut mich, dass euch beiden meine Arbeit so gefällt. Sie stehen euch wirklich hervorragend, die Kostüme. Ich bin sicher, ihr werdet auf einer Menge Fotos landen. So, und jetzt mache ich mich auf den Heimweg. Die letzten Tage habe ich kaum geschlafen. Jeder will noch kurz vor Toresschluss ein Gewand haben. Als ob der Termin für das Spektakel nicht seit Monaten bekannt wäre! Tschüss, ihr beiden, und … Michael, ich heiße Linda und es heißt du!" Wir bekamen von ihr zum Abschied einen Wangenkuss und Sarah sagte: „Die Rechnung schickst du mir noch, ja? Du musst doch auch deine Kohle haben und Rechnungen bezahlen!" „Das machen wir schon klar. Bis übermorgen, ihr zwei Hübschen, und vergesst nicht, mich auf meinem Stand zu besuchen."

Allein in der Wohnung, nahm ich Sarah in den Arm und drückte sie fest an mich. „Was bin ich nur für ein Esel! Kannst du mir verzeihen, dass ich mich so doof benommen habe?" Meine Schöne legte die Hände auf meine Wangen. „Aber was hätte ich dir denn zu verzeihen? Eifersucht in diesem Maße ist doch eher ein Liebesbeweis. Sorgen müsste ich mir machen, wenn du gar nicht reagiert hättest." Sie küsste mich lang und innig. Und ich? Ich spürte das Verlangen erwachen. Ihr blieb das auch nicht verborgen und sie löste sich von mir. „Kannst du mir bitte das Mieder aufschnüren? Es geht zwar alleine, aber es ist doch arg umständlich." Damit drehte sie den Rücken zu mir und hob ihre Haarpracht an, sodass ihr Nacken frei lag. Ich beugte mich vor, küsste und leckte ein wenig über ihre Haut, wobei sich sofort eine Gänsehaut bildete. „Werter Herr, vollführet, worum ich euch bat!"

Ich schnürte also das korsettähnliche Gebilde auf und ließ das Kleid von ihren Schultern gleiten. Sie trug eine Bluse darunter, die die Schultern freiließ und nur über der Brust von einem mit einer Schleife verschlossenen Samtband gehalten wurde. Sarah wandte sich wieder zu mir, zog betont langsam die Schleife auf und auch die seidene Bluse floss an ihrem Körper herunter. Sie war nackt ... und ihr Unterleib war nicht mehr mit einem Verband bedeckt. Die Haut war natürlich noch gerötet und das Gewebe geschwollen, aber ich sah etwa in Höhe des Schambeins den Beginn einer kleinen Spalte. Ich hatte wohl etwas zu lange darauf gestarrt. Sarah fragte ängstlich: „Ekelst du dich? Soll ich mich anziehen?" Ich wollte antworten, aber ich sah in ihren Augen Tränen. Ich zog dieses wundervolle, völlig neben der Spur stehende Wesen an mich. „Ich mich vor dir ekeln? Hast du dich je vor mir geekelt, wenn du meine Narben gesehen hast? Weib, kapier es endlich: ICH LIEBE DICH!" Sie schlang die Arme um meinen Hals, küsste mich hektisch überall im Gesicht und presste ihren Unterleib gegen den meinen. „Dann zeig's mir, jetzt! Und richtig! Nimm mich, mein Mann! Bitte, nimm mich das erste Mal als Frau!"

Sarah hatte es nach ihrer Operation vermieden, mich jemals ihren Unterleib sehen zu lassen. Bei unserem letzten Sex war es Analverkehr gewesen und sie war auch da noch immer bandagiert. Um ein unerwünschtes Zuwachsen der aus ihrem Penis geformten Vagina zu vermeiden, war es erforderlich, dass sie regelmäßig einen kleinen Dildo in sich einführte und damit die entstandene vaginale Spalte weitete. Auch dies durfte ich nie sehen oder aber, wie ich einmal scherzhaft anmerkte, ihr dabei zur Hand gehen.

Heute war es also soweit. Ich hob sie auf meine Arme und trug sie ins Schlafzimmer. Kitschig wie bei „Titanic" oder „Vom Winde verweht", dachte ich mir, aber es war einfach so stimmig und passend, dass ich so handelte. Ich legte sie vorsichtig in die Kissen ihres breiten, hohen Metallbettes, zog mich in Windeseile aus und legte mich neben sie. „Sieh dich bitte vor ... und wenn es dich abstößt, hör einfach auf." Die letzten Silben waren von einem Schluchzen durchsetzt. Ich rutschte nach unten, spreizte ihre Beine und ließ mich dazwischen nieder. Unendlich vorsichtig berührte ich mit den Fingerspitzen ihre Schamlippen. Hier war ein chirurgischer Meister am Werk gewesen. Die Haut glänzte von der Fettcreme, die den Heilungsprozess unterstützen sollte. Sarah war unter der ersten Berührung zusammengezuckt. Ich schaute hoch und sah sie fragend an. „Mach weiter. Es ist nur so fremdartig. Du hast mir nicht wehgetan." Ich kam mit dem Gesicht näher und pustete einen Hauch auf ihre Scham. Sie erschauerte und schob ihr Becken tiefer.

Jetzt zog ich die Schamlippen ein wenig auseinander und küsste sie unendlich vorsichtig. Ich hörte Sarah stöhnen. Jetzt bloß nicht die Atmosphäre kaputtmachen, dachte ich bei mir. Wenn du jetzt wieder stoppst oder etwas sagst, stellt sie sich noch mehr in Frage. Als ob ich nach einer Ausrede suchen würde oder so etwas. Aber dazu bestand wirklich nicht der geringste Grund. Es sah alles so echt und überhaupt nicht künstlich aus. Es kostete mich nicht die geringste Überwindung, sie zu berühren ... ganz im Gegenteil! Der Anblick erregte mich und so weitete ich sie noch ein bisschen mehr. Dann entdeckte ich etwas Unglaubliches. Sie hatte es mir zwar anhand von Zeichnungen und Fotos beschrieben, aber was war das schon im Vergleich mit der Realität? Aus ihrer Eichel hatte der Arzt eine Klitoris geformt und diese anatomisch korrekt platziert. Ich berührte sie sanft mit der Zungenspitze ... und Sarah schrie auf. „Das ist ja unglaublich! Mach das nochmal, bitte ... schnell ... sofort!" ich kam dem Wunsch nach, denn in ihrer Stimme war kein Fünkchen Angst zu hören. Wider versenkte ich meine Zunge in ihr. Offensichtlich hatten die Mikrochirurgen ganze Arbeit geleistet, denn mein Weib hatte scheinbar die volle Sensibilität.

Sarah wand sich unter mir, schlang die Beine um meinen Oberkörper und zog mich erneut tiefer in sich. Mein Lecken und Saugen wurde heftiger und mitten in einem Krampf spürte ich, wie sie zum Orgasmus kam. Sarah keuchte, stöhnte, ließ mich nicht entweichen. Dann das flehentliche Bitten: „Nimm mich, Micha, mein Mann ... nimm mich, dein Weib. Fick mich, bitte ... jetzt ... richtig!"

Noch war ich Herr meiner Sinne und in der Lage, auch in größter Lust auf sie Acht geben zu können. Daher legte ich mich neben sie auf den Rücken, zog sie zu mir und half ihr, sich auf mich zu setzen. „So kannst du bestimmen, wieviel du aushalten kannst", raunte ich ihr zu. Dankbar küsste sie mich auf den Mund und meine Brustwarzen, griff in den Nachttisch und holte eine Tube Gleitgel hervor. Sie reichte sie mir und ich begann, ihre Scham damit einzureiben. Langsam glitt ein Finger in sie, sich vorsichtig den Weg in ihre Scheide bahnend. Dann noch einer und kurz danach ein dritter. Sie ergriff mein Handgelenk, zog die Finger aus sich heraus und platzierte sich über meinem hart geschwollenen Schwanz. Mit ängstlich-erwartungsvollem Blick führte sie ihn ein kleines Stück ein, merkte, dass es problemlos ging und ließ sich tiefer sinken. Es schien mir unendlich lange, aber auf einmal hatte sie mich völlig in sich aufgenommen. Mit den Händen auf meine Brust gestützt, sah sie mich an. Ich nickte und sie begann sich zu wiegen und auf und ab zu bewegen. Ich genoss die Reibung an meinem Glied und spürte, wie noch mehr Blut in es floss und es noch ein wenig mehr anschwellen ließ. Sie schloss die Augen, warf den Kopf in den Nacken und steigerte das Tempo.

Mein Gott, war das herrlich! Wie sehr liebte ich diese Frau und wie sehr genoss ich alle Spielarten des Sex mit ihr, die harten wie auch die „normalen". Wir waren so sehr eins, dass ich an nichts Anderes denken konnte. Erst als wir nach einer Stunde völlig erschöpft und schweißgebadet nebeneinander lagen, konnte ich wieder einen klaren Gedanken fassen. Ich wollte etwas sagen: etwas Gefühlvolles, nicht Banales ... etwas, mit dem ich eindeutig klar machen würde, wie sehr ich es genossen hatte und wie sehr ich sie liebte. Trottel hätten gefragt: wie war es für dich? Ich ließ mir Zeit, bevor ich mich auf die Seite legte, sie ansah und dann feststellte: „Du wirst niemals ermessen können, was das gerade für mich bedeutet hat. Nicht, dass ich dich nicht vor der OP schon begehrt habe! Aber du hast so viel Hoffnung in den Eingriff gesetzt und ich hatte solche Sorge, dass du zusammenbrichst, wenn nicht alles perfekt wird. Sarah, du bist unglaublich begehrenswert und ich liebe dich keine Spur weniger ... egal, welchem Geschlecht du dich zugehörig fühlst." Sarah nahm meine Hand, legte sie zuerst auf ihre Wangen, dann ihre volle Brust und zuletzt auf ihre Scheide. „Das alles gehört dir. Ich habe das Ganze nicht nur für mich, sondern für uns beide getan. Und es ist das Glück meines Lebens, dass du für mich da warst und noch immer bist. Ich gehöre zu dir!"

Wir kuschelten Arm in Arm und kurz bevor ich einschlief, stellte ich mir vor, wie Sarah wohl in einem Hochzeitskleid aussähe.

„Holger, es wird Zeit, dass du mal etwas für das Geld und die Privilegien tust, die wir dir seit Jahren zukommen lassen." Lessing hatte den Mann unter einer Prepaid-Handynummer angerufen. Das telefonische Gegenüber antwortete: „Wie stellst du dir das vor, David? Ich kann doch nicht so einfach ..." „Doch, du KANNST und du WIRST, Holger", unterbrach ihn Lessing herrisch. „Du wirst deine Uniform rauskramen, das Namensschild entfernen und dich heute Abend noch vor der angegebenen Adresse postieren. Und du wirst diesem kleinen Schmierfink klarmachen, dass er sich in Dinge einzumischen im Begriff ist, die zu hoch für seinen Verstand sind." „Aber das ist doch gar nicht mein Revier, das Zooviertel! Ich bin bei der Kripo. Wenn da eine Streife vorbeikommt und mich sieht, bin ich geliefert." Der Mann klang verzweifelt. „Dann solltest du besser nicht entdeckt werden, mein Lieber! Ende der Diskussion, oder muss ich dich daran erinnern, dass ich da ein paar sehr gut ausgeleuchtete Fotos von dir habe, deren Veröffentlichung dir sicher nicht Recht wäre Wir haben uns verstanden?" Der Holger genannte Mann resignierte. „Verstanden, David, ich melde mich, sobald es erledigt ist. Aber das ist das letzte Mal, dass ich was für euch getan habe, ist das klar? Danach ist Schluss, ein für alle Mal!"

Lessing hatte aufgelegt und sagte zu sich selbst: „Das werden wir dann sehen, mein Bester! Du hast lange Zeit ohne Gegenleistung Geld angenommen! WIR haben mehr in der Hand gegen dich als du gegen uns!" In weiser Voraussicht hatte Lessing über alle Zuträger und „Dienstleister" Dossiers angelegt, in denen er belastendes Material über sie gesammelt hatte. Das war auch den anderen „Duteils" bekannt. Was ihnen nicht bekannt war, hatte eine viel größere Tragweite: er hatte auch über jedes Gruppenmitglied ein solches Dossier ... mit Fotos, Filmen und Audiomitschnitten. Sollte es also einmal jemandem einfallen, sich gegen die Gruppe zu wenden, hätte er ausreichende Druckmittel. Von diesen Akten wusste außer Lessing niemand, auch nicht Murillo.

Der besagte Holger Kordes ging in das Wohnzimmer, teilte seiner Frau mit, dass er noch einmal weg müsse und nicht wüsste, wann er zurückkäme. Dann ging er in den Keller, packte seine Uniform und eine Waffe in eine Tasche und fuhr mit seinem PKW los.

Auf der Fahrt von Meerbusch ins Zooviertel Düsseldorfs ließ er die Gedanken schweifen. Wie war er nur in diesen Schlamassel reingeraten? Vor beinahe elf Jahren war er im Rahmen der Ermittlungen seines Kommissariats, des KK 14 Einbruchsdelikte, zum ersten Mal in Kontakt mit einem Mitglied der „Duteils" gekommen ... wobei er diesen Gruppennamen natürlich bis heute nicht kannte. Bei einem Einbruch in das Wohnhaus eines Gruppenmitgliedes, das mittlerweile verstorben war, hatte er die Ermittlungen geleitet. Bei den Tatortuntersuchungen hatte er im Arbeitszimmer des Mannes auch ein Fotoalbum entdeckt, in dem dieser Bilder seiner Enkel aufbewahrte. Er hatte sich alle angesehen. Sie waren unverfänglich gewesen: Kinder beim Spiel, im Schwimmbad, im Urlaub. Er konnte heute beim besten Willen nicht mehr sagen, was ihn damals geritten hatte, aber als er das Bild der zwölfjährigen blonden Enkelin im Bikini gesehen hatte, MUSSTE er es einfach einstecken. Er hatte es nicht bemerkt, aber der Mann hatte ihn dabei beobachtet. Anstatt den Polizisten zur Rede zu stellen, hatte das Einbruchsopfer nur abgewartet, sich die Visitenkarte des Ermittlers geben lassen und sich verabschiedet. Fast zwei Wochen später wurde Holger dann angerufen ... von eben diesem Mann. Er bat ihn um einen erneuten Besuch, weil ihm noch wichtige Fakten zum Einbruch eingefallen seien. Holger hatte keinerlei Verdacht geschöpft und den Mann aufgesucht. Es begann mit Smalltalk, einer Tasse Kaffee und endete mit der Konfrontation mit seinem Diebstahl! Unverblümt sagte ihm der Mann, dass er alles gesehen habe und fragte ihn prompt, wie er, Holger, sich nun die weitere Vorgehensweise vorstellen würde. Der Kriminalpolizist wand sich hin und her, aber der Alte schien genau zu wissen, was er wollte. Faktisch war das auch so, denn die

Vorgehensweise war genau mit Lessing und den anderen „Duteils" abgestimmt worden.

Der Mann - es handelte sich um niemand anders als Klaas Winzer - lud Holger völlig unverblümt zu einem der folgenden Abende ein. Man traf sich in einem Einfamilienhaus in Grafenberg auf der Geibelstraße. Da es möbliert war, konnte Holger nicht erkennen, dass dies nur eine Art „Dummy" war. Dieses Objekt war in Winzers Vermittlungsportfolio. Wieder einmal einer der Vorteile, dass jeder der „Duteils" seine persönlichen Möglichkeiten oder Fachkompetenz einbrachte. Winzer stellte den Polizisten den anderen Anwesenden vor, die „Duteils" natürlich mit Decknamen, und man genoss einen Aperitif. Der von Holger enthielt K.O.-Tropfen ... nur eine geringe Dosis, die ihn gefügig machte, seine Handlungsfähigkeit aber nur gering einschränkte. So führte man ihm ein junges Mädchen von zwölf Jahren und einen neunjährigen Knaben zu, mit denen er „sexuelle Handlungen" vornahm. Sein Widerstand war nur gering – er hatte ja bereits das Foto des besagten Mädchens so erregend gefunden. Bei seinem Tun war er gefilmt und fotografiert worden. Ähnlich wie bei mafiösen Strukturen, wurde ihm kurze Zeit später ein Querschnitt des Bildmaterials präsentiert – verbunden mit der Forderung, ggf. dem Pädophilenkreis zu Diensten zu sein. Um diese „Schande" zu versüßen, lobte man für ihn einen monatlichen Betrag von 2.000 € aus, wodurch er sich noch weiter in die Hände seiner Erpresser begab.

In einer Parktasche am Park hinter dem Eisstadion an der Brehmstraße fand Holger einen freien Platz, der nicht einsehbar war. Er blickte sich nochmals sichernd um, holte dann die Tasche aus dem Kofferraum und setzte sich ins Wageninnere. Dann folgte der akrobatische Akt des Umkleidens, bei dem er darauf achtete, von der Jacke sein Namensschild zu entfernen. Er schnallte sich den Holster mit Walther P99 DAO um und fuhr zur Freytagstraße. Dort postierte er sich in einiger Entfernung vom

Wohnhaus von Jan Poulsen und wartete. Er konnte erkennen, dass hinter den Fenstern der Dachwohnung Licht brannte. Zur Sicherheit wählte er mit dem Prepaid-Handy, das er von Lessing erhalten hatte, die eingespeicherte Festnetznummer Poulsens. Jemand nahm das Gespräch an, aber Holger legte sofort auf. Seine Zielperson war also da. Lessing hatte gesagt, er würde dafür sorgen, dass Poulsen an diesem Abend ganz sicher noch einmal das Haus verlassen würde. Es war keine halbe Stunde vergangen, als genau das eintraf. Der Mann, dessen Foto neben Holger auf dem Beifahrersitz lag, verließ das Objekt. Holger stieg aus und trat dem Journalisten in den Weg.

„Herr Poulsen?" Jan sah sein Gegenüber an. Was wollte der denn? Hatte er falsch geparkt? Aber nein, das würde ja nicht von der Polizei geregelt. „Was kann ich für Sie tun, Herr …?" Der Uniformierte hatte Jan ein wenig in den Schatten der Bäume auf dem Grundstück des Gebäudes gedrängt. „Hören Sie, Herr Poulsen, mir ist zu Ohren gekommen, dass Sie da an einer Sache dran sind, die einigen Wirbel verursachen wird. Ich würde Sie gerne vor Problemen bewahren, denn ich schätze Ihre journalistische Arbeit sehr. Ich beobachte Ihre Berichte schon länger, nicht erst, seit Sie bei der RP sind." Jan war äußerst verwirrt. Der Mann schien einiges über ihn zu wissen. „Ja, und weiter? Welche Sache genau meinen Sie?" Der Polizist legte eine Hand auf Poulsens Schulter. „Als ob Sie das nicht ganz genau wüssten, mein lieber Jan. ich darf Sie doch Jan nennen? Es geht um den Fall in Himmelgeist. Wir sind mitten in den Ermittlungen und wenn Sie jetzt zu intensiv schnüffeln, dann scheuchen Sie die Täter womöglich auf und sie verschwinden. Also glauben Sie mir, es wäre wirklich besser, wenn Sie sich zumindest noch ein paar Wochen zurückhalten würden."

Poulsen wurde argwöhnisch. „Es kommt mir wirklich etwas seltsam vor, dass Sie in dieser Art und Weise auf mich zukommen. Wäre es denn nicht besser gewesen, wenn Sie auf mich in der Redaktion zugekommen wären,

Herr …. Ja, überhaupt, wie lautet eigentlich IHR Name?" Die Stimme des Beamten wurde jetzt leise und bedrohlich. „Mein Name ist ohne jeden Belang für Sie. Wichtig ist nur, dass Sie spuren und sich bremsen. Es könnte sonst etwas problematisch für Sie werden und das wollen wir doch beide nicht, oder?" Dabei hatte er den Druck auf die Schulter deutlich erhöht, sodass Jan vor Schmerz zusammenzuckte. Unwirsch versuchte er, den Arm wegzustoßen, aber der Polizist hatte wohl damit gerechnet. In einer kaum wahrnehmbaren Bewegung hatte er Poulsens Arm auf den Rücken gedreht und ihn fixiert. Er zog den Reporter hoch, bis dieser ihn mit schmerzverzerrtem Blick ansehen konnte. „Ich denke, wir haben uns verstanden, Herr Poulsen … in Ihrem eigenen Interesse!" Jan versuchte auf der Uniformjacke das vorgeschriebene Namensschild zu erkennen, aber da war keins. „Und jetzt husch ins Bett, kleiner Journalist. Die große Welt der Nachrichten wartet auf dich und du musst morgen ausgeschlafen sein." Damit stieß er Jan von sich weg in Richtung der Haustür, wo dieser niederstürzte und sich dabei die Knie aufschlug. Als er sich wieder aufgerappelt hatte, sah er sich um und humpelte zum Bürgersteig. Er sah sich um, aber nirgends war eine Person zu sehen. Jetzt war ihm klar, dass der anonyme Informantenanruf vorhin nur ein Trick gewesen war, um ihn aus dem Haus zu locken. Fluchend schleppte er sich die Treppen hoch und versorgte seine Wunden. Dann legte er sich auf seine Couch und grübelte, ob er direkt bei der Polizei anrufen solle oder aber zunächst mit Gaby Fresnell … oder noch besser mit seiner Lebensgefährtin sprechen sollte. Es würde schwierig genug werden, dieser seinen Verletzungen plausibel zu machen.

Holger hatte sich im Schatten der Häuser und Bäume auf der Freytagstraße gehalten, sodass er für Poulsen nicht zu entdecken war, sofern er noch nach ihm suchen würde. Jetzt war ihm auch klar, warum er die Uniform hatte tragen sollen. Sie hatte den jungen Mann in Sicherheit gewiegt, sodass er sich ihm nähern konnte. Er informierte Lessing mit dem Prepaid-Handy, entnahm dem Gerät die SIM-Karte und zündete sie mit seinem Feuerzeug an. Damit glaubte er sich frei … frei von den Ketten, die ihm diese Kinderficker angelegt hatten. Ein schwerer Irrtum, wie er bald feststellen würde!

Kapitel 7

„Ey, schauet nur diese Pracht. Sehet, welch wundersame Dinge ich wohlfeil biete. Kostbares Geschmeide, Spezereien aus dem Morgenland, Tuche aus Vorderindien, die wundersamsten Düfte aus Samarkand und von den Ufern des Indus. Kauft, edle Dame, kauft, es wird euer Schaden nicht sein." Der mittelalterliche Kaufmann scharwenzelte mit einem gewinnenden Lächeln um Sarah herum. Wie ich gesagt hatte, war sie eine Augenweide und allein dadurch hatte sie die besten Chancen, besonders schöne Ware angeboten zu bekommen.

Wir hatten zusammen in meiner Wohnung geschlafen und uns früh morgens zurechtgemacht. Gestern hatten wir im Präsidium jede Menge mit einer Brandstiftung in einem Wohnhaus in Oberbilk zu tun gehabt und ich konnte ein freies Wochenende gut gebrauchen. Ich war meiner Schönen heute gerne bei der Morgentoilette behilflich gewesen. Ich ließ meine Hände über ihre warmen, weichen Rundungen gleiten, genoss das Erschauern ihrer Haut und schickte sie mit einem Klaps auf den Po unter die Dusche.

Sarah hatte dezentes, dem Kostüm angemessenes Makeup aufgelegt und ich hatte ihr beim Schließen des Mieders geholfen. Dann waren wir mit meinem Wagen zum Schloss gefahren und hatten einen der raren Plätze nahe des Objektes gefunden. Am Tor des Schlossgeländes wurden wir von zwei Knechten empfangen. „Der Zutritt zum Hofe der Glückseligkeiten kostet euch fünf Taler, je Persona, wobei ... wenn ich so eure Maiden sehe, würd ich euer Liebten diesen Obolus ersparen." Damit verneigte er sich vor meiner roten Schönheit. Sie belohnte den Burschen mit einem Lächeln, das ihn wie Wachs schmelzen ließ. Wir traten in den Schlosshof, als er uns auf die Schultern tippte. „Ich vergaß zu fragen, euer Liebten. Wünscht ihr neben Sang und Schnurrpfeiferei auch des edlen Rittertums teilhaftig zu werden, welches auf der Turnierwiese dort hinten zur mittäglichen Stunde stattfinden wird, dann muss ich euch noch drei weitere Taler abverlangen." Sarah sah mich bittend an und ich zahlte lächelnd nach.

Unser erster Weg führte uns zu dem besagten Kaufmann, der eine Vielzahl verschiedener wunderschöner Nutzlosigkeiten anbot: Parfum, Modeschmuck im Burgfräuleinstil, Stoffe, Schals, fertige Kleidungsstücke, Laternen und noch vieles mehr. Sarah erstand ein smaragdgrünes Tuch, welches sie sofort um ihre Haare legte. Beifall heischend sah sie mich an und ich küsste sie als Ausdruck meiner Bewunderung. Hand in Hand schlenderten wir über den Markt. Was gab es nicht alles zu sehen? Jongleure, Feuerspucker, eine echte Schmiede war aufgebaut worden, in der Waffen und Werkzeug live angefertigt wurden. Immer wieder wurden wir von Trompetenstößen aufgeschreckt, in deren Folge der Marktvogt mit seinem Gesinde einherschritt und allerlei Schabernack trieb. So wurde auch die „öffentliche Abstrafung eines erwischten Beutelschneiders, eines Taschendiebes" angekündigt: „Mich deucht, der Bube hat mehr auf dem Kerbholz als nur das, weswegen wir ihn aufgriffen. Itzo, hochedler Provost, waltet eures Amtes. Mich deucht, zwei Dutzend Hiebe sollten den Burschen Mores lehren." Diese Sprache! So fremdartig und doch irgendwie so schön. Der Delinquent wurde abgeführt, unter dem Johlen unzähliger Kinder, für die der Besuch des Mittelaltermarktes ein Highlight war. Viele von ihnen waren verkleidet: Edelfräulein, Ritter, Bauern, usw.

Der arme Dieb wurde in einen Halskragen geschlossen und zum Schafott geführt, einer Holzbühne, auf der ein Strafbock errichtet worden war. Dort schnallte man ihn fest und der Provost, ein großer Kerl mit einer schwarzen Spitzhaube, die seinen ganzen Kopf bedeckte, trat vor. In der

Hand hatte er eine neunschwänzige Katze, eine Peitsche mit mehreren Riemen, die aber erkennbar aus weichem Samtstoff waren. Der Provost hob den Arm und ließ die Peitsche auf den Hintern des Gefangenen niedersausen, was bei ihm ein übertriebenes Jammern und Wehklagen auslöste. Jeder der Umstehenden konnte jedoch erkennen, dass es eine reine Show war.

Nach dieser Vorführung zerstreute sich die Menge wieder und man wandte sich anderen Vergnügungen zu. Es gab mehrere Stände mit Spezialitäten: Schwenkbraten, Spanferkel, Krapfen, frisch gebackenes Brot und Rosinenstuten, türkischen Honig. Met, Bier und Säfte wurden ausgeschenkt, sodass für jeden Geschmack etwas zu bekommen war. Sarah und ich nahmen an einer Bude mit Räucherfischen Platz, die sich neben einer kleinen Bühne befand. Nach einigen Minuten wurde diese von fünf Musikern erklommen, die zum Tanz mittelalterliche Weisen und Trinklieder aufspielten. Wir schunkelten mit und ließen die Stimmung auf uns wirken.

„Bin ich schön, Mama? Steht mir das Tuch? Darf ich es bitte haben?" Das Bitten und Betteln war so dezent und mit so einem herzerweichenden Blick vorgetragen, dass die Mutter des Mädchens keine Chance hatte. Soweit war es das übliche Gebaren eines Mädchens in der Pubertät. Doch unterschied sich der folgende Satz des Kindes so völlig von allem Gewohnten. „Mama, wenn ich das bekomme, dann musst du für Oli auch was holen. Er wünscht sich so sehr das Holzschwert von dem Stand dort drüben. Ich nehme auch das kleinere Tuch, wenn das Geld für das Schwert sonst nicht reicht." Carmen streichelte ihrer Tochter über den Kopf. Sonja war ein so fürsorgliches Kind mit ihren zwölf Jahren. Sie sah ihren Lebensgefährten Roger an. Dieser hatte dem „Frauengespräch" gelauscht und nickte nun heftig, dabei sein Portemonnaie ziehend. Er reichte dem Händler einen Schein und erhielt den lilafarbenen Schal für das Kind seiner Lebensgefährtin. Dann nahm er den fünfjährigen Oliver an der Hand und ging an den Stand eines Holzschnitzers. Dort erstand er für den Jungen ein Holzschwert sowie einen Helm und einen Schild aus dicker Pappe. Glücklich strahlte der Knirps seinen großen Kumpel an, denn als solchen sah er den Freund seiner Mutter, und ergriff seine Hand. Der kleine Ritter zerrte Roger zum Bäcker, der gerade eine Ladung frischer Rosinenstuten aus dem Holzofen zog. Genießerisch sog der kleine Feinschmecker den süßen Duft des Gebäcks in die Nase.

Sarah und ich hatten auf der gestuften Tribüne Platz genommen und warteten auf den Beginn des Spektakels. Ein Fanfarenstoß erschallte und Ruhe kehrte ein. Ein Herold trat hervor und berichtete mit lautstarker Stimme über das folgende „stallhöfische Spektakel nebst Turnier mit allen Waffengängen". In der folgenden Stunde sahen wir Geschicklichkeitsübungen wie das Ringestechen, den Ritt auf die Stechpuppe, bei der der Reiter in vollem Galopp mit seiner Lanze einen Schild treffen musste. Dieser war an einem drehbar aufgehängten Holzritter befestigt, an dessen anderem Arm ein schweres Gewicht angebracht war, welches den ungeschickten Reiter mit Wucht aus dem

Sattel holte. Bogenschützen zeigten ihre Kunstfertigkeit und Fußsoldaten führten den Kampf mit Axt, Schwert und Morgenstern vor. Als Krönung folgte das Tjosten, das Lanzenstechen der schwer gewappneten Ritter.

Das Ganze war so professionell aufgemacht und mit so vielen Statisten dargestellt, dass es weit entfernt war von dem künstlich wirkenden „Piff-Paff-Puff" einer Bad Segeberg-Aufführung. Perfekte Kampfchoreographie, authentische Rüstungen und Waffen ... eine einzigartige Illusion! Sarahs Pferdeverstand war sehr gut, sodass sie am meisten die Leistung der Reiter und Tiere wertschätzen konnte, die uns dargeboten wurde. Was war das? Nachdem ich seit Stunden diese seltsame Sprechweise gehört hatte, fing ich langsam an, auch in solchen Floskeln zu denken.

Die Darbietungen waren beendet und wir kehrten zum Markt zurück. Wir hatten uns mit Jutta, Jupp und seiner Nichte an dem Spanferkelstand verabredet. Die Vier standen schon kauend neben der Bude und erwarteten uns mit großem Hallo. „Ihr seht ja großartig aus. Nun, Sarah sieht immer fantastisch aus ... aua, ich sag doch nur. Du brauchst mich doch nicht gleich zu boxen, Jutta." Jutta meinte: „Halt dich zurück, mein Lieber. Wenn du balzen willst, dann bitte auf der Tanzfläche!" „Euer Wunsch ist mir Befehl, holde Dame", sagte mein Freund zu seiner Liebsten mit einer Verbeugung und schob ab in Richtung Bühne. Seine Nichte folgte dem Pärchen. Sarah sah mich scheel von der Seite an. „Muss ich?", jammerte ich. „Du musst, sonst strafe ich dich mit vier Wochen Liebesentzug." Ich seufzte: „DIE Strafe wäre zu hart, werte Dame. Also beuge ich mich eurem Willen!" Hand in Hand gingen wir zur Tanzfläche, wo die Musikanten bereits aufspielten. Das Quäken der Dudelsäcke und Flöten, gemischt mit dem stampfenden Rhythmus der Trommeln, war wirklich ansteckend ... selbst für einen Tanzlegastheniker wie mich.

Oliver lag mit dem Kinn auf der Tischkante und betrachtete angestrengt den Hütchenspieler, wie er erneut eine Erbse unter einer der drei Walnussschalen verschwinden ließ. Dann begannen die Schalen erneut ihren wilden, verwirrenden Tanz auf dem Tisch. Olivers Augen versuchten zu folgen und als die Finger zur Ruhe kamen, sah er zu Roger hoch und zeigte in Richtung der mittleren Nuss. Roger grinste. „Oli sagt, die Erbse liegt in der Mitte. Dann hoffen wir das Beste", und damit legte er ein Ein-Euro-Stück vor die mittlere Nuss. Diese wurde angehoben und ... die Erbse kam zum Vorschein. Oliver jubelte, als ihm der Preis, eine riesige Laugenbrezel, überreicht wurde. Roger hob ihn auf seine Schultern und der stolze Sieger ritt auf seinem Ersatzvater über den Platz.

Carmen war mit Sonja zu ihren beiden Männern getreten. „So, Jungs, dann sollten wir mal die ganzen Neuerwerbungen zum Auto bringen. Oder wollt ihr sie die ganze Zeit hier mit herumschleppen?" Oliver begehrte auf. „Och Mama, bitte noch nicht. Ich möchte so gerne noch zum Mäuserennen. Roger hat es mir versprochen. BITTE, Mama!" Flehentlich sah er seine Mutter an. Dann kam ihm ein Geistesblitz. Er hatte ein kleines Rittertheaterspiel gesehen und beobachten können, wie sich die edlen Herren verhielten. Oli bat Roger, ihn abzusetzen. Dann trat der Knirps vor seine Mutter, sank vor ihr auf die Knie, hielt ihr sein Holzschwert mit beiden Händen hin und sprach pathetisch: „Edle Dame, mein Schwert gehört euch. Lasst mich euer Diener sein." Seine Mama hielt sich vor Lachen den Bauch und ihr kamen die Tränen. Auch Sonja lachte herzlich über den Einfall ihres Bruders. „Mama, ich kann das doch machen. Gib mir die Autoschlüssel. Ich weiß genau, wo der Wagen steht." Carmen sah Roger an, diesem blieb nur ein Achselzucken. Oliver zerrte schon am Arm seines großen Kumpels. Dann reichte sie ihrer Tochter die Wagenschlüssel. „Geh bitte direkt zum Wagen und komm danach sofort zurück. Keine Umwege, junge Dame. Ich will schließlich noch mit meiner Tochter eine Bluse im Partnerlook kaufen." Sonja strahlte ihre Mama an, umarmte sie und ergriff Riesenbrezel, Rosinenstuten, Tücher, ein Taschenmesser in einem Leinenbeutel sowie Olivers Helm und Schild. Damit wanderte sie los. Carmen rief ihrer Tochter nach: „Denk daran, den Wagen wieder abzuschließen." Sonja hob den Daumen der freien Hand und schob ab. Sie bemerkte nicht, dass ihr ein Mann in einem braunen Bauernkostüm folgte.

Am Ausgang des Marktes erhielt sie einen Stempel auf den Handrücken, der sie zum kostenlosen Wiedereintritt berechtigte. Der Fußweg war doch länger als erwartet. Nach 20 Minuten erreichte sie endlich den weißen VW Sharan mit den Hello-Kitty-Aufklebern. Sie drückte die Öffnertaste auf dem elektronischen Schlüssel. Dabei erklang das Klacken der Schlösser und sie trat an die Fahrertür. Der neben ihnen parkende Kleintransporter hatte genug Platz gelassen, dass sie die Tür komplett öffnen konnte. Sie hatte gesehen, dass Roger seine Taschen nach Zigaretten abgesucht hatte. Die hatte er wohl vergessen und Sonja wusste, wo sie im Auto lagen. Sie legte zunächst ihre transportierten Gegenstände auf den Rücksitz und fischte dann aus einer Tasche der Tür das Päckchen Marlboro. Sonja warf die Tür zu, verschloss den Wagen mit einem erneuten Knopfdruck und vergewisserte sich, dass der Wagen auch wirklich dicht war.

In diesem Augenblick vernahm sie hinter sich das Geräusch einer sich öffnenden Autoschiebetür. Dann wurde sie von einem kräftigen Arm um die Hüfte gepackt und eine andere Hand presste ihr einen ekelhaft riechenden Lappen auf den Mund. Sie versuchte zu schreien, strampelte mit den Beinen, aber sie hatte keine Chance gegen die brutale Kraft, mit der sie jetzt blitzschnell in den Transporter gerissen wurde. Krachend fiel die Schiebetür ins Schloss, als Sonjas Sinne von dem Äther schwanden, mit dem der Lappen vor ihrem Mund getränkt war. Dass der Wagen losfuhr, bekam sie schon nicht mehr mit.

„Langsam müsste sie aber zurück sein", sagte Carmen, die Hände auf die Schultern ihres Sohnes legend. Oliver hatte mittlerweile zum vierten Mal beim Mäuserennen gewonnen und äußerte die Absicht, seine Gewinnermaus adoptieren zu wollen. Suchend blickte sich seine Mutter um. Sonja war nirgends zu sehen. Und jetzt war Roger auch verschwunden. Wo war der denn jetzt abgeblieben? Sie nahm Oli an der Hand, der sich vehement wehrte. Er sah seine Zukunft als Rennmauszüchter gefährdet und zeterte aus Leibeskräften. Mutter und Sohn wanderten von Stand zu Stand in der Hoffnung, dass Sonja sich doch vertrödelt haben könnte. Aber nirgends war eine Spur. Angst kroch Carmen den Hals hoch und schnürte ihr die Kehle, und noch immer kein Roger in Sicht! Panisch begann sie umherzulaufen, wie ein enthauptetes Huhn. Dabei zog sie Oliver mit sich, der strampelte und aufschrie. „MAMA, du tust mir weh!" Jetzt sahen sich andere Besucher um und schüttelten die Köpfe.

Carmen atmete durch und versuchte sich zu beruhigen. Dann fing sie an, Passanten anzusprechen. Ob sie ein Mädchen gesehen hätten, zwölf Jahre. Dabei beschrieb sie die Kleidung, Haarfarbe und das lilafarbene Tuch, das sie seit dem Kauf trug. Doch niemand konnte ihr helfen. Da tauchte auf einmal Roger auf. Carmen herrschte ihren Freund an: „Wo bist

116

du gewesen??? Verdammt nochmal, Sonja ist weg. Hilf mir suchen!"
Roger war erschreckt. „Ich musste an der Toilette lange anstehen. Viel zu
wenig Dixie-Klos für die Menge Menschen. Pass auf, wir teilen uns auf. Du
gehst mit Oli zum Wagen. Vielleicht ist sie ja noch da." Carmen schüttelte
den Kopf. „Nein, da ist sie sicher nicht. Ich spüre das als Mutter, glaub
mir. Da ist was passiert ... was Schlimmes!" Sie starrte ihn an und Tränen
rannen ihr Gesicht runter. Roger nahm sie in den Arm und streichelte
behutsam ihren Rücken. „Komm Schatz, wir finden sie. Ich gehe jetzt zur
Marktleitung und bitte um Hilfe. Du gehst jetzt bitte zum Wagen, nur zur
Sicherheit. Oli bleibt bei mir, o.k.?"

Carmen nickte und ging los. Roger suchte den Marktvogt auf, den er von
den Vorführungen her erkannte. Er sprach ihn natürlich in normaler
Alltagssprache an und ihm wurde ernsthaft geantwortet. Man schickte
Roger und Oliver zu einem Sammelpunkt, bei dem man sich um
„entlaufenen Nachwuchs" kümmerte. Gaukler und Narren bespaßten eine
Gruppe von vier Jungen und Mädchen, die mit verweinten Gesichtern auf
ihre Abholung durch die Eltern warteten. Diese Kinder waren jedoch
deutlich jünger als Sonja, die mit ihren zwölf Jahren auf solche Hilfe nicht
mehr angewiesen war. Roger hatte nur zur Sicherheit diesen Ort
aufgesucht und auch ihm wurde langsam mulmig. Aber das durfte er
Oliver und Carmen weder sehen noch spüren lassen. Also machte er sich
weiter auf die Suche, Oliver auf den Schultern tragend. Der Junge hatte
mitbekommen, dass da irgendwas gar nicht gut mit seiner Schwester lief.
„Ich will Sonja. Sie soll mit mir Ponyreiten", quengelte er. Roger ignorierte
das Gemecker und hielt den Jungen umso fester.

Carmen hatte mittlerweile den Wagen erreicht. Keine Spur von ihrer
Tochter! Die Sachen lagen ordentlich auf dem Rücksitz und das Auto war
abgeschlossen. Sie sah sich verzweifelt um, NICHTS! Dann fiel ihr Blick
auf den Boden. Dort lag neben der Fahrertür ihres Autos eine zertretene

Packung Marlboros. Sie beugte sich herab und untersuchte die Packung. Sie war noch fast voll. Wer würde eine beinahe komplett gefüllte Zigarettenschachtel zertreten und liegenlassen – außer jemandem, der eine akute Nichtraucherentscheidung getroffen hatte. Das war aber doch zu unwahrscheinlich und ... sie sah etwas unter dem Sharan aufblinken. Sie legte sich auf den Boden und fingerte das Teil hervor. Als sie sich erhob und das Fundstück ansah, schrie sie gellend auf: ein Autoschlüssel mit einem Minion-Anhänger, auf dem *Oli und Sonja* stand. Sonja war entführt worden, daran bestand jetzt für sie kein Zweifel mehr.

Wir saßen bei einem Becher Met oder Saft zusammen, als ich über den Lärm der Veranstaltung hinweg die Stimme einer Frau rufen hörte. Das klang weder nach einer Auseinandersetzung noch nach einer Betrunkenen. Diese Stimme klang panisch, aufgelöst, verzweifelt. Ich sah kurz Jutta und Jupp an. Beide hatten die Stimme auch gehört und den gleichen Eindruck wie ich gehabt. Sie nickten mir zu und ich bat Sarah, sich um Jupps Nichte zu kümmern, nachdem ich ihr unsere Vermutung erklärt hatte.

Schnell hatten wir die Frau entdeckt, nachdem wir dem Klang ihrer Stimme gefolgt waren. Ich sprach sie an und gab mich als Polizist zu erkennen. Sie blickte mich zweifelnd an – kein Wunder, bei meiner Aufmachung! Josef und Jutta trugen Zivil und zückten ihre Dienstausweise. Wir stellten uns vor und ließen uns erklären, was geschehen war. Anschließend erhielten wir eine genaue Personenbeschreibung. Dann trat ein großgewachsener Mann mit einem kleinen Jungen auf den Schultern dazu. „Was wollen die von dir, Carmen?" Dabei nahm der Hüne eine bedrohliche Haltung an. „Das sind Polizisten, die uns helfen werden, Roger. Ich muss ihnen Sonja noch beschreiben." Roger entspannte sich, reichte uns dankend die Hand und meinte dann: „Wozu beschreiben? Ich habe doch Fotos mit dem Handy gemacht!" Er holte das Telefon hervor, rief eine Datei auf und zeigte uns das Bild eines sehr hübschen jungen Mädchens. Sonja hatte lange braune Haare, leicht gebräunte Haut und eine schlanke, fast knabenhafte Figur, deren Weiblichkeit sich erst langsam entwickelte.

Roger sandte das Bild an unsere Handys per Whatsapp und wir wollten uns auf die Suche machen, als uns die Mutter zurückhielt. „Sie brauchen sie hier nicht suchen", und dann berichtete sie uns von ihren Feststellungen. Jutta rannte mit ihr zusammen direkt los, um die Zigarettenschachtel sicherzustellen und den Platz rund um Carmens Wagen abzusperren. Josef rief per Handy die Kriminaltechnik und ich forderte Unterstützung von der benachbarten Polizeiwache in Wersten an.

Ich selbst stand derweil bei Roger und Oliver. „Bitte versuchen Sie mir möglichst genau zu beschreiben, was Sie hier auf dem Markt unternommen haben. Ist Ihnen irgendetwas Ungewöhnliches aufgefallen, eine Situation oder eine Person? Jede Kleinigkeit kann sich im Nachhinein als wichtig erweisen." Carmen kam in diesem Augenblick zurück und gesellte sich zu uns. Die beiden Erwachsenen begannen erst durcheinander, dann abwechselnd, die Ereignisse des Tages zu schildern. Oliver verstand zwar nicht genau, worum es ging, betonte aber immer wieder lautstark, dass er viermal beim Mäuserennen gewonnen habe. Und jetzt wolle er endlich seine Sonja wiederhaben. Bei diesem Satz blieben Carmen Seboldt und Roger Frings die nächsten Worte im Halse stecken. Roger spürte die Angst und Verzweiflung seiner Lebensgefährtin und nahm sie in den Arm. Dann fuhr er fort mit seiner Beschreibung. „Ich kann nicht mit Bestimmtheit sagen, ob wir von jemand verfolgt wurden. Klar, man sah immer wieder die gleichen Leute. Da bleiben vor allem die Kostüme in Erinnerung. Aber ob diese Leute gezielt oder nur zufällig öfter in unserer Nähe waren ... woher soll ich das wissen? Also nein, MIR ist nichts Besonderes aufgefallen."

Ich konnte es Carmen ansehen, wie sie angestrengt nachdachte und nach Indizien suchte. Dann hob sie den Kopf, blickte mich traurig an und flüsterte: „Nein, ich habe auch nichts bemerkt. Herr Oberle?" „Ja, Frau Seboldt?" Sie ergriff meine Hand, drückte sie sehr fest und flehte fast: „Bitte bringen Sie mir mein Kind zurück ... BITTE!" Das zweite „Bitte" war wie ein Aufschrei. Sarah war von mir unbemerkt zu uns getreten und Jupps Nichte Elisa hatte sich vor Oliver niedergebeugt. Elisa sprach mit dem Kleinen und bat ihn, ihr doch einmal genau das Mäuserennen zu erklären.

Sarah hatte die ganze aufgeregte Suche und mein Verhalten beobachtet. Als sie genug gesehen hatte, hielt sie den Zeitpunkt für gekommen, ihre Hilfe anzubieten. Elisa sollte sie unterstützen, indem sie den Knirps ein wenig ablenkte. Meine Freundin und die Tochter von Jupps Schwester kannten sich schon lange und verstanden sich großartig. So war es für Sarah ein Leichtes, das junge Mädchen einzuspannen. Mit ihren zwölf Jahren war sie im gleichen Alter wie das verschwundene Mädchen und somit bestens geeignet, eine Art Ersatzschwester für den Moment zu spielen.

Sarah selbst hatte ihre Hand auf meine Schulter gelegt, als Carmen meine Hand ergriffen hatte. Ich blickte sie an und Sarah mischte sich in das Gespräch ein: „Darf ich mich kurz vorstellen? Ich bin Sarah Rose und die Frau von Hauptkommissar Oberle." Ich riss die Augen auf. Dies war das erste Mal, dass Sarah sich öffentlich als meine Frau bezeichnete. Wie wunderbar und stimmig das klang, „die Frau von Hauptkommissar Oberle". „Ich möchte Ihnen auch meine Hilfe anbieten. Soll ich auch ein wenig rumfragen, ob jemand Ihre ... Sonja, heißt sie? ... also, Sonja gesehen hat. Wollen wir beide das vielleicht zusammen machen und die Männer gehen zusammen noch einmal eine Runde? Vielleicht ist sie ja doch hier irgendwo und hat eine Freundin getroffen und sich mit ihr verquatscht." Diese Annahme war nach der Sachlage höchst unwahrscheinlich, aber mir war klar, dass sie sich um die Mutter kümmern wollte. Auch ich hatte bemerkt, dass Frau Seboldt kurz vor einem Nervenzusammenbruch stand und wer wäre da besser geeignet als jemand wie Sarah? Als Psychologin war sie in der Krisenintervention bestens geschult und würde die richtigen Worte und Taten finden, die der Verzweifelten im Moment am besten dienen würden.

Roger reichte Sarah zum Dank die Hand. Dabei fiel mir etwas auf, das mich zusammenzucken ließ. „Sagen Sie mal, Herr Frings, wo, sagten Sie, waren Sie, als Sonja zum Wagen ging?" Roger sah mich irritiert an. „Auf den Toiletten. Aber das habe ich doch eben erwähnt, oder?" „Und wie lange waren Sie weg?" „Das können schon 20 Minuten gewesen sein. Es war eine irre lange Schlange davor und viel zu wenige Buden. Ich habe mir beim Warten fast in die Hose gemacht. Aber was soll bitte die Frage?" Ich tippte auf seinen Handrücken. „Wenn Sie die ganze Zeit hier auf dem Gelände gewesen sind, wie kommen Sie dann an den Stempel? Den bekommt man doch nur, wenn man das Gelände verlässt und wieder reinkommen will, ohne noch einmal zu bezahlen." Carmen und Sarah hatten eigentlich schon losgehen wollen, waren bei meiner Bemerkung aber noch stehengeblieben. Frau Seboldt sah ihren Freund entsetzt an. Was hatte das zu bedeuten? Dieser versuchte ein unbeholfenes, verlegenes Grinsen. „Ach das! Ja, ich hatte meine Zigaretten im Auto vergessen und bin raus in der Hoffnung, vor dem Schloss einen Zigarettenautomaten zu finden. Leider erfolglos. Deshalb der Stempel." Carmen richtete das Wort an Frings. „Du warst über eine halbe Stunde weg, Roger. Wegen Pinkeln und Zigaretten?" Er starrte sie fassungslos an. „Was willst du mir damit sagen, Carmen? Glaubst du mir nicht? ...

121

Oder ... Moment, halt mal ... du ... du glaubst, ich habe was mit Sonjas Verschwinden zu tun? Spinnst du jetzt total? Was soll ich denn gemacht haben? Wo soll sie denn jetzt sein, wenn ICH hier bin?"

WO das Kind sein konnte ... das wollte niemand aussprechen! Die mittlerweile eingetroffenen Kollegen und Kolleginnen aus Wersten, acht an der Zahl, hatten begonnen, den Bereich rund um den Parkplatz zu untersuchen. Sie stocherten im Gebüsch, sahen unter anderen geparkten Fahrzeugen nach und blickten in die Fenster größerer abgestellter Wagen. Nichts ... wie nicht anders zu erwarten ... oder zu hoffen war. Die Angst, die Leiche des Mädchens direkt im angrenzenden Dickicht zu finden, war in jedermanns Hinterkopf, aber keiner wagte es, diese Befürchtung, erst recht nicht im Beisein der Mutter, auszusprechen.

Carmen blickte zu ihrem Lebensgefährten hoch, der sie um fast einen Kopf überragte. Langsam schüttelte sie den Kopf und Tränen rannen über ihr Gesicht. Roger wollte sie umarmen, aber sie wich vor ihm zurück. Sie sah sich suchend nach Oliver um, entdeckte ihn bei Elisa und presste ihren Sohn fest an sich. „Carmen, tu mir das jetzt nicht an. Du kannst doch nicht ... tu mir das jetzt nicht an. CARMEN!" Dieser riesige Kerl wirkte wie ein Häufchen Elend, wie er so mit hängenden Schultern vor seiner Freundin stand.

Jutta unterbrach die Stille zwischen den beiden und sagte: „Ich möchte Sie bitten, Montag zu mir ins Präsidium zu kommen, damit wir Ihre Aussagen aufnehmen können." Damit überreichte sie dem Paar, das jetzt völlig distanziert wirkte, je eine Visitenkarte. „Montag? Ja, und jetzt? Wollen Sie bis dahin nichts unternehmen? Meinem Kind kann wer weiß was passiert sein. Sie kann entführt worden sein, sie kann ..." Weiter kam sie nicht, weil sie wieder einen Weinkrampf bekam. Sarah legte ihren Arm um die Schultern der Frau und Jutta antwortete: „Natürlich legen wir bis dahin nicht die Hände in den Schoß. Sie haben ja gesehen, dass acht Polizisten bereits die Gegend durchsuchen. Ich werde jetzt die Diensthundestaffel anfordern und meine Kollegen hier und ich werden uns weiter auf die Suche nach Zeugen machen. Vielleicht hat doch jemand etwas bemerkt. Ich werde ggf. sogar einen Zug Bereitschaftspolizei anfordern, wenn wir zu Wenige sind. Das ist das, was wir im Moment tun können."

In diesem Augenblick kam es zu einem Akt von Menschlichkeit aus einer Richtung, mit der niemand gerechnet hatte. Elisa hatte Carmen Seboldts Hand ergriffen und sprach: „ Ich möchte auch helfen. Sagen Sie mir bitte, was ich tun kann!" Statt einer Antwort, sank die Frau vor dem völlig fremden Kind auf die Knie, schlang ihre Arme um sie und presste sie an sich. Sie wurde von Weinkrämpfen geschüttelt. Elisa sah Jutta und Sarah an, ratlos, was sie tun sollte. Sarah machte eine liebkosende Handbewegung und Elisa verstand. Sie legte eine Hand auf den Hinterkopf der vor ihr Knienden und streichelte sie sanft. Carmen begann, langsam den Oberkörper zu wiegen und dabei ein Lied zu summen. Ich erkannte den Song sofort: „Go to sleep, little Baby", ein altes Wiegenlied.

Nach gefühlten fünf Minuten halfen Sarah und Jutta der Frau auf und sie gingen gemeinsam zu ihrem Sharan. Carmen hatte dabei ihren Sohn auf dem Arm. Als wäre er ein Fremdkörper, folgte Roger der Gruppe in einigem Abstand, wobei ich ihn möglichst unauffällig beobachtete. War seine Betroffenheit Fassade, die eine Untat zu überdecken suchte, oder war sie ein Ausdruck seiner Verzweiflung über das Verschwinden der Ziehtochter und des Entsetzens über den unausgesprochenen Vorwurf seiner Partnerin? Es war jetzt unsere Aufgabe, dies herauszubekommen. Nein, nicht unsere, Vermisstenfälle gehörten in die Zuständigkeit des KK 12, Juttas Dezernat.

Carmen platzierte Oliver in seinem Kindersitz, schnallte ihn an und nahm dann auf dem Fahrersitz Platz. Roger blieb vor der Beifahrertür stehen und beugte sich herab, seine Partnerin durch das Fenster hindurch fragend anblickend. Sie ließ sich mit der Entscheidung Zeit, öffnete dann aber doch symbolisch die Tür. Schweigend nahm er Platz und die drei fuhren fort.

Jupp ergriff Juttas Hand und legte die andere auf den Kopf seiner Nichte. „Hast du echt klasse gemacht, Elisa. Richtig gute Polizeiarbeit." Er spürte, wie sich das Mädchen vor Stolz streckte. Zu uns gewandt, meinte er: „Immer wieder der gleiche Scheiß, wenn es um Kinder geht, nicht wahr? Äh ... Elisa, du musst deiner Mutter nicht unbedingt sagen, dass ich wieder geflucht habe. Noch was", dabei blickte er sich suchend um, „ihr wisst nicht zufällig, wo die Toiletten sind?" Er müsste inzwischen eigentlich meinen genervten Blick kennen, den ich machte, als ich mit dem Finger ihm die Richtung zu den Urinalen wies.

Sarah meinte: „Es ist ein bisschen viel, was im Moment mit Kindern passiert. Und du, mein armer Schatz, kommst an solche Dinge auch noch in deiner Freizeit ran, nur wegen mir. Tut mir so leid." Sie hauchte einen Kuss auf meine Wange, denn sie hatte gespürt, wie sehr mich dieser erneute Vorfall mit einem Kind belastete. Völlig verwirrend war jedoch die Bemerkung, die sie mir dann ins Ohr flüsterte: „Du musst das Schwein kriegen, Micha, mit allen Mitteln. Mach ihr richtig fertig, das Schwein. Wer Kindern sowas antut, der hat kein Recht mehr zu leben." Ich hob den Kopf und sah in ihr Gesicht. Es war von Hass und Wut verzerrt. Was hatte diese so herzliche Frau in diese Furie verwandelt? Ich kam jedoch nicht dazu, sie darauf anzusprechen.

Jutta runzelte die Stirn und zog ihr Handy hervor. Sie tippte einige Sekunden mit wahnsinniger Geschwindigkeit auf dem Display herum.

„Wusste ich es doch! Hier, schaut mal! Sieht ihr auch, was ich sehe?" Sie hielt Sarah und mir ihr Handy hin. Der Bildschirm war zweigeteilt: links das Foto von Sonja, das uns Roger Frings übermittelt hatte, rechts ... Svetlana! „Der gleiche Typ, sogar das Alter stimmt überein. Schlank, fast androgyn, an der Schwelle zur beginnenden Weiblichkeit. Die eine blond, die andere brünett. Aber das Muster ... es ist erkennbar. Was wäre, wenn ...."

„Nein, bitte nicht schon wieder", stöhnte ich auf. Die Kinder, die als lebende Organspeicher entführt und ausgeschlachtet wurden! Es hatte damals ähnlich begonnen. Das durfte doch nicht wahr sein! Sarah hakte sich bei mir ein, als ich zu schwanken begann. „Mensch, Micha", rief Jutta, „du bist ja kreidebleich. Sackt dein Kreislauf durch?" Seltsam, warum klangen ihre Stimmen wie durch Watte? Und warum schwitzte ich auf einmal so sehr? In meinem Mund war ein metallischer Geschmack und ...

Das Nächste, was ich wahrnahm, war, dass Jupp, Sarah, Jutta und Elisa mit ängstlichen Gesichtern neben mir knieten, während ich auf dem Rücken auf einer Wiese lag. „Alter, du bist zusammengeklappt, einfach so. Ich kam gerade vom Boiler, da sah ich, wie du plötzlich eingeknickt bist. Wie ein nasser Sack! Hier, trink was." Damit reichte mir Jupp eine Flasche Bier. Jutta fuhr ihn an: „Spinnst du? Doch keinen Alkohol jetzt!" „Schätzelein", sagte mein Freund gedehnt, „guck doch richtig hin. Alkoholfreies Weizen, beste isotonische Lösung. Zucker, Mineralien, Kalium, Magnesium, B-Vitamine ... ja, dein Josef ist schlau, was?" Grinsend nahm ich die Flasche an und trank in gierigen Zügen. Es fühlte sich an, als würden meine Zellen mit einer Starterbatterie schockgeladen. Stöhnend richtete ich mich auf. „Geht schon, meine Lieben. Aber jetzt würde ich gerne nach Hause und aus den Klamotten raus. Und dann ein schönes warmes Bad!" Dies bedeutete, dass wir zu Sarah fahren mussten, da ich nur eine große begehbare Dusche hatte. Jupp und Jutta erklärten, sich um die weiteren Maßnahmen kümmern zu wollen und wünschten uns einen schönen Abend. Wir sollten nur Elisa schnell nach Hamm bringen, wo ihre Mutter sich heute einfach einen Wellnessnachmittag gegönnt hatte. Dann ging es direkt nach Benrath.

Dort angekommen nötigte mich Sarah direkt auf die Couch. Meine Proteste wurden mit einem Kuss erstickt, dann verschwand sie. Ich streckte mich auf der Couch aus und nach wenigen Augenblicken war ich eingeschlafen. Es konnten nur wenige Sekunden gewesen sein, als Sarah mich weckte ... glaubte ich. Sarah klärte mich auf, dass ich eine Stunde tief und fest geschlafen hatte. Ich rappelte mich hoch und wollte in der Küche etwas zum Abendessen vorbereiten. Wieder ein Irrtum! Sarah steuerte mich ins Bad, wo die Wanne bereits vollgelaufen war. Auf einem Beistelltischchen war eine Platte mit Gemüsesticks, zwei Soßen und eine Flasche Rosé mit zwei Gläsern drapiert. „Ab in die Wanne, mein Grizzly, ich seife dich ein." Sarah hatte dabei ein Glitzern in den Augen, das ich nur zu gut kannte.

Ich zog mich aus und ließ mich langsam in das doch ziemlich heiße Wasser gleiten. Irgendwann hatte ich ihr mal erzählt, dass es für mich ein Feiertag gewesen war, wenn ich als Kind mal Badedas in die Wanne bekam. Jetzt wurde ich von genau diesem wunderbaren Duft umhüllt und war sofort in den Erinnerungen meiner Kinderzeit gefangen. Ich sah mich bei meiner Tante an der See, hinter der Theke ihres Berufsbekleidungsgeschäftes in Cuxhaven. Ich half bei der Ernte auf den Feldern des kleinen Dorfs an der Mecklenburgischen Seenplatte. Ich fütterte auf einer Burg in der Nähe von Bamberg einen Braunbären mit rohen Eiern und Honigbrotscheiben.

Ich wurde aus diesen Gedanken durch eine sanfte Berührung meiner Brust geweckt. Sarah stand nackt neben der Wanne und stieg zu mir.

Unsere Beine rieben aneinander und ich goss uns den Wein ein. Wir stießen an, küssten uns und ... tja, was wohl? ☺

Kapitel 8

Die Nacht von Samstag auf Sonntag war ein reiner Horrortrip gewesen. Roger versuchte verzweifelt, seiner Freundin Mut zu machen und Hoffnung zu schenken. Doch sie war untröstlich, telefonierte mehrere Stunden mit Freundinnen und ihrer Mutter, und legte sich dann zu Oliver ins Bett, wo sie erst nach Mitternacht endlich erschöpft einschlief. Für ihren Partner hatte sie kaum ein Wort übrig. Ihre Gedanken kreisten nur um die Sorge um ihre Tochter.

Für Roger stellte das kein Problem dar. Er konnte sich gut in Carmen hineindenken, denn er empfand große Zuneigung zu Sonja. Nicht in der Art und Weise wie das widerliche Pack, welches sich an Kindern verging. Sonja war für ihn die Tochter, die er so gerne gehabt hätte und die ihm in seiner ersten Ehe versagt geblieben war. Sonjas und Olivers Vater lebte zwar noch, hatte aber jeglichen Kontakt zur Familie abgebrochen. Es gab keine Besuche oder Briefe. Er hatte den Kindern nicht einmal seine Handynummer gegeben. Carmen hatte Sonja einmal in seinem Beisein erklärt, dass ihr Papa jetzt in Spanien lebe und dort eine andere Familie habe, um die er sich zu kümmern hätte. Da wäre keine Zeit mehr für sie, denn sie seien ihrem Papa jetzt nicht mehr wichtig.

Roger hätte zu gerne die Kinder adoptiert, aber auf seine Briefe an den leiblichen Vater hatte er nie eine Antwort erhalten. Zumindest kamen dessen Unterhaltszahlungen regelmäßig. Roger hatte ernsthaft überlegt, einmal Urlaub auf Mallorca zu machen, wo der Kerl als Tauchschulbesitzer arbeitete und lebte. Aber den Gedanken hatte er schnell verworfen.

Er konnte ebensowenig wie Carmen Schlaf finden und setzte sich ins Wohnzimmer an sein Notebook. Zunächst surfte er ziellos herum, suchte nach der Kriminalitätsstatistik NRW und nach Selbsthilfegruppen für Eltern vermisster Kinder. Mit den Stunden schoben sich Gedanken wie eine schwarze Wolke in seine Überlegungen. Was wäre, wenn der schlimmste Fall eingetreten wäre? Er suchte nach Plattformen, auf denen er sich mit dem speziellen Jargon der Szene vertraut machen konnte und in den frühen Morgenstunden besuchte er das erste Mal eine Community, auf der sich Kinderliebhaber trafen. Wie das schon klang? KINDERLIEBHABER! Als wäre das so etwas wie Liebhaber alter Autos! Das waren Drecksschweine, Kinderficker, perverse Tiere, denen man den Schwanz abschneiden musste ... er hatte sich in Rage gebracht. Immer hastiger scrollte er durch die Seiten. Kaum zu glauben, wie offen diese Personen ihre Wünsche artikulierten und welche Fotos im Netz zu finden waren. Einerseits hatte er große Angst, das zu sehen, was er befürchtete: Bilder von Sonja. Aber andererseits sah er hier die Chance, die Polizei bei ihrer Arbeit zu unterstützen. Auf Seiten, die in diversen Ländern gemeldet waren (oft sah er .to für Tonga, .ru für Russland oder die ganz neuen Endungen wie .dad), wurden Kinder wie Waren auf amazon angeboten: *Heute frisch eingetroffen – achtjähriger Junge aus Kasachstan, eine zauberhafte Schwedin von elf Jahren, Erstbesitz ...* Roger rannte ins Bad und schaffte es gerade noch rechtzeitig, den Deckel der Toilette zu heben. Das Würgen wollte gar nicht aufhören und er konnte erst wieder aufstehen, als er nur noch den bitteren Geschmack von Galle im Mund hatte. Erschöpft und mit schweißnassen Haaren spülte er sich den Mund und wusch sich das Gesicht. Die Augen, die ihn im Spiegel anstarrten, waren blutunterlaufen. Aber seine Jagdlust war geweckt. So setzte er sich wieder an den Computer und suchte weiter ... davon überzeugt, dass der

Entführer Sonja auf einer dieser Plattformen anbieten würde. Er, Roger, würde ihn finden und sich mit dem Kerl treffen. Dann würde er ihm zeigen, was es bedeutete, Todesangst zu haben. Roger würde seine Tochter ... ja, insistierte er in Gedanken, SEINE Tochter Sonja retten.

Gegen sechs Uhr am Sonntagmorgen legte er sich auf die Couch, schlief zwei Stunden und holte schließlich Brötchen vom Bäcker. Nachdem er den Tisch gedeckt und Carmen sowie Oliver geweckt hatte, aßen sie gemeinsam eine Kleinigkeit. Carmen ging es schlecht und sie legte sich in ihrem gemeinsamen Schlafzimmer ins Bett. Oliver verzog sich ins Kinderzimmer und spielte mit seinen Autos. Bis zum Nachmittag setzte Roger seine verzweifelte Suche fort, allerdings ohne Erfolg. Er war mit dem Kopf auf dem Tisch eingeschlafen, als Carmen ihn am Nachmittag im Wohnzimmer fand. Der Akku des Notebooks war leergesaugt worden und so schlief ihr Partner vor einem dunklen Bildschirm.

Das restliche Wochenende bestand aus Faulenzen. Ich verließ Sarahs Wohnung am Sonntagnachmittag, da ich in meiner Bude dringend mal wieder „Klar Schiff" machen musste. Uns allen stand eine anstrengende Woche bevor.

Der Montag begann mit der üblichen Lagebesprechung, oder „Lage" in unserem Sprachgebrauch, bei der dieses Mal aber Vertreter aller Kommissariate der Kriminalinspektion 1 anwesend waren. Kriminaloberrat Richter, unser aller Chef, hatte entschieden, dass künftig einmal im Monat alle Bereiche beteiligt werden sollten, da er die Arbeitsabläufe auf mögliche Synergieeffekte hin überprüfen wollte. Bestenfalls entstünde sogar eine andere Sicht auf manche Fälle, die möglicherweise miteinander im Zusammenhang standen. Pathetisch hatte Richter, ganz in „Club der toten Dichter"-Manier, einen Tisch erklommen und die Besprechung mit den Worten begonnen: „Stimmt, von hier oben sieht alles etwas anders aus." Zum Glück forderte er uns nicht auf, es ihm gleich zu tun.

Er erläuterte seine Vision und bat dann um die üblichen kurzen Statements zu laufenden Verfahren. Jutta hielt sich bis zum Schluss zurück. Das KK 12 gehörte, wie das unsere, zu Richters Inspektion. „So, jetzt haben wir nur noch den Beitrag von Frau Schäfer. Bitteschön!" Jutta erhob sich und befestigte mit Magneten ein paar Fotos an einem Whiteboard. „Dann greife ich einfach mal Ihren Vorschlag vom Anfang auf, Herr Richter. Die Kollegen des KK 12 haben unter anderem den Todesfall eines Kindes, Fall „Kölner Weg", zu untersuchen. Am Wochenende war ich zufällig vor Ort, als ein Kind in Eller entführt wurde. Bitte schauen sie sich einmal die beiden Fotos an. Die Blondine ist das ermordete Kind, die Brünette das entführte. Sehen sie wie ich die Übereinstimmungen? Ich rede nicht von einer Serie, aber mir ist die Ähnlichkeit doch zu stark, als dass es ein Zufall sein könnte. Ich habe daher am Sonntag ..." Ein Kollege aus dem KK 14 warf dazwischen „fleißig, fleißig" und grinste, was Richter aber sofort mit einem verärgerten Blick ahndete. So ein Arschloch, dachte Jutta bei sich, und fuhr fort. „Also, ich habe gestern die gesamte

Vermisstendatei nach Parallelen durchsucht. Zum Glück Fehlanzeige! Aber ich meine, wir sollten hier besonders wachsam sein."

Richter klatschte einmal in die Hände. „Sehen Sie? Genau das meinte ich damit. Auf solche Effekte hoffe ich einfach durch eine Überschneidung der Fachbereiche. Prima, Frau Schäfer, dann werden Sie ab sofort Teil der Mordkommission „Kölner Weg". Ich denke, das wird den Kollegen nicht unangenehm sein." Dabei grinste er Jupp an, denn die Beziehung zwischen Jutta und ihm war kein Geheimnis. Sie kämpften jedoch beide immer wieder mit blöden Kommentaren und bemühten sich angestrengt darum, in der Zusammenarbeit immer eine Spur sachlicher zu sein als mit anderen Beamten.

Jupp und ich kehrten in unser Büro zurück, denn wir erwarteten in zehn Minuten Carmen Seboldt und Roger Frings. Als es klopfte, rief ich herein und war doch etwas überrascht, das Gesicht von Jan Poulsen zu sehen. „Tut mir leid, Herr Poulsen, wir haben hier gleich eine Vernehmung und …" Ich wurde sofort unterbrochen. „Das ist mir sowas von scheißegal, HERR Oberle. Was glauben Sie eigentlich, wo wir leben? In einer Bananenrepublik, in der nachts die Polizei in eigener Sache einschüchtert? Aber nicht mit mir, Herr Kommissar, nicht mit mir!" Jupp war aufgestanden und hatte sich dem Reporter genähert. Keine Lineallänge waren ihre Gesichter voneinander entfernt. „Nicht in dem Ton, junger Mann! DAS als Allererstes. Und jetzt raus mit Ihnen! Wenn Sie Fragen haben, wenden Sie sich an unsere Pressestelle und lassen sich einen Termin geben." Poulsen schwieg und starrte Schmitz wütend an, wich jedoch keinen Millimeter. Ich schaltete mich ein. „Poulsen, Sie sind doch nicht dämlich. Was glauben Sie, mit so einer Nummer erreichen zu können? Mit diesen völlig aus der Luft gegriffenen Behauptungen ..."

Poulsen unterbrach mich. „Aus der Luft gegriffen? Ach ja? Und was sagen Sie DAZU?" Damit drehte er sich um und zog sein T-Shirt hoch. Seinen Rücken zierte ein tiefdunkler Bluterguss von der Größe eines A5-Blattes. „DAS Andenken habe ich von Ihrem Schläger. Freitagabend hatte ich Besuch und ..."

In diesem Moment klopfte es erneut und die Tür wurde sofort geöffnet. Carmen Seboldt und Roger Frings standen im Türrahmen und starrten auf den Rücken des malträtierten Journalisten, den Jupp noch am Oberarm gepackt hielt. Schmitz sprach die beiden an: „Bitte warten Sie noch einen Augenblick draußen. Wir rufen Sie sofort herein, sobald wir hier fertig sind. Kann nicht mehr lange dauern." Verwirrt ging das Paar rückwärts raus und schloss die Tür. „So, Poulsen, jetzt mal der Reihe nach. Was werfen Sie uns vor?" Jan erzählte den Vorfall haarklein und endete mit folgenden Worten: „Der Typ hat mich allen Ernstes bedroht. Aber ich lasse mich nicht einschüchtern! Er war gut vorbereitet, kein Namensschild an der Uniform, ein Vollbart, den er jetzt bestimmt nicht mehr trägt und er hielt sich immer möglichst im Schatten auf." Die Beschreibung der Situation schien ihn etwas beruhigt zu haben, denn er lehnte sich zurück, atmete schwer durch und blickte uns schweigend an. Josefs und mein Gesicht hatten sich verhärtet. Wer mischte da in dem oder besser DEN Fällen mit? Welchen Spieler am Tisch kannten wir da nicht? Poulsen gab uns eine Personenbeschreibung. Demnach sollte der Mann außergewöhnlich groß, kräftig gebaut und dunkelhaarig sein. „Wollen Sie eine Anzeige erstatten, gegen Unbekannt?" Meine Frage war nur sachlogisch, aber Jupp rollte mit den Augen. Noch mehr Arbeit! „Ja, das will ich. Können wir das jetzt direkt machen?" Ich sah auf meine Uhr. „Herr Poulsen, Sie haben gesehen, dass da zwei Menschen auf einen Termin bei uns warten. Mein Vorschlag: mein Kollege geht mit Ihnen in ein anderes Zimmer und nimmt die Anzeige auf, während ich die Leute schon einmal hereinbitte." Schmitz hatte sein Einverständnis durch Kopfnicken bekundet und verließ mit Poulsen den Raum. Frau Sebaldt und Herr Frings kamen direkt durch die offen stehende Tür herein.

„Nehmen Sie bitte Platz. Ich weise Sie darauf hin, dass es sich hier nicht um ein Verhör, sondern eine Befragung handelt. Möchten Sie einen Kaffee oder ein Wasser?" Beide lehnten dankend ab. Ich begann das Protokoll aufzunehmen. Da ich ja selbst an dem Fest teilgenommen hatte, konnte ich durch Zwischenfragen den Bericht möglichst präzise abfassen. Was mir aber auffiel, war, dass das Pärchen einen unübersehbar großen Abstand voneinander hielt. Beide vermieden es tunlichst, Blicke zu tauschen oder sich direkt an den jeweils anderen zu wenden. Da war etwas in die Brüche gegangen, was wohl nur schwer wieder in Ordnung gebracht werden konnte.

Als wir an dem Zeitpunkt ankamen, an dem Frings sein Verhalten während seiner Abwesenheit beschreiben sollte, wandte Frau Seboldt sich zu ihm und taxierte ihn kritisch. Ich fragte: „Gestatten Sie mir die Anmerkung, Herr Frings, dass es schon etwas seltsam ist, dass Sie das Verlassen des Geländes nicht direkt erwähnt hatten." „Mein Gott, ich war doch auch außer mir wegen Sonjas Verschwinden. Da kann man doch mal sowas vergessen. Schließlich ist sie doch ... sowas wie ... meine Tochter." Bei dieser Bemerkung wurde der Blick seiner Lebensgefährtin traurig. Sie hatte sich bei der Schilderung der Geschehnisse zurückgehalten und nur interveniert, wenn Frings etwas Falsches sagte oder aber etwas wegließ.

Da klopfte es an der Tür. Jupp trat ein und bat mich in eine Ecke des Raumes. Dort raunte er mir zu: „Das Protokoll mit Poulsen ist fertig. Aber eben im Rausgehen sagte er noch etwas: 'Wenn sie wissen wollen, wie der falsche Bulle ausgesehen hat, dann schauen sie sich doch mal den Typen draußen im Gang an. Genau so groß und auch so eine dunkle Haarfarbe hatte der.' So hat Poulsen es in der Anzeige angegeben." Wir wandten beide den Kopf und sahen zu Frings. Der wurde aufgrund unseres Blicks sichtlich nervös. Jupp trat an ihn heran. „Herr Frings, wo haben Sie sich am Freitagabend zwischen 19.00 und 21.30 Uhr aufgehalten?" Der Mann überlegte kurz. „Ich war Laufen, wie immer. Montag, Mittwoch, Freitag. Freitags bin ich immer auf der linken Rheinseite. Ich laufe dann zweimal die Strecke von der Theodor-Heuss-Brücke bis zur Fähre nach Mönchenwerth und zurück. Das sind ungefähr 13 km und dafür brauche ich etwa eine Stunde. Mit Hin- und Rückfahrt nach Oberbilk inklusive Parkplatzsuche bin ich dann grob gerechnet zwei Stunden unterwegs. Da ich immer um 19 Uhr losfahre, kommt das also ziemlich genau hin." „Können Sie das bestätigen, Frau Seboldt?" Sie blickte mich ernst an. „Nein." Wie jetzt? Mehr kam da nicht? Ich hakte nach: „Was meinen Sie mit nein?" „Was Sie fragten. Nein, ich kann nicht bestätigen, dass Roger in dieser Zeit zum Joggen war. Ich war weder dabei noch war ich zu Hause. Wir hatten einen Termin wegen einer Theateraufführung in Olivers KiTa." Frings war aufgesprungen. „Aber ... aber Carmen ... ich ... ich laufe doch immer freitags dort. Das weißt du doch. Das kannst du doch bestätigen. Du bist doch manchmal sogar mitgelaufen. Wissen sie, Herr Kommissar, sie ist noch nicht ganz so fit und schafft immer nur eine Runde, aber das ist doch besser als gar nichts und ich passe mich ihrem

Tempo an und ..." „HERR Frings, gibt es einen Zeugen dafür, wo Sie sich in der fraglichen Zeit am Freitag aufgehalten haben?" Frings überlegte laut. „Es haben mich sicher ein paar Leute gesehen. Fußgänger, Hundebesitzer ... aber keiner, der mich näher kennt. Die einzige, die mich ... Sonja wollte um 21 Uhr eine Sendung im WDR sehen. So was mit Wohnungseinrichtung. Als ich reinkam, muss die gerade begonnen haben. Sie hatte mich noch gebeten, still zu sein und ich bin dann direkt Duschen gegangen. Sonja könnte ..." Er verstummte. Carmen hatte wieder Tränen in den Augen.

Erneut ein Klopfen an der Tür. Jutta kam rein, bat jetzt Jupp und mich in die Ecke und teilte uns etwas flüsternd mit. Dann wandten wir uns um. Jutta begann: „Herr Frings, warum haben Sie uns nichts davon gesagt, dass schon einmal gegen Sie ermittelt wurde. Es ging damals um Körperverletzung und ..." Frings sah uns mit vor Entsetzen geweiteten Augen an. „Damit kommen Sie jetzt an? Das liegt fast 20 Jahre zurück und die Ermittlungen wurden eingestellt. Ich habe damals einen kleinen Junkie verprügelt, der einer Oma die Handtasche geklaut hatte. Ich hatte etwas zu kräftig zugelangt, aber der Kerl hatte mir mit einem Messer den Arm aufgeschnitten. Da hab ich ihm den Kiefer gebrochen." Carmen Seboldt sagte mit bissigem Unterton: „Schön, dass ich sowas auch mal erfahre!" „Ja, und? Das liegt Jahrzehnte zurück. Ich habe in Notwehr gehandelt. Das musst du doch einsehen. Warum hätte ich dir von den ollen Kamellen erzählen sollen? Ich könnte doch nie dir oder den Kindern etwas zuleide tun. Das musst du doch wissen ... Carmen ... glaub mir bitte, ich ..."

Jutta unterbrach ihn. „Herr Frings, ich beschränke hiermit offiziell Ihre Reisefreiheit. Sie dürfen sich nicht aus dem Stadtgebiet von Düsseldorf entfernen. Sie werden sich jeden Tag persönlich hier oder in der nächstgelegenen Polizeiwache melden. Bitte nehmen Sie draußen Platz. Ich bekomme gleich von der Staatsanwaltschaft einen Durchsuchungsbeschluss für Ihre Wohnung. Wir werden dann gemeinsam mit Ihnen in Ihre Wohnung auf der Stoffeler Straße fahren." Er und Carmen Seboldt gingen raus ... und nahmen jetzt auf zwei weit voneinander entfernten Stühlen Platz.

Gegen 13 Uhr hatten wir von dem leitenden Staatsanwalt den Durchsuchungsbeschluss erhalten und fuhren mit dem Paar zu ihrer Wohnung. Zwischen Carmen und Roger herrschte eisiges Schweigen. Der Mann hatte es aufgegeben, seine Lebensgefährtin von seiner Unschuld überzeugen zu wollen.

Wir waren in Begleitung von zwei uniformierten Kollegen sowie einer Mitarbeiterin der Kriminaltechnik. Wir verließen die Wohnung nach zwei Stunden intensiver Suche im Zimmer von Sonja und in den persönlichen Unterlagen von Roger Frings. Zu einer näheren Untersuchung nahmen wir ein Tagebuch des Kindes, einen Ordner mit Akten des Mannes und sein Notebook mit. Während ich den Empfang der Sachen exakt quittierte, sah ich mir die Bewohner dieser Räume aus dem Augenwinkel an. Carmen vermied jeglichen Blickkontakt mit dem Mann, der immer wieder verzweifelt versuchte, ihr einen Ausdruck des Vertrauens abzuringen. Woran erinnerte mich das? An den Hund meines Onkels, der einmal in jugendlicher Spiellaune auf dem Bauernhof eine Vitrine mit kostbaren

Gläsern zertrümmert hatte. Mein Onkel hatte ihn mehrere Wochen mit Missachtung gestraft, worunter das Tier sichtlich litt. Ja, genau so war jetzt der Blick dieses Mannes. Aber ich durfte mich von dieser Wahrnehmung und Assoziation nicht beeinflussen lassen. Wer weiß, ob und was dieser Mann mit dem Verschwinden seiner Ziehtochter zu tun hatte?

„Du hast was gemacht?" Gaby blickte Jan erstaunt an. „Eine Anzeige gegen Unbekannt. Was sollte ich denn deiner Meinung nach sonst tun?" Gaby erwiderte: „Eigentlich hast du ja Recht. Wer weiß, wie weit der Kerl noch gegangen wäre ... oder noch gehen wird? Aber ich glaube einfach nicht, dass das es ein echter Polizist gewesen ist. Eine Uniform kann man doch überall im Internet kaufen." Poulsen hatte die Füße auf den Schreibtisch gelegt. „Jetzt, wo die Wut verraucht ist, denke ich auch, dass die Polizei nicht wirklich was damit zu tun hat."

„Jetzt sag mir doch mal bitte ganz konkret, welchen Verdacht du jetzt noch hast. Keine Sorge, ich werde nicht über dich lachen, fest versprochen." Poulsen schaute sich das Gesicht seiner Kollegin genau an und suchte nach irgendwelchen Anzeichen kollegialen Spottes. Doch da war nichts, nur ehrliches, oder besser gesagt, professionelles Interesse. „Also gut. Ich glaube nicht, dass es sich bei dem toten Kind um einen Einzelfall handelt. Meine Vermutung geht dahin, dass es sich um einen

Fall von Totschlag handelt, eine unbeabsichtigte Handlung im Verlauf eines Sexualdeliktes. Und genau das ist der Punkt: ich glaube, dahinter steckt mehr als nur eine Person. Ein Paar oder eine Gruppe von Personen bilden einen Kreis von Pädophilen, die sich gegenseitig unterstützen und Alibis geben. Die ganze Vorgehensweise, dieses Ablegen der Leiche. Rational begründen kann ich es dir noch nicht, aber ..." Er wurde unterbrochen. „Ist ja schon gut, ich habe verstanden. So, ich schiebe dir jetzt mal ein paar Unterlagen rüber ... an deine private Mailadresse. Es handelt sich dabei um Rechercheunterlagen, die ein paar Jahre alt sind. Du wirst mit niemand, ich betone NIEMAND, darüber reden, von wem du die Unterlagen hast. Du wirst hier im Archiv keinen Hinweis auf deren Existenz finden – weil sie nicht mehr vorhanden sind. Mach damit, was du willst."

Poulsen fixierte die erfahrene Reporterin mit einem Blick, der sagte: jetzt bist DU durchgeknallt. Der Pfeifton, der ihm den Eingang einer Nachricht auf seinem Handy anzeigte, ließ ihn zusammenzucken. Er warf einen kurzen Blick auf das Display. „Gaby Fresnell – 1 Nachricht – 4 Dokumente" stand dort. „Was bedeutet das, Gaby?" Jan hatte nachdrücklich gesprochen. Statt einer Antwort stand die Reporterin auf, ergriff ihre Handtasche und verließ die Redaktion.

Poulsen folgte ihr, verpasste dabei aber den Lift, der sich vor seiner Nase schloss. Durch den enger werdenden Spalt sah er das Gesicht von Gaby Fresnell, das unendlich traurig aussah. Jan nahm die Treppen und raste sie mit einem Affenzahn herab. Völlig außer Puste stand er mitten in den Schadow-Arkaden und wartete vor der sich öffnenden Aufzugstür.

Fresnell trat heraus, sah ihn kurz an und ging an ihm vorbei. Er ging neben ihr her und redete auf sie ein. „Gaby, was ist los mit dir? Was sind das für Unterlagen? Wo hast du sie her? Verdammt noch mal, rede mit mir!" Sie ignorierte den jungen Kollegen, ging mit strammem Schritt weiter und verließ das Gebäude, Poulsen im Schlepptau. Wie ein Dackel ohne Leine folgte er Gaby bis auf die Königsallee. Sie gingen über die Theodor-Körner-Straße zum Tritonenbrunnen. Fresnell kletterte über die Steinmauer und hockte sich mit Blick auf die wasserspeienden Skulpturen hin. Die Frau ließ die Beine baumeln und Jan hockte sich neben sie. Beide schwiegen mehrere Minuten. Dann begann Gaby leise zu flüstern, da in ihrer Nähe Passanten ebenfalls eine Pause machten.

„Es ist jetzt fast 14 Jahre her. Damals war Reinardy noch nicht unser Chef. In Düsseldorf und Umgebung hatte es binnen weniger Monate mehrere Vermisstenfälle gegeben, meist Kinder zwischen sieben und zwölf Jahren. Zwei davon wurden Monate später in der Schweiz tot aufgefunden. Beide waren missbraucht worden. Ich hatte damals ähnliche Vermutungen wie du und habe in diese Richtung recherchiert. Scheinbar bin ich irgendjemand zu nahe gekommen, denn eines Tages bekam ich Post mit einer anonymen Drohung. Ich ignorierte sie und machte weiter. Damals lebte meine Mutter noch. Sie war in einem Pflegeheim in Erkrath untergebracht. Wenige Tage nach dem Brief hatte meine Mutter einen Insulinschock und ist beinahe daran gestorben. Der nächste anonyme Brief enthielt dann den Hinweis, dass es nicht immer so glimpflich abgehen könnte, wenn eine Diabetikerin mal unsachgemäß mit ihrem Impfstoff umgeht. Ich ging damit zu unserem damaligen Chef ...", sie atmete schwer, „dieser Drecksau Kollenbach. Er hat das Ganze runtergespielt und mir weismachen wollen, dass ich eine hysterische Kuh sei. Und dann geschah das Unglaubliche: er bot mir Geld an. 30.000 DM, eine ungeheure Summe. Ich wusste damals nicht mehr, wie ich demnächst die Kosten für das Pflegeheim aufbringen sollte."

Jan hatte Gaby die Hand auf die Schulter gelegt. Nach einem Seufzen fuhr sie fort. „Ich bin nicht stolz auf das, was ich getan habe. Aber die Angst um meine Mutter war zu groß gewesen. Kollenbach hatte Wort gehalten und ich bekam das Geld. Dafür übergab ich ihm meine gesamten Aufzeichnungen. Ich hatte einfach zuviel Angst." Jan fragte: „Und wie geht es deiner Mutter jetzt?" „Sie ist knapp zwei Jahre nach diesen Vorfällen gestorben." „Aber dann hättest du schon längst was unternehmen können", warf Jan aufgeregt ein. „Konnte ich NICHT! Kollenbach hat die Übergabe auf Video aufgezeichnet, ohne mein Wissen. Er hat es mir am nächsten Tag gesagt, damit ich mir keine Schwachheiten einbilden würde, wie er es nannte. Er hatte mich bis zum Ende in der Hand. Dann schied er aus dem Unternehmen aus und zog nach Neuseeland, angeblich hatte seine Frau dort eine Farm geerbt. Ich hab nie mehr wieder was von dem Schwein gehört."

„Und jetzt soll ich deine Fehler ausbügeln und die ganze Sache ans Tageslicht bringen? Na, Prost Mahlzeit!" Jan schwankte zwischen Verärgerung und Dankbarkeit. Gaby sah ihn schweigend an. „Und nun? Was willst du tun? Mich in die Pfanne hauen?" Jan beugte sich zu ihr rüber. Obwohl die Reporterin mehr als zehn Jahre älter als ihr Kollege war, sah es aus, als wäre er der große Beschützer seiner kleinen Schwester. „Hältst du mich echt für so einen Arsch? Nein, aber ich mache das nicht alleine. Wir ziehen das zusammen durch. Einverstanden?" Er streckte die Hand aus, die von Gaby zögerlich ergriffen wurde.

Jan half Gaby von der Mauer herab und gemeinsam spazierten sie zurück in die Arkaden, sich vorher einen Kaffee bei Starbucks holend.

Lessing saß vor seinem Kamin und schaute in die Flammen. Er überlegte sich die weitere Vorgehensweise im Fall Giordano. Im nächsten Moment schloss er die Augen, als aus den unsichtbaren Boxen die einzigartige Stimme von Montserrat Caballé mit einer Arie aus der Oper „Turandot" erklang. Die ersten Töne seines Handys bekam er daher nicht mit. Erst das Rappeln des Vibrationsalarms auf dem Edelstahlteller, wo sein Mobiltelefon lag, machte ihn aufmerksam. Genervt stoppte er den Player und meldete sich. Sein Gesprächspartner war Holger. „Damit du siehst, dass ich zuverlässig bin. Wir hatten heute eine „Lage". Eine Kollegin aus dem KK 12 hat eine Verbindung zwischen dem toten Mädchen und einem Kind gezogen, das seit Samstag vermisst wird. Stellt euch drauf ein, dass ab sofort jeder Polizist hypersensibel sein wird. Die Leitung der Mordkommission hat ein Michael Oberle. DAS war jetzt die letzte Dienstleistung, die ihr von mir erwarten könnt. Ab morgen ist Schluss!" Damit hatte der Polizist aufgelegt.

Lessing hatte seine Emotionen in aller Regel völlig unter Kontrolle. Aber jetzt rastete er aus. Mit Wucht schleuderte er sein Whiskyglas in den Kamin, wo der Rest der Flüssigkeit eine Stichflamme auslöste. Der nachfolgende Qualm löste den Rauchmelder aus und dessen grell kreischendes Geräusch ließ binnen Sekunden Ramon Murillo mit gezogener Waffe in der Tür stehen. David Lessing winkte ab. „Schon o.k., Ramon, war ein Unfall. Aber gut, dass du da bist. Wir müssen etwas absprechen. Ich starte gleich einen Rundruf. Das kleine Festival bei Ihlings wird zunächst als Besprechung dienen. Darauf sollen die sich alle vorbereiten. Ich glaube, wir haben bei den „Duteils" eine Laus im Pelz, die ihr eigenes Süppchen kocht." Murillo blieb für die Dauer der Telefonate bei seinem Chef im Raum und diskutierte danach mit ihm einige Vorsichtsmaßnahmen.

Kapitel 9

Jan wartete geduldig am Telefon. Es hatte das siebte Mal geklingelt, als das Gespräch angenommen wurde. „Gronimus, wer stört?" „Hallo, Walter, hier ist Jan. Aus Düsseldorf. Wie isset?" Damit versuchte Poulsen den Slang seines Kollegen und Mentors zu imitieren. Dieser war bester Stimmung und stieg darauf ein: „Wat gibbet, Jung? Ich bin hier bei meine Schwester und ich sach dir, dat is so toll annet Meer. Sonne aufe Plautze, Bierken inne Hand – wat gibbet Besseres?" Jan musste lächeln. Klischees konnten manchmal unglaublich sympathisch sein. „Walter, ich will dich nicht lange stören. Aber hör mal kurz, was in der letzten Zeit passiert ist. Ruf mich dann einfach an, wenn du einen Rat für mich hast." Dann begann er mit der Schilderung der letzten Ereignisse, wobei er die Story um Gaby nur sehr allgemein hielt und ihren Namen nicht erwähnte. Gronimus hörte zu, ohne zu unterbrechen, und hakte ein, sobald Jan geendet hatte. In astreinem Hochdeutsch gab er ein Statement ab. „Lass die Finger davon, wenn du an dem Thema alleine weiterarbeiten willst. Du brauchst einfach Rückendeckung, am besten innerhalb der Redaktion. Möglicherweise macht es auch Sinn, mit dem Vorgesetzten von den beiden Mordermittlern zu reden. So ist meine Meinung. Pass auf dich auf." Jan hätte Gabys Geschichte erwähnen müssen, die ihn sehr skeptisch hatte werden lassen, was eine Kooperation in der Redaktion, z.B. mit dem Chef vom Dienst, anging. Das käme jedoch nie in Frage, denn er würde nie das in ihn gesetzte Vertrauen missbrauchen. So dankte er Gronimus für den Rat und beendete das Telefonat.

Dann kümmerte er sich um das Tagesgeschäft: einen Artikel zu einer Brandstiftung in Oberbilk, einen Autounfall mit tödlichem Ausgang und einen Bericht über Andreas Rimkus, einen Düsseldorfer Politiker, der eine komplette Nachtschicht mit der Altstadtwache der Polizei mitgemacht hatte. Die Sichtung des gesamten Datenpaketes von Gaby würde Stunden brauchen. Also würde er dies auf die Abendstunden verschieben und hoffentlich Hinweise finden, die seine Theorie untermauerten.

Ich saß an diesem Morgen relativ früh im Büro. Die Nacht war kurz und schmerzhaft gewesen. Gegen 4 Uhr stand ich auf und machte mir einen ersten Kaffee. Jeder Versuch, jetzt noch etwas Schlaf zu bekommen, wäre sowieso sinnlos gewesen. Die Kombination aus Schmerzen und belastenden Erinnerungen war eine durchaus vertraute Erfahrung, aber die Intensität der Beschwerden war außergewöhnlich heftig. Also zwang ich mich, eine Scheibe Toast mit Käse zu essen und dann die Hälfte der Tagesdosis Morphium einzunehmen. Es blieb noch genug Zeit, den Wirkungs-Peak abzuwarten, denn bei voller Wirkung war mir nicht einmal ein Gang zur Toilette möglich.

Um 6 Uhr war ich soweit, dass ich ins Büro fahren konnte. Jetzt, um 8 Uhr, goss ich mir gerade einen Kaffee ein, als Jupp durch die Tür kam. Er sah mich überrascht an. „Was ist los, Alter? Senile Bettflucht?" Ich tippte als Antwort auf meine Stirn. Die weiteren Stunden verliefen ereignislos. Um 11

Uhr wurde die Tür ohne Klopfen aufgestoßen. Wir zuckten zusammen und sahen in Juttas ernstes Gesicht, die nun in Begleitung eines uns fremden Mannes vor unseren Schreibtischen stand. „So, Michael, du leitest die MK (Mordkommission) Kölner Weg. Daher komme ich direkt zu dir. Dies ist Ronald Jepsen, Techniker im Institut des LKA. Wir kennen uns von früheren Ermittlungen. Ich wusste, dass Ronald ein echtes Trüffelschwein in Sachen Datentechnik ist, und daher habe ich ihn gebeten, sich das Notebook von Frings anzusehen. Nicht, dass ich zu unseren Leuten kein Vertrauen hätte, wollte aber sichergehen, dass uns nichts durch die Lappen geht. So, Ronald, jetzt machst du besser weiter."

Unaufgefordert setzten sich die beiden zu uns und Jupp erhob sich, um den Besuchern einen Kaffee einzugießen. „Milch, Zucker?", fragte er den Techniker. „Bitte beides und viel", war die lächelnde Antwort. Als er die Tassen übergab, streichelte er sanft über Juttas Schulter, die ihre Wange daraufhin an seine Hand schmiegte. Diesen öffentlichen Ausdruck von Zärtlichkeit hatte ich noch nie zwischen Jutta und Jupp während der Arbeit bemerkt. Ich musste ihn später darauf ansprechen. Jepsen wollte gerade mit seinem Vortrag beginnen, als Schmitz sich wieder von seinem Stuhl erhob und verlegen mit dem Finger auf seinen Schritt zeigte. Dann verließ er eiligen Schrittes den Raum.

Es machte wenig Sinn, alles zweimal zu erzählen. Daher warteten wir und Jutta erzählte von dem Fall, bei dem sich Ronald und sie kennengelernt hatten. Jupp kam nach zwei Minuten zurück, hob entschuldigend beide Hände und nahm wieder Platz. Jepsen begann: „Der Rechner, den ich von Jutta bekommen habe, war nicht verschlüsselt. Jedes Kind hätte das Ding auslesen können. Keine Passworte, keine Verschlüsselungen. Alles offen. Er hat sich nicht einmal die Mühe gemacht, seine Browser-Chronik zu löschen. Er hat in den letzten Tagen unzählige Seiten besucht, auf denen Kinderpornos angeboten werden oder gar reale Kinder vermittelt werden. Dazu hat er noch spezifische Fachausdrücke aus der Pädophilenszene gegoogelt. Einfach unglaublich. Außerdem hat er einige Fotos von Mädchen auf dem Rechner gespeichert." Um seine Worte zu untermauern, zog er aus seinem Rucksack das Notebook hervor und startete es. Nach wenigen Augenblicken rief er den Explorer auf und zeigte uns, was er gemeint hatte. Wir sahen Bilder von Mädchen im Alter zwischen geschätzten acht und vierzehn Jahren, überwiegend in unverfänglichen Posen. Aber es waren auch einige Bikini- und Saunafotos dabei, die eine unzweifelhaft sexuelle Botschaft enthielten. Einige Kinder posierten in eindeutigen Stellungen, wie sie aus üblichen Pornoproduktionen hinlänglich bekannt sind. Die Gesichter auf den Fotos waren unkenntlich gemacht.

Als Jepsen mit seinen Ausführungen geendet hatte, schwiegen wir betreten. War das bei Frings eine Art von Hybris? Fühlte er sich so unangreifbar, dass er sich nicht einmal die Mühe gemacht hatte, seine Spuren zu verwischen? Das konnte doch gar nicht sein – nicht, nachdem wir schon so auf ihn aufmerksam geworden waren und selbst seine Freundin voller Misstrauen war. Aber wo hatte er Sonja versteckt ... sofern sie noch lebte? Er musste einen Komplizen haben und den galt es jetzt schnellstmöglich zu finden. Ich brach das Schweigen. „Jutta, würdest du es bitte übernehmen, den Haftbefehl zu beantragen?" Sie nickte und verließ mit Jepsen das Büro.

Jupp schaute mich nachdenklich an. „Eben, als du dir die Fotos angesehen hast, hat sich dein Gesichtsausdruck total verändert. Da war nicht nur Abscheu und Unverständnis. Da war noch etwas anderes, was ich nicht beschreiben kann. Wie soll ich sagen? Es schien, als hättest du etwas entdeckt, würdest dich an Dinge erinnern." Er wartete auf eine Erklärung. Ich senkte den Blick. „Stimmt, aber das ist irgendwie indifferent. Weiß selbst nicht genau, was los ist. Irgendwie ein unbestimmtes Gefühl. Aber jetzt mal ganz unter uns: Was war das denn eben mit Jutta? Sowas kenne ich von euch beiden gar nicht, zumindest auf der Arbeit." Jupp druckste herum: „Was meinst du? Ach, das eben ... die Berührung auf der Schulter. Wieso? War doch nichts Schlimmes!" Nun gut, keine Antwort war auch eine Antwort. Vielleicht war auch nur der Zeitpunkt falsch. Zumindest war es mir gelungen, Jupp abzulenken und ihn vom Nachfragen abzuhalten.

Der Haftbefehl war bei den vorliegenden Indizien eine reine Formsache. Wir fuhren zu dritt zur Wohnung in Oberbilk, trafen dort aber nur Frau Seboldt an. Sie gab uns die Adresse von Frings' Arbeitgeber, einem Aufbereiter für Automobilklassiker auf der Rosmarinstraße in Flingern. Während Jupp und Jutta sich zum Arbeitsplatz von Frings durchfragten, blieb ich staunend im Foyer des Ladens stehen. Traumhaft, diese alten Käfer, Bullis und deren Verwandte! Außerdem konnte ich so eine mögliche Flucht des Verdächtigen verhindern, falls er gedachte auszubüxen. Frings hatte den Kollegen wohl vom Verschwinden seiner Ziehtochter erzählt. So wunderte sich niemand über den Besuch von Polizisten. Seinem Chef teilte er mit, es gäbe neue Erkenntnisse im Vermisstenfall und er müsse mit ins Präsidium. Das stimmte ja auch im Grunde genommen. Draußen, vor dem Gebäude, übernahm Jutta wieder die Gesprächsführung. „Herr Frings, ich habe hier einen Haftbefehl für Sie. Es besteht der dringende

Tatverdacht, dass Sie unmittelbar an der Entführung von Sonja Seboldt beteiligt sind oder sie sogar zu verantworten haben. Sie werden uns jetzt ins Präsidium begleiten. Frau Seboldt hat zugesagt, für Sie eine Tasche mit Kleidung vorbeizubringen." Frings stierte uns mit vor Schreck geweiteten Augen an. Apathisch ließ er sich auf den Rücksitz fallen, wo Schmitz neben ihm Platz nahm und Jutta sich ans Steuer setzte.

Am Jürgensplatz angekommen, verbrachten wir den Verdächtigen sofort in einen Verhörraum, in dem ein uniformierter Kollege zur Sicherheit Platz nahm. Der diensthabende Staatsanwalt war bereits vor Ort und so konnten wir direkt mit der Vernehmung beginnen. Wir saßen zu dritt gegenüber Frings: Staatsanwalt Dr. Rohlfs, Jutta und ich. Schmitz war draußen geblieben und versuchte, Jepsen als Sachverständigen zum Verhör anzufordern. Jepsen war nach einer halben Stunde da und betrat mit Jupp zusammen den Raum.

Wir hatten uns in der Zwischenzeit nochmals von Frings seinen Verbleib während der fraglichen Zeiträume beschreiben lassen, in der Hoffnung, ihn bei einer widersprüchlichen Aussage zu erwischen. Aber das gelang uns nicht. Er blieb standfest bei seinen Angaben und wich davon keinen Millimeter ab. Ich sah Jutta von der Seite an und gab ihr durch ein Nicken zu verstehen, dass sie die Gesprächsführung übernehmen soll. Jutta begann: „Herr Frings, wir haben, wie Sie wissen, Ihr Notebook als Beweismittel beschlagnahmt. Unser Techniker hat dort diverse Spuren Ihrer Aktivitäten gefunden, darunter den Besuch von mindestens 20 Portalen, auf denen Videos und Fotos von Minderjährigen zu finden sind oder wo Kinder zu sexuellen Diensten angeboten werden. Was haben Sie

149

dazu zu sagen?" Frings blickte uns nacheinander an. „Ja, was meinen Sie denn, warum ich auf diesen Seiten war? Etwa, um mich aufzugeilen? ... nur wenige Stunden, nachdem Sonja entführt worden ist? SIE SIND JA VOLLKOMMEN IRRE!" Den letzten Satz hatte er laut gebrüllt, war aufgesprungen und hatte versucht, Jutta am Revers ihrer Jacke zu packen. Ich warf mich dazwischen, ergriff das Handgelenk des Hünen, verdrehte es und drückte zeitgleich auf einen Nervenpunkt zwischen Daumen und Zeigefinger, der seinen Widerstand völlig brach. Ich presste Roger Frings mit mehr Druck als nötig auf die Tischplatte und raunte ihm zu: „Jetzt ganz vorsichtig, Jungchen. Wir sind hier nicht so leicht zu packen wie die Kinder, die du ..." Ich wurde von Dr. Rohlfs unterbrochen. „Ist schon gut, Herr Oberle. Der Mann hat sich ja schon wieder eingekriegt. Ich denke, es reicht, wenn Sie ihn mit Handschellen fixieren." Frings hatte bei seiner Aktion das Aufnahmegerät vom Tisch geschleudert, wo es seinen Dienst eingestellt hatte. Zum Glück für mich, da somit meine Bemerkung zu dem Gefangenen nicht aufgezeichnet worden war. Man hätte mir Befangenheit vorwerfen können ... zu Recht, aber mir war noch nicht recht klar, warum.

Frings' Gesichtsausdruck war verzweifelt. Seine Augen waren feucht von unterdrückten Tränen. „Ich habe diese Seiten doch am Samstag das erste Mal in meinem Leben aufgesucht, das müssen Sie mir glauben. Ich will doch einfach meinen Teil dazutun, dass die Schweine, die Sonja das angetan haben, so schnell wie möglich gefunden werden. Seien Sie doch ehrlich: Sie glauben doch selbst nicht an eine Entführung wegen Lösegeld. Carmen und ich sind doch nur ganz arme kleine Würstchen. Sie ist Erzieherin, ich eine einfacher Fahrzeugtechniker. Glauben Sie, wir würden weiter in dieser kleinen Bude in Oberbilk wohnen, wenn wir uns etwas Besseres leisten könnten? Ich habe weder Sonja noch Oliver noch je irgendein anderes Kind angepackt. Niemals! Das ist überhaupt nicht meine Welt, ich stehe auf reife Frauen, an denen was dran ist ... so wie die Rothaarige, die mit ihnen auf dem Mittelalterfest gewesen ist." Ich ließ die Fingerknöchel knacken und wollte mich auf den Kerl stürzen, als Schmitz mir die Hand auf den Unterarm legte und mich ausbremste. „Nicht, Micha, mach nicht alles kaputt. Wir haben ihn, ich spüre das ...", raunte er mir zu.

Dann hellte sich das Gesicht von Roger Frings auf. „Ich war in der besagten Samstagnacht das erste Mal auf diesen Drecksseiten. Das können ihre Spezialisten doch bestimmt rausbekommen. Sie haben doch so tolle Leute bei der Polizei." Wir drehten uns zu Jepsen um. „Das ist zwar richtig, aber der Rechner bzw. die Festplatte ist erst seit acht Tagen aktiv. Es befinden sich weder im Cache noch auf ausgelagerten Verzeichnissen Dateien, die älter als acht Tage sind. Haben Sie dafür eine Erklärung, Herr Frings?", fragte der Kriminaltechniker. Der Beschuldigte sackte wieder zusammen und wisperte: „Ich hab einen Defekt im Motherboard gehabt und es bei einer Fachfirma in Hilden austauschen lassen. Da meine Festplatte eh zu klein und langsam war, habe ich auch die direkt erneuern lassen. Vielleicht haben die noch die alte Festplatte, dann können Sie meine Angaben überprüfen." Ich nahm die Adresse des Ladens auf und machte mich direkt auf den Weg. Meine Kollegen stimmten dem zu, denn sie kannten mich lange genug, um zu wissen, dass ich kurz vor dem Platzen stand.

Als ich das Vernehmungszimmer verließ, sah ich, dass Carmen Seboldt mit einer Tasche im Flur saß. Die Tür des Raumes stand lange genug auf, dass auch Frings sie entdeckt hatte. Er sprang mit einem Schrei auf und versuchte, zu ihr zu gelangen. „Carmen, ich habe Sonja nichts getan. Ich habe das alles doch nur für uns gemacht, das alles mit dem Internet.

151

Glaub mir bitte, ich liebe euch doch. Ihr seid doch meine Familie. Ich könnte euch nie etwas antun. Bitte, Carmen ... DU MUSST MIR BITTE GLAUBEN! GLAUB MIR ... CARMEN!" Dann schloss sich die Tür wieder. Ich sah die Frau an. Sie war starr vor Entsetzen. Mechanisch erhob sie sich und sagte: „Können Sie bitte dafür sorgen, dass Roger seine Tasche bekommt? Ich halte das hier nicht mehr aus. Ich muss zu meinem Kind. Und bitte sagen Sie ihm, dass er nicht mehr zu uns kommen soll." Ich riss mich zusammen. „Frau Seboldt, wir ermitteln noch. Es steht keinesfalls fest, dass Ihr Partner der Täter ist (insgeheim glaubte ich das schon). Warten Sie bitte mit Ihrer Entscheidung unsere Ermittlungen ab." Sie schüttelte den Kopf. „Ich weiß nicht mehr, was ich glauben soll. Sicher, er hat sich immer vorbildlich um uns gekümmert. Tatsache ist, dass er sogar mehr als der leibliche Vater getan hat. Aber wie ich ihn auf dem Fest erlebt habe ... dass er weg war ... dass er so reagiert hat ... und jetzt die Kinderpornoseiten. Ich weiß es nicht, aber ich möchte ihm so gerne glauben ..." Ich kannte das Gesicht der Frau eigentlich NUR tränenüberströmt, aber wer wollte es ihr verdenken? Ich brachte die Tasche in unser Büro und fuhr dann zu dem PC-Laden nach Hilden.

Dr. Rohlfs wandte sich jetzt direkt an den Inhaftierten. „Es ist schon merkwürdig, Herr Frings, dass Sie nichts unternommen haben, um Ihre Suchen im Netz zu verschleiern oder zu löschen. Ich bin mir nicht im Klaren darüber, ob das ein Anzeichen von Größenwahn oder von Naivität ist. Sie müssen doch mitbekommen haben, wie die aktuelle Rechtslage ist. Sie haben Fotos mit eindeutig kinderpornographischem Inhalt auf Ihrer Festplatte gespeichert. Das ist schlicht und ergreifend strafbar. Sie lesen doch sicher Zeitung oder hören und sehen Nachrichten? Da können Sie in der letzten Zeit doch nicht den Fall Edathy übersehen haben. Spätestens seit diesem Vorfall weiß doch jeder ..."

Frings unterbrach ihn: „Gar nichts weiß ich. Ich bin kein Kinderficker, nie gewesen. Ich habe Sonja nichts getan. Ich habe die Seiten aufgerufen, weil ich helfen wollte, weil ich die Entführer finden wollte. So, und jetzt sage ich gar nichts mehr, bis ein Anwalt da ist." Ihm wurde ein Telefon zur Verfügung gestellt und er rief den Anwalt an, der öfter im Auftrage seines Arbeitgebers tätig war. Dieser kam innerhalb einer Stunde, wurde über die Vorwürfe informiert, führte ein Vier-Augen-Gespräch mit seinem Mandanten und verlangte danach die sofortige Freilassung seines Klienten. Ein Verdacht auf Flucht oder Verschleierung würde ja wohl kaum bestehen. Dies sah der Haftrichter allerdings völlig anders und verfügte eine Untersuchungshaft. Der Verteidiger von Frings wollte dagegen zwar Beschwerde einlegen, kam damit aber nicht durch. Das Einzige, was er für Roger Frings durchsetzen konnte, war das nochmalige, heutige Besuchsrecht für seine Lebensgefährtin. Am Telefon bekniete der Verhaftete seine Partnerin so lange, bis sie nachgab und ins Präsidium kam. Ihre Unterredung fand in einem separaten Raum im Beisein eines Justizvollzugsbeamten statt. Dort versuchte der verzweifelte Mann, bei seiner Freundin Verständnis für seine Handlungen zu erreichen. Sie hörte ihm schweigend zu, entzog ihm nur ihre Hände, als er danach griff. Nachdem dies geschehen war, verstummte Frings und sie antwortete ihm: „Roger, ich weiß nicht mehr, was ich glauben soll. Es ist alles so verwirrend. In meinem Kopf dreht sich alles und ich habe solche verdammte Angst um Sonja. Gleichzeitig muss ich aber stark sein für Oliver. Und zusätzlich muss ich noch irgendwie unseren Alltag organisieren. Da ist einfach keine Kraft, keine Luft mehr für dich. Ich traue dir einfach nicht mehr, Roger. Ich kann weder sagen, dass du es warst, noch, dass du es nicht warst. Und diese Ungewissheit halte ich einfach nicht mehr aus. Wenn ich jetzt gehe, komme ich nicht wieder, verstehst du, Roger? Ich komme nicht mehr ... jedenfalls nicht eher, als bis Sonja gefunden ist, lebend oder ..." Jetzt verstummte auch sie. Frings erhob sich mit hängenden Schultern, ein gebrochener Mann. Schleppend ließ er sich in seine Zelle führen.

Währenddessen war ich auf dem Kleinhülsen in Hilden angekommen. Ich klingelte und mir wurde unmittelbar geöffnet. Ein sehr schlanker Mann mit Pferdeschwanz und John-Lennon-Brille stand an der Tür in der ersten Etage und fragte freundlich nach meinem Anliegen. Ich beschrieb den Sachverhalt und vor allem die Dringlichkeit. Ich wurde eingelassen und in einem Büro geführt, in dem ich von einer Mitarbeiterin einen Kaffee angeboten bekam. Nach einer Viertelstunde kehrte der Mann zurück. „Tut mir leid, Herr Kommissar. Ich hatte zwar gehofft, das Teil wäre noch in unserem Bestand, aber wir haben vergangene Woche alle unverkäuflichen Teile zu unserem Verwerter gebracht, der sie direkt geschreddert hat. Die Festplatte dürfte jetzt in tausend Einzelteilen auf dem Weg nach Indien zur Wertstofftrennung sein."

Da ich nur drei Kilometer von meiner Wohnung entfernt war, rief ich im Präsidium an, ließ mich mit Jupp verbinden und teilte ihm das Ergebnis meiner Recherche mit sowie die Stelle, wo ich die Tasche für Frings deponiert hatte. Jupp merkte an: „Mach mal Ruhe, Alter. Ich denke, du kannst jetzt eine kleine Auszeit gut brauchen. Wir machen das hier schon. Bis morgen!" Ich fuhr nach Hassels und ließ mich in der Wohnung in meinen Sessel fallen. Aus unerfindlichen Gründen war ich heute sowas von durch den Wind. Was war das, was die Fotos von den jungen Mädchen bei mir ausgelöst hatten? Und meine Aggression gegenüber Frings? Stand er für mich schon als Täter fest?

Ich dämmerte ein wenig ein. Unruhig wälzte ich mich hin und her und versuchte dem Traum zu entkommen. Schweißgebadet wachte ich auf. DAS war völlig anders als meine Alpträume aus dem Koma. DAS war so real ... Moment, real? DAS WAR REAL. DAS war es, was meine Reaktion beim Anblick der Fotos ausgelöst hatte. Hektisch griff ich nach dem Handy und rief Sarah an. Sie hatte zum Glück Zeit und kam direkt zu mir.

Wir saßen auf der Couch nebeneinander. Spaßeshalber hatte sie vorgeschlagen, ich solle mich hinlegen und den Kopf in ihren Schoß legen. Zu ihrer Überraschung folgte ich der Anregung und streckte mich aus. Sie streichelte meinen Kopf, was ich aber als störend empfand. Und dann begann ich meine Beschreibung: „Es war Ende der sechziger, Anfang der siebziger Jahre gewesen. Mein Vater hatte eine Kur bewilligt bekommen und meine Mutter und ich durften ihn begleiten. Wir waren in einer Ferienwohnung außerhalb der neurologischen Fachklinik in Hessisch Oldendorf untergebracht und Mama hat Vater jeden Tag zu seinen Behandlungen dorthin begleitet. Ich hatte dort keinen Anschluss an andere Kinder. Ich war so neun oder zehn Jahre alt. Also bin ich mitgegangen und hab dort in der Bibliothek viel gelesen. Dann bin ich von einer Pflegerin angesprochen worden, ob ich nicht Lust hätte, mich ein wenig um einen gleichaltrigen Jungen zu kümmern, der mehrfachbehindert war. Er saß im Rollstuhl, konnte nicht reden und war Spastiker. Ich hab gefragt, was ich denn mit dem machen sollte. Sie fragte mich, was ich denn sonst mit meinen Freunden unternähme. Nun, Agentenspiele, mit meinen Cowboy- oder Ritterfiguren etwas spielen, lesen usw. Ja, dann mach doch genau das mit ihm, war ihre Antwort. Du wirst bemerken, was ihm gefällt. Und keine Angst, wenn er sabbert, dann freut er sich einfach riesig. Also fuhr ich den Jungen in seinem Rollstuhl durch den Park der Klinik. Wir verfolgten andere Spaziergänger, da wir

Agenten waren und diese ausländischen Spione beschatten wollten. Oder ich guckte mit ihm meine Asterix-Comics an oder las ihm aus Karl May Büchern oder Perry Rhodan Heften vor."

Heiser geworden, nahm ich einen Schluck Saft und fuhr fort. „Nach drei oder vier Tagen war ich fast sowas wie lebendes Inventar der Klinik. Weißt du, ich stamme ja noch aus der Generation, wo man dazu erzogen wurde, zu Erwachsenen, und sei es Fremden, besonders höflich und hilfsbereit zu sein. Erst recht, wenn sie behindert waren. Also dachte ich mir auch nichts dabei, als ich von einem alten Rollstuhlfahrer gebeten wurde, ihn eine Rampe hochzuschieben. Man war ja so erzogen. Dann holte ich ihm mal einen Kaffee aus der Kantine oder eine Zeitung vom Kiosk. Das war alles für mich selbstverständlich." Ich stockte und Sarah ließ mir Zeit, meine Gedanken zu ordnen. Sie spürte, dass ich jetzt zum Kern der Sache kommen würde.

„Dann, es muss nach einer Woche gewesen sein, traf ich wieder auf den alten Rollstuhlfahrer. Er sagte, es gehe ihm nicht gut und bat mich, ihn in sein Zimmer zu bringen. Logisch, hab ich gemacht. Ich half ihm aus dem Rollstuhl aufs Bett, ich half ihm die Jacke auszuziehen, ich half ihm bei seiner Turnhose … nur darunter war er nackt. Er hatte das alles geplant und in diesem Augenblick packte er mich am Handgelenk. Ich war wie erstarrt. Ich hatte zwar meinen Vater schon nackt gesehen, unter der Dusche und so, aber das hier war doch was ganz anderes. Er redete auf mich ein: ich sei doch schon groß und hätte sowas doch schon mal gesehen. Ich schwieg. Dann fragte er, ob ich denn sowas, damit zeigte er auf seinen dicken, schlaffen Schwanz, schon mal in der Hand gehabt habe. Ich hab dann wohl den Kopf geschüttelt. Da hat er mit der freien Hand - mit der anderen hielt er mich ja fest - am anderen Arm gepackt und dann seinen Schwanz mit meiner Hand gestreichelt. Da tat sich ja nichts, der Kerl war doch querschnittsgelähmt. Das schien ihm dann nicht mehr zu reichen und er packte mich am Nacken und presste meinen Mund auf und steckte mir sein Ding in den Hals. Dann hat er meinen Kopf auf und ab bewegt. Währenddessen hat er auch die Hand in meinem Nacken gewechselt, damit er mir in die Hose fassen konnte, erst an meinen Pimmel, dann an meinen Hintern. Zum Schluss hat er noch den Finger ganz reingeschoben. Ich hab mich sowas von geekelt. Aber ich war starr vor Angst."

Ich hatte bemerkt, wie Sarah sich im Verlauf meiner Beschreibung des Vorfalls immer mehr versteift hatte. Es wäre an der Zeit gewesen nachzufragen, was los sei, aber ich musste das Ganze jetzt loswerden. „Irgendwie ist es mir dann doch gelungen, mich aus seinem Griff zu winden. Du weißt ja, Rollstuhlfahrer und Krückengänger haben eine erschreckend hohe Handschlusskraft. Er hat mir dann noch nachgerufen, dass ich niemand etwas davon sagen dürfte. Ich wäre selbst dran schuld und hätte doch mitgemacht. Seit diesem Ereignis habe ich mich geweigert, die Reha-Einrichtung noch einmal zu betreten. Es gab einen Riesenkrach mit meinen Eltern. Ich bin nur selten geschlagen worden, aber meine Mutter hat damals einen Kleiderbügel auf meinem Hintern zerkloppt. Ich habe kein Wort gesagt. Es gab jede Menge Strafen: Fernsehverbot, Stubenarrest, ich musste alleine essen. Es hat ihnen nichts genutzt, ich schwieg weiter. Denn ich hielt MICH für schuldig, das hatte das Schwein doch gesagt."

Sarah hatte wieder begonnen, meinen Kopf zu streicheln. Jetzt ließ ich es geschehen und da von ihr kein Kommentar kam, brachte ich meine Erzählung zu Ende. „Ich habe nun fast 40 Jahre nicht an den Scheiß gedacht. Es war vollkommen weg, nicht existent. Vergraben irgendwo in einer Ecke meines Unterbewußtseins. Und heute, als ich die Fotos von den Kindern sah ... wie eine Hand im Nacken eines Mädchens diese zum Oralverkehr zwang ... da war das wie eine Jalousie vor meinem geistigen Auge. Alles war wieder da, völlig präsent, wie eine DVD, die man einschaltet. Kann das sein, dass man so ein Erlebnis so völlig verdrängen kann?"

Sarah schwieg noch immer. Ich sah zu ihr hoch und blickte in ihr sorgenvolles Gesicht. „Weißt du, von wie vielen meiner Patienten ich vergleichbare Geschichten gehört habe? Manchmal frage ich mich, ob es überhaupt ein Kind gibt, das NICHT sexuell missbraucht wurde. Nee, Quatsch, ich weiß, aber das ist so entsetzlich, teilweise mit so katastrophalen Folgen. Aber um deine Frage zu beantworten: ja, der menschliche Verstand ist zu unglaublichen Verdrängungsmechanismen in der Lage. Es ist eine Art Selbsterhaltungstrieb, wie beim Kreislauf, der einfach abschaltet, wenn die Belastung zu groß wird. Um bei diesem Bild zu bleiben: wenn das System wieder hochgefahren wird, kann es sein, dass der ganze Cache, in Falle des Gehirns das Kurzzeitgedächtnis, scheinbar gelöscht ist. Aber zumindest in Fragmenten ist noch alles vorhanden, nur eben als zu schmerzhaft beurteilt und damit weggeschlossen. Es ist durchaus mit einer retrograden Amnesie vergleichbar." Ich unterbrach sie: „Jetzt komm mir aber bitte nicht mit dem blöden Satz: gut, dass du darüber sprichst – das hilft bei der Aufarbeitung – das aktiviert die Selbstheilungskräfte des Verstandes. Ich habe fast 40 Jahre gut damit gelebt, mich NICHT an diese Scheiße zu erinnern ... und ich bin weder Serienmörder oder Kinderschänder oder sonst was geworden."

Sarah legte ihre Hand beschwichtigend auf meine Brust. „Ruhig, mein Lieber, das wollte ich dir auch gar nicht vorschlagen. Weißt du, es gibt sogar neuere Untersuchungen, die belegen, dass nach so schrecklichen Erlebnissen die Gesprächstherapien die Anzahl der posttraumatischen Belastungsstörungen sogar erhöhen. Ich denke, man sollte nach dem Grundsatz handeln: zuerst einmal nicht schaden. Und wenn sich keine Auffälligkeiten zeigen oder Gesprächsbedarf angemeldet wird, warum daran rütteln?"

Wir verbrachten den Abend bei einem Glas Wein auf der Couch. Sarah blieb über Nacht bei mir und wir unterhielten uns im Bett noch mehrere Stunden wie ein altes Ehepaar. Mein Gott, tat mir das gut!

In der Nacht jedoch schreckte ich hoch, gemartert von einem meiner Koma-Alpträume und von Schmerzen in meinem Bein, die wie Höllenfeuer brannten. Leise schlich ich mich ins Bad, kramte in einer versteckten Ecke einer Schublade und zog eine kleine Flasche mit einer durchsichtigen Flüssigkeit hervor. Eine Flasche Dipidolor, ein Opioid für den absoluten Notfall. Und den sah ich jetzt gekommen. Zitternd zog ich eine Einmalspritze auf, suchte nach einer Vene und traf sie mit einiger Mühe. Dann ließ ich die Utensilien wieder in der Schublade verschwinden und taumelte ins Bett. Das flüssige Opium hatte eine extrem kurze

Wirkungsverzögerung, sodass ich es gerade noch ins Bett schaffte. Während ich langsam wegdämmerte, hörte ich wieder lachende Kinderstimmen, denen ein heller Todesschrei folgte. Dabei sah ich schemenhaft zwei Jungen, die am Fuße des Bettes standen. Beide trugen altmodische Sommerkleidung aus den 70ern und streckten bittend ihre Hände nach mir aus. „Scheiß-Drogen", war mein letzter Gedanke.

Kapitel 10

Jan Poulsen hatte zwei Tage mit sich gerungen, ob er diesen Schritt wirklich würde gehen wollen. An diesem Morgen griff er entschlossen zum Telefon und wählte die zentrale Nummer des Polizeipräsidiums. Von dort ließ er sich mit dem Sekretariat von Kriminaloberrat Werner Richter verbinden. Er erklärte sein Anliegen und war einigermaßen erstaunt, dass er noch für den gleichen Tag einen Termin bekam.

Er war doch etwas nervös, als er vor dem Büro des Leiters der Kriminalinspektion 1 saß. Richter bat ihn persönlich in seinen Raum und bot ihm einen Kaffee an. „So, Herr Poulsen, Sie haben mich natürlich mit Ihren Andeutungen am Telefon neugierig gemacht. Aber neugierig ist vielleicht das falsche Adjektiv. Besorgt trifft es wohl besser. Einseitige Ermittlungen, das ist schon ein starker Vorwurf. Womit begründen Sie dieses Statement?" Poulsen beschrieb seine Recherchen genau, bezog sich auf die Ereignisse der Vergangenheit, zog Parallelen, verwies auf die Attacke durch einen vermeintlichen Polizisten und schloss mit den Worten: „Insofern glaube ich, dass Ihre Ermittler falsch liegen. Ich will einfach verhindern, dass der oder die wahren Täter entkommen oder gar ein weiteres Kind zu Schaden kommt."

Richter hatte zugehört, ohne den Reporter zu unterbrechen, und sich einige Notizen gemacht. „Das, was Sie mir gesagt haben, werde ich überprüfen, Herr Poulsen, das zumindest kann ich Ihnen versichern.

Aufgrund der Tatsache, dass Sie zunächst zu mir gekommen sind und Ihre Vermutungen, ich betone VERMUTUNGEN, geäußert haben, gehe ich von Ihren lauteren Absichten aus. Ansonsten dürften Sie jetzt einem Telefonat zwischen mir und ihrem Chefredakteur oder Verlagsleiter zuhören. Und glauben Sie mir, das wäre nicht schmeichelhaft geworden. In diesem Land ist die Gewaltenteilung eindeutig geregelt und die Landesbehörden, sprich Polizei, haben die Gewalthoheit, also das Recht zur Strafverfolgung. Wenn SIE im Rahmen ..." Poulsen fuhr aufgebracht dazwischen: „Wollen Sie mir etwa einen Maulkorb anlegen? Haben Sie schon mal was von Pressefreiheit gehört?" „Herr Poulsen, ich habe mir ruhig Ihren Vortrag angehört. Besitzen Sie bitte so viel Anstand, mir das gleiche Recht zuzugestehen. Also, vor allem wegen des ... ja, wie nennen wir das jetzt? ich sage mal, Überfalls durch eine als Ordnungshüter verkleidete Person, werde ich massiv einschreiten. Es kann nicht angehen, dass hier jemand als Polizist kostümiert rumrennt und Bürger bedroht. Allein dieser Willkürakt beinhaltet mehrere Straftaten nach dem StGB. Und bevor Sie mit dem Thema Korpsgeist kommen: sollte sich herausstellen, dass sich hinter der Tat ein echter Polizist verbirgt, sorge ich dafür, dass er fliegt und seine Pensionsansprüche verliert. Ich gehe sogar weiter. Ich werde persönlich Strafanzeige gegen den Mann erstatten, sollte er aus unseren Reihen stammen."

Poulsen hatte sich einigermaßen beruhigt. Erwartungsvoll blickte er Richter an. „Was ich aber in keinem Falle tun werde, ist mich in die Ermittlungsweise meiner Beamten einmischen. Oberle und Schmitz sind sehr erfahrene Ermittler und ich habe vollstes Vertrauen in deren Fähigkeiten. Dieses Team hat eine der höchsten Aufklärungsquoten aller Kommissariate im Bereich des Polizeipräsidiums Düsseldorf. Wenn Sie also erwartet haben, dass ich die Kollegen maßregle, muss ich Sie freudigen Herzens enttäuschen. Haben wir uns in diesem Sinne verstanden, Herr Poulsen? Ansonsten ... ich finde Ihr Engagement aller Ehren wert."

Der junge Journalist war emotional hin- und hergerissen. Einerseits empfand er sich als getadelt, andererseits wurde seine Arbeit anerkannt. So entschied er sich für eine nüchterne Verabschiedung und verzichtete auf ein weiteres Nachtreten. Er würde sich mit Gaby austauschen und ihre Meinung abwarten.

Richter rief im KK 11 an. „Herr Oberle, Herr Schmitz, bitte sofort zu mir. Ich habe Klärungsbedarf." Wir wunderten uns ein wenig über den Ton, kamen dieser „Befehl-Bitte" aber direkt nach. Unser Chef bot uns Platz an, machte für jeden einen Espresso in seiner heißgeliebten DeLonghi und ließ sich auf den dritten Stuhl an der Besuchergruppe plumpsen. „So, Jungs, wem seid Ihr bei der RP auf die Füße getreten?" Wir schauten uns verwundert an. „Niemandem. Wieso?" „Weil ich eben Besuch von einem Herrn Jan Poulsen hatte, der sich bitter über Ihre angeblich einseitige Ermittlung beschwert hat und ..." Aus Jupp platzte heraus: „Dat Jipsjesicht, dä Schwaadlapp. Wat hätt de Sabbelschnüss denn jesaht?" Richter trug die uns bereits bekannten Informationen vor. Ich hielt dagegen: „Herr Richter, ich muss ganz sicher nicht Ihnen gegenüber die Kriminalstatistiken der letzten Jahre sowie die Profiling-Ergebnisse der LKA NRW, Bayern und Niedersachsen zitieren. Demnach finden sich die Täter in Missbrauchsfällen in über 90% aller Fälle im engsten sozialen Umfeld, zumeist Familie oder engster Freundeskreis. Es ist also sachlogisch, vorrangig in dieser Richtung zu ermitteln. Wir verbitten uns jedoch von jeder Seite den Vorwurf, wir würden einseitig ermitteln. Im Fall der Svetlana Gribowsky haben wir bislang keine Indizien aus dem familiären Umfeld ermitteln können, da Vater und Mutter einwandfreie, durch Zeugen belegte Alibis haben. Aus diesem Grund haben wir die Nachforschungen auf den erweiterten Kreis ausgedehnt: Schule, Vereine, erwachsene Freunde der Familie. Reicht Ihnen das zunächst als Zwischenstand?" Richter antwortete: „Danke für die Lehrstunde in Ermittlungstaktik, Herr Kollege. Was mich stört, ist die Überheblichkeit ...'" Jetzt riss auch mir der Geduldsfaden. „Ich bin nicht überheblich! Mich kotzt nur die Einmischung von Dilettanten an, die ihr Wissen aus amerikanischen Krimiserien beziehen. Zwei Staffeln CSI-Scheiße, und jeder Volltrottel hält sich für einen Pathologen oder Forensiker. Ich bin es einfach leid, für jeden Arsch der Prellbock zu sein, an dem er sein Mütchen kühlen kann."

Richter hatte sich erhoben. „Kommen Sie runter, Oberle. Sonst handeln Sie sich noch einen Herzkasper ein. Ich habe nur die Feststellungen des Mannes wiedergegeben. Sie sind nicht MEINE Meinung. Wenn Sie mir versichern, dass an den Vorwürfen nichts dran ist, dann ist der Fall für mich erledigt, o.k.?" Ich hatte mich ein wenig beruhigt, der Druck war vom Kessel weg. „So, und jetzt schnappen wir uns mal diesen komischen Musiklehrer. Und wehe, der ist nicht zuhause. Ich habe jetzt so richtig Bock, jemand zusammenzuscheißen." Im Rausgehen rief uns Richter nach: „Bitte nur im durch die Dienstvorschriften abgesicherten Rahmen, meine Herren!" Jupp und ich machten das Daumen-hoch-Zeichen und schoben ab.

Poulsen saß wieder in den Redaktionsräumen der RP in den Schadowarkaden. Es fiel ihm schwer, sich auf den Beitrag zu konzentrieren, den er unbedingt fertigbekommen musste. Er hatte versucht, sich vor dem Thema zu drücken, aber da alle anderen Kollegen und Kolleginnen bis über die Hutschnur voll mit Aufträgen waren, war die Sache an ihm kleben geblieben. Reinardy hatte noch gewitzelt: „Da können Sie doch großartig unter Beweis stellen, dass Sie es auch im Bereich Feuilleton richtig drauf haben." Feuilleton ... wenn er das schon hörte! Als ob die von Tauben bekackten, von miesen Sprayern mit „Tags" versehen und künstlerisch wertlosen Betonklötze auf dem Gustaf-Gründgens-Platz etwas mit Kultur zu tun hätten! Mühsam saugte er sich Wort für Wort einen Artikel zum Streit zwischen dem Landschaftsverband Rheinland und der Stadt aus den Fingern. Da kam Gaby an seinen Platz und brachte ihm eine Tasse schwarzen Tee mit.

Jan war froh über diese willkommene Unterbrechung und schilderte ihr den Besuch im Präsidium. „Da bist du ja eigentlich ganz gut weggekommen. Richter habe ich auch als sehr umgänglichen Mann kennengelernt, der sich um ein gutes Verhältnis zu den Medien bemüht. Vielleicht hast du dich auch nur im Ton vergriffen, dass er dich so angepfiffen hat." Wie war die denn drauf? Die hat mir doch selbst den Rat gegeben, mich direkt an den Chef von Oberle zu wenden, dachte er bei sich. Missmutig machte er sich wieder an die ungeliebte Arbeit, als sein Handy klingelte. Er sah auf das Display. Unterdrückte Rufnummer! Vermutlich wieder so eine Meinungsumfrage – dabei waren die doch schon lange verpflichtet, ihre Rufnummer preiszugeben. Entsprechend rüde meldete er sich. Ihm antwortete eine völlig unbekannte Stimme: „Herr Poulsen, Sie sind doch an der Sache mit der toten Kleinen in Himmelgeist dran, nicht wahr?" Jan bestätigte. „Dann habe ich was für Sie. Akten,

Tonbandmitschnitte, sogar zwei Videos. Ich habe sogar die Klarnamen der abgebildeten Personen. Dahinter steckt ein Riesending, das sich nicht nur auf Düsseldorf beschränkt. Haben Sie Interesse oder soll ich damit lieber zur BILD gehen?"

Jan schwankte zwischen Zweifel und Hoffnung. Es konnte sein, dass sich hinter dem Anruf wieder der oder die Typen verbargen, die ihm schon den falschen Polizisten auf den Hals geschickt hatten. Andererseits: was wäre, wenn er aus dieser Quelle die harten Fakten bekommen würde, um einen Kinderporno-Ring auffliegen zu lassen? Professionelle Neugier und auch Ehrgeiz gewannen die Oberhand und er stimmte einem informativen Treffen zu. Nachdem er aufgelegt hatte, überlegte Jan, ob er Gaby mit ins Vertrauen ziehen sollte. Er entschied sich dagegen. So, wie sie sich eben verhalten hatte, war er nicht bereit, sie an dem potentiellen Rechercheerfolg zu beteiligen. Seine Vorsicht riet ihm jedoch, irgendeine Sicherung einzubauen. Da er niemanden einweihen konnte oder wollte ... aber Moment! Einen hatte er doch, auch wenn der vor Ort nicht verfügbar war. Walter Gronimus! Er würde heute etwas früher Schluss machen und in seiner Wohnung ein PDF mit seinen gesamten Untersuchungsergebnissen erstellen. Dieses würde er mit einem Passwort schützen, auf das Walter leicht kommen würde. Danach könnte er zum Treffen mit dem unbekannten Informanten aufbrechen. Welches Losungswort hatte der Mann als Kennzeichen genannt? Kastanie? Wie schräg war der denn drauf? Den genauen Treffpunkt wollte der Unbekannte ihm im Laufe des Nachmittags per Whatsapp mitteilen.

Ich war nicht sauer ... ich war total angepisst! Unser Besuch beim Haus des Musiklehrers der Ermordeten, diesem Giordano, war erneut erfolglos gewesen. Wir hatten ihn telefonisch nicht erreicht, auf unser Klingeln und Klopfen wurde nicht reagiert. Wir hatten auch bei den direkten Nachbarn und den daneben liegenden Häusern geklingelt und nachgefragt, aber niemand wusste etwas über den Verbleib des Mannes. Außer neugierigen Blicken und Fragen war nichts dabei rausgekommen. „Fahndung?", fragte Jupp und ich nickte. Wieder am Jürgensplatz angekommen, veranlassten wir alles Notwendige. Ab sofort war dem Mann das Verlassen des Landes zumindest per Flugzeug unmöglich gemacht – ein schwacher Trost. Durch die Regelungen des Schengener Abkommens konnte der bereits wer weiß wo in Europa sein, ohne dass wir davon Wind bekommen würden. So sehr ich es schätzte, dass ich in Venlo meine Pommes und Frikandel ohne Wartezeit an den Grenzstationen genießen konnte – in Momenten wie diesen hasste ich die internationale Freiheit.

Es klopfte an der Tür und Jutta trat ein. „Wollt ihr dabei sein, wenn ich Frings jetzt noch einmal befrage? Jepsen hat noch etwas gefunden. Er hat auf einer Plattform eine „Artikelsuche" eingegeben. Das könnte für Frings' Version sprechen, kann aber auch reine Verschleierungstaktik sein. Mir wäre es lieb, wenn ihr ihn bei dem Verhör beobachten könntet." Natürlich stimmten wir zu und begleiteten unsere Kollegin. Wir setzten uns schweigend in den Hintergrund, um das Verhalten des Inhaftierten zu beobachten und zu analysieren. Die Kommissarin konfrontierte Frings mit den neuen Erkenntnissen. „Herr Frings, Sie haben eine Suchanzeige auf dem Portal www.my-private-pet.ru aufgegeben. Das Mädchen, das Sie dort suchen, entspricht den Parametern Ihrer Ziehtochter. Reicht Ihnen das eine Kind nicht? Suchen Sie eine kleine Spielgefährtin für Sonja? Oder treiben Sie es gerne gleichzeitig mit zwei von den jungen Dingern?" Die

Härte und der Tonfall von Juttas Stimme waren völlig neu für mich. Was für ein knallharter Bulle die Frau meines Freundes doch war!

Frings empörte sich: „Ja, aber erkennen Sie es denn nicht? Genau das unterstreicht doch meine Unschuld. Dies ist doch der Beweis, dass ich nach Sonja suche. Weshalb sollte ich denn sonst sowas tun? Bitte, Frau Kommissarin, Sie MÜSSEN mir glauben. Ja, sind hier denn alle wahnsinnig geworden?" Jutta schüttelte den Kopf. „Den einzigen Wahn, den ich hier erkenne, ist der, der sich in der Entführung eines zwölfjährigen Mädchens manifestiert. Dieses Kind hat Ihnen vertraut, Sie waren eine Art Vater für sie. Wieso haben Sie ihr das dann angetan? Und vor allem: wer ist Ihr Komplize? In dieser kurzen Zeit konnten Sie Sonja unmöglich in ein Versteck bringen. Wir haben die ganze Umgebung des Schlosses mehrmals gründlich abgesucht. Nichts! Und wenn Sie Sonja etwas angetan hätten, dann wäre die Leiche unmittelbar von unseren Leichensuchhunden entdeckt worden. Das fällt also auch weg. Wer ist Ihr Partner bei der Entführung gewesen? Wo ist das Kind versteckt?"

Frings raufte sich die Haare, blickte wie wild nacheinander zu uns dreien und zu dem Uniformierten, der in der Ecke des Raumes saß. Dann brüllte er: „ICH HABE SONJA NICHT ENTFÜHRT! ICH WEISS NICHT, WO SIE IST! ICH WÜRDE MEIN LEBEN GEBEN, WENN SIE DADURCH FREIKÄME!" Jetzt war Jutta Schäfers Stimme sanft, beruhigend, wie die eines Freundes. „ Roger .. ich darf Sie doch Roger nennen? Roger, ich will Ihnen zugestehen, dass Sie in keinem Falle wollen, dass dem Mädchen etwas passiert. Wenn Sie tatsächlich keinen Helfer hatten, dann bedeutet das, dass Sonja jetzt alleine in ihrem Gefängnis steckt. Wie lange, glauben Sie, kann sie das überstehen – ohne Nahrung, ohne Flüssigkeit, möglicherweise je nach Art des Verstecks auch ohne Luft? Mit jeder Stunde, die Sie länger schweigen, erhöht sich die Gefahr für das Leben Ihrer Ziehtochter, Roger. Ist es wirklich das, was Sie wollen? Was geschieht, wenn Ihr Komplize die Nerven verliert? Vielleicht hat Sonja ihn gesehen oder sie kennt ihn möglichweise sogar! Dann ist die Gefahr noch größer, dass er sie aus Angst vor Entdeckung tötet. Oder haben Sie mehr als einen Mittäter? REDEN SIE, ROGER!" „ICH HABE ES NICHT GETAN ... ich ... ich will ... doch nur, dass sie nach Hause kommt ... zu uns ... zu mir!" Frings war zusammengebrochen und schüttelte sich in Heulkrämpfen. Ich flüsterte: „Das bringt nichts mehr. Der ist fertig für heute. Lassen wir ihn zur Ruhe kommen. Gibt's was Neues von seinem Anwalt?" Frings wurde von dem Justizvollzugsbeamten aus dem Raum in seine Zelle geführt. Jutta erwiderte: „Der tobt und schäumt vor Wut und reicht eine Beschwerde nach der anderen ein. Aber der Haftrichter bleibt standhaft. Der wird keinen Millimeter von der Spur abweichen. Weißt du, warum? Seine Enkelin ist auch missbraucht worden, von einer Erzieherin in der Kita."

In welch einer kaputten Welt lebten wir eigentlich?

David Lessing und sein menschlicher Schatten, der Bodyguard Ramon Murillo, saßen gelangweilt an einem kleinen Ecktisch im Café Maushagen. Nicht zum ersten Mal wunderte sich der Unternehmer über das an sich so geschmackvoll eingerichtete Etablissement und dessen bunt zusammengewürfelte Bestuhlung. Ramon hatte einmal den Vergleich mit einer Sperrmüllmöblierung gezogen, aber das wäre aus Lessings Sicht doch ein wenig zu hart.

Wie immer hatten sie einen Tisch gewählt, bei dem der Boss, wie Lessing sich gerne nennen ließ, mit dem Rücken an der Wand saß. Murillo saß zu seiner Linken, damit dieser als Linkshänder immer sofort seine Waffe frei in Richtung eines potentiellen Angreifers richten konnte ... oder sich aber vor seinen Arbeitgeber werfen konnte. Beide aßen genussvoll ihr Stück Pariser Apfeltorte und schlürften ihren Milchkaffee, wobei Murillo immer wieder sichernd über den Tassenrand den Raum im Auge behielt. Er war nervlich so angespannt, dass er bei jedem neu eintretenden Gast herumfuhr und instinktiv die Hand zur Waffe gleiten ließ. „Ruhig, Ramon, mein Bester, er ist doch erst fünf Minuten über der Zeit. Und glaub mir, ich kenne Winzer lange genug um zu wissen, dass er nicht die Eier für einen Anschlag hat." Murillo nickte, änderte aber weder Verhalten noch den grimmigen Gesichtsausdruck.

Da öffnete sich die Tür des Cafés und ein Mann in den 60ern trat ein, eine unauffällig edle Erscheinung. Er blickte sich um, entdeckte die beiden und näherte sich mit schnellen Schritten. Der Mann nahm unaufgefordert am Tisch Platz und orderte per Zuruf eine Wiener Melange. Erst als diese serviert worden war, begann er das Gespräch. „Ich habe noch einmal mit Holger gesprochen. Er ist sich sicher, dass Poulsen auf Spur gebracht ist. Es wird nicht nötig sein, härter gegen ihn vorzugehen." Lessing setzte die

Tasse ab. „Pass auf, Winzer! Das Einzige, was mich interessiert, ist, ob jetzt Ruhe ist oder nicht. Ist unser Mann bei der Aktion erkannt worden? Kann der Bengel ihn identifizieren?" Winzer schluckte schwer. „Ich weiß nicht, es sei sehr dunkel gewesen, meinte Holger. Aber wie gesagt, er ist sicher, dass unsere Botschaft verstanden wurde."

„Wir können uns nicht erlauben, dass er tiefer einsteigt und auf Namen stößt ... sofern er das nicht schon längst getan hat. Dann müssen wir also nachdrücklicher werden. Warum hat das eigentlich nicht dieser Beamte schon für uns erledigt? Ich meine, wir zahlen ihm doch schließlich genug und das seit Jahren. 2.000 pro Monat sind schließlich kein Pappenstiel." Winzer zog zweifelnd die Schultern nach oben und blickte unschlüssig von Lessing zu Murillo und zurück. „Ja ... aber ... was nun, David? Wie gehen wir weiter vor?" Der Angesprochene seufzte. „Na, wie wohl? Wenn es hart auf hart geht, hat doch keiner von euch Luschen den Mut durchzugreifen. Ja, in euren Betrieben, da seid ihr die großen Zampanos, da spielt ihr den Chef. Aber wenn es dreckig wird, wenn die Kacke am Dampfen ist, dann muss ich immer wieder ran. Na gut, sei's drum, ich werde die Sache mal wieder in die Hand nehmen. Aber DANACH werden wir uns dringend zusammensetzen und über eine Neuverteilung der Erlöse reden. Und macht euch keine Hoffnungen: es wird weder schön noch wird es eine lange Diskussion geben. Ich hoffe, das ist zumindest dir klar, Winzer?" Dieser nickte heftig und wollte sich erheben. „Moment, mein Freund, DU hast um das Gespräch gebeten. Daher übernimmst du auch die Zeche. Wir hatten zwei Stücke Torte und zwei Milchkaffee!" Murillo erhob sich, taxierte den Raum sowie den Eingangsbereich, nickte und die Männer verließen das Café, mit Gesten anzeigend, dass der am Tisch Verbliebene die Rechnung übernehmen würde.

171

Die Parksituation in Derendorf war schon immer kompliziert gewesen, aber das hatte Lessing noch nie interessiert. Wie schon so oft zuvor, hatte Ramon den Maybach auch bei diesem Termin direkt vor einer Toreinfahrt auf der Jülicher Straße geparkt. Aus einem Fenster im Hochparterre schaute ein mürrisch dreinblickender alter Mann, dessen Miene sich sofort aufhellte, als er die beiden Männer auf den Wagen zugehen sah. Er richtete sich auf, zog seinen Cordhut vom Kopf und grüßte. Lessing nickte Ramon zu und dieser trat an das Fenster und reichte dem Alten einen 20-Euro-Schein hoch, was ihm bei einer Körpergröße von 2,05 m problemlos gelang. Der Senior grinste zahnlos und katzbuckelte noch einige Male, obwohl der Maybach bereits abgefahren war.

„Zuerst nach Hause, Ramon, ich will noch ein paar Unterlagen durchsehen und dann wegen der Projekte in Berlin telefonieren. Wir ziehen uns noch schnell um und treffen uns dann mit dem Bengel." Der Fahrer nickte schweigend und wählte die Route über die B8, die an diesem Freitagnachmittag sicher leerer war als die Zufahrt zur Autobahn. Die Villa seines Chefs am Blumenweg lag ein gutes Stück entfernt von der Hauptstraße und war auf der einen Seite durch ausgedehnte Felder, auf der anderen durch eine extra angepflanzte große Zypressengruppe nicht einsehbar. Auf einen Funkbefehl schob sich das schmiedeeiserne Tor beiseite und gab die Zufahrt frei. Der Wagen wirbelte eine leichte Staubwolke auf und kam dann vor dem Portal zum Stehen.

Lessing zog sich in sein Arbeitszimmer zurück und sein Bodyguard bereitete alles für den Abend vor. Es war nicht das erste Mal, dass er seinen Chef auf eine heikle Mission begleitete und er war es gewohnt, sich gründlich vorzubereiten. Seine Erfahrungen aus militärischen Einsätzen im Kossovo, Irak und Afghanistan hatten ihn Härte gelehrt und die Bedeutung der Abwägung unterschiedlicher Szenarien. Daher packte er neben der Glock 17 mit einem entsprechenden Schalldämpfer auch noch sein Lieblingswerkzeug für schmutzige Einsätze ein. Er saß an seiner Werkzeugbank, die er sich in seinem Apartment im Souterrain des Hauses aufgebaut hatte. Die Erinnerungen kamen hoch bei der Berührung der massiven, aber schon deutlich abgenutzten Holzgriffe mit der hauchfeinen, nahezu unzerreißbaren Klaviersaite. Murillo sah sich selbst, mit geschwärztem Gesicht, an Deck eines riesigen Frachters, der vor der Küste Somalias von Piraten aufgebracht worden war. Sein damaliger Arbeitgeber, Global Security, hatte den Auftrag bekommen, das Schiff zu „säubern". Eine Intervention durch die offiziellen NATO-Truppen, die mit ihren Schiffen die Routen sichern sollten, kam aufgrund der etwas „indifferenten" Fracht nicht in Frage. Er und weitere acht Söldner hatten sich dem Schiff mit Speedbooten genähert und es bei Nacht geentert. Der Auftrag war klar gewesen: sämtliche Piraten waren zu eliminieren und jeglicher Hinweis auf deren Anwesenheit zu beseitigen. Etwaiges renitentes Schiffspersonal sollte ebenfalls den Weg zu den Fischen nehmen. Murillo war der Kommandoführer gewesen und spürte noch heute gelegentlich die Erregung, die er damals empfunden hatte. Sie hatten erst drei der sechzehn Piraten ausgeschaltet und nun war es erforderlich, geräuschlos auf die Kommandobrücke zu kommen. Leichter gesagt als getan, denn der einzige Zugang wurde durch zwei schwer bewaffnete und vor allem sehr aufmerksame Männer bewacht. Durch Zeichensprache hatte sich Ramon mit seinem Stellvertreter verständigt. Der Rest der Truppe sollte versteckt bleiben, während die beiden Söldner den Job erledigen wollten. Treskow, Murillos Freund und Stellvertreter, war näher geschlichen und hatte seine mit Nachtsichtgerät und Schalldämpfer ausgestattete Waffe in Anschlag gebracht. Er würde den Linken übernehmen, Murillo den Rechten. Nahezu zeitgleich gaben sie ihre

Doubletten auf die Köpfe der Männer ab, die in einer Wolke roten Nebels zerstoben. Sie hatten ihre Waffen gerade weggesteckt, als unvermittelt eine Stahltür neben ihnen aufgestoßen wurde und einer der Piraten, offensichtlich der Koch, mit einem riesigen Topf voller Suppe das Deck betrat. Der Somalier sah sie entsetzt an und öffnete den Mund zu einem Schrei, da hatte Murillo aus seinem Gürtel seine Garotte gezogen, dem Kerl um den Hals geschlungen und mit aller Kraft die Schlinge zugezogen. Der Koch hatte den Topf fallengelassen und versucht, mit beiden Händen die Schlinge vom Hals zu lösen. Murillo zog fester zu, merkte, wie sein Opfer zu zittern begann und wie die Klaviersaite langsam ins Fleisch eindrang. Nur leichtes Röcheln kam aus dem Mund des verzweifelt strampelnden Mannes, dessen Bewegungen langsamer wurden und nach einigen Sekunden zum Erliegen kamen. Er sackte in sich zusammen und als sein Mörder die Garotte löste, schoss ein Blutstrahl aus der durchtrennten Halsschlagader. Im Todeskampf hatte der Mann die Kontrolle verloren und seine Blase und sein Darm hatten sich entleert. Trotz des Fahrtwindes war der Gestank von Kot unverkennbar. Der Kommandoführer wandte sich ab, um den Auftrag endgültig zu erledigen ... und um zu verhindern, dass seine Männer sahen, was das soeben Erlebte bei ihm ausgelöst hatte. Die mächtige Erektion hätte er kaum verbergen können.

Ramon kehrte gedanklich in die Gegenwart zurück und beendete seine Vorbereitungen, indem er die Waffen in einen dunklen Leinensack steckte und diesen im Kofferraum des Maybachs deponierte. In einem Geheimfach in der Rücklehne des Wagens hatte er immer für den Ernstfall zwei weitere Glocks, eine UZI sowie eine Steyr AUG nebst Munition versteckt. Dann kehrte er zurück in sein Zimmer und legte sich auf sein Bett. Er war kaum eingeschlafen, da klingelte ein Summer auf dem Nachttisch, das Zeichen, dass sein Chef ihn sehen wollte. Murillo sprang auf und ging in das Arbeitszimmer im Erdgeschoss.

„Ah, Ramon, ich hab hier alles erledigt. Nebenbei habe ich noch per Whatsapp mit unserem kleinen Schreiberling Kontakt aufgenommen. Ich konnte ihn mit einigen Andeutungen noch mehr heiß machen. Jetzt müssen wir nur noch einen Treffpunkt ausmachen. Welchen hältst du für geeignet?" Lessing verließ sich in solchen Dingen völlig auf Murillo. Seit ihrem ersten Zusammentreffen bei einer Luxusmakler-Convention in Gstaad war die geschäftliche Verbindung von einem starken Vertrauen geprägt. Als ein ebenfalls anwesender Konkurrent Lessings von einem Demonstranten, von denen die Stadt damals wimmelte, angegriffen wurde und Murillo seinen Schutzbefohlenen völlig unauffällig in Sicherheit bringen konnte, stand für den Düsseldorfer Unternehmer fest, wer sein nächster Leibwächter werden würde. Lessings Sekretär hatte den Erstkontakt hergestellt und nach ein paar grundsätzlichen Gesprächen hatte man ein erstes persönliches Treffen arrangiert. Die beiden Männer erkannten sich gegenseitig sofort als Menschen mit gleichen Machtgelüsten sowie sachlicher Professionalität. Lessing hatte damals eine ungewöhnliche Frage gestellt: „Für wie viele Auftraggeber haben Sie sich bisher in die Flugbahn einer Kugel geworfen?" Murillo hatte ihn erstaunt angesehen und dann zwei Finger erhoben. „Und Sie sind immer noch da! Das reicht mir als Referenz!" Man war sich handelseinig geworden und diese Beziehung dauerte nun schon acht Jahre an.

Murillo ging an den PC und suchte eine Satellitenansicht der Stadt aus. Nach wenigen Augenblicken tippte er mit dem Zeigefinger auf den Bildschirm. „Hier, im Hafen, Am Sandacker heißt die Straße. Da wird kaum was los sein und falls nötig, kann auch niemand Geräusche hören. Direkt daneben ist die Hammer Brücke für die Eisenbahn." Lessing nickte und tippte etwas in sein Handy. Nach zwei Minuten klappte er die Hülle des Handys zu. „Auf geht es, Ramon. Hoffen wir, dass der junge Mann vernünftig genug ist."

Beide Männer kleideten sich um. Ihre Kleidung war zweckmäßig, dunkel und neutral. Sie waren darauf bedacht, möglichst unauffällig zu erscheinen. Für die Fahrt wählten sie daher nicht den Maybach, der ein echter Eyecatcher war, sondern den Audi A3, der sonst von den Hausangestellten genutzt wurde.

Es war kurz nach 20 Uhr, als Jan Poulsen sich an dem vereinbarten Treffpunkt einfand. Er hatte zuvor wie geplant alle Unterlagen zusammengestellt, gescannt und als PDF gespeichert. Dieses hatte er an die Mailadresse von Gronimus gesandt und in dem Text verschlüsselt auf das richtige Codewort zum Öffnen der Datei hingewiesen. Jan hoffte, Walter würde sich noch genau an das lange Gespräch damals auf seiner Terrasse erinnern. Das Kennwort war „VOGT" und er hatte es im Mailtext umschrieben mit den Worten „Zugang zu den Informationen hat nur der mittelalterliche Beamte".

Poulsen stellte den Wagen in unmittelbarer Nähe der Fabrikhallen ab. Suchend blickte er sich um, entdeckte niemand und ging dann ein paar Schritte auf dem Rheindeich in Richtung Brücke. Der häufige Regen am Oberlauf des Flusses hatte den Rhein ansteigen lassen und das Hochwasser stand nur wenige Meter unter der Deichkrone. Auf den Wellen zog träge ein Frachter dahin, während sich der letzte Rest der Abendsonne auf dem Wasser spiegelte. Dann traten zwei Männer aus dem Schatten der alten Brückenpfeiler. Jan war verwirrt. Das Treffen war doch erst für 20.30 Uhr geplant. Man hatte ihn also erwartet. Er wurde misstrauisch und vorsichtig, blickte sich um, steckte sein Handy griffbereit in seine Jackentasche. Oder war das vielleicht gar nicht der geheimnisvolle Informant? Hatte er evtl. nur ein schwules Pärchen beim Sex an gewagten Orten gestört? Diese Annahme musste er sofort revidieren, denn der ältere schmale Mann rief ihm das vereinbarte Kennwort zu. „Kastanie", klang es durch das leichte Grundrauschen des Schiffsverkehrs.

Zögerlich näherte sich der junge Reporter den Fremden. In gebührendem Abstand blieb er stehen und wartete darauf, dass sich die beiden nähern würden. Doch diesen Gefallen taten sie ihm nicht. Der Größere steckte sich einen Zigarillo an und winkte ihm zu. Poulsen hatte Blut geleckt. Sein journalistischer Spürsinn war geweckt worden und er würde jetzt keinen Rückzieher machen. Er atmete durch und ging weiter.

„Sie haben mir geschrieben, Sie wüssten etwas Näheres über das verschwundene und das vermisste Kind?" Der Schlanke legte den Kopf schief und brüllte gegen das Geräusch eines über die Brücke fahrenden

Zuges an: „Soll jetzt wirklich jeder Spaziergänger mitbekommen, was wir zu bereden haben?" Poulsen sah ein, dass diese Vorgehensweise purer Unsinn war. Er ging so weit auf die Männer zu, dass er ihre Gesichter erkennen konnte. Der Wortführer war ein Mann um die 60, gegeltes, zurückgekämmtes Haar, modischer 3-Tage-Bart. Die Augen … ja, die Augen waren markant. Sie blickten ihr Gegenüber etwas kalkulierend, abschätzend an. Und Härte sprach aus ihnen, unerbittliche Härte. Poulsens Nackenhaare stellten sich hoch und ein leichter Schauer lief ihm durch den Körper. „Nicht ins Bockshorn jagen lassen", dachte er bei sich und wandte seine Aufmerksamkeit dem zweiten Mann zu. War der Ältere von einer sinisteren Erscheinung, beeindruckte sein Begleiter durch seine bloße Physis. So würde Poulsen einen totalen Macho in einem Theaterstück besetzen: maskuline Kraft, lauernd, bedrohlich, bereit, jeden Augenblick zuzuschlagen.

Der Ältere richtete erneut das Wort an ihn: „Herr Poulsen, kommen wir doch direkt zum eigentlichen Grund unseres Treffens. Sie möchten nähere Informationen zu dem Verschwinden der Kinder. Sie wollen Insiderinfos … und diese erwarten Sie von mir." Damit kam er einen weiteren Schritt auf den Journalisten zu, sodass die beiden nur noch eine Armlänge entfernt voneinander waren. Zeitgleich verlagerte der Große seine Position seitlich, um Poulsen ggf. den Weg abschneiden zu können. Jan Poulsen merkte, dass die Dinge hier ganz und gar nicht wie geplant abliefen. „Ja, Herr … äh … wie heißen Sie eigentlich? Sie kennen meinen Namen, aber Ihre Identität ist mir unklar." Lächelnd antwortete der Angesprochene: „Spielt das eine Rolle, wie ich heiße? Gilt nicht bei Euch Journalisten der Schutz der Quelle als höchstes Gut? Na gut, nennen Sie mich Klopstock." Lessing schmunzelte über diese Analogie, da der historische Lessing ein

Weggefährte des nicht minder bekannten, wenn auch weniger berühmten Klopstock war.

„Nun, Herr Klopstock, dann erzählen Sie mir mal, was Sie wissen", forderte Poulsen ihn auf. Lessing legte den Kopf nachdenklich auf die Seite, zog dann ein Notepad hervor und rief eine Datei auf. „Wenn Sie sich einmal näher bemühen würden?" Poulsen trat nah heran und bemerkte nicht, wie sich Murillo hinter ihm positionierte.

Interessiert blickte der Reporter auf das Display und sah nur Fotos von spielenden Kindern. Stirnrunzelnd sah er sein Gegenüber an: „Ja, und? Was soll mir das Bild sagen?" Lessing hob den Kopf. „Nichts! Ich wollte nur, dass Sie näher kommen und wir dafür sorgen können, dass Sie nichts Unbedachtes tun." Wie auf Stichwort ergriff Murillo von rückwärts die Handgelenke des jungen Mannes, zerrte sie nach hinten und fixierte sie übereinander mit einem Kabelbinder. Poulsens Gegenwehr war nur von kurzer Dauer und er sah schnell ein, dass er diesem Kleiderschrank nicht gewachsen war. „So, Herr Poulsen, jetzt können wir uns doch ganz anders und in Ruhe unterhalten. Sehen Sie, das Foto hat schon eine Bedeutung. Das sind meine Enkelkinder. Sie leben mit ihrer Mutter in Marbella. Ich sehe sie alle drei Monate für ein langes Wochenende. Sie sind mir das Wichtigste. Ich würde alles tun, um sie zu schützen. Verstehen Sie? ALLES! Dazu gehört auch, dass ich für ihr Wohlergehen, auch das wirtschaftliche, Verantwortung trage. Schauen Sie sich doch mal dieses Land kritisch an! Es geht vor die Hunde. Und intelligente Menschen wie Sie und ich müssen für diese Horde von Stimmvieh und Kanonenfutter auch Arbeitsplätze bereitstellen oder Rentenversicherungsbeiträge zahlen. Ich halte es daher für durchaus angemessen, wenn dieser Teil der Gesellschaft uns, ihren Gönnern, etwas dafür zurückgibt. Dies ist doch ein

Prinzip, das schon früher von absolutistischen Herrschern erfolgreich praktiziert wurde. Denken Sie nur an das „Jus primae noctis" – ein kleines Opfer, das dem Bauernvolk das Überleben sicherte." Völlig entgeistert hatte Poulsen dem Monolog gelauscht. „Aber ... aber ... was hat DAS denn mit den Kindern zu tun? Sie sind doch irre, Mann!" Lessing lachte auf und Murillo verstärkte den Druck auf die Arme des Gefesselten, sodass dieser aufschrie. „Ist es irre, wenn man sich für seine Leistung entlohnen lässt? Das tun Sie doch auch, für jede geschriebene Zeile bekommen Sie doch Ihr Salär! Ich sorge dafür, dass über 4.000 Menschen ihr tägliches Brot haben. Meine Steuerleistung sorgt für das Überleben einer ganzen Kommune. Wenn ich nur überlege, den Betriebssitz zu verlegen, kommen Bürgermeister und Landräte zu mir angekrochen. Meinen Sie nicht, dass mir und meinen Freunden diese Gesellschaft dafür etwas schuldet? Ich denke schon und letztlich tun wir den Kindern doch wirklich nichts Schlimmes an. Nichts, was ihnen nicht auch widerfahren würde, wenn sie etwas älter sind. Haben Sie schon einmal so einen jungen Körper berührt? Gefühlt, wie die zarte Haut unter Ihren Fingern erschauert? Wie groß das Erstaunen ist, wenn sie bemerken, welche Lust sie einem verschaffen können? Ich sage Ihnen was: manche der Kinder waren sogar stolz, diese Dinge für mich tun zu dürfen. Aber kehren wir zurück zu unserem Ausgangsthema, dem Preis! Wie siehst du das, Ramon?"

Poulsen erwartete eine raue derbe Stimme von dem Koloss. Es erklang jedoch eine sanfte, hohe, fast freundliche Stimme. „Schau mal, mein Junge, du siehst doch sicher ein, dass deine Nachforschungen nur Unglück bringen würden: den Menschen, die für meinen Boss arbeiten, den Investoren und Aktionären, wenn das Unternehmen Pleite ginge, den Städten, die veröden würden. Ja, und auch ich, denn natürlich würde ich meinen Job verlieren, wenn der Boss in den Knast müsste. DAS kannst du doch wirklich nicht wollen, oder?" War er in einer Art Paralleluniversum, in dem die Größenwahnsinnigen die Herrschaft übernommen hatten? Die konnten doch nicht ernsthaft den Scheiß glauben, den sie da von sich gaben. Lessing fuhr fort. „Reden wir also über den Preis. Hatten Sie z.B. schon immer den Wunsch, ein Buch zu schreiben? Das wollen doch im Grunde alle Schreiberlinge: Pulitzer oder den Deutschen Buchpreis. Einmal auf der Spiegel Bestsellerliste stehen? Kein Problem, alles eine Frage des Preises. Über wieviel reden wir? Sagen wir ... zwei Millionen? Sie haben keinen Verlag? Kleinigkeit, in unseren Kreisen ist mehr als ein Verleger vertreten, der Ihnen sicherlich behilflich sein wird, wenn wir uns einigen." Jetzt begann Murillo ins Ohr des jungen Mannes zu flüstern. „Sei doch nicht blöd, Junge, so eine Chance bekommst du nie wieder. Oder willst du dich dein Leben lang für dein beschissenes Zeilenhonorar abstrampeln? Zwei Millionen UND ein Buchvertrag ... das ist doch was. Und dafür musst du nichts anderes tun, als uns deine Unterlagen zu übergeben und zu vergessen, was du bis jetzt weißt. Überleg's dir gut, sonst ..." Der Bullige brauchte den Satz nicht zu vollenden, das war klar.

Jan Poulsen erstarrte und dachte nach. Das Angebot war verführerisch. Eine sorgenfreie Zukunft, vielleicht sein Traumhaus in Südfrankreich oder ein Weingut? Vor seinem geistigen Auge entstand das Klischee einer Postkartenidylle: er auf der Veranda, im Schatten von Zypressen, auf sanft geschwungene Hügel blickend, auf denen SEIN Wein gedieh. Die Luftblase zerplatzte, als ihm das Bild des ermordeten Mädchens in den Sinn kam. Hatte dieses Vieh ihm gegenüber auch an den Spielen teilgenommen, die das Kind am Ende zerstört hatten? Als hätte er seine Gedanken gelesen, setzte Lessing ein: „Das mit dem toten Mädchen war ein bedauerlicher Unfall. Glauben Sie mir, ich hab selbst Tränen vergossen, zumal sie meiner jüngsten Enkelin so ähnlich sah. Aber da ist eben was außer

Kontrolle geraten, das passiert auch den Besten unter uns. Also, Herr Poulsen, wie denken Sie über meinen Vorschlag?" Der Journalist machte sich mit einem Ruck frei, stürzte zu Boden und schrie Lessing aus Leibeskräften an. „Macht mich los, ihr Schweine. NIE werde ich mit euch zusammenarbeiten. Ich werde euch allen das Handwerk legen. Und wenn ich den Pulitzer bekommen sollte, dann dafür, dass ich euch alle hinter Schloss und Riegel gebracht habe." „Ich werte das mal als ein NEIN, nicht wahr, Boss?" Lessing nickte Murillo zu. „Glaubt ihr, ich bin ohne Absicherung hierhergekommen? Ich werde gecovert, von einem Redakteur. Wenn ich nicht in einer halben Stunde anrufe, dann wird er meine Unterlagen bereits morgen veröffentlichen. Mit allen Namen und allen Fakten!" „Na und? Dann werden wir Ihre Zeitung mit einer Klagewelle überziehen, die dieses Blättchen in den Konkurs zwingt. Glaub mir, Jungchen, und wenn dieser Redakteur stattdessen zu uns kommt und mit uns reden will, werden wir ihm das gleiche Angebot wie dir machen. Vielleicht ist der ja schlauer als du. Aber ich sehe schon, es hat keinen Sinn mit dir. Schade, ich hätte es lieber anders gehabt. So ein „Zwischenfall" sorgt immer für Unruhe und Arbeit. Aber sei's drum! Ramon?" Er nickte seinem Faktotum zu und dieser kniete sich auf den Rücken des am Boden Liegenden.

Aus seiner Jackentasche zog er seine Garotte hervor und legte sie Poulsen um den Hals. Dieser strampelte wie wild und legte das Kinn auf die Brust, um das Würgen zu verhindern. Aber der schmale Draht des Mordinstrumentes glitt unter seinem Kinn durch, schmiegte sich über dem Adamsapfel um den Hals und wurde erbarmungslos mit unmenschlicher Kraft zugezogen. Nach wenigen Sekunden ertönte ein leises Knirschen, das dem Täter sagte, dass der Kehlkopf zerquetscht worden war. Ein letztes Strampeln und Röcheln, dann lag der Körper unter ihm still. Er erhob sich und blickte Lessing fragend an: „Wie verfahren wir weiter?" Der Unternehmer blickte sich um und meinte: „Nutzen wir die Gunst von

Vater Rhein und lassen wir das Hochwasser den Abtransport übernehmen." Damit rollte Murillo den Leichnam die Böschung hinunter, nachdem er den Kabelbinder von den Handgelenken des Toten entfernt hatte.

Kapitel 11

Sarah und ich hatten Jutta und Jupp am gestrigen Abend zum Essen eingeladen. Eigentlich hatte ich selbst kochen wollen, aber nach den Ereignissen des abgelaufenen Tages hatte ich die rechte Lust dazu verloren. Ich schlug daher vor, dass wir den Abend im ZAKK verbringen sollten, da dort ein spanischer Abend angekündigt war. So delektierten wir uns an den köstlichen Tapas, köpften einige Flaschen Rioja und ertrugen duldsam die verschiedenen Flamenco-Interpreten, deren Musik für unsere Ohren ein Ausdruck reiner Depression und Todessehnsucht waren. Leicht angebrütet fuhren wir mit Taxen nach Hause.

Der heutige Morgen konnte durchaus als suboptimal bezeichnet werden. Mein Kopfschmerz war monströs und Jupps Magen rebellierte im Wettstreit mit seiner Blase. Gestern, im ZAKK, war er doch tatsächlich sieben Mal zur Toilette geeilt. Als er jetzt wieder von seinem Ausflug zur Sanitärkeramik zurückkehrte, fragte ich endlich: „Wann gehst du endlich zum Arzt mit deiner Pinkelei? Das ist doch nicht mehr mit anzusehen!" Jupp rieb sich mit schmerzverzerrtem Gesicht die Schläfen. „Ich habe heute um 16 Uhr einen Termin bei meinem Urologen. Mal sehen, was der sagt!" Ich wollte gerade etwas erwidern, da wurde die Tür mit Schwung aufgestoßen und Jutta kam hereingestürzt. Ihr war der Abend offensichtlich gut bekommen, denn sie rief laut: „Los, kommt mit. Es ist was passiert!" Ohne weitere Erklärung verließ sie den Raum und wir hörten ihre Absätze auf dem Flur klappern. So schnell es uns unsere lädierte Verfassung erlaubte, eilten wir ihr nach. Der Weg führte uns zu den Zellen mit den Untersuchungshäftlingen. Vor einer offenstehenden

Türe hatte sich bereits eine Menschentraube versammelt: Uniformierte, Jutta, Richter, unser Freund, der Rechtsmediziner Ruprecht Vollmer sowie ein Staatsanwalt, dessen Name mir im Moment nicht einfiel. Als wir näherkamen, hörten wir, wie ein uniformierter Beamter mit hektischer Stimme erklärte: „Gestern Abend hat er noch um Papier und Bleistift gebeten. Ich habe ihn noch gefragt, was er damit wolle. Seine Antwort war, dass er sich Notizen für das nächste Verhör machen wolle. Es gab für mich keinen Grund, das anzuzweifeln. Und er ... er schien sehr entspannt und freundlich ... so, als hätte er sich mit seinem Los abgefunden." Richter sagte: „Nun, DAS hatte er wohl, nur in etwas anderer Art und Weise, als Sie gedacht haben, Herr Kollege. Ach, Oberle und Schmitz! Treten Sie näher und sehen Sie sich diese Katastrophe an." Damit zeigte er in die Zelle. Frings hatte das eine Ende seines Gürtels um eine Gitterstange geknotet und sich dann daran erhängt. Sein Gesicht war verzerrt und dunkel angelaufen. Die Zunge hing heraus und er hatte sie sich im Todeskampf halb durchgebissen. Sein Hemd war dunkel von dem getrockneten Blut. Ich sah den Leichnam schockiert an und hörte, wie der eben befragte Uniformierte sagte: „Ich habe zuletzt um vier Uhr die Zelle kontrolliert. Da war noch alles in Ordnung. Das kann ich beschwören. Sie finden es auch im Protokoll der vergangenen Nacht." Jutta stand am Tisch, der sich ebenfalls in der Zelle befand. Dort lag ein Bogen Papier, der mit Bleistift beschrieben war. Sie zog einen Einmalhandschuh aus der Hosentasche und hob ihn auf. Ruprecht reichte ihr aus seiner Tasche eine Plastiktüte, in der sie den Brief sorgsam verstaute. Ruprecht bemerkte: „Im Moment sieht alles nach einem Freitod aus. Genaueres nach der Obduktion natürlich, wie immer. Ich darf mich verabschieden, ich kümmere mich um den Abtransport in die Rechtsmedizin." Dann wandte er sich an uns. „Ihr kümmert euch um die Information der Angehörigen?" Wir nickten und traten zusammen mit Jutta in den gut beleuchteten Flur. Jutta las den Abschiedsbrief vor:

Meine liebste Carmen, mein wunderbarer kleiner Oliver, meine arme, so liebe Sonja,

ich möchte euch mit diesen Zeilen auf Wiedersehen sagen. Bevor ich mich auf den Weg mache, muss ich aber noch etwas loswerden. Carmen, ich habe deine Tochter nie angerührt. Und ich habe nichts, rein gar nichts, mit Sonjas Verschwinden zu tun. Ich kann nicht verstehen, wie du so etwas von mir glauben konntest. Sonja ist für mich wie ein eigenes Kind, das musst du doch gespürt haben.

Aber so ist es wohl nicht und was mir den Rest gegeben hat, ist dein mangelndes Vertrauen ... nein, doch eher dein Vorwurf, ich hätte etwas mit der Entführung zu tun. Ich habe alles versucht, meinen Teil dazu zu tun, dass Sonja bald wieder wohlbehalten bei uns ist ... bei unserer Familie. Das ist auch der einzige Grund, warum ich diese Schweineseiten besucht habe. Ich war mir so sicher, dass irgend so ein perverses Schwein unser Mädchen dort anbieten würde. Und wenn ich den erwischt hätte, hätte ich ihn umgebracht, das schwöre ich dir.

Die Polizisten, die mich immer und immer wieder befragt haben, ließen kein Argument gelten. Ich konnte sagen, was ich wollte – niemand wollte mir glauben. Ich weiß mir keinen Rat mehr, Carmen, meine liebste ... der einzige, letzte Beweis, den ich antreten kann, ist dieser ... dass ich meinem Leben ein Ende setze. SO hat es keinen Sinn, keinen Wert mehr für mich.

Ich liebe dich, Carmen, ich liebe dich so sehr – sonst hättest du mich mit deinen Worten und Taten auch nicht so treffen können. Und ich liebe Sonja und Oliver wie meine eigenen Kinder. Du weißt, ich wollte sie sogar adoptieren. Aber der Arsch von Kerl, mit dem du verheiratet warst, hat nicht mitgespielt.

Leb wohl, Carmen, ich hatte so sehr auf unser gemeinsames, langes Leben gebaut ... Dein dich liebender Roger ... für immer Lebewohl.

Einzelne Stellen des Textes waren verschmiert. Vermutlich hatte Frings beim Verfassen der Zeilen geweint. Wir waren schockiert, machten uns insgeheim Vorwürfe, aber Jutta brachte es auf den Punkt. „Dieser Brief ist kein Beweis dafür, dass er es nicht doch war oder daran beteiligt. Er beweist nur, dass er keinen Ausweg mehr wusste. Und das kann auch sein, wenn er der Täter oder Rädelsführer war. Unsere größte Sorge muss jetzt das Wohl des Kindes sein und wir müssen jede Anstrengung unternehmen, um sie schnellstmöglich zu finden. Sind wir uns da einig?" Jupp und ich nickten und so machten wir Platz für die Bestatter, die den Leichnam in die Universitätsklinik zum rechtsmedizinischen Institut bringen würden. Dort würde Vollmer zeitnah eine äußere Leichenschau vornehmen, der dann die Obduktion folgte. Dies würde einige Zeit in Anspruch nehmen, wobei wir uns über das Ergebnis schon jetzt im Klaren waren.

Wir machten vom Büro aus noch zwei Telefonate und wollten gerade zur Wohnung von Carmen Seboldt und dem Verstorbenen in Oberbilk aufbrechen, als Josefs Handy klingelte. Am Apparat war einer der Chefs der Düsseldorfer DLRG, Chris Wylezol. Wir kannten ihn bereits von früheren Einsätzen. Er bat uns, schnellstmöglich nach Lörick zu kommen, wo die DLRG eine Station unterhielt, von der aus sie die Wasserrettung für das Stadtgebiet organisierte. „Wir sind von einem Binnenschiffer alarmiert worden, dass er im Fluss einen Körper entdeckt habe. Der Wasserspiegel ist extrem hoch und ein treibender Baumstamm hat sich neben der Fahrrinne verkeilt. Da er keine direkte Gefährdung der Schifffahrt darstellt, hat die Feuerwehr ihn noch nicht entfernt. Ich habe eines unserer Schlauchboote rausgeschickt, um das zu überprüfen. Meine Leute haben es bestätigt und ich habe sie vor Ort gelassen, um den Körper zu sichern.

Da wir uns kennen und ich eure Handynummern habe, dachte ich, ich rufe euch direkt an. Kommt ihr?" Wir sahen uns an, nickten und ich sagte Chris unser Kommen zu. Als ich das Gespräch beendet hatte, bat ich Josef: „Meinst du, du kannst Jutta dazu bewegen, dass sie die Seboldt informiert? Ich denke eh, dass für diese Information in diesem speziellen Fall eine Frau besser geeignet ist." Mir war durchaus klar, wie das klang ... nach einem Akt von Feigheit. Doch davon war ich weit entfernt. Ich sah es genau wie Jutta: der Suizid war kein Beweis für die Unschuld von Roger Frings.

Josef verließ das Büro, eilte zum Zellentrakt und kam kurze Zeit später wieder. „Alles klar, sie macht das zusammen mit einer Kollegin der Wache und ihrer Bekannten vom Jugendamt – für den Fall, dass die Seboldt Hilfe für ihren Sohn braucht. Und jetzt nix wie los!" Wir rasten mit Blaulicht und Sirene über den Fürstenwall und die Elisabethstraße zur Kniebrücke, die zum Glück kaum befahren war. Auf der Düsseldorfer Straße und am Belsenplatz war es hingegen eng und wir kamen nur langsam voran. Auf der Lütticher und Oberlöricker Straße holten wir Zeit auf und waren nach elf Minuten Fahrzeit vor Ort. Chris erwartete uns vor der Wachstation „Adler" und führte uns im Laufschritt hinab zu dem Steg, wo uns eines der DLRG-Schlauchboote bereits erwartete. Wir bekamen eine Rettungsweste zugeworfen und Chris half uns beim Anlegen. Mit einiger Mühe kletterten Jupp und ich auf das schwankende Zodiac und unmittelbar, nachdem wir saßen, gab der Bootsführer Gas und jagte aus der Marina hinaus auf den Rhein. Der Leichenfundort war kurz hinter der Kniebrücke und es dauerte nur fünf Minuten, bis wir am Ort des Geschehens waren. Die Kollegen der Wasserschutzpolizei waren inzwischen auch dort, hatten sich aber auf die Absicherung beschränkt und auf unser Eintreffen gewartet. Langsam ließ der DLRG-Mann am Steuer das Boot auf den Baumstamm zugleiten, wobei er das Gas sehr fein dosieren musste; genug, um gegen die Strömung anzukommen, aber so wenig, dass er nicht die Leiche oder den Stamm rammen würde.

Ich hatte während der Fahrt Einmalhandschuhe übergezogen und beugte mich nun außenbords. Mich an einem Ast des dicken Baumstamms festhaltend, berührte ich den Körper in der dunklen Sportjacke. Der Mann - denn um einen solchen handelte es sich nach erstem Eindruck - hing mit dem Gesicht im Wasser und einem Arm über dem Stamm. Die Hand dieses Arms schwappte in den Wellen auf und ab, als würde der Tote mit den Fluten spielen. Ich packte etwas fester an der Schulter des Toten zu und drehte den Körper auf die Seite. Da fuhr ich zurück, rutschte aus und stürzte auf den Boden des Schlauchbootes. Jupp blickte mich entsetzt an. Ich sagte nur: „Poulsen" und wies in Richtung der Leiche. Ungläubig beugte sich Jupp vor, fasste die Jacke des Toten mit bloßen Händen an und ein Blick bestätigte meine Feststellung. Es war der junge Journalist, der uns solche Schwierigkeiten bereitet hatte. Was ging hier vor sich? Sollte der junge Mann Recht gehabt haben und seinen Wissensdurst mit seinem Leben bezahlt haben?

Die DLRG-Retter waren behilflich, die sterblichen Überreste (was für ein seltsamer Ausdruck) auf das WaPo (Wasserschutzpolizei)-Boot zu hieven. Dieses fuhr los zu seinem Liegeplatz am Parlamentsufer, unterhalb des Rheinturms. Die Aktion hatte schon jede Menge Schaulustige auf den Plan gerufen. Selbst auf der Fußgängerbrücke am Eingang zum Medienhafen waren Menschen stehengeblieben, die mit ihren Smartphones filmten oder fotografierten. Die Jungs von unserer maritimen Einheit hatten vorsorglich den Körper mit einem Tuch auf einer Trage abgedeckt. Da wir unseren Wagen noch in Lörick stehen hatten, kehrten wir mit dem DLRG-Boot zurück. An sich wäre diese privilegierte Fahrt ein Genuss gewesen, aber der Anlass machte diese Freude zunichte. Immer wieder schoss mir durch den Kopf, ob der Journalist mit seinen Vermutungen Recht gehabt hatte oder aber ob sein Tod eine andere Ursache hatte. Dass keine natürliche Todesursache vorlag, stand für mich spätestens seit dem Zeitpunkt fest, als ich die tiefe, rote Einkerbung um seinen Hals entdeckt hatte. Der Mann war stranguliert worden. Ruprecht würde heute einen anstrengenden Arbeitstag haben.

Wir kehrten in unser Büro zurück und informierten direkt Werner Richter. Dieser war ebenso schockiert wie wir. In Absprache mit den Beamten der Öffentlichkeitsarbeit stimmten wir die Inhalte einer Pressemitteilung ab, die im Verlauf des Tages nach Vorliegen der Obduktionsergebnisse veröffentlicht werden sollte. Wir stellten uns auf einen Sturm der Entrüstung durch die Medien ein, da einer aus ihren Reihen zu Tode gekommen war. Ich war gespannt, wie unterschiedlich die Bewertung des Vorfalls durch Zeitungen, Radio und TV erfolgen würde – vor allem, ob dem Selbstmörder der gleiche Raum wie dem toten Reporter eingeräumt werden würde. Ruprecht Vollmer war sich der Dringlichkeit der Fälle bewusst und so bekamen wir am frühen Nachmittag seine ersten Obduktionsergebnisse. Demnach stand zweifelsfrei fest, dass es im Fall Frings keinerlei Hinweise auf ein Fremdverschulden gab. Es war ein glasklarer Suizid. Poulsen hingegen war eindeutig ein Mordopfer. Ruprecht hatte ein paar prämortale Hämatome an den Handgelenken festgestellt, die nach seiner Erfahrung von Kabelbindern stammen mussten. Sonst waren an seinem Körper keine Blessuren zu finden gewesen, mit Ausnahme des dünnen, roten Streifens, der rund um den Hals führte. Vollmer hielt dies für Spuren einer Abart der Garotte, eines Würgewerkzeuges, welches auch bei militärischen Kommandos zum Einsatz kam, wenn ein Gegner lautlos unschädlich gemacht werden musste. Es bestand aus einer Gitarren- oder Klaviersaite und hatte an beiden Enden einen Holzpflock als Griff. Besonders grausam war dieses

Mordinstrument, wenn es aus einem feinen, aber stabilen Draht gefertigt war. Dann würgte es nicht nur, sondern durchtrennte sogar die Kehle, bei ausreichend starkem Zug. Mich schauderte bei dem Gedanken. Ich hatte vor Jahren einmal ein Adventswochenende in Rothenburg ob der Tauber verbracht und das dortige Foltermuseum besucht. Da hatte man mir erklärt, dass es im 16. Jahrhundert gängige Praxis in Spanien war, Delinquenten auf diese Weise hinzurichten. Eines der berühmtesten Opfer war der Inka-König Atahualpa.

Es kam eine Vielzahl von Nachfragen zu unserer Pressemitteilung, sodass kurzfristig eine Pressekonferenz (PK) organisiert wurde. Vorher kehrte Jutta von dem Termin in Oberbilk zurück. „Mensch, Jungs, dafür habe ich bei euch was gut. Die Frau ist völlig am Boden zerstört. Ich habe ihr ein Handyfoto des Abschiedsbriefes gegeben und sie ist zusammengeklappt. Ein Glück, dass Teresa mit dabei war. Sie hat sich mit dem kleinen Oliver beschäftigt, während ich Frau Seboldt zuhörte. Sie macht sich jetzt große Vorwürfe, aber sie und Frings kannten sich noch kein Jahr. Da war sie noch nicht stabil in der Einschätzung ihres Partners und dann noch die verschwundene Tochter ... das hat ihr den Boden unter den Füßen weggezogen. Das kennt man doch, dass man dann ausgerechnet gegen diejenigen angeht, die einem am nächsten stehen. Eine fatale Situation, die sich zu einer Katastrophe entwickelt hat. Jungs, was ist, wenn Sonja allein eingesperrt ist? Wir müssen sie irgendwie finden." Wir sahen das genauso wie sie, aber im Moment mussten wir erst die PK hinter uns bringen.

Bei dem Termin war der Teufel los. Wir wurden mit Fragen bombardiert, nach Schuld gefragt, um nähere Informationen gebeten. Mir fiel auf, dass sich insbesondere Gaby Fresnell, Poulsens direkte Kollegin, deutlich zurückhielt. Sie stellte kaum eine Frage und sah aus, als hätte sie kurz zuvor heftig geweint. Nach der PK kam sie auf mich zu und ich sah ihre rotgeränderten Augen. „Herr Oberle, ich weiß, eigentlich habe ich keinen Anspruch darauf, aber darf ich Jan noch einmal sehen? Ich ... fühle mich irgendwie ... schuldig." Als ich sie nach dem Grund fragte, erklärte sie die Hintergründe, schien aber nicht alles zu sagen, was sie wusste. Ich bat sie um einen Augenblick Geduld und telefonierte mit Ruprecht. „Sie wissen ja, wo das Institut ist. Fragen Sie nach Dr. Vollmer, er ist informiert. Und Frau Fresnell, wenn Sie Klärungsbedarf haben ... Sie wissen, wo Sie mich erreichen können." Sie nickte dankbar, ging in Richtung Ausgang und wandte sich dabei noch einmal um. „Unser Chefredakteur, Reinardy, wird morgen einen Nachruf auf Jan veröffentlichen und die Ausgabe wird einen schwarzen Rand tragen." Uns stand jetzt die Durchsuchung der Wohnung Poulsens bevor, in der Hoffnung, dort irgendwelche Hinweise auf seine Recherchen zu finden.

Am Folgetag saß David Lessing in seiner Villa in Angermund und las die Tagespresse. Außer Ramon, der die kleine Einliegerwohnung im Souterrain nutzte, waren im Haus nur Bedienstete anwesend, die nicht dort wohnten. Lessing konnte eine solch ständige Nähe von Fremden nicht ertragen, zumal das Risiko zu groß war, dass diese Menschen intime Details mitbekämen.

Mit großem Interesse las er natürlich alle Beiträge zu dem Tod des Reporters. Man erging sich in wilden Spekulationen: von politisch motiviertem Mord über eine Beziehungstat bis zur Vernetzung mit seinen aktuellen Recherchen. Nichts, rein gar nichts , wies darauf hin, dass man den „Duteils" auf die Spur gekommen war. Zufrieden lehnte er sich zurück.

Murillo erschien im Rundbogen, der den Zugang zum Kaminzimmer bildete. „Guten Morgen, David. Wie ich sehe, hast du auch die Artikel gelesen. Hoffen wir mal das Beste, dass da nichts mehr nachkommt." „Warum so griesgrämig, Ramon? Es sieht doch alles ganz wunderbar aus." Der Bodyguard holte sich eine Kaffeetasse aus der offenen Küche und goss sich einen Kaffee ein, bevor er sich zu seinem Chef an den Tisch setzte. „Ich mache mir Sorgen wegen Giordano, David. Du weißt selbst, wie instabil dieser Mann ist. Letztlich ist er schuld an der aktuellen Misere, nur weil er sich nicht unter Kontrolle hatte. Erinnere dich an die Situation, als wir ihn befragten. Der wäre beinahe aus dem Latschen gekippt." Lessing winkte ab. „Das liegt daran, dass er Angst vor Schmerz hat. Ihn selbst stimuliert es, wenn er anderen Schmerzen zufügen kann, aber selbst ist er ein Waschlappen. Und da unsere Polizei ja den deutschen Rechtsnormen unterliegt, brauchen wir uns in dieser Richtung keine Sorgen zu machen. Für ein Verhör müssten sie allerdings erst einmal seiner habhaft werden. Und in meinem Chalet am Zürichsee hat Vittorio es bequem und kann ausspannen. Er kommt wieder, wenn ein wenig Gras über die Sache gewachsen ist." Murillo wirkte nicht beruhigt. „Dein Wort in Gottes Ohr." „Ich wusste gar nicht, dass du so gläubig bist, Ramon. Also los, ich habe einen Termin in der Firma. Es geht um zwei Firmen in Indonesien, die vielversprechend sind, und die will ich den Scheichs vor der Nase wegschnappen." Beide machten sich auf den Weg zum Firmengebäude von Lessings Unternehmensgruppe, einem repräsentativen Komplex an der Peter-Müller-Straße in der neu gestalteten Airportcity. Gut gelaunt ging Lessing entlang der Schreibtische seiner vielen Mitarbeiter, grüßte den einen oder anderen höflich und betrat den Sitzungssaal, in dem er schon von seinen Geschäftspartnern erwartet wurde. Murillo betrat derweil sein eigenes Büro, in dem er sich um die sicherheitsrelevanten Fragen der nächsten Termine seines Arbeitgebers kümmerte.

Was beide nicht wussten, war, dass zur gleichen Zeit eine Maschine der German Wings am Düsseldorfer Airport landete. Der Flieger kam aus Zürich und ihm entstieg ein sichtlich erholter Vittorio Giordano. Aufgrund der Fahndung wurde er sofort beim Durchqueren der Passkontrolle aufgehalten und von zwei Bundespolizisten in einen separaten Raum abgeführt.

Während der erfolglosen Durchsuchung von Poulsens Wohnung klingelte Josefs Handy. Er führte ein kurzes Telefonat und sagte dann: „Komm, wir hauen ab und überlassen das hier den Technikern. Wir werden am Flughafen gebraucht, Giordano ist aus der Schweiz angereist." Wir stellten nach kurzer Fahrt den Wagen auf dem Parkplatz der Bundespolizei ab und betraten das Flughafengebäude. Gegenüber einer Doppelstreife wiesen wir uns aus und wurden zu dem Raum geführt, in dem Giordano wartete.

„Guten Tag, Herr Giordano, willkommen zurück in Deutschland. Dürfen wir erfahren, wo Sie sich in den letzten Tagen aufgehalten haben?" Giordano wirkte entspannt. „Ich war im Haus eines Freundes, in der Schweiz, am Zürichsee. Darf ich fragen, weshalb Sie mich hier festhalten wie einen Schwerverbrecher?" „Wir haben seit Tagen versucht, Sie zu erreichen. Aber Sie waren weder in ihrer Wohnung noch haben Sie auf unsere zahlreichen Anrufe reagiert. Wir haben auch Nachrichten auf Ihrem

Anrufbeantworter hinterlassen. Da Sie für uns unauffindbar waren, blieb uns nichts anderes übrig, als Sie zur Fahndung auszuschreiben. Sie sind für uns ein wichtiger Zeuge in dem Mordfall an Svetlana Gribowsky." Die Miene des Mannes veränderte sich. Sein Gesicht nahm einen betroffenen Ausdruck an, aber dies erschien mir irgendwie inszeniert. „Sehen sie, Herr Kommissar, genau das ist der Grund, weshalb ich einfach raus musste. Ich wollte Abstand gewinnen, von dem Schrecklichen, was geschehen ist. Svetlana war meine Meisterschülerin, ein ungeschliffener Rohdiamant. Aus ihr hätte ein Weltstar werden können, ein weiblicher Lang-Lang. Außerdem hatte sie ein so liebes Wesen. Jedermann mochte sie. Ich ... ich bin am Boden zerstört." Die Beschreibung des Mädchens war sehr gefühlvoll, hatte fast etwas Schwärmerisches. Steckte da mehr hinter? War da mehr als nur die künstlerische und menschliche Begeisterung? „Herr Giordano, Svetlana hat Ihnen offensichtlich viel bedeutet. Waren Sie vielleicht sogar ein wenig verliebt in sie?"

Der Angesprochene stockte und wirkte, als suche er nach Worten. Dann brach es aus ihm heraus. „Verliebt? SindSsie verrückt, Herr Kommissar? Pazzo ... Confuso! Herr Kommissar, ich bin Mitte 50 und sie war 12. Was soll das für eine Art von Amore sein, bitte?" Ich hielt ihn starr im Blick. „Sagen SIE es mir!" Der Musiklehrer sah uns trotzig an. „Ich sage gar nichts mehr. Ich werde mich nicht mehr äußern, ohne dass mein Anwalt dabei ist." „Das bleibt Ihnen unbenommen. Wir werden Sie jetzt mit ins Präsidium nehmen und dort weiter befragen. Von dort aus können Sie gerne Ihren Rechtsbeistand kontaktieren."

David Lessing hatte den Gesprächstermin mit seinen Geschäftspartnern erfolgreich zu Ende gebracht. Er ging zu seiner Sekretärin und fragte, was als Nächstes anstehe. „Herr Lessing, Sie wissen doch, dass ich mich für eine Stiftung einsetze. Mein Bruder hatte eine sehr seltene, schwere Krankheit, an der er auch verstorben ist: Muskeldystrophie oder Duchenne. Sie haben heute Vormittag keinen Termin mehr und ... ich habe einfach ... ich kenne die Vorsitzende einer Stiftung, die sich um die Familien mit Duchenne-Kindern kümmert. Vielleicht nehmen Sie sich eine Viertelstunde Zeit ... und Sie fragten vor kurzem einmal, welche Organisation wir dieses Jahr unterstützen wollen." Sie blickte ihren Chef unsicher und erwartungsvoll von unten an, der neben ihr am Schreibtisch stand. Nachdenklich rieb Lessing über sein Kinn, ging an die Telefonanlage und rief Ramon zu sich. Die Sekretärin zuckte zusammen bei der Erwähnung von Murillo, denn wie fast jeder in dem Unternehmen hatte sie Respekt - oder eher Angst - vor dem großgewachsenen Mann, der eigentlich immer grimmig dreinsah.

Der Leibwächter betrat nach einer Minute das Büro der Sekretärin. Lessing hatte in dieser Zeit kein Wort gesagt, die Frau völlig ignoriert und nur in den auf dem Tisch liegenden Akten gestöbert. Die Mitarbeiterin war mit jeder Sekunde nervöser geworden und bereute schon längst ihren gewagten Vorstoß. Murillo hob die Augenbrauen beim Betreten des Raums, anstatt nach dem Grund seiner Einbestellung zu fragen. David Lessing hub an: „Ramon, unsere nette Kollegin hier hat sich die Freiheit genommen, in meinem Terminplan eigenmächtig rumzubasteln. Warum? Weil sie unsere Unterstützung für eine Hilfsorganisation erreichen will. Was meinst du?" Murillo schaute auf die Frau, die wie ein Häufchen Elend zusammengesunken auf ihrem Stuhl saß. „Ich finde, sie hat viel Mut und Initiative bewiesen. Das sind Eigenschaften, die du an sich förderst, David. Ich finde, du solltest dir anhören, um was es geht und was tun." Die Sekretärin war bei diesen Worten zusammengezuckt und ihr standen

Tränen in den Augen. Das konnte doch nicht wahr sein! Das Schreckgespenst des Unternehmens hatte für sie Partei ergriffen. Lessing tauschte seine neutrale Miene gegen ein Lächeln. „Sorry, aber Sie haben so ein entsetztes Gesicht gemacht, wie ein Kaninchen vor der Schlange. Da konnte ich einfach nicht widerstehen. Also nochmals Entschuldigung für den albernen Scherz. Wenn ich Sie recht verstanden habe, wartet auf mich jemand. Dann mal rein damit! Ich hoffe, es ist eine nette, attraktive Dame!"

Die Vorsitzende kam nach einer halben Stunde mit einem strahlenden Lächeln aus dem Besprechungsraum in das Zimmer der Sekretärin. „Du wirst es nicht glauben, wenn du es nicht selbst siehst. Schau mal, eine Zahlungsanweisung ... das ist doch irre!" Sie legte ihrer Bekannten ein Blatt Papier auf den Schreibtisch ... auf dem ein siebenstelliger Betrag zu lesen war.

Murillo war mit Lessing im Büro allein. „Und für diese Kinderei hast du mich wirklich gebraucht?" „Ach Ramon, sei doch endlich mal etwas locker. Du siehst die Dinge einfach manchmal zu ernst, zu verbissen." „Täte ich das nicht, wärst du inzwischen tot. Und ..." In diesem Augenblick klingelte das Telefon des Börsenunternehmers. „Lessing ... ja, einen Moment habe ich ... ER HAT WAS? ... Ist dieser verdammte Itaker ... ist der völlig bescheuert? ... Warum ist der nicht in der Schweiz geblieben? ... nein, natürlich nicht ... hol ihn dort raus ... ja, danke, und dann bring ihn direkt in mein Haus. Danke dir!" Lessing, an sich immer beherrscht und konzentriert, drückte den Knopf mit dem roten Telefon und schmiss das Teil mit aller Kraft gegen die Bürowand. Statt zu zersplittern, bohrte es sich wie ein japanischer Wurfstern in die Rigipswand und blieb dort stecken. „Klasse, überall nur diese Pappwände in den Büros. Weißt du, was dieses kleine Arschloch Vittorio gemacht hat? Er ist einfach zurückgekommen – ohne einen von uns zu informieren. Jetzt ist er reif."

„Vergiss nicht, dass du heute Nachmittag einen Termin hast. Das Spiel im Kosaido-Golfclub. Du hast selbst gesagt, wie wichtig das Ding ist, auch wenn es nur ein kleines Benefiz-Turnier ist."

Wir waren mit wachsendem Unmut den Ausführungen von Giordanos Anwalt gefolgt. Es gab noch einige Diskussionen zwischen ihm und dem leitenden Staatsanwalt, aber wir hatten ja keine Handhabe gegen den Mann. Jupps Gesicht war zu einer Maske erstarrt. Als Giordano sich erhob und gehen wollte, zeigte er ein arrogantes Grinsen. Da platzte meinem Freund der Kragen. Der Musiklehrer hob gerade sein Handy vom Tisch auf, als wenige Millimeter neben seiner Hand die Pranke von Schmitz krachend auf den Tisch schlug. „Sie wissen mehr, als Sie uns sagen wollen, Herr Giordano. Seien Sie sicher, wir werden uns an Sie erinnern und rausbekommen, was Sie mit dem Tod des Kindes zu tun haben. Und passen Sie auf sich auf. Nicht, dass Sie eines Tages ein Foto von sich zusammen mit einem durchbohrten Lammherz im Briefkasten haben." Der Anwalt legte seinen Arm um die Schulter seines Klienten und sagte zum Staatsanwalt: „Pfeifen Sie ihre Pitbulls zurück oder legen Sie ihnen Maulkörbe an!" Dann verließ er mit dem Italiener das Präsidium. „Hast du gesehen, was ich gesehen habe?", fragte Jupp; an mich gerichtet. Ich nickte. „Der Kerl hat Dreck am Stecken ... und er ist ein Feigling. Er hat Angst, Angst vor Schmerz. Wenn du weiter gemacht hättest, hätte er eingenässt. Die Nummer mit der Mafia-Warnung hat ihm echt den Rest gegeben." Der Staatsanwalt begleitete uns zu Kriminaloberrat Richter und berichtete von dem Verhör. „Insgesamt haben wir mit Zitronen gehandelt.

Ich vertraue zwar voll auf das Gespür Ihrer Ermittler (welch seltener Ton von einem Vertreter dieser Instanz), aber da muss mehr Fleisch an den Knochen. So können wir dem Mann gar nichts."

Nachdem der Jurist den Raum verlassen hatte, fragte Richter: „So, Kollegen, jetzt mal unter uns: wie ist Ihr Eindruck?" Wir taten uns schwer mit einem sicheren Statement. Zu groß war unsere Verunsicherung nach dem Vorfall mit Frings. Klar, seine Unschuld stand nicht zweifelsfrei fest, aber insbesondere ich war mit meiner starren Überzeugung von der Schuld des Selbstmörders Ins Wanken geraten. Jupp kam mir zu Hilfe. „Nach aller Erfahrung könnte der Mann mit Informationen weiterhelfen. Aber er hält sich zurück, das ist unverkennbar. All das theatralische Loben des Mädchens, die übertriebene Emotionalität, das ist alles etwas zu dick aufgetragen. Auch unter Berücksichtigung der Tatsache, dass er ein gefühlvoller Italiener ist." „Bitte keine Vorurteile, Schmitz, die verstellen nur den Blick." „Das war doch kein Vorurteil, Chef. Aber das große Gefühl ist doch genau das, was man den ItalienerN nachsagt – so wie uns die Leidenschaft für die Kartoffel und unseren Ordnungssinn!" Beide grinsten sich an. „Dann mal raus mit Ihnen und ran an die Arbeit. Dass Sie mir ja gut mit Frau Schäfer zusammenarbeiten, die macht einen klasse Job. Quatsch, was sag ich da! Grüßen Sie sie von mir, Herr Schmitz. So, wenn das jetzt alles war? Ich muss heute früher weg, ein Benefiz-Golfturnier."

Gaby Fresnell hatte nach unzähligen erfolglosen Versuchen endlich Walter Gronimus am Telefon erwischt und ihm die furchtbaren Nachrichten mitgeteilt. Der alte Reporter hatte ohne Zwischenfragen gelauscht. „Und? Was sagst du? Was steckt dahinter? Wer kann ihm das angetan haben?" „Gaby, das werden wir vielleicht nie rausbekommen. Ich muss das Ganze jetzt erst einmal durchdenken. Ich habe in den letzten Tagen mit meiner Schwester einen kleinen Segeltörn auf der Ostsee gemacht. Das war ein Traum seit unserer Kinderzeit. Da war ich nicht erreichbar. Ich schau gleich mal nach, ob er auch versucht hat, mich zu erreichen. Ich melde mich in den nächsten Tagen wieder bei dir." Damit legte er auf. Die Journalistin quälte sich mit der Frage, ob sie ihren aktuellen Chef Pinkas Reinardy einweihen und ihm über ihren lang zurückliegenden Fehltritt berichten sollte. Es konnte das Ende ihrer Karriere bedeuten und sogar eine strafrechtliche Verfolgung nach sich ziehen. Dabei war sie sich nicht sicher, ob schon eine Verjährung eingetreten war. Aber war das letztlich nicht egal? Es fiel ihr schwer, sich auf das Tagesgeschäft zu konzentrieren. Der Tag würde an sich schon ein besonders heftiger werden. In zwei Stunden sollte die Beisetzung der kleinen Svetlana sein, am Nachmittag war die Beerdigung von Jan Poulsen. Sie würde an beiden teilnehmen.

Richter fuhr mit seinem alten Saab 850 GT auf dem Parkplatz des Kosaido-Golfclubs vor. Wie immer sorgte er mit dem Wagen für erstaunte Blicke, manche sogar neidisch. Schwungvoll stieß er die Tür auf und holte aus dem Kofferraum seine Golfausrüstung. Alte Bekannte grüßend, ein paar herzliche Allgemeinplätze austauschend, ging er zu den Umkleideräumen und zog seine Sportkleidung an. Sein Partner - denn es handelte sich um ein Team-Turnier - war sein langjähriger Freund Yasumiro Ito. Verhielt sich Richter anderen Japanern gegenüber, den asiatischen Gepflogenheiten entsprechend, distanziert höflich, war sein Kumpel soweit europäisch sozialisiert, dass er ihn mit einem kräftigen Schulterschlag begrüßen konnte. „Yasu, alter Mann, alles klar? Wie bist du heute drauf? Packen wir die anderen in den Sack?" Einen traditionellen Samurai imitierend, zog Ito einen eisernen Golfschläger aus seinem Golfbag, legte ihn an seine Hüfte und zog ihn wie ein Schwert mit einem einzigen Schwung hervor. Mit einem tiefen Brummen hieb er durch die Luft, als würde er seine Gegner in zwei Hälften schlagen. „Keine Chance haben die heute. Ich spüre die Macht meiner Ahnen in mir. Und außerdem … ich habe schon zwei Killepitsch Zielwasser intus." Absolut sicher, sein japanischer Freund war definitiv kein typischer Japaner mehr.

Sie betraten den Platz und grüßten mit Handzeichen die ihnen bekannten anderen Teilnehmer des Turniers. Im gleichen Augenblick bat der Moderator über die Lautsprecheranlage alle Teilnehmer zu sich und erklärte die speziellen Regeln für das Turnier. Ausdrücklich erwähnte er, dass sämtliche Preisgelder, Greenfees und Spenden dieses Tages dem Kinderhospiz Regenbogenland gestiftet würden. Dann wurden die Startnummern ausgelost, sie richteten sich nicht nach den jeweiligen Handicaps. Richter und Ito starteten als Vierte in einem Feld von 18 Teams, weshalb sie auch nur einen Neun-Loch Kurs spielten.

Schnell kristallisierte sich heraus, dass die besten Teams nur wenige Fehlschläge brauchen würden. Richter und Ito hielten sich wacker auf dem dritten Platz. In Führung lagen ein dem Polizisten unbekannter Unternehmer und sein Golfpartner, ein fast zwei Meter großer Kerl, der mehr wie ein Security-Mann als wie ein Sportler wirkte. Dem Japaner und seinem Freund gelang es zwar, sich bis zum Turnierende auf Platz zwei vorzuschieben, aber das Führungsteam war nicht zu schlagen. Die drei

Erstplatzierten kamen zur Siegerehrung, erhielten eine Urkunde und gratulierten einander mit englischer Noblesse.

Nach dem Umkleiden traf man sich im Restaurant, um der Spendenübergabe und dem Festessen beizuwohnen. Richter und Ito waren am gleichen Tisch wie das Siegerpaar platziert worden. Zwischen den Gängen plauderte man über Alltägliches und stellte die eine oder andere persönliche Frage. Lessing und Murillo, denn um niemand anderen handelte es sich, zuckten zusammen, als Richter seinen Job erwähnte. „Und was machen Sie da bei der Polizei?" „Ich leite die Kriminalinspektion 1." „Verzeihen Sie meine Unwissenheit, Herr Richter, aber was ist das, so eine Inspektion?" „In einer Inspektion sind mehrere Kommissariate zusammengefasst. Zu meiner gehören z.B. das KK 11 Tötungsdelikte oder das KK 12 für Vermisstenfälle." Wieder bemerkte Richter das Zusammenzucken des Fragestellers und den raschen Seitenblick zu seinem Begleiter. Dieser blieb emotionslos und starrte den Polizisten ruhig an. In die nun eintretende Stille hinein begann Ito, einige Anekdoten von Kollegen aus seinem Unternehmen preiszugeben. „Wissen sie, ich habe mir den Spaß daraus gemacht, meinen Kollegen und seine Frau zu einem Altstadtbummel einzuladen, an seinem ersten Abend in Deutschland. Wir haben im Goldenen Ring gegessen, im „Füchschen" und „Uerige" ein Bier getrunken und die Sehenswürdigkeiten angesehen. Dann aber hat mich wohl ein kleiner Tengu, ein böser Geist, geritten, denn die zwei Gläser Bier hätten an sich schon gereicht. Aber ich habe sie dann noch in die Killepitsch-Bar gegenüber vom Uerige geschleppt. Sasuke war nach zwei Gläsern so dicht, dass er begann, auf dem Tisch alte Tänze aufzuführen. Seine Frau versank vor Scham fast unterm Tisch. Ich habe das Paar dann mit nach Niederkassel in ihre Wohnung gebracht ... mit drei Zwischenstopps für 'Opfergaben' in den Rinnstein." Grinsend prostete er uns zu.

Lessing und sein Kollege entschuldigten sich für einen Besuch der Toiletten, was Ito zu der Bemerkung hinriss: „Wie zwei Mädels! Ob die Jungs auch in echt ein Paar sind?" Richter war völlig in Gedanken. Die Fragen und Reaktionen der Männer hatten ihn misstrauisch gemacht. Er bat seinen Freund ebenfalls um Verzeihung und verließ das Gebäude. Dort zog er sein Handy hervor und rief Oberle an. „Tun Sie mir einen Gefallen. Checken Sie mal die Namen David Lessing und Ramon Murillo. Und die Ergebnisse legen Sie mir bitte direkt morgen auf den Schreibtisch … nein, nur so eine dunkle Ahnung … ich sage Ihnen morgen, um was es geht." Damit legte er auf. Er konnte sicher sein, dass seine beiden hartnäckigsten Spürhunde alles entdecken würden, was es zu finden gab. Er steckte sein Handy ein und ging zurück ins Gebäude. An der Bar orderte er vier Gläser Whisky, einen Bowmore von 1957. Mit dem Präsent wollte er seine längere Abwesenheit vom Tisch entschuldigen. Aber als er bei Ito ankam, waren ihre Tischnachbarn noch abwesend. Richter stellte die Gläser ab und lauschte dem Gesang der gerade auftretenden Sängerin.

Der Polizist hatte nicht bemerkt, dass in der Nähe der Stelle, wo er telefoniert hatte, ein Fenster gekippt gewesen war. Im Raum hinter diesem Fenster war ein Besprechungsraum, in dem sich Lessing und Murillo unterhielten. Gerade, als sie sich über ihre Eindrücke von Richter austauschten, hörten sie dessen Stimme und bekamen den Auftrag in allen Details mit, den Richter Oberle erteilte. Sie warteten, bis sie die Schritte des Kriminalbeamten hörten. „Scheiße", war der erste Kommentar Lessings, „geht heute denn alles schief? Was jetzt, Ramon? Wir müssen uns ganz schnell etwas einfallen lassen, vor allem, bevor Richter seinen Leuten seine Vermutungen mitteilt." Murillo blieb wie immer gelassen. „Du weißt genau, was nun zu tun ist. Nur das WIE ist zu klären. Also, was ist dir lieber? Unfall oder …?"

Lessing schritt auf und ab, zupfte an seiner Lippe, murmelte vor sich hin. Seinem Bodyguard war klar, dass er das Für und Wider der beiden Lösungen abwog. Dann stoppte er entschlossen und sagte: „Unfall! Am besten mit dem Auto. Klau was Kräftiges und dräng ihn ab. Ich fahre hinter euch her und nehme dich dann auf. Außerdem kann ich dann für dich mit abchecken, ob wir unbeobachtet sind."

Sie kehrten an den Tisch zurück, prosteten dem edlen Spender zu und beantworteten Fragen zu ihrer Person und ihrer Profession ausweichend und einsilbig, was Richters Argwohn nur noch erhöhte. Murillo verabschiedete sich als Erster. Ein wichtiger Termin am nächsten Morgen. Etwa eine Viertelstunde später erhoben sich Richter und Lessing fast gleichzeitig und brachen auf. Ito wollte den Abend noch nicht enden lassen und raunte seinem Golfpartner zu: „Wohl doch kein Pärchen, die beiden, was? So, ich werde mich jetzt etwas näher mit dieser hinreißenden Sängerin befassen. Ob die schon mal was mit einem kleinen Gelben hatte?" Lachend umarmten sich die beiden Sportskameraden, aus denen mit den Jahren echte Freunde geworden waren.

Auf dem Parkplatz verabschiedeten sich Richter und Lessing mit Handschlag und jeder stieg in seinen Wagen. Richters Saab rollte zuerst auf die Bergische Landstraße. Lessing wartete einen Augenblick und sah, wie die Scheinwerfer eines Hummer-Geländewagens aufflammten und zweimal blinkten. Eine gute Wahl, dachte er, ließ Murillo den Vortritt und hängte sich an den gestohlenen Wagen heran. Zu ihrem Glück fuhr auf der A3 in dieser Nacht kein einziges anderes Fahrzeug. Was sie nicht wissen konnten, war, dass es am Hildener Kreuz einen Unfall gegeben hatte und die Strecke Richtung Oberhausen gesperrt war. Richters Oldtimer fuhr gemächlich auf der rechten Spur und Murillo hatte sich hinter ihn mit ausreichendem Abstand gehängt. Dann, etwa auf Höhe eines Waldstücks, an dem die A3 parallel zum Krummbachweg verlief, gab Murillo Vollgas, zog auf die Mittelspur neben Richter und riss das Lenkrad nach rechts. Der Oldtimer mit seinen 1,8 Tonnen Gewicht hatte gegen den Hummer in der Military-Version, der fast doppelt so schwer war, keine Chance. Richter versuchte zwar, reflexartig auszugleichen und irgendwie zu entkommen, aber der zweite Rammstoß gab ihm den Rest. Mit einem letzten Seitenblick erkannte er in der schwachen Armaturenbeleuchtung des gegnerischen Fahrzeugs das Gesicht Murillos. Dann prallte der Saab gegen die Leitplanke, schleuderte zurück gegen den Geländewagen und durchbrach jetzt die Leitplanke. Der Wagen überschlug sich und landete krachend mitten zwischen den Bäumen. Murillo stieg voll in die Bremse und kam sehr schnell zum Stehen. Lessing hatte alles beobachtet und hielt unmittelbar an der Durchbruchstelle. Keine Explosion wie in Blockbustern, aber die Trümmer des Oldtimers rauchten im Lichtkegel von Lessings Scheinwerfern. „Ich würde ja am liebsten nachsehen, aber wir haben so viel Glück bis jetzt gehabt – das sollten wir nicht überstrapazieren. Was ist mit dem Hummer?" Murillo ging an den Kofferraum von Lessings Wagen, nahm eine Rolle Küchenpapier aus einem Fach im Boden, ging zum Hummer und öffnete den Tankdeckel. Er formte aus mehreren Blättern eine Art Wurst und stopfte sie in die Tanköffnung. Als sich das Papier mit Kraftstoff vollgesaugt hatte, zündete er die Lunte an. Lessing hatte sich bereits an das Steuer seines Wagens gesetzt und stieß die Beifahrertür für seinen Bodyguard auf. Dieser rannte auf den Wagen zu, warf sich auf den Sitz und Lessing machte einen Kavalierstart. Der Unternehmer starrte in den Rückspiegel, verwundert, dass noch immer kein Scheinwerfer in seinem Rückspiegel zu sehen war. Dann sah er eine gleißende Stichflamme, der eine ohrenbetäubende Explosion folgte.

Murillos Atem ging schon wieder so ruhig, als hätte er eine Stunde geschlafen. Neugierig tippte er auf seinem Smartphone herum. Dadurch entging ihm eine Kleinigkeit. Mit einer kleinen Bewegung tippte Lessing auf einen Knopf des interaktiven Lenkrads – wodurch er die in den

Rückspiegel integrierte Dash-Cam ausschaltete. Mit dieser hatte er die gesamte sich vor der Windschutzscheibe abspielende Aktion Murillos aufgenommen und beim Aussteigen vermieden, in den Aufnahmebereich der Kamera zu kommen. Wer weiß, wofür er die Aufnahmen noch brauchen würde.

Gaby Fresnell verließ den Südfriedhof zusammen mit den anderen Trauergästen. Sie hatte vermieden, näher mit anderen Menschen in Kontakt zu treten, denn sie war nur teilweise aus privatem Interesse anwesend. Sie hatte während der Beisetzung genau die anwesenden Personen beobachtet. Es war eine so große Menge an Menschen vor Ort, dass eine Inspektion aller interessanten Personen unmöglich war. Viele weinende Kinder bestimmten das Bild, da nahezu alle Mitschüler der Ermordeten ihr die letzte Ehre gaben. Die Mutter war vor dem Grab weinend in die Knie gesunken, Svetlanas Bruder und Schwester standen stumm vor dem tiefen Loch, einander an den Händen haltend. Herr Gribowsky hatte sich leidlich zurecht gemacht, konnte sich aber nur mühsam aufrecht halten. Gaby stand nahe genug, um seine Fahne riechen zu können. Andere Trauergäste verhielten sich so, wie man es erwarten konnte. Lediglich eine Person, ein Mann um die 50, drückte seinen Schmerz und Verlust reichlich übertrieben aus. Er warf in das Erdloch einen Strauß mit 50 weißen Rosen, die mit Seidenbändern und einer künstlichen Nachtigall geschmückt waren. Sein Mitgefühl wirkte überzogen und damit erregte er die Aufmerksamkeit der Reporterin. Sie machte unauffällig ein paar Fotos von dem Mann und fragte eher teilnahmslos, wer denn der so gebrochene Mann sei, vielleicht ein Onkel? Nein, antwortete ihr eine neben ihr stehende Frau, dies sei ihr Musiklehrer gewesen, ein gewisser Giordano. Gaby bedankte sich für die Info und notierte die Information heimlich.

Nein, sie würde erst mit Reinardy sprechen, wenn sie etwas Handfestes herausgefunden hätte. Dann sah sie auf die Uhr und machte sich auf den Weg zum Nordfriedhof, wo in einer Stunde die Bestattung von Jan Poulsen stattfinden würde. Sie fuhr mehrere erfolglose Runden, bis endlich ein Anwohner auf der Hugo-Viehoff-Straße seinen Parkplatz räumte. War es in der Kapelle des Südfriedhofes schon voll gewesen, war hier kein Sitzplatz mehr frei. Sie erkannte diverse Kollegen von Konkurrenzblättern und aus dem eigenen Haus. TV und Radiosender hatten auch Vertreter geschickt. Sie näherte sich der Stuhlreihe, in der Pinkas Reinardy saß und ihr einen Platz freihielt. Sie nickten einander zu und zeitgleich begann eine Orgel zu spielen. Nach einem Lied folgte eine Andacht durch einen Geistlichen. Dieser schien Jan gut gekannt zu haben, denn er gestaltete seine Predigt mit vielen persönlichen Anekdoten und Einzelheiten. So erfuhren Fresnell und Reinardy, dass ihr verstorbener Kollege sich sehr in der Gemeindearbeit für Jugendliche engagiert hatte.

Dem Sarg folgten auf dem Weg zur Grabstätte beinahe 150 Personen. Als der Sarg in das Grab hinabgelassen worden war, stellte sich eine ältere Dame davor und wandte sich zu den Trauergästen um. „Danke, dass Sie alle hier erschienen sind, um meinem Sohn das letzte Geleit zu geben. Mein Mann und ich sind uns sicher, dass ihn diese Anteilnahme sehr gefreut und vielleicht sogar überrascht hätte. Insbesondere danken wir den Fotografen für ihre Zurückhaltung. Bitte haben Sie Verständnis, dass wir von der engsten Familie jetzt gerne alleine am Grab Abschied nehmen möchten. Ich danke Ihnen nochmals und sage auf Wiedersehen!" Dann stellte sich eine Gruppe von 15 Menschen an ihre Seite rund um die Grabstätte und schirmte so den Bereich ab.

Die verbleibenden Gäste verstreuten sich einzeln oder in kleinen Gruppen. Fresnell und Reinardy gingen schweigend nebeneinander zum Ausgang. Kurz hinter ihnen liefen zwei Fotografen, Chris Göttert und Achim Hüskes. Die beiden unterhielten sich. „Du kannst mir sagen, was du willst. Das hatte was mit seinen Recherchen zu tun. Er ist irgendjemand zu nahe gekommen." Hüskes schüttelte den Kopf. „Chris, du bist ein Verschwörungstheoretiker. Ich denke eher an ein Beziehungsdrama. Ich kenne seine Freundin. Ein tolles Mädchen, echt umschwärmt. Aber die hatte mal einen Freund, der die Trennung nicht gut verkraftet hat. Jan hat mir mal gesagt, dass oft nachts das Telefon geklingelt hat und wenn er dran war, wurde sofort aufgelegt. Naja, hoffen wir, dass unsere Bullen das Schwein bald kriegen. Ist Scheiße, wenn es gerade so einen jungen Kerl erwischt, der auch so ein Kumpel war."

Das unbeabsichtigt mitgehörte Gespräch hatte Gaby die Tränen in die Augen getrieben. Reinardy bemerkte es und reichte ihr ein Papiertaschentuch. Dankbar nahm sie es an. War jetzt der Zeitpunkt, mit ihrem Chefredakteur zu reden? Doch da klingelte Reinardys Handy. Damit war eine Chance vertan und sie verließ wieder der Mut. Weiter also in ihrer geplanten Absicht: Fakten recherchieren und, wenn alles bereit war, damit zu Pinkas gehen. Die Kollegen machten sich getrennt auf den Weg zu ihren Fahrzeugen.

Wir wollten gerade unseren Dienst beenden, als es klopfte. Ich hatte die von Richter telefonisch erbetenen Daten aus den verschiedenen Informationssystemen zusammengetragen und stand nun vor dem Drucker, um Richter den Packen auf den Schreibtisch zu legen. Unser Chef war zwar ein Fan des „papierlosen Büros", aber in diesem Falle hatte er ausdrücklich auf Ausdrucken bestanden.

Die Tür unseres Büros schwang auf. Den Türrahmen fast ausfüllend, stand dort unser ehemaliger „Durchläufer" Juma Jensen. Juma war unserem Präsidium erhalten geblieben und mittlerweile einer der Stellvertreter des Leiters des KK 15, Betäubungsmittelvergehen. Aber unser junger Kollege war nicht alleine gekommen. Auf dem Arm hielt er ein kleines Bündel, aus dem ein neugierig schauendes Gesicht hervorlugte.

„Hallo, Jungs, ich dachte, ich stelle euch mal meinen Stammhalter vor." Jupp war aufgesprungen und auf die Besucher zugeeilt. „Wurde ja auch höchste Zeit. Zu uns kommst du zuletzt, selbst in der Kantine warst du vorher. Sei doch ehrlich, bei uns hast du es damals doch am besten gehabt, oder? Schließlich hast du in der Zeit mit uns die Mutter dieses Wonneproppens kennengelernt." Das stimmte sogar. Juma hatte uns damals bei der Ermittlung eines Mordfalls unterstützt, bei dem eine Stalkerin mehrere Menschen im Umfeld eines Moderators von center.tv umgebracht hatte. Juma hatte sich im Verlauf der Ermittlungen mit einer Praktikantin des Senders angefreundet und aus den beiden war ein Paar geworden.

„Darf ich euch Ole Jensen vorstellen? Ole ist jetzt sechs Monate alt und der ganze Stolz seiner Eltern, nicht wahr, mein klein Schietbüddel?" Juma konnte seine hanseatische Herkunft nie ganz verleugnen. „Er ist sogar so nett und lässt uns mittlerweile fünf Stunden durchschlafen." In diesem Augenblick schien durch irgendetwas das Interesse des Kleinen geweckt worden zu sein, denn er brabbelte Unverständliches und reckte die molligen Ärmchen in Josefs Richtung. Juma reichte seinen Sohn sofort weiter, was Jupp sichtlich erfreute. Ole schien sich wohlzufühlen auf dem Arm von „Onkel Jupp", wie sein Vater Schmitz bei der Übergabe tituliert hatte. „Heute habe ich was ganz Nettes erlebt. Beim Bäcker stand neben mir so eine Oma. Die schaute uns beide von oben bis unten an und sagte dann: ihr seid aber auch nicht von hier. Ich hab geantwortet: stimmt, ich komme aus Hamburg. Erst hat sie gezögert und dann lauthals gelacht. Und dann hat sie gefragt, ob sie dem kleinen „Schokoklops" ein Mürbchen kaufen dürfte. Ich finde den Ausdruck irgendwie süß. Sie hat das auch ohne Bösartigkeit gesagt." Er strahlte über sein tiefschwarzes Gesicht. Jensen hatte sich oft genug wegen seiner Hautfarbe dumme Sprüche anhören müssen, aber mit seiner sympathischen Art hatte er Konflikte meist abwenden können. Falls nicht, war er aufgrund seiner körperlichen Konstitution jederzeit in der Lage, sich zu behaupten.

Jupp hatte ein Croissant vom Schreibtisch geholt und Ole ein Stückchen angeboten. Dieser hatte begeistert quietschend zugegriffen und begonnen, an dem Blätterteigstück zu knabbern und zu nuckeln. Dabei wandte er sich um und schien das erste Mal mich wahrzunehmen. Sofort setzte das gleiche Schema wie eben ein: Brabbeln, Quietschen, Krähen und die Arme nach mir ausstreckend. Jupp reichte den Säugling weiter und er hielt sich begeistert an meinem Hemd fest. Ich hob ihn grinsend vor mein Gesicht und machte alberne Grimassen. Bevor Juma warnend eingreifen konnte, war es schon passiert. Mit seinen fettverschmierten Fingerchen hatte Ole mitten auf meine Brille gepackt, die Gläser verschmiert und das Gestell von meiner Nase gerissen. „Tut mir leid, Micha, aber das ging zu schnell. Er fährt total auf Brillen ab und wenn der Träger dann noch einen Bart hat, ist es ganz vorbei." Ole mümmelte sein Croissant und hielt meine Brille fest in der Hand. Dann schmiegte er sein Köpfchen an meine Brust und kaute sabbernd weiter. Nach ein paar

Sekunden reichte er mir von sich aus meine Sehhilfe zurück und fing an, mit der nun freien Hand meine Wange zu streicheln. Ich war seltsam berührt und mir fehlten die Worte. Ich schaute zu Juma, der mich erstaunt anblickte. „Das hat er noch bei keinem gemacht, nicht mal bei Oma, Opa oder mir. Nur Mama hatte bisher dieses Privileg. Hoffentlich gibt sich das wieder, wenn er im Kindergarten ist, sonst kommen wir aus den Sorgen nicht mehr raus, dass er mit jedem mitgeht. So, Jungs, ich muss weg, Mama vom Friseur abholen. Nächste Woche endet meine Elternzeit, dann sehen wir uns sicher wieder öfter. Macht's gut und Tschüss!" Er übernahm seinen Filius, der meinen Arm nur unter lautstarkem Protest verließ.

Ich schaute zu Jupp, der dem Zwerg glücklich hinterher sah. „Da sagt Juma nur ein Stichwort und wir sind direkt wieder bei unseren Fällen. Kinder und Fremde. Wer kann sich an solchen hilflosen Würmchen vergreifen? Und selbst wenn sie älter sind … so wie Svetlana oder die verschwundene Sonja … es ändert nichts. Sie sind tabu!" Jupp seufzte: „Gib es auf, mein Alter, wir werden nie diese Typen verstehen. Und das ist auch gut so!"

„Wirklich?", dachte ich bei mir. Wäre unser Job nicht leichter, wenn wir in die Psyche solcher Täter eindringen könnten? Aber wie viel von den Tätern wäre dann in UNS? Mir fiel wieder das Nietzsche-Zitat vom Abgrund ein.

Ich fuhr nach Benrath, um mit Sarah den Abend zu verbringen. Sie war richtig gut drauf und hatte heute zum ersten Mal den Nachmittag in Derendorf im Bistro „Sündenfall" verbracht, dessen Mitinhaberin sie war. Dort hatte sie viele Freundinnen und ehemalige Patientinnen getroffen, die sich sehr über ihr Auftauchen freuten. Einige von ihnen waren Transgender und daher sehr interessiert zu erfahren, wie ihre Operation verlaufen war. Sarah erzählte ohne Pause und manche Namen waren mir geläufig. Dann sprang sie auf und entschied: „ Wir gehen jetzt spazieren und danach ins EXTRATOUR nach Urdenbach etwas essen. Ich habe Appetit auf Brauhausschnitzel." Ich kämpfte mich aus der viel zu weichen Couch hoch und wir fuhren auf den großen Parkplatz, der unterhalb des EXTRATOUR gegenüber der Zufahrt zur Fähre nach Zons lag. Wir stellten den Wagen ab und spazierten gemächlich in Richtung Urdenbacher Kämpen und Rhein. Seltsam, wie der Täter, der angeblich immer an den Ort seiner Tat zurückkehrte, begaben wir uns in der letzten Zeit häufig an Plätze, an denen Dinge geschehen waren, die unserem Leben eine bedeutende Wendung gegeben hatten. Hier, an den Kämpen, hatte mich eine Kugel erwischt, die Sarah zugedacht war. Aufgrund dieser Verletzung hatte ich im Koma gelegen und daraus resultierte auch meine latente Medikamentensucht. Manchmal nannte ich mich einen „leidlich trockenen Morphinisten". Sarah erzählte in einem fort während des Spaziergangs, sodass ich Schwierigkeiten hatte, ihr von Jumas Besuch zu erzählen. Sie konnte Juma gut leiden und dieser verstand sich auch sehr gut mit meiner Frau. Da … schon wieder … ich hatte Sarah erneut als „meine Frau" tituliert. Das fühlte sich so gut an.

Ich beschrieb den Besuch Jumas und erzählte von Klein-Ole, dem Schokoklops. Sarah bemerkte, wie mich diese Begegnung berührt hatte. „Hättest du gerne selbst Kinder gehabt?" Ich überlegte. „Aus heutiger Sicht vielleicht. Aber es war mit meiner früheren Partnerin nie ein Thema gewesen und danach gab es nie eine Bindung, die einen solchen Gedanken zugelassen hätte. Und jetzt …" Ich unterbrach und sah Sarahs traurigen Blick. „Klar, mit einer umgebauten Transe kannst du kein Kind haben!" „NEIN, das wollte ich gar nicht sagen! Ich wollte sagen, dass ich jetzt mit fast 50 Jahren einfach keine Lust mehr darauf habe, nachts mit einer Nuckelflasche und einem schreienden Baby auf dem Arm durch das Haus zu wandern." Ich gab Sarah einen Klaps auf den Po. „Und jetzt hör auf, so einen Unsinn zu erzählen." Sie erwiderte sehr ernst: „Man kann auch Kinder adoptieren. Dafür sind wir beide nicht zu alt. Und …"

Ich war stehengeblieben und sah mich verwirrt um. Niemand war in unserer Nähe, nur ein Mann mit einem Labrador. Ich ließ Sarah stehen und ging auf den Mann zu. „Verzeihung, kommen Sie von der Fähre?" Der Mann bejahte und taxierte mich argwöhnisch. „Sind Ihnen auf dem Weg Kinder begegnet? Allein oder in Begleitung?" „Nein, aber warum wollen Sie das wissen? Wer sind Sie überhaupt?" Ich zeigte ihm meinen Dienstausweis, was ihn beruhigte. Ich dankte für die Auskunft und kehrte zu der etwas verstörten Sarah zurück. „Was war DAS denn?" „Hast du nichts gehört?" Sarah erschauerte. „Doch nicht schon wieder diese Kinderstimmen. Du hast wieder das Lachen gehört? Michael, du hast eben von Jumas Sohn erzählt und wie dich dieses Erlebnis im Zusammenhang mit den Fällen beschäftigt. Deine Sinne spielen dir bestimmt einen Streich."

Ich schüttelte den Kopf. „Nein, dieses Mal war es anders. Dieses Mal habe ich verstanden, was sie sagten: *Hilf uns!*"

Kapitel 12

Mit einiger Mühe hatte ich in der vergangenen Nacht in den Schlaf gefunden. Sarah hatte es aufgegeben, mich davon überzeugen zu wollen, dass ich einem Hirngespinst aufgesessen sei. Meine überspannte Fantasie und die berufliche Belastung, gepaart mit einem unterbewussten Schuldgefühl wegen des Suizids von Frings, brachten mich dazu, Dinge zu sehen und zu hören, die nicht existierten. Soweit ihre fachliche Psychologenmeinung! Ich hatte es mir in den Jahren unseres Zusammenseins zu eigen gemacht, dass ihre Ratschläge vernünftig waren und sie mir halfen, manche Probleme aus einem völlig anderen Blickwinkel zu betrachten. Jetzt jedoch, in diesem speziellen Fall, war die Wahrnehmung so real, so zum Greifen, dass ich mich jeder logischen Argumentation verschloss. Natürlich konnte ich mir nicht eingestehen, dass das alles vielleicht meiner Drogensucht bzw. deren Spätfolgen geschuldet war. Ich WOLLTE, dass diese Stimmen real waren. Ich WOLLTE, dass ich in ihrem Auftrag für Gerechtigkeit zu sorgen hätte. Und sei es nur, dass ich diesen Fall stellvertretend für die Vielzahl von Fällen lösen könnte, die man unter dem Begriff „Dunkelziffer" subsummierte.

Sarah war nicht sauer auf mich. Sie wirkte traurig, verstört, besorgt. Und so ein Spektrum an Gefühlen hat man nur für jemand, der einem aufrichtig am Herzen liegt. DAS zumindest begriff ich. So schliefen wir aneinander gekuschelt ein und wurden erst vom Wecker gegen 6.00 Uhr geweckt. Die üblichen Morgenrituale spulten wir in eintöniger Weise ab, jedoch fragte Sarah mich, bevor ich ihre Wohnung verließ: „Sehen wir uns heute Abend? Ich hätte da nämlich eine Bitte." Ich erwiderte: „Was denn, mein Schatz? Soll ich dir was mitbringen?" „Nein, komm einfach nach dem

Dienst her. Ich möchte etwas Zeit mit dir verbringen." Ich küsste sie zum Abschied und machte mich auf den Weg zum Jürgensplatz.

Jupp war bereits da und unterhielt sich auf dem Flur mit Jutta. Ich ging auf die beiden zu und grüßte. Sie wandten sich um und ich blickte in ihre erschütterten Gesichter. „Was ist passiert? Ihr macht ein Gesicht wie sieben Tage Regenwetter. Gibt es Stress in der Casa Schmitz?" Keiner lächelte über meinen zugegeben müden Scherz. „Du weißt es demnach noch nicht?", fragte der Exil-Kölner mit todernstem Gesicht. „Was weiß ich nicht?" Schmitz stieß die Tür zu unserem Büro auf und sagte: „Dann komm erstmal rein und setz dich. Wenn du DIE Geschichte hörst, fällst du um." Ich nahm Platz, während Jutta sich verabschiedete und Jupp sich einen Kaffee einschüttete. Dann begann er seine Erzählung: „Als ich heute Morgen reinkam, lag eine kurze Notiz vom KDD auf dem Tisch. Ich hab die dann direkt angerufen. Richter hatte doch gestern dieses Golf-Turnier, irgendwo am Stadtrand Richtung Mettmann. Da ist er am späten Abend weggefahren. Auf der A3, zwischen Mettmann und dem Kreuz Ratingen-Ost, ist er von einem anderen Fahrzeug gezielt gerammt und von der Bahn gedrängt worden. Sein Auto hat die Leitplanken durchbrochen und ist in ein Wäldchen neben der Autobahn geknallt. Sein Wagen ist ein einziger Metallklumpen. Der Wagen, der ihn abgedrängt hat, ist kurz zuvor auf dem Parkplatz des Golf-Clubs gestohlen worden. Die Täter - nach Sachlage müssen es mindestens zwei Personen gewesen sein - haben das gestohlene Fahrzeug nach der Tat angezündet und zur Explosion gebracht." Ich hatte Schmitz angespannt zugehört, aber jetzt brach es aus mir heraus: „Und was ist mit Richter? Gibt es Hinweise auf die Täter? Gibt es Tatzeugen?" Jupp antwortete: „Richter liegt in der Uni-Klinik im Koma. Sein Zustand ist extrem kritisch. Die Ärzte räumen ihm keine großen Chancen ein. Hinweise auf die Täter ... Fehlanzeige. Zeugen? Auch nix. Die Schweine haben auch noch irres Glück gehabt. Kurz vor der Tat ist ein Tanklastzug am Hildener Kreuz auf die Autobahn aufgefahren, hat sich in den rollenden Verkehr reingedrängt und dabei einen Zusammenstoß mit einem Kleintransporter gehabt. Dieser hat sich überschlagen und ist in Flammen aufgegangen. Daher war der Abschnitt ab Hilden in Richtung Oberhausen voll gesperrt und niemand kam durch, höchstens jemand, der, wie Richter, in Mettmann auffuhr. Das ist auch unsere einzige Hoffnung, dass irgendjemand den gleichen Weg genommen und vielleicht etwas gesehen hat. Die Kollegen haben schon eine Nachricht an die Medien gegeben. Die erste Zeugensuche wird in den 8 Uhr Nachrichten gebracht." Ich stand auf und nahm meine Jacke von der Stuhllehne. „Ich fahre in die Uni-Klinik. Kommst du mit?" Jupp griff ebenfalls nach seiner Jacke und wir machten uns auf den Weg.

Schmitz hatte sich das genaue Gebäude notiert, in dem Richter liegen sollte. Wir konnten problemlos mit unseren Dienstausweisen auf das Gelände und fanden direkt vor der MNR-Klinik, einem Hochhaus, einen Parkplatz. Am Eingang fragten wir nach der Intensivstation und man erklärte uns den Weg. Wie nicht anders zu erwarten gewesen war, verweigerte man uns den Zutritt unter Hinweis auf die Besuchszeiten und überhaupt grundsätzlich, da wir keine direkten Verwandten des Patienten seien. Wir nahmen Platz in der Hoffnung, einen Arzt abfangen zu können, der uns nähere Auskünfte hätte geben können. Als allerletzte Lösung wollten wir Ruprecht Vollmer, den Rechtsmediziner, einschalten. Dieser könnte doch sicher auf dem kleinen Dienstweg etwas Genaueres rausbekommen. Bevor wir aber zu diesem Mittel greifen mussten, öffnete sich die elektrische Doppeltür der Intensivstation und Richters Ehefrau Laura kam auf uns zu. Wir kannten einander, von gelegentlichen Besuchen, bei denen sie ihren Mann vom Büro abgeholt hatte, oder von offiziellen Anlässen. Sie begrüßte uns ernst mit einem schwachen Händedruck und setzte sich mit uns in eine Besucherecke. Ihr Gesicht war von den Strapazen einer durchwachten Nacht und der Angst um ihren Mann gezeichnet. Aber sie hielt sich erstaunlich tapfer. „Herr Oberle, Herr

Schmitz, ich bin Ihnen dankbar, dass Sie sich herbemüht haben. Aber Werners Zustand ist unverändert. Er hat ein schweres Schädel-Hirn-Trauma. Sein Hirn ist durch den Aufprall des Wagens gequetscht worden und dadurch angeschwollen. Man musste eine Drainage hinter einem Ohr anlegen, um den Überdruck zu kontrollieren. Er hat multiple Brüche, eine Milzruptur und ein zertrümmertes Fußgelenk." Sie atmete schwer durch und ließ den Kopf sinken. Ich legte schweigend meine Hand auf die ihre und sie blickte auf. „Werner hat mich noch bei der Abfahrt angerufen und gesagt, er sei in einer halben Stunde zu Hause. Als er nach einer Stunde noch immer nicht da war, habe ich zigmal auf seinem Handy erfolglos angerufen. Dann kamen Beamte von der Wache in Mettmann zu uns nach Hösel und haben mir von dem furchtbaren Ereignis berichtet. Sie haben mich dann auch hergebracht." Sie sah uns beide mit Verzweiflung in den Augen an. „Wer macht sowas, Herr Oberle? Herr Schmitz, die Beamten sagten mir, dass es kein Unfall gewesen ist. Wissen Sie, woran Werner gearbeitet hatte? Er war doch in seinem Job nur noch ganz selten in die aktive Ermittlungsarbeit eingebunden. Ich … ich verstehe das einfach nicht." Jetzt brachen sich die Tränen die Bahn. Zusammen mit der körperlichen Erschöpfung war die Nervenbelastung für die Frau einfach zu viel. Daher fragte ich möglichst unverfänglich und ruhig: „Hat Ihr Mann in dem besagten Telefonat noch etwas anderes erwähnt? Mit wem er im Club gespielt oder gesprochen hat? Alles kann wichtig sein, Frau Richter." Sie schüttelte nur den Kopf. „Nein, es ging nur um die Info, dass er bald daheim wäre. Allerdings … seine Stimme. Die klang … wie soll ich sagen? ja, ein wenig erregt … wie damals, als er selbst noch Ermittler war … er nannte das einmal Beutegier, wenn er unbedingt eines Täters habhaft werden wollte. Ja, genau so hat er sich in dem Gespräch angehört." Wissend hatte ich genickt und Jupp zugezwinkert. Jetzt war mir klar, dass zwischen dem Anschlag und seinem gestrigen Auftrag am Telefon ein direkter Zusammenhang bestehen musste.

Wir boten der Gattin unseres Chefs an, sie nach Hause zu fahren, aber sie lehnte dankend ab. Stattdessen wollte sie lieber zurück auf die Intensivstation zu ihrem Mann. Nur allzu gut zu verstehen, dachte ich mir, da ich ja selbst vor einigen Jahren in der gleichen Situation gewesen war wie Richter jetzt. Jupp, der alte Fuchs hingegen, tat so, als müsse er die erschöpfte Frau stützen und ging kackfrech mit ihr zusammen durch die sich öffnende Tür. Ich blieb zurück und wartete. Nach zehn Minuten kehrte er allein zurück, ziemlich bleich im Gesicht. „Mein Gott, sieht der schlimm aus. Alles bandagiert und mit Drähten, die rausgucken. Überall Schläuche, mit Blut, Eiter und Urin. Und erst der Geruch von den Medikamenten und dem Desinfektionszeug. Mir ist total schlecht. Liegt vermutlich daran, dass da ein Mensch liegt, den man gut kennt und der einem nicht egal ist. Komm, Alter, gehen wir auf die Jagd und kriegen wir diese Drecksäue!" Wir rasten mit Blaulicht und Sirene zurück ins Präsidium. Sofort eilten wir in Richters Büro und schnappten uns die ausgedruckten Unterlagen, die ich ihm gestern Abend noch auf den Schreibtisch gepackt hatte. Wir wollten uns gerade auf den Weg zur Airportcity machen, wo der besagte David Lessing seine Büros hatte, als Jutta in der Tür stand.

„Ihr werdet es nicht glauben. Wisst ihr, wer wieder aufgetaucht ist? Die kleine Sonja Seboldt!" „WAS? Wie aufgetaucht? Einfach so? Wo war die denn? Ist das Biest etwa einfach nur ausgebüxt? Der sollte man mal ordentlich den Arsch vers...." Jutta unterbrach ihren Lebenspartner. „Unsinn, Josef! Sie ist tatsächlich entführt worden. Das Ganze ist eine unglaubliche Geschichte. Ich bin unterwegs zur Wache nach Mörsenbroich. Sie hat offenbar keine Verletzungen und ist nur ein wenig verwirrt. Teresa Koch vom Jugendamt holt gerade ihre Mutter und ihren Bruder ab und wir treffen uns dort. Aber ich MUSS jetzt los. Kommt ihr mit?"

Jupp packte mich an den Schultern und schaute mir ernsthaft und tief in die Augen, als wäre er ein Mediziner und ich ein medizinisches Phänomen. „Tut mir leid, aber ich nehme dich nicht mit zu den Typen in der Airport City. Zumindest nicht jetzt! Du weißt genau, warum ... wir müssen jetzt nicht darüber reden. Geh du mit Jutta zu dem Kind. Du brauchst jetzt einfach einen positiven Schub. Glaub mir einfach und", mit einem Seitenblick zu Jutta, „passt gegenseitig auf euch auf, verstanden?" Jutta grinste und salutierte wie ein strammer Soldat. Ich nickte nur und wir gingen eilig zum Wagen.

Ich fuhr extrem schnell und nutzte auch Sirene und Blaulicht, denn ich wollte in jedem Falle zumindest gleichzeitig mit der Mutter des Mädchens eintreffen. Das gelang auch, denn als wir die Stufen zu dem modernen Zweckbau hochstiegen, spiegelten sich in den großen Glasflächen des Hauses Teresa Koch, Carmen Seboldt und ihr Sohn Oliver. Der Junge krähte lauthals und fröhlich: „Wir holen Sonja ... wir holen Sonja ... wir holen Sonja zurück nach Haus." Das hörte sich so wunderbar und normal an, dass Jutta und ich stoppten und die drei ansahen, bis sie bei uns standen. „Bitte, lassen Sie uns sofort reingehen. Ich halte das keine Minute länger aus." Wer wollte der Mutter das verdenken? Wir kamen in den großen Raum, in dem hinter einer Theke an mehreren Schreibtischen uniformierte Polizisten saßen. An der Theke stand ein älterer Beamter, der sich mit einem Arzt in weißer Hose und orangefarbener Jacke lautstark stritt. „Und ich sagen Ihnen zu letzten Mal, dass Sie warten werden, bis die Mutter des Kindes hier ist. Das Kind hat keine sichtbaren Verletzungen und klagt auch nicht über Schmerzen. Der Transport ins Krankenhaus kann also sicher noch die paar Minuten warten. Das Mädchen hat Angst und wir warten, bis ihre Mutter da ist, und schicken sie nicht auf Rundtour ins nächste Krankenhaus." Der Mediziner plusterte sich auf: „Woher nehmen Sie die Kompetenz, DAS beurteilen zu können? Ich bestehe darauf, dass wir jetzt SOFORT ..." Dem Polizisten schien in diesem

Augenblick der Kragen zu platzen. Er hieb mit der flachen Hand auf die Theke, sodass eine in der Nähe stehende Kaffeetasse klirrend auf der Untertasse rappelte. „EINFACH MAL DIE KLAPPE HALTEN!" Dann atmete er erleichtert auf, denn ich signalisierte mit Gesten in Richtung der gerade eintretenden Mutter, dass dies die erwartete Person sei. Frau Seboldt schien in diesem Augenblick eine große Stärke zu besitzen. Sie trat an die Theke und fragte: „Darf ich bitte zu meiner Tochter? Sonja Seboldt?" Der Arzt sprach sie sofort an: „Frau Seboldt, ich muss Ihre Tochter sofort in die Klinik bringen. Nur dort können wir alle erforderlichen Untersuchungen machen und ..." Sie sah im ruhig in die Augen. „Nein! Mein Kind wurde entführt und es wurde mit ihm wer weiß was angestellt. Sie hat Angst und will nur den Menschen sehen, der sie immer beschützen wird. DAS ist wichtiger als alles, was SIE jetzt tun könnten. Und jetzt gehen Sie aus dem Weg!" Mit großer Bestimmtheit schob sie den sprachlosen Arzt beiseite und wurde von dem grinsenden, älteren Uniformierten zu einem Raum im hinteren Bereich der Wache geführt. Wir folgten als Tross, Teresa Koch als letzte. Im Vorbeigehen klopfte sie dem konsternierten Doc auf die Schulter. „Sie sind ja noch jung, Sie lernen das schon noch." Dann folgte sie uns kopfschüttelnd.

Das Zimmer, in dem sich das Mädchen mit einer jungen Beamtin aufhielt, war zu klein, als dass wir alle in den Raum gepasst hätten. Also ging nur Carmen Seboldt mit Oliver hinein, der sich sofort auf Sonja stürzte und sich fest an sie presste. Sonja sah ihre Mutter an und beide begannen zu weinen. Carmen umschloss ihre beiden Kinder mit den Armen und drückte sie fest an sich. Wir ließen der kleinen Familie eine Viertelstunde Ruhe. Dann aber klopfte Teresa an die Tür und fragte, ob wir reinkommen dürften. Der bei uns stehende Wachleiter, der niemand anderer war als der eben so lautstark auftretende Beamte, sagte: „Das bringt hier doch nichts. In der Enge bekommt das Kind doch Angst vor so vielen Leuten." Er winkte uns zu folgen und führte uns in den Pausenraum der Wache. Dort bat er die anwesenden Polizisten, für uns den Raum zu räumen. Seboldt reichte ihm wortlos dankbar die Hand. Dann erklärte sie Sonja, wer wir alle seien und fragte, ob sie uns ein paar Fragen beantworten könne. Das Mädchen nickte. Jutta machte den Anfang: „Sonja, ich bin Jutta. Ich bin Polizistin und ich habe in den letzten Tagen nach dir gesucht. Kannst du mir sagen, was mit dir passiert ist? Du bist doch auf dem Mittelalterfest verschwunden!"

Sonja sah uns einen nach dem anderen ernst an. Dann straffte sie sich und begann ihre Beschreibung mit einer Ernsthaftigkeit, die so gar nicht ihrem Alter entsprach. „Ich habe unsere Sachen ins Auto gebracht und nach den Zigaretten für Roger gesucht. Dann hat mich jemand von hinten gepackt und in ein Auto gezerrt, das neben unserem stand. Er hat mir etwas auf die Nase und den Mund gedrückt, damit ich nicht schreien konnte. Das hat ganz komisch gerochen. Ich hab nur gesehen, dass er so braune Kleidung angehabt hat, wie die Bauern auf dem Markt. Dann bin ich eingeschlafen. Als ich wieder aufgewacht bin, war ich in einem Zimmer, mit ganz vielen Puppen. Das war wie ein Prinzessinnenzimmer, alles in rosa mit Vorhängen und Decken und so nem Zeug. Ich lag auf einem Himmelbett und dann kam ein Mann durch die Tür. Er brachte ein Tablett mit Essen und Trinken mit und setzte sich zu mir. Dann hat er gesagt, dass ich so schön sei und dass er ein Prinz sei, der für mich sorgen wolle. Er hat mir ein pinkfarbenes Kleid hingelegt, irre schön, wie für einen Ball. Dann hat er gebeten, dass ich mir das Kleid anziehe. Ich hab Angst gehabt und hab das dann auch getan. Dabei hat er sich umgedreht und nicht geguckt. Es hat sogar gepasst. Da hat er gesagt, dass ich ja noch viel schöner bin als in den normalen Sachen. Und dann …" Teresa Koch unterbrach. „Frau Seboldt, soll ich vielleicht kurz mit Oli rausgehen? Ich meine, weil jetzt …" Sie signalisierte mit den Augen. Die Mutter verstand und bat ihren Sohn, mit Teresa nach draußen zu gehen. Natürlich leistete der Kleine lautstarken Widerstand, aber der Wachleiter kam Teresa zu Hilfe. „Ich kann mir vorstellen, dass du noch nie in einem echten Polizeiauto gesessen hast, mit Blaulicht und so. Hast du Lust?" Weiter kam er nicht, denn Oliver war aufgesprungen und zerrte Teresa und den Wachleiter aus dem Raum. Sonja fuhr fort.

„Er hat mir jeden Tag ein neues Kleid gebracht, mir alles zu Essen gekocht, was ich haben wollte und mit mir zusammen DVD's angeguckt. Dabei hat er immer eine seiner Barbies auf dem Schoß gehabt und ..." Sie stockte, was ihrer Mutter die Chance gab zu fragen: „Hat er dir was getan? Hat er dich angefasst?" Der Blick der Fragenden war ängstlich-erwartungsvoll. „Nein, Mami, er hat mir nichts getan. Er hat mich nur einmal umarmt und nur ab und zu meine Hand gestreichelt. Er war auch immer höflich und lieb. Aber als ich ihn gefragt habe, warum er als Junge so viele Barbies hat, wurde er böse und sagte, davon würde ich nichts verstehen. Dann haben wir Tee getrunken und er hat nichts mehr gesagt. Und dann ist mir so komisch geworden und alles hat sich gedreht und dann ... dann bin ich im Park aufgewacht." Die Polizistin, die bereits in dem kleinen Raum bei Sonja gesessen hatte, sagte: „Ich war mit einem Kollegen auf Streife und dabei habe ich sie auf einer Wiese liegend gefunden. Es war an der Ernst-Poensgen-Allee. Sie hatte nichts bei sich, war aber ansprechbar und hat uns ihren Namen gesagt. Ich erinnerte mich an den Hinweis vom KK 12 und wir haben sie dann direkt hierher gebracht und das Kommissariat informiert."

Jutta lächelte der Uniformierten dankbar zu. An Sonja gewandt, fragte sie: „Kannst du dich an irgendetwas erinnern? Wo das Haus war, in dem du gefangen warst? Hast du mal aus dem Fenster sehen können? Oder der Mann, der dich entführt hat – hat der irgendwas Besonderes an sich gehabt?" Sonja überlegte kurz. „Das Fenster war vergittert und abgeschlossen. Da konnte ich nicht raus. Und ich habe nur wenig sehen können, das Fenster war irgendwie nicht durchsichtig." „Wie Milchglas?"

Juttas Stirn lag in Falten. „Ja, genau so, wie Milch. Da konnte man so gut wie nichts sehen. Aber ich habe mit dem Finger ein wenig gekratzt, da ist die Milch weggegangen. Da habe ich Bäume gesehen ... und Wasser ... und ja, einen Zug habe ich auch ab und zu gehört. Nicht so nah, der muss ein bisschen weiter weg gefahren sein." Jutta erinnerte: „Und der Mann? Ist dir an dem was aufgefallen?" Sonja überlegte. „Ich weiß nicht genau, wie man das nennt. Der hatte so eine Narbe an der Oberlippe, längs unter der Nase. Ich glaube, dadurch sprach er auch so komisch." „Das nennt man Hasenscharte. Und wie sah er sonst aus?" Da war Sonja sicher und zählte die körperlichen Merkmale auf. „Vielleicht 1,70 Meter groß, dicklich, ganz kurz geschnittene, dunkle Haare." Ich hatte bemerkt, wie sich Juttas Blick aufhellte. „Prinz Eric! Das kann doch jetzt nicht wahr sein! Sonja, hat er dir mal seinen Namen gesagt? Oder wie solltest du ihn ansprechen?" Das Mädchen schüttelte den Kopf. „Nein, seinen Namen hat er nie genannt."

„Aber das passt trotzdem alles. Prinz Eric, ein alter Bekannter. Sebastian Kelkheim ist sein wahrer Name. Der Mann ist bislang nur auffällig geworden, weil er Kindern beim Spielen zugesehen hat und ihnen Puppen schenken wollte. Die Psychologen haben ihm bisher keine Gewaltbereitschaft attestiert. Er darf sich Spielplätzen nicht mehr nähern. Dass er jedoch so weit gehen würde, ein Mädchen zu entführen, hätte ich nie für möglich gehalten. Aber es passt alles. Er wohnt auf der Wittelsbachstraße, in Grafenberg direkt gegenüber dem Ostparkweiher. Das passt alles perfekt. Die Bahnlinie ist auch in der Nähe." Sie ging aus dem Raum und suchte den Wachleiter. Nach Sekunden kehrte sie zurück und war in Begleitung. Oliver hielt strahlend die Ärmchen hoch, die mit Handschellen gefesselt waren. „Guck mal, Sonni, ich bin ein Gefangener!" Damit stürzte er sich in die Arme seiner Schwester. Der Wachleiter zog grinsend die Schultern hoch. „Vier Enkel, da weiß man, was zu tun ist." Jutta bat ihn um Unterstützung, nachdem sie ihm den Sachverhalt erklärt hatte. Teresa Koch wollte die Familie Seboldt ins Krankenhaus begleiten, wo Sonja zur Sicherheit untersucht werden sollte. Teresa flüsterte der Mutter ins Ohr: „Nur zur Sicherheit. Der Beschreibung nach hat sie K.O.-Tropfen bekommen und wir müssen sichergehen, dass der Mann ihr in dieser Zeit nichts angetan hat." Carmen nickte und sie wollten sich auf den Weg zu Teresas Auto machen. Da stellte Sonja eine Frage, die bei ihrer Mutter einen Weinkrampf auslöste. „Wo ist eigentlich Roger? Warum kommt er nicht mit, um mich abzuholen?"

Jutta und ich wurden von einer Streife begleitet, die aus dem Wachleiter, der jungen Polizistin und ihrem Partner bestand. Wir fuhren mit Blaulicht, aber ohne Sirene, und erreichten das Haus gegenüber dem Ostparkweiher nach vier Minuten. Die Wagen stellten wir so ab, dass sie von den Fenstern des Objektes aus nicht zu sehen waren. Wir klingelten bei einem Nachbarn, der uns aufmachte, dessen Neugier wir uns aber erwehren mussten. Der Wachleiter forderte den Mann nachdrücklich auf, sich zurückzuziehen und schob, nachdem dieser keine Anstalten machte, in seine Wohnung zu gehen, den Kerl einfach in seinen Flur und zog für ihn dessen Wohnungstür zu.

Kelkheims Wohnung lag im obersten Stockwerk. Wir postierten uns seitlich von der Türe und ich verwandelte mich mit Handcreme von Jutta, ihrer Lesebrille und einem Klemmbrett aus ihrer Tasche in einen harmlosen Vertreter mit gegeltem Haar. Ich setzte mein freundlichstes Lächeln auf und klingelte. Man hörte Schritte, ein Kratzen am Türblatt, dann ging der Schlüssel im Schloss und die Tür öffnete sich einen Spalt. Für mein Gegenüber unsichtbar, hatte ich meine Dienstwaffe griffbereit auf dem Klemmbrett liegen. „Herr Kelkheim?" Der Mann nickte nur. „Herr Kelkheim, mein Name ist Gäbler und ich komme vom Forschungsinstitut INFAS. Sie kommen im Rahmen einer Stichprobenauswahl in den Genuss mehrerer Boni diverser Markenhersteller und ich würde Ihnen gerne diese

Gutscheine gegen eine Quittung übergeben. Darf ich vielleicht reinkommen?" Kelkheim blickte mich blöde an. Seine kleinen Augen verrieten, wie sein Hirn ackerte, um das Gehörte zu verarbeiten. Dann schloss sich die Tür wieder und wir vernahmen das Schaben, mit dem die Sperrkette gelöst wurde.

In dem Augenblick, als sich die Tür wieder öffnete, warf sich der Wachleiter mit seinem vollen, beträchtlichen Körpergewicht dagegen. Sebastian Kelkheim stürzte rücklings zu Boden und wir drängten nach. Nach wenigen Sekunden lag der Mann mit Kabelbindern fixiert auf dem Bauch und die junge Polizistin kniete neben ihm, ihn mit dem Unterarm niederdrückend. Er schrie: „Lasst mich los, ihr Schweine. Ihr dürft mich nicht anfassen. Ich bin ein Prinz. Ihr habt nicht das Recht, hier zu sein. Raus hier, RAUS!" Die Kollegin verstärkte den Druck und stellte den Tobenden ruhig.

Wir begannen, die Wohnung zu durchsuchen. Direkt beim ersten Raum hatten Jutta und ich einen Volltreffer: das Prinzessinnenzimmer mit dem Milchglasfenster. Genau, wie Sonja es beschrieben hatte. Wir gingen zurück in die Diele, halfen dem Täter auf und Jutta sagte: „Sebastian Kelkheim, ich nehme Sie hiermit fest unter dem Verdacht, Sonja Seboldt entführt und hier gefangen gehalten zu haben. Mögliche weitere Delikte werden Ihnen zur Last gelegt, die sich aus den weiteren Ermittlungen ergeben können. Haben Sie das verstanden?" Der Blick des Mannes ließ uns erkennen, dass er die Situation in keiner Weise erfassen konnte. Mit offenem Mund starrte er uns an und wisperte monoton: „Ich bin doch ein Prinz, ihr dürft nicht hier sein. Das ist mein Reich. Ich bin ein Prinz, Prinz Eric. Ihr dürft ..." Wir hatten genug gehört. Kelkheim wiederholte seine Sätze wie ein Mantra, während wir ihn abführten und ins Präsidium verbrachten. Während der Fahrt meinte Jutta: „Es ist so erschreckend, wie nahe manchmal Glück und Katastrophe zusammenliegen. Heute Morgen erfahren wir als Erstes, dass man versucht hat, Richter zu ermorden und kurze Zeit danach finden wir das entführte Kind. Wenn es sowas wie einen Gott oder Schicksal gibt, steht fest, dass er oder es ein mieser Zyniker ist." Dem hatte ich nichts hinzuzufügen. Jutta würde die weitere Bearbeitung des Falles übernehmen, da er nun originär in die Zuständigkeit ihres Kommissariats fiel.

Jupp hatte eine Kollegin aus dem KK 11 um Unterstützung gebeten. Mit dieser war er zunächst zum Kosaido-Golfclub und dann zur Peter-Müller-Straße gefahren. Staunend blickte das zusammengewürfelte Team auf die Vielzahl von neuen Büro- und Gewerbebauten. „Was habe ich kürzlich gelesen? Die Airport City ist das interessanteste städtebauliche Projekt, über das die Landeshauptstadt verfügt. Ich frage mich nur", meinte Karen Gillessen, „wer die sicherlich horrenden Mieten hier zahlen wird. Das wird ein echter Brocken für unseren OB auf den internationalen Immobilienmessen werden. Was meinen Sie?" Jupp zuckte mit den Achseln. „Ach, was soll ich sagen? Klar, diese Dinger sind außerordentlich beeindruckend, aber mir fehlen einfach die Persönlichkeit und das Herz bei diesen Klötzen. Ich weiß nicht, ob Sie das nachvollziehen können. DIESE Häuser jedoch sind völlig austauschbar. Niemand merkt, wer wann warum aus- oder eingezogen ist. Ein Beispiel: jeder weiß, Wilhelm-Marx-Haus ist Persil, auch wenn Henkel dort gar nicht Mieter ist. Es ist eine Art Identifikation. DAS werden solche Bienenkörbe nie erreichen, und seien sie noch so hoch prämiert durch Architekten. Und außerdem: ich heiße Josef oder Jupp. Einverstanden?"

Karen lächelte und reichte ihm die Hand. „Karen. Ist das im Moment eigentlich alles zum Stand der Ermittlungen, was du mir auf der Fahrt erzählt hast? Ich meine, es ist ein wenig dünn, das Ganze." Jupp blieb stehen und checkte sein Gegenüber ab. „Wie lange bist du schon dabei, Karen? Keine Sorge, ich hole jetzt nicht die Alterskeule und den Standardspruch von der Lebenserfahrung raus. Ich sage nur, ich konnte mich immer auf Michaels Gespür in beruflichen Dingen verlassen. Privat ist das anders, da ist der Dicke manchmal wie ein Blinder in der Dunkelkammer. In diesem Falle sehe ich es genau wie er. Dieser Lessing hat ganz sicher was damit zu tun, was Richter passiert ist. Wir haben in Richter nicht den schlechtesten Vorgesetzten, das kann ich dir sagen. Ich habe da Erfahrungen aus meiner Zeit in Köln ... aber zurück zum Thema: Für Micha und mich ist das eine persönliche Sache. Und es wäre schön, wenn du das ähnlich sehen könntest, solange wir an diesem Fall zusammenarbeiten." Karen hob entschuldigend die Hände. „Keine Feindschaft deswegen, ich kenne Richter nur kaum. Ich bin erst seit drei Monaten in Düsseldorf."

Damit betraten sie das Gebäude, fanden den Standort von Lessings Firma und fuhren in den obersten Stock. Dort stellten sie sich einer Dame am Empfang vor, die zuerst hochnäsig, nach einem Anpfiff von Schmitz aber deutlich freundlicher, reagierte und sie in ein Besucherzimmer führte. Lessing kam wenige Minuten später herein und begrüßte die Ermittler höflich und aus Jupps Sicht etwas zu herzlich. „Herr Lessing, Sie haben gestern am Benefiz-Golfturnier im Kosaido-Club teilgenommen. Dabei haben Sie Werner Richter kennengelernt. Herr Richter, oder besser Kriminaloberrat Richter, fiel nach dem Turnier auf der Heimfahrt einem Mordanschlag zum Opfer. Haben Sie ..." „Ein Mordanschlag sagen Sie? Das ist doch nicht zu glauben. So ein feiner, gebildeter Mann. Und Polizist ist er? Das hat er mir gestern Abend gar nicht erzählt. Aber was kann ich für Sie tun, Herr Schmitz?" Karen reagierte vor Jupp. „Herr Lessing, ist

Ihnen an dem Abend etwas aufgefallen? Hatte Richter mit jemand Streit? Oder gab es eine andere Art von Konflikt?" Josef sah die Kollegin etwas verärgert von der Seite an. Lessing tat so, als müsse er überlegen. „Außer meinem Spielpartner und mir fällt mir da keiner ein." Die Ermittler sahen ihr Gegenüber konsterniert an. Was sollte das denn jetzt bedeuten? Lessing schmunzelte. „Bitte verzeihen Sie mir den geschmacklosen Scherz. Herr Richter und sein Partner, ein Japaner, haben uns wirklich einen schweren, aber fairen Kampf geliefert. Wenn uns diese Konkurrenz verdächtig macht ... aber ich denke, so etwas haben Sie nicht gemeint." Was für ein Arschloch, dachte Schmitz. Karen war wieder schneller. „Dann frage ich doch einfach mal ganz direkt: wann haben Sie das Turnier verlassen und was haben Sie danach unternommen?" Lessings Mimik wurde ärgerlich. „Das meinen Sie jetzt doch nicht im Ernst, Frau Kommissarin? Sie verdächtigen mich ernsthaft, mit dieser Sache etwas zu tun zu haben? Ich denke, bevor ich mich weiter mit Ihnen darüber unterhalte, sollte ich meinen Anwalt konsultieren." Jetzt hieb Schmitz in die Kerbe. „Ist er auch der Rechtsbeistand Ihres Spielpartners ... ach nein, er ist ja auch Ihr Angestellter ... ist er auch der Anwalt von Ramon Murillo? Das wäre dann nämlich sehr praktisch. Dann können wir die Befragungen direkt zusammen abwickeln."

Statt einer Antwort, zog Lessing sein Handy und ging in eine Ecke des Raumes, wo er einige Minuten unhörbar für die Polizisten telefonierte. „Mein Anwalt hat seine Kanzlei nur zwei Häuser weiter. Er kommt sofort. Darf ich Ihnen vielleicht eine Erfrischung anbieten? Saft, Kaffee, Tee, Wasser, etwas Obst?" Karen sah Jupp an. Dieser nickte und sie antwortete: „Danke, dann nehmen wir zwei Kaffee und einen Ramon Murillo, bitte." Lessing schien die kesse Antwort zu gefallen. Er rief Murillo an und bat ihn ins Besucherzimmer. Beinahe zeitgleich traf auch der Anwalt ein. Die drei Männer berieten sich leise in einer Ecke des Raumes und dann übernahm der Anwalt. „Frau Gillessen, Herr Schmitz, ich gehe davon aus, dass meine Mandanten lediglich als Zeugen von Ihnen Befragt werden?" Karen verschränkte die Arme vor der Brust. „Aber, Herr Anwalt, was denn sonst? Oder hat einer der Herren Bedenken, mit uns zu reden?" Dieser Einwurf wurde ignoriert und Jupp begann mit der Befragung. „Herr Lessing, wann haben Sie das Restaurant des Golfclubs verlassen?" „Das wird so gegen 23 Uhr gewesen sein. Ich verließ das Haus gemeinsam mit Herrn Richter. Er fuhr mit seinem Wagen nach links, ich bog nach rechts ab. Völlig in Gedanken, wegen eines Termins, der noch zu planen war. Ich wohne in Angermund und hätte also in die gleiche Richtung wie Herr Richter fahren müssen. Ich habe dann nach einer passenden Stelle gesucht, an der ich wenden konnte. Das hat ein wenig gedauert, da die Strecke in Richtung Mettmann etwas unübersichtlich ist. Ich bin dann auf den Parkplatz dieses Pflanzencenters gefahren und habe dort gedreht. Ich fuhr zurück in Richtung Autobahn und anschließend nach Angermund. Ich habe danach noch ein wenig gearbeitet und bin gegen 1 Uhr zu Bett gegangen." Karen hakte nach. „Herr Murillo, Sie wohnen doch im gleichen Haus wie Ihr Arbeitgeber, Herr Lessing. Ist es da nicht seltsam, dass Sie mit zwei Wagen zum Turnier gefahren sind?" Murillo ließ sich mit der Antwort Zeit. „Wieso seltsam? Da ich wegen dringender Angelegenheiten früher als Herr Lessing fort musste, war es sogar absolut notwendig." „Kaum zehn Minuten früher nennen Sie dringend?" Beide Männer zögerten einen Augenblick. Der Anwalt sprang ein. „Zehn Minuten in der richtigen Situation können ganze Existenzen vernichten, Frau Kommissarin. Ich nehme an, Sie kennen sich nicht in der Welt des Online-Tradings oder in Devisen-Termingeschäften aus?" „Nein, das tue ich nicht, aber ich vermute, Herr Murillo ebenso wenig. Seine Profession ist … wie soll man es nennen? … ja, eher etwas handfesterer Natur, nicht wahr?" „Ich denke nicht, dass das irgendeine Rolle spielt, welche wichtigen Termine meine Mandanten hatten." Jupp fragte: „Und mit welchem Wagen sind Sie stattdessen gefahren?" „Ich habe den Mitarbeiterwagen der Villa genutzt, einen Audi A3." Die Gefragten wirkten langsam etwas ungeduldig. „Ich denke, wir haben für den Moment alle aktuellen Fragen beantwortet. Können wir jetzt zum Tagesgeschehen, nämlich unserer Arbeit, zurückkehren?" Lessing hatte die Frage provokativ gestellt. Jupp bedanke sich und gab der Kollegin ein Signal, jetzt zu gehen. „Wenn wir Ihnen irgendwie in der Sache weithelfen können, scheuen Sie sich bitte nicht, wegen eines Termins anzurufen", rief ihnen Lessing hinterher. Josef wandte sich um. „Seien Sie sicher, dazu wird es kommen, ob mit oder ohne Termin!"

Als die Polizisten und der Anwalt das Gebäude verlassen hatten, herrschte Lessing seinen Leibwächter an. „So, du dachtest also, der Bulle ist hinüber. Na, schönen Dank. Ob das mit dem Audi so eine gute Idee war? Wenn uns jemand bei der gemeinsamen Ankunft gesehen hat und sich erinnert? Und was jetzt?" „Du hast selbst gesehen, wie der Wagen aussah. Das Risiko einer Explosion oder eines vorbeikommenden Zeugen war zu groß, als dass wir noch Zeit zum Nachsehen gehabt hätten. Und um auf deine Frage zu antworten: JETZT wird das Nötige getan. Ich bin für ein paar Stunden weg."

Karen fluchte: „Diese aalglatten Drecksäcke! Es wird nicht leicht werden, denen etwas nachzuweisen. In dem ausgebrannten Hummer dürften kaum noch Spuren zu finden sein, zumindest keine DNA. Aber wie können wir die Kerle packen?" Für sie stand die Beteiligung der beiden an dem Mordanschlag zweifelsfrei fest. Schmitz hingegen war sehr ruhig. „Karen, wir warten erst einmal das Ergebnis der KTU ab. Vielleicht ist da ja doch noch etwas. Was hältst du davon, wenn wir jetzt einfach mal einen Abstecher nach Angermund machen und uns die Villa und den A3 ansehen?"

Gesagt, getan. Nach einer halben Stunde standen sie vor der Villa am Blumenweg. Auf ihr Klingeln kam ein älterer Mann ans Tor und fragte nach ihren Wünschen. Die Beamten wiesen sich aus und der Gärtner, denn dies war sein Job auf dem Gelände, ließ sie ein. „Herr Lessing ist aber nicht da. Soll ich ihm Bescheid geben?" „Das wird nicht nötig sein. Was für ein schönes, großes Anwesen! Und erst der Baumbestand. Das macht doch sicher eine Menge Arbeit?" Jupp wollte den Mann in ein Gespräch verwickeln und gab Karen unauffällig Zeichen, sich auf dem Gelände umzusehen. Der Gärtner und Schmitz wanderten über den Rasen und es entspann sich eine Diskussion über die Aufzucht von Sukkulenten. Derweil war die Polizistin auf die Garagen zugegangen und hatte eine der Türen geöffnet. Das Garagenhaus war gestaltet wie eine alte Remise, in der zu früheren Zeiten Kutschen untergebracht gewesen waren. Sie entdeckte mehrere Oldtimer und einen VW-Bully. Da schrak sie zusammen. „Was machen Sie denn hier?" In der geöffneten Tür stand eine Frau in einer weißen Kittelschürze. Karen überlegte fieberhaft. Zunächst wies sie sich aus und meinte dann: „Es ist mir etwas peinlich, aber wir Frauen untereinander ... ich habe starke Bauchschmerzen, Regelblutung, verstehen Sie? Da habe ich eine Toilette gesucht. Wenn ich meinem Kollegen davon erzähle, rollt der wieder mit den Augen und meckert, dass Frauen bei der Polizei nichts verloren hätten!" Die Köchin nickte verständnisvoll und führte die Beamtin zu einer Tür in der Garage, hinter der sich eine Toilette befand. Karen ließ sich entsprechend Zeit, zog dann ab und kam mit einem dankbaren Lächeln wieder heraus. „Sie sind meine Rettung. Hier stehen aber tolle Kisten. Für sowas ist mein Beamtengehalt zu klein. Ich fahre nur einen kleinen Audi A3." „So einen haben wir auch, aber der ist seit vorgestern in der Werkstatt. Wasserpumpe kaputt. Willi, unser Gärtner, hat ihn hingefahren. Jaja, nichts hält mehr!"

Karen Gillessen war von der Information wie elektrisiert. Sie ging in Begleitung der Hausangestellten zurück in den Park, wo Schmitz und der Gärtner ihren Rundgang beendet hatten. „Tja, dann müssen wir wohl einmal wiederkommen, wenn Herr Lessing da ist. Vielen Dank für Ihre

Zeit." Gärtner Willi legte die Hand auf Schmitz' Unterarm: „Wenn Sie mit meinem Chef sprechen, erwähnen Sie bitte unsere Unterhaltung nicht. Er hat das nicht so gerne." Jupp nickte verständnisvoll und Karen setzte nach. „Ich habe eben erfahren, dass Ihr Wagen, der A3, in der Werkstatt ist. Ich habe auch so einen und auch bei mir zickt die Wasserpumpe. Das scheint bei dem Wagentyp eine Kinderkrankheit zu sein. Kann ich vielleicht die Adresse der Werkstatt haben? Die haben doch bestimmt Erfahrung damit. Dann bring ich meinen auch da hin." Bereitwillig notierte der Gärtner eine Adresse auf einen Schmierzettel und die Beamten verabschiedeten sich nun endgültig.

Noch bevor sie die Hauptstraße erreicht hatten, spulte Karen die Infos hastig herunter. Sofort machten sie sich auf zu der besagten Werkstatt. Das Fahrzeug stand dort auf einer Hebebühne und ihnen wurde versichert, dass der Wagen seit vorgestern hier stehe. Man wartete nur noch auf ein Ersatzteil. JETZT hatten sie zumindest Murillo am Haken.

Kapitel 13

Jutta saß im Verhör mit „Prinz Eric", der jeglichen Einwurf seines Verteidigers ignorierte oder zunichte machte. Er saß zwar der Polizistin gegenüber und sah sie an, aber seine Augen schienen durch sie hindurch zu sehen und in eine andere, für ihn realere Welt zu blicken. Dabei streichelte er unentwegt eine Puppe, ähnlich einer Barbie, nur mit roten Haaren. Bei dem Versuch, ihm die Puppe wegzunehmen, war er völlig ausgerastet und musste mit Handschellen fixiert werden. Erst, als man ihm das Spielzeug wiedergab, beruhigte er sich und konnte unfixiert weiter befragt werden.

Jutta stöhnte entnervt. Sie wusste nicht, zum wievielten Male sie die Frage stellte, warum er Sonja entführt habe. Auch jetzt rechnete sie nicht mit einer Antwort. Aber Sebastian Kelkheim, der sich selbst nur „Prinz Eric" nannte, begann mit leiser, monotoner Stimme zu sprechen. „Sie ist doch so schön, in ihrem rosa Kleid. Sie muss doch bei mir sein, sie gehört doch zu mir. In unserem Palast werden wir sehr glücklich sein. Aber ich muss aufpassen ... aufpassen auf sie ... damit ihr nichts geschieht. Und auch nicht unserem Hofstaat." Jutta wurde hellhörig. Dieser Typ war so gaga, dass ihre erste Vermutung absurd erschien. Aber meinte er vielleicht mit Hofstaat andere Menschen ... vielleicht Pädophile? Die mit ihm ihre kranke Leidenschaft für Kinder auslebten? „Wer gehört denn zu Ihrem Hofstaat, Herr Kelkheim?" Keine Reaktion. Wieder starrte der Mann durch sie hindurch, mit entrücktem Blick. Jutta unterdrückte ihren ersten Impuls, einfach auf den Tisch zu hauen, um diesen Idioten in die Realität zurückzuholen. Stattdessen sprach sie sanft: „Prinz Eric, wer gehört zu Eurem Hofstaat?" Jetzt blickte der Angesprochene auf. „Na, alle Edelfräulein eben, die bei mir im Palast leben. Und die Diener! Hier, das ist

Gräfin Lotte von der Pfalz." Damit hielt er die rothaarige Puppe hoch. Also wie eingangs vermutet. Kein Pädophiler, sondern eher ein geistig Verwirrter, der seinen bisherigen Handlungsspielraum ausgeweitet und sich das Ziel seiner Träume in seine Wohnung entführt hatte. Sie wollte einen letzten absichernden Versuch starten und zog ein Foto von Svetlana aus der Akte. „Gehört diese Prinzessin auch zu Eurem Hofstaat?" Kelkheim zog das Foto näher, betrachtete es eingehend und warf es dann mit einem geringschätzigen Blick auf den Tisch. „Nein, die ist hässlich. Die passt nicht zu uns. Die ist blond und alle Blonden sind hochmütige, kalte Hexen. Die will ich nicht!" Jutta zog Fotos der Kriminaltechniker hervor, die sie in dem Zimmer gemacht hatten, in dem Sonja eingesperrt gewesen war. Stimmt, keine der Puppen war blond. Nur rot, brünett und schwarz.

„Prinz Eric, wie kamt Ihr an Euren Namen?" Kelkheim sah sie erstaunt an, als ob DAS doch jeder wissen MÜSSE. „Natürlich aus unserem Märchen. Arielle, die kleine Meerjungfrau. Meine Arielle musste zurück in das Reich ihres Vaters, des Wasserkönigs. Manchmal gehe ich über die Straße und rufe am Ufer des Weihers nach ihr. Aber sie kommt nicht mehr. Da musste ich mir doch eine andere Prinzessin suchen. Und die Sonja, die ist doch so schön. Wie Arielle! Wenn sie nicht so böse Sachen gesagt hätte, dann hätte ich ihr bestimmt auch die Haare rot gefärbt." „Böse Sachen?" „Na, warum ich als Mann mit Puppen spiele! ICH SPIELE NICHT! DAS IST MEIN HOFSTAAT!" Er war aufgesprungen und hieb mit den Händen auf den Tisch. Der Uniformierte, der ebenfalls im Verhörraum saß, drückte ihn wieder in den Stuhl. „Und warum waren Sie auf dem Markt nicht als Prinz, sondern als Bauer oder Bettler?" Das war zwar keine fallrelevante Frage, aber vielleicht konnte diese Aussage für die folgende psychologische Beurteilung wichtig sein. „Nun, ich musste mich doch verkleiden, wie damals, als ich noch König Drosselbart war. Da habe ich doch diese hochmütige Blondine erzogen." Jutta erinnerte sich an die Fallakte von

Kelkheim. Die erste Auffälligkeit war sein Herumlungern auf Spielplätzen und das Verschenken von Puppen gewesen. Der einzige Ausbruch war eine Ohrfeige, die er einem blonden Mädchen vor Jahren gegeben hatte, nachdem sie ihn als „Idioten" bezeichnet hatte.

„Frau Schäfer, ich glaube, mein Mandant braucht eine Pause. Können wir nicht morgen weitermachen?" Jutta nickte und gab Zeichen, den Mann in eine Zelle abzuführen. Sie atmete schwer. Also keine Übereinstimmung mit dem Fall „Kölner Weg". Sie tippte per Whatsapp eine kurze Nachricht für Oberle und Schmitz: *Kelkheim ist eine zufällige Duplizität. Keine Hinweise auf den Tod von Svetlana. Der ist einfach nur bekloppt. Bis später.*

Ich war zusammen mit einem Team der Kriminaltechnik, unterstützt von Spezialisten des LKA, und dem erforderlichen Durchsuchungsbeschluss nach Gerresheim gefahren und hatte die Wohnung von Vittorio Giordano aufgesucht. Dieser empörte sich zwar, hatte aber keine Handhabe. Sein Anwalt war telefonisch nicht erreichbar, sodass er sich fügen musste.

Wir waren nunmehr seit zwei Stunden zugange und Giordano war genervt. Er saß in seiner Küche, trank einen Espresso nach dem anderen und beobachtete unser Tun argwöhnisch. Mir war klar, dass die Wohnung voll mit DNA-Spuren von Svetlana sein musste. Schließlich war sie als seine Meisterschülerin oft mehrmals in der Woche in seiner Wohnung gewesen.

Aber ich hatte die große Hoffnung, dass wir trotzdem irgendeinen zielführenden Hinweis finden würden.

Nacheinander zogen die Techniker ab, mit Plastikboxen, die mit Asservatentüten gefüllt waren. Ich hatte eine Liste der eingezogenen Gegenstände erstellt und diese Giordano vorgelegt. Da kam einer der LKA-Spezialisten zu mir und bat mich in den Flur. „Schauen Sie mal, was ich hier gefunden habe." Er hob einen gelben Plastikkanister mit einem großen schwarzen Schraubverschluss an. Auf diesem klebte ein Piktogramm mit dem Warnhinweis „ätzende Flüssigkeit". Ich sah den Mann fragend an. „Das Zeug nennt man Eau de Javel oder Javelwasser. Das ist ein irre starkes Bleichmittel. Hochriskant in der Anwendung. Man kann damit Kleidung entfärben, aber das hieße mit Kanonen auf Spatzen schießen. Das Wichtigste ist jedoch: Damit kann man DNA vernichten. Und die Menge ist verdächtig, weil sie haushaltsüblichen Mengen bei Weitem überschreitet." Wir gingen zusammen in die Küche. „Herr Giordano, wozu brauchen Sie denn DAS Zeug hier?" Er blickte mich irritiert an, überlegte kurz und dann schien ihm etwas einfallen. „Ich wohne in einem Altbau. Da ist eine Menge Feuchtigkeit in den Mauern. Ich reinige damit die Wände, besonders im Badezimmer, von Stockflecken. Das hilft am besten." Ich sah den Techniker fragend an. Dieser übernahm die Antwort. „Das ist sicherlich richtig, erklärt aber nicht die Menge. Sie haben davon sechs Kanister, also fast 30 Liter, in der Wohnung. Mehr als genug, um ein ganzes Hochhaus zu reinigen. Ich sage Ihnen jetzt einmal was, das Ihnen sicher nicht bekannt ist. Dieses Javelwasser wird von den Herstellern mit unterschiedlichen Stoffen ergänzt, die den Gestank nach Chlor erträglich machen. Diese Zusatzstoffe sind höchst individuell und markenspezifisch. Wenn ich mich recht erinnere, wurde die Leiche des Mädchens äußerst gründlich gereinigt. Wir sollten schnellstens sämtliche Proben noch einmal auf dieses Bleichmittel untersuchen, Herr Oberle, oder aber eine Exhumierung beantragen." DA! Da war es wieder. Die

Angst in Giordanos Augen, die ich bereits beim ersten Verhör bemerkt hatte, als Schmitz auf den Tisch geschlagen hatte. Jetzt nur nicht nachgeben, weiterfragen und ihn in die Enge drängen.

„Haben Sie Svetlana hier getötet oder woanders? Haben Sie das Mädchen dann in der Wanne abgewaschen? Ich lasse Ihre Badewanne zerlegen und die Leitungen auseinandernehmen und wenn ich da nur eine Spur von dem Blut des Kindes finde, dann haben wir Sie, Giordano." Giordano starrte mich an, hielt sich die Ohren zu und schrie: „HÖREN SIE AUF, ICH WILL DAS NICHT HÖREN! Svetlana war meine Schülerin, eine Meisterin. Sie war so schön und hatte so eine großartige Stimme. Und jetzt … jetzt singt sie nie mehr." Dann wurde seine Stimme fast tonlos und er flüsterte: „Das hab ich nicht gewollt!" Zum Glück hatte der LKA-Kollege das auch gehört. Ich schien mit meinem Schuss ins Blaue genau die Handlungen beschrieben zu haben, die der Mann nach dem Tod des Kindes vorgenommen hatte. Ich verstellte meine Stimme und sprach sanft und voller Mitgefühl: „Natürlich haben Sie das nicht gewollt. Das sagt doch auch niemand. Sie haben Svetlana geliebt. Sie wollten ihr nicht wehtun. Aber irgendetwas ist dann schief gegangen. Was, Vittorio, was ist schief gegangen?" Der Mann starrte in seine Espressotasse. „Sie hat geschrien, so laut geschrien. Voller Dissonanz! Ich bin Künstler, das tut meinen Ohren weh. Ich hab ihr doch nichts Schlimmes getan. Nur gestreichelt, am Rücken, am Po … an den Brüsten, diesen süßen kleinen Brüsten. Und sie hat geschrien, wollte mich schlagen. Das geht doch nicht! Ich bin doch ihr Lehrer. Da hab ich ihr den Mund zugehalten, einfach so." Damit machte er eine entsprechende Geste, die aber bei der Größe seiner Hand sicher nicht nur Mund, sondern auch Nase des Mädchens bedeckt hatte. Ruprecht Vollmer hatte nicht zweifelsfrei feststellen können, ob der Missbrauch post oder ante mortem stattgefunden hatte. Sicher jedoch war, dass es nicht das erste Mal gewesen sein konnte. In der Leber waren Rückstände von

K.O.-Tropfen gefunden worden, was frühere Missbräuche sehr wahrscheinlich werden ließ.

Aber diese ersten Eindrücke reichten für die Festnahme, zumal ich einen Zeugen für die Aussage hatte. Hoffentlich würde Giordano bei der Aussage bleiben. „Vittorio Giordano, ich nehme Sie fest unter dem Verdacht, die zwölfjährige Svetlana Gribowsky missbraucht und getötet zu haben." Der Angesprochene ließ sich widerstandslos festnehmen und Streifenpolizisten brachten ihn ins Präsidium. JETZT würde der Staatsanwalt mein Ersuchen um den Haftbefehl beim zuständigen Richter unterstützen. Ich sah auf mein Handy und entdeckte die Whatsapp-Nachricht von Jutta. Immerhin, EIN Kind war gerettet worden und ihm war eine Vergewaltigung erspart geblieben.

Dann erreichte mich ein Anruf von Schmitz. „Micha, war haben was. Dieser Murillo hat gelogen. Der MUSS etwas mit dem Anschlag auf Richter zu tun haben. Sehen wir uns gleich im Präsidium?" Ich bejahte das, aber ich würde etwas später kommen. Vorher wollte ich noch einmal bei Richter in der Uniklinik vorbeischauen.

Es war mittlerweile 19 Uhr. Der Besucherverkehr in der MNR-Klinik ließ langsam nach und insbesondere vor der Intensivstation war es still geworden. Die Glastür ging nur selten auf und dann kam meist eine dunkelgrün gekleidete Gestalt heraus oder ging hinein.

Murillo hatte die Station aus sicherer Entfernung beobachtet. Um sicherzustellen, dass er nicht auffallen würde, veränderte er sein Erscheinungsbild durch An- und Ausziehen von Jacke und Pullover, das Tragen einer Sonnenbrille oder durch eine Wollmütze. In den Stunden des Beobachtens hatte er bemerkt, dass manche Mitarbeiter einen kleinen Raum aufsuchten. Als er sich unbeobachtet fühlte, betrat er diesen Raum und fand dort ein Lager mit Kleidung und Verbandmaterial. Er wühlte hektisch nach Kleidung in seiner Größe und zog sich dann leidlich passende dunkelgrüne Pflegermontur an. Zunächst wartete er versteckt ab, dass sich die Tür zur Intensivstation wieder von innen öffnete und schlüpfte dann hinein, jeden Blickkontakt mit der Schwester vermeidend, die die Station verließ.

Suchend ging er den Gang entlang, in der Hoffnung, vor einer Tür Hinweise auf die Namen der Patienten zu finden. Fehlanzeige! Also musste er in jeden Raum hineinsehen, was Zeit kostete und somit die Gefahr der Entdeckung beträchtlich erhöhte. Hinter der vorletzten Tür wurde Murillo fündig. Hier lagen drei Patienten in Betten, die nur durch Stoffparavents voneinander getrennt waren. Links lag eine ältere Frau an einer Beatmungsmaschine und in der Mitte ein junger Mann, der tief zu schlafen schien. Im Bett am Fenster lag ein Mann, der zumindest auf die schnelle Sicht der hochrangige Polizist sein konnte. Murillo trat näher und vergewisserte sich. Ja, das war Richter. Der Patient war großflächig verbunden und hing an diversen Maschinen. Aus seinem Körper ragten mehrere Schläuche und Kabel. Suchend sah sich Murillo um. Er brauchte … nein, es war nichts Passendes zu sehen. Er verließ den verdeckten Bereich, in dem Richter lag. In einem Regal und einem Schrank suchte er, als er hinter sich eine Stimme vernahm. „Pfleger, ich habe Schmerzen. Können Sie mir bitte etwas geben?" Dieser Einwurf kam von dem jungen Mann im mittleren Bett, der sich mit schmerzverzerrtem Gesicht aufgerichtet hatte. Murillo kehrte zu ihm zurück. Der Kerl durfte jetzt in keinem Falle den Rufknopf drücken und damit weiteres Personal anlocken. Daher griff der Bodyguard nach einer in einer Nierenschale liegenden Tablette und half dem Patienten mit einem Becher Wasser bei der Einnahme. Abschließend senkte der das Kopfteil des Bettes ab und zog dabei eines der beiden Kopfkissen heraus.

Ich hatte mich durch den Feierabendverkehr zur Uni-Klinik durchgeschlagen und einen Parkplatz vor dem MNR-Hochhaus gefunden. Ich fuhr direkt in die Etage, auf der die Intensivstation lag, und klingelte an deren Tür. Irgendjemand musste direkt dahinter gestanden haben, denn sie schwang sofort auf und vor mir stand eine extrem kleine, asiatisch aussehende Schwester. „Kann ich bitte zu Herrn Richter?" „Sie Bruder, Verwandter, Onkel?" „Nein, ich bin sein Kollege und Freund und …" Weiter kam ich nicht. „Dann nicht gehen!" Sie schob mich resolut aus dem Rahmen und schloss die Tür nachdrücklich. Verdammte Karbolmaus! Meine eigenen Krankenhauserfahrungen kamen mir in den Sinn. Da ging die Tür wieder auf und ein Pfleger rannte hinaus, ohne mich zu beachten. Schnell sprang ich auf und schlüpfte durch die sich schließende Pforte. Sichernd schaute ich nach links und rechts, sah niemand und schlich zu Richters Zimmer, das mir aus den Beschreibungen von Richters Frau bekannt war. Dort öffnete ich die Tür und sah mich um. Links eine alte Dame, in der Mitte ein junger Mann, der sich gerade stöhnend auf die Seite drehte. Rechts, am Fenster, musste Richter liegen. Neben seinem Bett stand ein Mann in dunkelgrüner Pflegerkleidung, der sich über ihn beugte. Ich trat näher und sah, wie der Grüngekleidete etwas an der mir abgewandten Seite verschwinden ließ. Sehr merkwürdig! Ich grüßte ihn: „Entschuldigen Sie, wenn ich störe. Ich … äh …" Der Mann unterbrach mich. „Was haben Sie hier zu suchen? Sind Sie ein Verwandter? Wenn nicht, muss ich Sie bitten, sofort zu gehen." Ich sah dem Mann ins Gesicht, bemerkte ein leichtes Zucken um die Augen. „Entschuldigen Sie bitte, ich bin ja schon weg." Ich wandte mich zum Gehen und sah, wie sich der Pfleger entspannte. In diesem Augenblick fuhr ich herum, ließ meine rechte Hand hochschnellen und traf den Mann mit dem mittleren Handknöchel mit voller Wucht an der Schläfe. Dieser sackte in sich zusammen wie ein gefällter Baum. Ich konnte gerade noch verhindern, dass er auf Richters Körper zusammenbrach.

Ich hatte Murillo erkannt. Bei der abendlichen Recherche für Richter hatte ich dessen Foto oft genug gesehen. Er hingegen schien mich nicht zu erkennen, was meine Aktion erst ermöglicht hatte. Ich fixierte den Mann mit meinen Handschellen und riss aus einem Regal eine sterile Verpackung, in der sich ein langer Schlauch befand. Damit fesselte ich auch noch die Füße und Knie aneinander. Ich lief auf den Flur, wo mir wieder die asiatische Schwester begegnete. Diese fing sofort an zu zetern: „Ich doch sagen, dass du nicht rein dürfe. Ich hole Doktor, ich hole Polizei." Ich hielt sie an der Schulter, zeigte ihr meinen Dienstausweis und sagte: „Genau darum möchte ich Sie bitten. Holen Sie Ärzte, Pfleger und rufen Sie bitte meine Kollegen. Sie sollen sich beeilen, es geht um Leben und Tod." Sie schaute mich aus großen Augen an. „Na, hopp, los jetzt", schrie ich sie an und gab ihr einen Klaps auf den Po. DAS wirkte und nach weniger als einer Minute kam sie mit einem Arzt und einem Pfleger im Schlepptau wieder. Ich erläuterte hastig den Vorfall und sie eilten mit mir in Richters Zimmer. Zuerst checkte der Arzt den Zustand meines Chefs. Beruhigt drehte er sich nach ein paar Minuten zu mir um. „Alles in Ordnung, Sie sind wohl rechtzeitig gekommen. Dann wollen wir mal schauen, was wir für dieses Herzchen tun können." Damit hockte er sich neben Murillo, prüfte die Vitalzeichen, hob dessen Lider an und checkte die Reflexe. „Scheint soweit o.k. Womit haben Sie ihn denn niedergeschlagen? Die Schläfe sieht aus, als hätte man mit einem Hammer draufgekloppt."

Langsam fiel von mir die Erregung ab und meine Atmung beruhigte sich. Nach der Feststellung des Arztes besah ich mir meine Hand und bemerkte erst jetzt, wie sie schmerzhaft pochte. Der mittlere Knöchel und der Handrücken waren blau angeschwollen. „Das sieht nicht gut aus, das müssen wir röntgen." „Aber erst, wenn meine Kollegen da sind." Diese waren auch nach weniger als zehn Minuten da, kein Wunder bei der kurzen Strecke von der Hüttenstraße. Murillo begann sich stöhnend zu bewegen, als vier Uniformierte das Zimmer betraten. Ich warnte meine Kollegen. „Können Sie den Man bitte direkt ins Präsidium bringen? Er ist verdächtig, den Mordanschlag auf Kriminaloberrat Richter hier verübt zu haben. Bitte sehen Sie sich vor. Der Mann mag zwar etwas groggy wirken, aber er ist ausgebildeter Einzelkämpfer und arbeitet als Bodyguard und Söldner." Diese beiden Hinweise ließen die Polizisten sowohl vorsichtig als auch besonders resolut agieren. Murillo wurden zusätzliche Fesseln angelegt und er wurde in einen Rollstuhl gesetzt. An diesem wurde er mit Kabelbindern fixiert und fortgebracht. Nun trat ich an das Bett meines Chefs, der von der Aktion nichts mitbekommen hatte. Dabei entdeckte ich, was der falsche Pfleger in der Hand gehalten und fallen gelassen hatte. Ein Kissen! Ich legte sanft die Hand auf Richters Schulter. „Ist noch mal gut gegangen, Werner. Komm bald wieder auf die Beine!" Dann marschierte ich mit dem Arzt hinaus, der mich zum Röntgen begleitete. Bevor sich die Türe schloss, hörte ich die Stimme des jungen Mannes im Mittelbett: „Pfleger, kann ich bitte mein Kissen wiederhaben?"

Es war schon ein seltsames Gefühl. Irgendwie schienen sich alle losen Enden dieses Wirrwarrs an diesem einen Ort und zu diesem Zeitpunkt zu verbinden. Ich hatte Murillo ins Präsidium bringen lassen. Zuvor hatten die Kollegen Giordano abgeliefert. Jutta hatte das Verhör von Sebastian Kelkheim abgeschlossen. Es schien, als ob wir uns langsam der Auflösung dieses gordischen Knotens näherten.

Wir saßen zusammen im Büro Richters, da es uns genügend Platz bot: der Staatsanwalt, der Haftrichter, Jutta, Josef, Karen und ich. Der Richter fasste aus seiner Sicht die vorliegenden Fakten zusammen: „Beginnen wir mit dem meines Erachtens klarsten Fall, denn wir müssen sicherlich eine getrennte Betrachtung durchführen. Wir haben ein unterschriebenes Geständnis von Kelkheim. Seine Motivlage ist eindeutig. Wir können ebenfalls davon ausgehen, dass er nicht an der Ermordung von Svetlana Gribowsky beteiligt war. Hierzu sind nach meiner Überzeugung keine Querverbindungen erkennbar. Es handelt sich bei diesem 'Prinz Eric' um einen schwer gestörten Menschen, der einen Schritt weiter in seiner Obsession gegangen ist, und den man jetzt therapieren und sicher unterbringen kann. Weiteres wird das Gutachten ergeben, vor allem in Sachen Verhandlungsfähigkeit."

Ich rollte mit den Augen. Gewiss, dieser Kelkheim hatte eine Schraube locker und war nicht voll zurechnungsfähig. Aber seit den 70er Jahren war die Stichworte „Schuldfähigkeit, Umfeld, Familie, schwierige Sozialverhältnisse" von den Juristen so inflationär vor Gericht benutzt worden, dass es dem unerfahrenen Betrachter so vorkommen musste, als ob man sich nur blöd stellen müsste und man damit einfach davon käme. Klar, durch meinen Job bedingt wusste ich, dass dem nicht so war, aber ... wenn ein Mensch als schuldunfähig oder zur Tatzeit nicht zurechnungsfähig war, so war er doch „tatfähig". Dies war ein Terminus, der noch NIE gefallen war und den sicher kein Rechtschreibprogramm im

243

PC kennen würde. Der Vater eines Opfers hatte mir einmal gesagt: „Mein Kind ist tot und dieser Mensch lebt weiter. Er genießt allen Schutz und alle Annehmlichkeiten, die ihm das Rechtssystem bietet, das er durch seine Tat ignoriert hat. Und das nur, weil er nicht fähig war, die Tragweite seiner Handlung zu erkennen. Aber zur Tat war er doch auch fähig! Am meisten erbost mich, dass dieser Kerl mit seinen 20 Jahren nach Jugendstrafrecht verurteilt wurde. Er besaß nicht die Reife, das Unrecht seiner Tat einzusehen. Komisch, dass man den Test solcher Eignungen nicht auch vor dem Erwerb des Führerscheins machen muss. Immerhin sieht das Recht für jeden Autofahrer eine Gefährdungshaftung, unabhängig von der Schuld, vor. Oder aber das Wahlrecht: nur, weil man 18 Jahre alt ist, hat man das Recht, über das Schicksal eines Landes mitzubestimmen, ist aber zeitgleich nicht in der Lage zu erkennen, dass man keinen Menschen vergewaltigen und umbringen darf?" Wie oft schon war mir dieser Monolog durch den Kopf gegangen? Ich hatte für den Mann damals keine kluge Antwort und heute, viele Jahre danach, war ich keinen Deut schlauer.

„… sind Sie noch bei uns? Herr Oberle?" Ich zuckte zusammen. Der Staatsanwalt schaute mich verwundert an. „Sorry, ich war etwas in Gedanken. Wo waren Sie gerade?" Der Haftrichter wiederholte in Kürze: „Ich habe einen Haftbefehl für Murillo und Giordano ausgestellt. Wir werden heute Abend sicher nicht mehr viel erreichen. Daher glaube ich, wir verschieben alle weiteren Verhöre auf morgen." Josef intervenierte: „In keinem Falle. Murillo ist ein gewiefter Hund und von eiskalter Intelligenz, trotz des Fehlers mit dem Audi. Wir müssen jetzt nachhaken und versuchen, ihn weiter in Widersprüche zu verwickeln." „Gut, wie Sie meinen. Aber uns werden Sie dafür doch nicht mehr benötigen", sagte der Richter mit Blick auf den Staatsanwalt.

Das Verhör von Giordano gestaltete sich leichter als erwartet. Irgendwie schien er sogar froh zu sein, sich die Vorkommnisse von der Seele reden zu können. Sein Anwalt versuchte zwar, ihn zum Schweigen zu bringen, aber der Gesangslehrer erwies sich als zu widerspenstig. Er beschrieb den Vorfall in allen Einzelheiten wie folgt:

Svetlana kam wie üblich zu ihrer Gesangsstunde. Sie war an dem Tag einfach fantastisch. Dazu kam, dass sie äußerst hübsch und aufreizend gekleidet war. Sie trug ein Kleid, das sie auch bei einem ihrer Auftritte tragen wollte. Ich kannte es noch nicht und sie posierte vor mir und fragte, ob es mir gefiele. Ich war starr vor Begeisterung. Als sie erneut ihren Gesangspart probte, trat ich hinter sie und tat so, als wollte ich eine Anleitung geben, wie sie die Zwerchfellmuskulatur anspannen sollte. Dazu legte ich von hinten meine Hand flach auf ihren Bauch. Sie versuchte es erneut und merkte, dass es deutlich besser ging. Dann drehte sie den Kopf zu mir nach hinten, lächelte dankbar und gab mir mit den Worten „Danke, Professore" einen Kuss auf die Wange. Da konnte ich einfach nicht mehr anders und küsste sie auf den Mund und meine Hand glitt auf ihre Brüste. Sie wehrte sich, stieß mich von sich. Sie wollte weglaufen und mit ihren Eltern reden. Das konnte ich nicht zulassen. Sie hatte mich doch so erregt. Sie hat mich provoziert, mit ihrer Kleidung, ihrem Lächeln, ihrem Charme. Sie wollte es doch auch, das habe ich ganz genau gespürt. Und jetzt wollte sie das alles zerstören, was ich mit ihr aufgebaut hatte.

Ich hielt Svetlana am Handgelenk fest und zog sie zurück ins Gesangszimmer. Dort stieß ich sie auf die Couch. Sie fing an zu schreien und zu kreischen, aber ich habe das Studierzimmer mit Rücksicht auf die Nachbarn schalldicht isoliert. Ich habe mich neben sie gesetzt und versucht, sie zu beruhigen. Dabei habe ich die Hand auf ihren Oberschenkel gelegt. Sie schlug die Hand weg und da habe ich ihr im Reflex eine Ohrfeige gegeben. Sie schlug mit dem Hinterkopf auf den

Holzrahmen der Couch und blieb benommen liegen. Sie lag da wie eine schlafende Prinzessin. Ihr Kleid war ein wenig verrutscht und ich sah ihre bloße Schulter. So weiches, reines Fleisch, so jung und straff. Ich musste es einfach berühren. Ich habe ihr das Kleid von den Schultern gezogen und dabei gesehen, dass sie keinen BH trug. Damit wollte sie mich ebenfalls provozieren, ganz bestimmt. Dann küsste ich weiter ihre kleinen Brüste ... aber dann ist sie aufgewacht und hat geschrien. Da habe ich meine Hand auf ihren Mund gelegt ... so ... er vollführte diese Geste mit der Handfläche auf seinem eigenen Gesicht, wobei Mund UND Nase bedeckt waren ... *sie hat gestrampelt und um sich geschlagen. Und dann war sie still und blieb ruhig liegen. So schön war sie, den Mund leicht geöffnet wie zum Kuss. Ich habe sie dann auch geküsst, denn sie hat sich mir ja angeboten. Dann habe ich sie ausgezogen und genommen, so wie ich es schon lange wollte. Es stand mir zu, sie war mein Geschöpf, meine Kreation. Sie durfte mir das nicht verweigern. Und sie war so weich, so sanft ihre Haut. Als ich fertig war, bin ich rausgegangen und habe geduscht. Dann bin ich zurück ins Studierzimmer. Sie lag immer noch da. Ich hab sie angestupst, gerüttelt, aber sie hat nichts mehr gesagt und ist vom Sofa gerutscht. Da wusste ich, dass sie tot ist. Ich war völlig außer mir. Ich hatte doch kaum was gemacht. Ich bin doch ganz zärtlich gewesen. Dann habe ich sie ins Bad getragen und in die Wanne gelegt. Ich habe sie mit einem halben Kanister Bleichmittel übergossen und überall, auch unten, gründlich gewaschen. Im Keller hatte ich noch eine große graue Plastikplane, für eine Renovierung. Darin habe ich sie eingewickelt und nachts in den Kofferraum meines Wagens gepackt. Dann bin ich losgefahren ... ich wusste nicht wohin ... und dann bin ich irgendwie nach Himmelgeist gekommen. Da fiel mir die Kastanie ein. Da darf man nicht mit dem Auto hin und nachts um zwei Uhr ist da bestimmt sonst auch keiner, dachte ich mir. Ich bin hingefahren, hab das Auto am Deich abgestellt und sie dann unter einem Gebüsch abgelegt und ausgepackt.*

Mir kam wieder der Satz in Erinnerung, den Sarah mir auf dem Mittelaltermarkt zugeflüstert hatte. „Mach ihn fertig, das Schwein." Wäre sie jetzt in meiner Funktion hier anwesend, würde sie sicher auf den Kerl losgehen. Solche unbändige Wut wie damals hatte ich noch nie bei ihr gesehen. Ebenfalls seltsam war, dass Jupp, dem ich von dem Vorfall erzählt hatte, merkwürdig schweigsam war und Sarahs Worte kommentarlos zur Kenntnis nahm.

Das Verhör von Murillo gestaltete sich völlig anders. Jupp, der es führen sollte, musste lange warten ... weil Giordanos Anwalt auch der Murillos war. Dies hatte Schmitz bereits beim Erscheinen des Juristen irritiert bemerkt, da er den Mann bereits von dem Gespräch mit Lessing und Murillo kannte. Bei der ersten Befragung Giordanos war es ein anderer Anwalt gewesen. Auf seine Frage, wie das denn käme, erhielt er die lapidare Antwort, dass ihn das nichts anginge. War der Italiener geradezu gesprächig, spielte Murillo den stummen Fisch. Sämtliche Fragen von Schmitz blieben unbeantwortet. Als es dem Anwalt zu viel geworden war und er eine kurze, flüsternde Diskussion mit seinem Mandanten geführt hatte, teilte er äußerst gelangweilt mit: „Mein Klient wird sich zu Ihren Einlassungen nicht äußern und macht von seinem Zeugnisverweigerungsrecht Gebrauch. Außerdem halte ich die Uhrzeit für überaus angemessen für das Ende des Verhörs. Darf ich Sie also bitten, Herrn Murillo in seine Zelle zu führen? Ich werde gleich morgen früh einen Antrag auf Haftentlassung stellen. Mein Mandant ist polizeilich gemeldet, er hat einen festen Wohnsitz und geht einer geregelten Arbeit nach. Insofern bin ich zuversichtlich, dass wir bereits morgen Mittag im RIVA Fettuccine al Tartuffo speisen werden." Jupp gähnte, ließ den Bodyguard in seine Zelle führen und erwiderte lakonisch: „Bestellen Sie besser keinen Tisch. Die reagieren sauer auf kurzfristige Stornierung!"

Es war beinahe Mitternacht und wir saßen noch ein paar Minuten zusammen in unserem Büro. Karen war schon auf dem Weg nach Hause. Jutta meinte: „Es fällt mir schwer, diesen Tag als Erfolg anzusehen. Irgendwie bleibt da ein fader Beigeschmack. Irgendwas fehlt da noch. Vor allem, weil dieser schmierige Rechtsverdreher Giordano UND Murillo betreut. Allein das macht mich nervös." Ich nickte und machte den halbherzigen Scherz: „Ja, wir haben vermutlich nur die Spitze des Eisbären, das linke Ohr. Aber sagt mal, ich hätte da 'ne Bitte an euch", dabei hob ich meine bandagierte Hand, „könnt ihr mich vielleicht zu Hause absetzen? Meine Hand tut scheißweh und Schalten klappt damit nicht gut." Adrenalin ist eine geile Droge, dachte ich bei mir, nur blöd, dass sie nur so kurz wirkt. Seit von mir der Druck dieses Tages abgefallen war, brachte sich die heftige Verstauchung der rechten Hand mit Pochen und Brennen in Erinnerung. „Alles klar, machen wir. Aber ich muss vorher noch mal ganz dringend auf den Boiler", antwortete Jupp und verschwand blitzschnell in Richtung Toilette.

Wir fuhren entspannt los und ich machte es mir auf dem Rücksitz bequem. Schon beim Einsteigen hatte ich diese seltsame Luft bemerkt – noch warm, aber schon eine Herbstahnung, nebelfeucht und durchsetzt mit dem Duft verrottenden Laubs. Dieser morbide Hauch passte irgendwie zu meiner melancholischen Stimmung, daher öffnete ich das Fenster und atmete bewusst tief ein. Hinter der Ausfahrt zur Universität auf der Münchener Straße befanden sich Freiflächen mit Stoppelfeldern, auf denen der für diese Jahreszeit so typische Bodennebel waberte. Aus dem Autoradio dudelte das Nachtprogramm und es erklang ein sehr selten gespielter Titel: Mercy Street von Peter Gabriel. Die ganze Situation wirkte wie von Tim Burton inszeniert. Ich wandte den Blick nach rechts ... und sah die Schemen zweier Kinder, die auf dem Feld parallel zur Fahrbahn hintereinander herliefen. „Was machen die denn da?", rief ich aus und Juttas Kopf zuckte herum. „Was denn, Micha? Hast du Rehe gesehen? Die kommen hier öfter nachts raus." Sie schaute mich fragend an, aber ich schüttelte nur den Kopf. Dabei bemerkte ich, wie mich Jupp sorgenvoll durch den Rückspiegel taxierte.

Als die beiden mich in Hassels absetzten, stieg Josef mit mir aus. „Kommst du klar?" Ich nickte nur. „Du hast sie wieder gesehen, nicht wahr?" Erneutes Nicken. „Du solltest mal mit einem Arzt reden, wenn du es nicht mit Sarah besprechen willst." Jetzt konnte ich mich äußern. „Das habe ich schon, aber ich bin mir nicht sicher, wie sie darüber denkt. Sie glaubt, ich bin in dem Fall zu engagiert und das manifestierte sich in diesen Wahnvorstellungen. Aber mal was Anderes: bevor du mir Ratschläge gibst, solltest du endlich mal zum Arzt mit deinen Blasenproblemen. Das hast du doch schon vor Tagen gesagt und ..." „Da war ich schon. Ich rechne jeden Tag mit dem Befund. Ich weiß nur nicht, ob ich mich darauf freuen soll."

Die beiden fuhren ab in Richtung Hamm und ich ging durch das Treppenhaus in Richtung Aufzug. Vor der Aufzugtür passierte es! Zum Glück war unmittelbar gegenüber des Lifts ein Treppengeländer. Wie ein Blitzschlag fuhr der Schmerz in mein linkes Bein und ich knickte ein. Mühsam zog ich mich am Handlauf der Treppe hoch und drückte den Rufknopf des Aufzugs. Wenige Sekunden später lehnte ich mich stöhnend an die Innenwand der Aufzugskabine. Humpelnd betrat ich meine Wohnung und griff nach dem erstbesten Stuhl. Ich plumpste darauf, denn in meinen Beinen war nicht genügend Stabilität, um mich langsam zu setzen. Schweiß stand auf meiner Stirn und ich überlegte, wie ich ohne Sturz ins Badezimmer zu den Medikamenten kommen könnte. Mehrere Anläufe aufzustehen waren erfolglos. Was nun? Letztlich rutschte ich auf dem Holzstuhl Zentimeter für Zentimeter ins Bad und wühlte in meinem Schubladenversteck. Da, ein erneuter Schmerzschub! Stöhnend hieb ich mit der linken Faust auf den Oberschenkel. Das Aufziehen der Spritze war mühsam, da ich von den Schmerzkrämpfen zitterte. So würde ich nie eine Vene treffen. Also erhöhte ich in völliger medizinischer Inkompetenz die Dosis und jagte mir den Stoff direkt in den Oberschenkel, was durch meine verletzte rechte Hand kompliziert genug war. Klasse, jetzt hatte ich das Zeug drin. Intravenös wirkte es unmittelbar und ich war gut beraten, dann bereits irgendwo sicher zu liegen. Die intramuskuläre Injektion bot mir ein paar Minuten Karenz und so rutschte ich mit dem Stuhl ins Schlafzimmer. Meine armen italienischen Nachbarn unter mir! Zum Glück hielt sich der Krach in Grenzen, da ich beinahe überall Korkboden hatte.

Es kostete eine irre Anstrengung, die Kleidung abzustreifen, die ich achtlos auf den Fußboden gleiten ließ. Ich rollte von dem Stuhl auf mein Bett und entspannte mich seufzend. Jetzt musste doch langsam die Wirkung einsetzen! Ich schloss die Augen und versuchte Entspannungsübungen, um mich abzulenken. Da bemerkte ich wieder den modrig-erdigen Duft! Ich öffnete die Augen einen kleinen Spalt … und zuckte zusammen. Nahezu durchsichtig standen neben meinem Bett zwei Kinder. Die Gesichter waren undeutlich und es war unmöglich zu erkennen, ob es sich um Jungen oder Mädchen handelte. Der Schmerz in meinem Bein steigerte sich ins Unerträgliche! Wann wirkte das Scheißzeug endlich? Hastig tastete ich in meinem Nachttisch nach meinen Morphiumtabletten. Die Kinder sahen mir mit ihren ausdruckslosen Gesichtern dabei zu. Irgendwie quetschte ich zwei Pillen aus dem Blisterstreifen und schluckte sie ohne Flüssigkeit. Ein langes „AAAAHHHH" ausstoßend sank ich zurück in das Kissen, die Augen zu. Nach ein paar Sekunden riskierte ich einen erneuten Blick und … die beiden Geisterwesen standen immer noch da. Jetzt war es klar. Ich wurde langsam verrückt! Irgendetwas hatte die jahrelange Einnahme von Schmerzmitteln jedweder Art mit meinem Verstand angerichtet. Aber bevor ich in die „Klapse" ginge, würde ich diesen Mist auf MEINE Art beenden. Gut, dass meine Dienstwaffe irgendwo unerreichbar neben dem Bett lag, denn sonst …

Da erkannte ich, wie ein Kind die Hand hob und sie auf mein gelähmtes Bein legte. Augenblicklich wurde es eiskalt und steif, aber der Schmerz ließ deutlich nach. Das andere Kind berührte mit dem Zeigefinger meinen linken Handrücken und hob den anderen Zeigefinger zu den Lippen, um mir Stillsein zu gebieten. Dann glitt ich in eine gnädige, schmerzfreie Ohnmacht.

Es klingelte und Cynthia Ihling ging ans Telefon. „Hallo, David, alles klar bei dir? Gut, dass du anrufst. Wir müssen noch Einiges wegen des Festivals besprechen und … WAS? … aber nein, das wusste ich nicht … und jetzt? … alles klar, ich löse die Notfallkette aus." Gereon blickte seine Frau fragend an. Diese wandte sich mit kreidebleichem Gesicht zu ihm und sagte: „Ramon ist erwischt worden. Er und David hatten versucht, einen leitenden Polizisten an weiteren Ermittlungen zu hindern. Das hat nicht ganz geklappt und Ramon wollte das in der Klinik zu Ende bringen. Dabei hat ihn ein Bulle überrascht und festgenommen. Außerdem ist Giordano, dieser Vollidiot, einfach aus der Schweiz zurückgekommen und wurde inhaftiert. Er soll alles gestanden haben, die Sache mit dieser kleinen blonden Russin. David hat den Notfallplan in Kraft gesetzt. Ich mache gleich den Anruf." Gereon nickte und stellte keine Fragen. Diesen „Super-GAU" hatten sie im Kreis der „Duteils" immer wieder besprochen und einen Notallplan entwickelt, der mit den Jahren mehr und mehr verfeinert worden war. Dieser beinhaltete einige Sofortmaßnahmen: der Erstinformierte startete mit einem absolut unbenutzten Prepaid-Handy eine Telefonkette, mit der sämtliche Mitglieder der Gruppe gewarnt wurden. Diese Aufgabe erfüllte Cynthia in diesem Moment, indem sie die erste Person im Nummernspeicher des Mobiltelefons anrief und folgenden Code durchgab: „Wir müssen leider absagen. Mutti kommt zu Besuch!" Danach wurden noch ein paar Floskeln ausgetauscht, für den unwahrscheinlichen Fall, dass dieses Telefonat abgehört werden sollte. Die gleiche verschlüsselte Nachricht wurde dann in der Kette weitergegeben.

Gereon hatte ein Netbook aus einem Wandsafe geholt. Er startete eine Schnellformatierung der Festplatte, die nur eine Viertelstunde dauerte. Auf diesem Gerät waren sämtliche Dokumente, Bilder und Filme gespeichert, die in Zusammenhang mit den „Duteils" standen. Nach Abschluss der Datenlöschung entnahm der Architekt die Festplatte und ging in die kleine Küche in dem Bunker unter dem Garten. Dort legte er das Bauteil in die Mikrowelle und stellte sie auf 30 Sekunden Laufzeit ein. Nach wenigen Augenblicken zuckten Blitze durch die Kammer des Gerätes und es begann nach verbranntem Kunststoff zu stinken. Ihling war sicher, dass alles zerstört war und unterbrach den Vorgang nach 20 Sekunden. Er wollte eine Explosion oder einen Brand verhindern. Mit Grillhandschuhen entnahm er die qualmende Festplatte und brachte sie auf die Terrasse des Hauses, wo er sie mit Wasser aus einer Gießkanne überschüttete.

Aus der Garage holte er eine große Gartenspritze, eine Maske mit Filter, Handschuhe, eine Schutzbrille sowie einen gelben Kunststoffkanister mit zehn Litern Inhalt. Diese Utensilien trug er in den Bunker und befüllte das Sprühgerät mit der Flüssigkeit. Jetzt zog er Maske, Brille und Handschuhe an und begann sorgfältig, die Flüssigkeit im gesamten Raum zu verteilen. Er sparte keine Ecke aus und öffnete auch Schubladen und Türen von

Schränken. Er sprühte die Flüssigkeit in Spalten und Ritzen der Möbel und auch in alle elektrischen Geräte. Die gesamte Einrichtung der Räume würden sie zwar wegwerfen müssen, wenn das Javelwasser seinen Dienst verrichtet haben würde, aber das war in der jetzigen Situation ohne Belang. Schweißgebadet räumte er die Reinigungsutensilien weg und ging ins Schlafzimmer, wo er seine Frau beim Packen von Reisetaschen vorfand.

„Was gibt das jetzt?" Gereon war erstaunt. Eine Flucht war nicht Bestandteil des Notfallplans. „Gereon, ich halte das nicht aus. Die kommen uns zu nahe. Wir müssen weg. Daddy hat uns viel zu lange nicht mehr gesehen. Nächste Woche feiert er seinen 91. Geburtstag. Welchen besseren offiziellen Anlass gäbe es für eine Reise? Er würde sich so freuen und wir wären erst einmal aus all dem Dreck raus. Ich rufe ihn jetzt an. Es ist Mittagszeit in San Francisco und er ist ganz sicher im Heim auf seinem Zimmer." Sie griff nach dem Festnetztelefon und drückte die Kennung für eine gespeicherte Nummer. Nach kurzer Wartezeit meldete sich eine weibliche Stimme. „Vintage Coventry, Jane Byrne speaking?" „This is Cynthia Ihling from Germany. May I speak to my father, Mr. Adrian Belmont, Apartment 601?" "Certainly, Ma'am, I'll put you through."

Das Telefonat dauerte wenige Minuten und Gereon konnte hören, wie sehr sich sein Schwiegervater über die Nachricht freute. Cynthia legte auf und sagte: „Ich packe schnell das Nötigste. Kommst du problemlos an unsere Konten?" Gereon nickte. „Kein Problem, wir machen das alles über mein Smartphone. Ich hole die Pässe und buche die Flüge." Er öffnete erneut den Wandsafe, entnahm Pässe, Dokumente und ein wenig Bargeld und begab sich an sein Notebook. Er suchte nach der nächsten Möglichkeit für einen Flug nach San Francisco und buchte zwei Plätze auf dem Air France-Flug über Paris um 6.40 Uhr. Er goss für Cynthia und sich je ein Glas Cognac ein und stellte sie auf den Tisch vor dem Kamin. Seine

Ehefrau betrat eine halbe Stunde später den Raum, nachdem sie zwei Trolleys neben der Wohnungstür abgestellt hatte.

Sie nahm im Sessel neben ihrem Mann Platz, prostete ihm mit dem Cognac zu und nahm einen großen Schluck. „Glaubst du, wir kommen noch einmal davon?" Gereon zuckte mit den Schultern. „Ich weiß es nicht. Ich glaube allerdings, dass sie uns noch nie so nah auf die Fersen gekommen sind. Daher hoffe ich sehr, dass Murillo stillhält und nicht auspackt, denn ich würde nur ungern auf das alles hier", damit wies er mit dem Arm in weitem Bogen durch den Raum, „für immer verzichten. Ich hänge daran, nicht wegen meiner Eltern … es sind die vielen schönen Stunden … und Erlebnisse … nun ja, auf dein Wohl, meine Liebe! Es gibt zwar ein Auslieferungsabkommen mit den USA, aber für den Fall der Fälle habe ich inzwischen gute Kontakte nach Paraguay. Und dort gibt es ja auch so viele hübsche kleine Spielgefährten."

Sie legten sich noch für ein paar Stunden hin, nachdem sie bei Rheintaxi einen Wagen für 4.30 Uhr geordert hatten.

Kapitel 14

David Lessing hatte die ganze Nacht gegrübelt. Die „Duteils" waren informiert worden und hatten sicherlich alle erforderlichen Maßnahmen ergriffen, um alle Beweise und Spuren zu vernichten. Das Wasserschloss bei Doetinchem war viel zu lange nicht benutzt worden, um noch verwertbare Spuren von aktuellen Spielgefährten zu finden. Das Haus auf dem Darß würde wohl innerhalb weniger Stunden aufgrund eines „technischen Fehlers" ein Raub der Flammen werden. Dafür hatte er seine Leute vor Ort. Aber wie sollte er Giordano und Murillo vom Reden abhalten? Der Italiener war das geringere Problem. Von ihm hatte er so viele Fotos und Videos von unbeschreiblichen Szenen mit Kindern, dass er ausreichend Druckmittel in der Hand hatte. Aber Ramon ... Moment, dachte er und sprang auf.

Er eilte durch die Morgenkühle über den kiesgestreuten Platz vor seiner Villa zu der Remise mit den Fahrzeugen. Er öffnete eine Garage und ging zum unverschlossenen Maybach. Dort öffnete er eine versteckte Konsole und entnahm ihr einen winzigen Speicherchip. Damit kehrte er ins Haus zurück, steckte die SC-Karte in einen Adapter und dann in seinen PC. Er rief die Datei vom Tage des Golfturniers auf und startete diese. Auf dem Monitor flackerte ein grünstichiges Bild, das zeigte, wie ein mächtiger Geländewagen gegen einen zierlichen Oldtimer prallte. Lessing speicherte die Datei auf einem kleinen MP3-Player mit Bildschirm und rief seinen Anwalt an, der auch Murillo und Giordano vertrat. Während er dem Juristen telefonische Anweisungen gab, kopierte er aus dem Ordner „Vittorio" eine weitere Datei auf den Player. Danach legte er auf und machte sich in der Küche einen doppelten Espresso. Dieser Tag würde wohl doch nicht so schlecht laufen, wie es zunächst den Anschein hatte.

Das konnte man ruhig auch einmal mit etwas Besonderem feiern. Daher holte er aus dem Weinkühlschrank eine Flasche Veuve Clicquot Brut Methusalem, öffnete den Champagner und genoss mit sichtlichem Wohlbehagen den ersten Schluck.

Die wenigen Stunden Schlaf, die mir vergönnt gewesen waren, hatten kaum Erholung gebracht. Ich überlegte schon, mich für heute krank zu melden, aber das wäre mir wie Aufgeben vorgekommen. Ich hinkte ins Bad, duschte heiß und lang und rief dann Jupp an. Ich deutete kurz an, was in dieser Nacht passiert sei, und er bot direkt an, mich abzuholen. Jutta ging es ebenfalls nicht gut, sie blieb wegen einer heftigen Migräneattacke im Bett. Glücklicherweise war der Fall Kelkheim so gut wie bearbeitet.

Nach 20 Minuten klingelte es und Jupp kam die Treppe hoch … mit einer Brötchentüte und zwei großen Pappbechern mit Kaffee. „Ich hab kurz bei „Zurheide" angehalten. Das wird dir jetzt gut tun, denke ich." Wir setzten uns in meine Küche und schlürften schweigsam das heiße Getränk. „Wenn du Sarah siehst … sprich bitte nicht darüber … ich meine, beides!" Die Schmerzmittel und meine Wahnvorstellung – denn ich wollte nicht, dass Sarah mich mit ihren Diagnosen und Ratschlägen nervte. Nerven? War das der richtige Ausdruck? Ich wusste es nicht, denn letztlich hatte ich keine Ahnung, was mit mir los war oder wo das hinführen würde. Das Letzte, was ich jetzt brauchte, war jemand, der mir sagte, was ich zu tun oder zu lassen hatte.

Wir fuhren in Richtung Präsidium los und Josef nahm in Gedanken die Route über die L 293. Na klar, Stau im Berufsverkehr. „Super Idee, Alter! Das dauert." Damit klopfte ich meinem Freund und Kollegen auf die Schulter. Auf Höhe Itter setzte Josef den Blinker, fuhr rechts ab und hielt vor dem Friedhof. Meinen fragenden Blick beantwortete er mit einem hastigen Fingerzeig auf seinen Schritt und rannte dann in Richtung des Eingangsgebäudes los. Nach beinahe zehn Minuten kehrte er zurück ... mit einem Gesicht, dessen Ausdruck zwischen Erleichterung und Scham schwankte. Ich sah ihn genauer an und erkannte den Grund für die Scham. „Knapp daneben ist auch vorbei. Wir fahren nochmal kurz bei mir vorbei und ich zieh mir eine saubere Hose an." Während des Umwegs schwieg ich und machte mir Gedanken. Als Josef wieder aus der Haustür trat, schaute er noch kurz in den Briefkasten. Er entnahm ihm einen Briefumschlag, schaute kurz darauf und setzte sich dann wieder zu mir in den Wagen.

„Hör mal, Josef, ich will dir jetzt nicht auf den Geist gehen, aber meinst du nicht, dass ..." Er unterbrach mich: „Merkst du eigentlich, was du tust? Du wirfst Sarah vor, dass sie dich quasi bemuttert und dir ständig gute Ratschläge gibt. Und jetzt? JETZT machst du das Gleiche ... bei mir. Was bist du nur für ein Pharisäer!" Er war sauer. Ich überlegte, ob er vielleicht Recht hätte. Wir fuhren gerade auf den Parkplatz des Präsidiums, als ich mich zu einer Bemerkung hinreißen ließ: „Josef, du bist einer meiner besten Freunde. Ich mache mir Sorgen und ..." Er unterbrach mich: „Genau das tut Sarah auch, um dich. Was ist es, das diese Sorge bei ihr falsch und bei dir richtig macht? Du weißt genau, welche Gedanken und Befürchtungen durch meinen Kopf geistern. Und ich kann jeden verstehen, der sagt, dass Nicht-Wissen manchmal gnädiger als Erkenntnis ist." Damit warf er mir den Umschlag aus seinem Briefkasten in den Schoß und stieg aus. Auf dem Weg in unser Büro schaute ich auf den Absender:

Urologie am Malkasten, Jacobistr. 7, Düsseldorf. „Mach du ihn auf. Ich hab dafür heute keinen Nerv."

Der Anwalt besuchte seine beiden Klienten in der Untersuchungshaft. Zuerst ging er zu Giordano. „Herr Giordano, ich soll Ihnen die besten Grüße von Ihren Freunden übermitteln. Sie wünschen Ihnen viel Stärke und Durchhaltevermögen für die Dinge, die Sie jetzt durchstehen müssen. Ein besonders besorgter Freund hat mich gebeten, Ihnen etwas zu zeigen, was Ihnen vielleicht bei Ihren Überlegungen zu Ihrer Verteidigung weiterhilft." Damit schaltete er den Ton seines Mobiltelefons aus, startete eine Filmdatei und legte das Handy vor dem Inhaftierten auf den Tisch. Giordano starrte wie gebannt auf das Display und sein Verteidiger belauerte seine Reaktionen. Erst war da Schrecken, dann Erinnerung, am Ende sogar eine schwache Erregung.

„Ich bin sicher, dass Sie die Botschaft verstehen. Sie sollten sich einfach daran erinnern, dass es besser wäre, Ihre Freunde unerwähnt zu lassen. Es ist meine Aufgabe, Sie bestmöglich zu verteidigen und die Haftzeit auf ein Minimum zu reduzieren. Aus meiner Sicht bestehen die besten Chancen, wenn wir auf vorübergehende Unzurechnungsfähigkeit plädieren. Wir haben genügend Gutachter, die entsprechende Stellungnahmen abgeben können. Möglicherweise werden Sie ihre Inhaftierung auch in der forensischen Psychiatrie verbringen können." Giordano hob abwehrend die Hände. „Sagen Sie jetzt nicht direkt nein! Ihnen dürfte sicher bekannt sein, dass Kinderschänder in den

Gefängnissen die unterste Stufe der Hackordnung bilden. Ich glaube nicht, dass so ein sensibler Mensch wie Sie das gesund überstehen würde. Und das meine ich körperlich wie seelisch. Haben Sie ein wenig Vertrauen zu mir. Seit den 70er Jahren nutzen Anwälte erfolgreich das Argument der fehlenden Verantwortung wegen einer zerrütteten Kindheit, mangelnder Zuneigung oder eigener Missbrauchserfahrungen. Sie erinnern sich vielleicht an den Strafverteidiger Rolf Bossi. Der hat in einigen spektakulären Prozessen agiert: das Gladbecker Geiseldrama, die Serienmörder Honka und Bartsch. Der hat die Kausalitäten meist sehr erfolgreich zu nutzen gewusst."

Dieser Einführung folgte eine Abstimmung über die geplante Verhandlungsstrategie. Nach beinahe zwei Stunden waren sie fertig und der Verteidiger verließ den Gesangslehrer. In der Kantine gönnte er sich einen Kaffee und brach dann mit sehr gemischten Gefühlen zum Gespräch mit Murillo auf. Dieser saß sehr entspannt auf seinem Stuhl in einem Verhörzimmer. Der Anwalt protestierte dagegen, dass sein Mandant bei dem Gespräch mit Handschellen fixiert war. Der Justizvollzugsbeamte verweigerte die Entfernung unter Hinweis auf eine ausdrückliche richterliche Verfügung. „Aufgrund Herrn Murillos Qualifikation, Profession und beruflichen Werdegangs wird die Risikolage für Dritte als zu hoch eingeschätzt. Wir werden nicht das Risiko einer Geiselnahme mitten im Präsidium eingehen." Der Verteidiger kündigte scharfen Protest an und behauptete, seinen Mandanten so nicht sachgerecht informieren zu können. Zudem drohte er, direkt zu Prozessbeginn Verfahrensfehler ins Feld führen zu wollen - mit dem erwarteten Erfolg. Die Handschellen wurden zögerlich entfernt. Murillo war der hitzigen Diskussion interessiert, aber ohne Beitrag, gefolgt. Dann waren sie endlich allein im Raum.

Murillo blickte seinen Anwalt erwartungsvoll an. Dieser druckste ein wenig herum, sprach von einer schwierigen Ausgangslage, und machte einen

Strategievorschlag. Murillo lauschte unbewegt. Als der Jurist mit seinem Vortrag fertig zu sein schien, ergriff der Söldner erstmals das Wort. „Sagen Sie David, dass er alles unternehmen soll, um mich hier rauszuholen. Er hat doch immer mit so mit seinem Verbindungen angegeben. Ich erwarte, dass ich binnen einer Woche hier raus bin. Er soll eine Kaution hinterlegen, aber flott." Der Anwalt schüttelte den Kopf. „Das mit der Kaution können Sie vergessen. Der Haftrichter hat aufgrund der möglichen Fluchtgefahr die Stellung einer Kaution kategorisch verweigert." Murillo beugte sich vor, sah sein Gegenüber scharf an und stieß zischend hervor: „DAS ist mir scheißegal. Ich weiß genug über Lessing und seine Bande von perversen Idioten. Lasst euch etwas einfallen!" Der Jurist blickte Ramon Murillo besorgt, ja sogar ängstlich an. Sollte er seinem Auftrag jetzt wirklich folgen und ...

Er zog wie bei Giordano sein Handy hervor, suchte das entsprechende Video und sagte: „Diese Entgegnung hat Herr Lessing bereits vorausgesehen. Daher bat er mich, in diesem Fall Ihnen das hier vorzuspielen." Damit startete er den Film. Murillo sah das Nightshot-Video, in dem er den Wagen von Richter mehrfach rammte und dann ausstieg und den Hummer in Brand setzte. Trotz des starken Grünstichs der Aufnahme mit Restlichtverstärkung war sein Gesicht eindeutig zu erkennen. „Herr Lessing bittet Sie, Ihren Standpunkt nochmals zu überdenken. Falls nicht, würde er das Filmchen leider anonym der Staatsanwaltschaft zukommen lassen müssen." Murillo zügelte in bewundernswerter Art und Weise sein Temperament. Er blickte seinen Verteidiger mit zusammengekniffenen Augen an und sagte sehr langsam und leise: „Teilen Sie Lessing mit, dass er DAS besser nie getan hätte. Ich weiß jetzt, woran ich bin. Sagen Sie ihm ebenfalls, dass ich mich ruhig verhalten werde. Aber sobald ich rauskomme ... vielleicht sogar früher ... nun, den Rest wird er sich denken können. Ihm ist bekannt, dass ich über ein paar sehr zuverlässige Freunde verfüge, mit sehr speziellen

Fähigkeiten. Sagen Sie ihm, er soll sich einmal an unser Gespräch erinnern, bei dem ich den afrikanischen Diktator erwähnt hatte. Dem geht es heute vergleichsweise gut. Und jetzt verschwinden Sie!" Murillo reichte dem Anwalt zum Abschied die linke Hand, was diesen erstaunte. Trotzdem griff er zu und begriff im gleichen Augenblick, welchen Fehler er da gemacht hatte. Mit entsetzlicher Kraft drückte sein Mandant die Hand so fest zu, da er ein Gelenk nach wenigen Sekunden brechen hörte und spürte. Als er den Mund zu einem Schmerzschrei öffnen wollte, legte sein Klient blitzschnell seine Hand auf den Mund des Anwalts. „Denk nicht mal dran. Nimm es einfach als Versprechen … und jetzt raus. Ich habe deine rechte Hand geschont, weil du sie für meine Verteidigung brauchen wirst." Dem Juristen war der Schweiß ausgebrochen und sein Gesicht war vor Schmerz kalkweiß. Irritiert blickte ihn der Beamte an, als er an ihm vorbei aus dem Raum stürmte.

Wir tauschten die Rollen beim Verhör der Inhaftierten. Ich würde heute mit Murillo sprechen, sofern er bereit wäre, sich zu äußern. Jupp wollte ein weiteres Gespräch mit Giordano führen, um der Staatsanwaltschaft noch einige Informationen für die Klageschrift zu verschaffen.

Ich wartete im Verhörraum auf den Leibwächter und sah mir meine Aufzeichnungen durch. Da öffnete sich die Tür und Murillo wurde hineingeführt. Für mich war seine Fesselung sachlogisch, also würde er auch während des Verhörs weiterhin Handschellen tragen. Ich begrüßte ihn, bot ihm einen Kaffee und ein Wasser an, was er ablehnte. Ebenso verzichtete er heute auf die Anwesenheit seines Rechtsvertreters. Während ich begann, meine Fragen zu stellen, bemerkte ich, wie mich der Mann taxierte. Nachdem ich beinahe ein Dutzend Fragen gestellt hatte, ohne eine Antwort zu erhalten, stoppte ich und sah ihn ebenfalls ernst an. Dann schlich sich ein zynisches Lächeln auf sein Gesicht. „Herr Oberle, Sie haben einen mächtigen Bums in ihrer Faust. Aber Sie hatten Glück. Wenn ich Sie gekannt hätte, wäre Ihnen das nicht gelungen. Aber wie ich sehe, sind auch Sie nicht ganz spurlos aus der Sache rausgekommen." Damit nickte er in Richtung meiner bandagierten rechten Hand. „Verstaucht, kein Wunder bei so einem Eisenschädel. Murillo, ich weiß, was Sie können und ich weiß, was Sie früher getan haben. Ich konnte Ihnen gar keine Chance lassen." Jetzt lachte er, aber ohne jegliche Gehässigkeit. „Herr Kommissar, Sie wissen gar nichts über das, was ich früher gemacht habe. Aber wir sind beide Profis, daher nichts für ungut. Wir wissen beide, welche Risiken unser Job mit sich bringt. Da kann schon mal was ins Auge gehen." „So wie bei Richter?" Das Lächeln war verschwunden und vor mir saß wieder der stumme Fisch. Mir war klar, ich konnte es aufgeben. Daher ließ ich den Mann zurück in seine Zelle bringen.

Ich verspürte ein wenig Hunger und fuhr runter ins Erdgeschoss, um in der Kantine eine Frikadelle zu ergattern. Dort lief mir ein Mann über den Weg, der mir wiederholt unangenehm aufgefallen war: der Anwalt unser beider Inhaftierten. Dieser blickte ängstlich in meine Richtung und ich erkannte, dass seine linke Hand wie die meine bandagiert war. Was war dem denn zugestoßen? In einem Anflug von Schadenfreude winkte ich mit der verbundenen Rechten, worauf er erbost den Kopf wegdrehte.

Auf dem Rückweg zum Büro sah ich auf dem Gang einen Mann warten, der mir irgendwie bekannt vorkam. Als er mich sah, ging er sofort schnellen Schritts auf mich zu. „Herr Oberle, ich bitte vielmals um

Entschuldigung, aber es ging einfach nicht früher. Direkt am Tag nach Ihrem Besuch musste ich zu einem Kunden nach Stockholm. Es ging um eine Investment von mehreren zig Millionen und ich bin als Einziger tief genug in der Materie drin. Aber jetzt bin ich ja hier und ich …" Ich unterbrach ihn. „Helfen Sie mir bitte mal, Herr …?" „Schreiner, Oliver Schreiner. Sie waren vor gut zwei Wochen bei mir im GAP 15 wegen dieser Sache mit dem Autorennen." Jetzt war ich wieder im Film. „Dann kommen Sie mal rein, Herr Schreiner. Ist ja nicht so, dass wir nichts Anderes zu tun hätten. Ist Ihnen denn noch etwas eingefallen?" Schreiner nahm an meinem Schreibtisch Platz. „Ja, Herr Kommissar, ich weiß, dass ich mich damit vielleicht selbst ein wenig reinreite, aber Sie würden das vermutlich auch selbst über kurz oder lang rausbekommen. Wir haben uns über das Internet verabredet und ein Rennen vereinbart. Wir treffen uns immer vorher im Hafen auf dem freien Platz an der Yachtschule, an der Bremer Straße gegenüber vom Hyatt. Da haben wir die Conditions abgesprochen, kein Aero Loose, keine Bumper. Es war alles klar und wir einigten uns auf die Uhrzeit und den Streckenabschnitt ab dem Südring. Ich hatte meinen Mini extra für das Rennen vorbereitet und sogar eine Lachgaseinspritzung einbauen lassen. Und gerade als wir loswollten, da kam ein Typ aus Viersen mit seinem aufgemotzten Fiat 500 angeschossen. Er war letztes Jahr Rookie of the Year. Er ist rausgesprungen und direkt auf meinen Renngegner zugerast. Er warf ihm vor, ihn beim letzten Run regelwidrig abgedrängt zu haben, wodurch der Viersener nicht nur einen Punkteplatz verpasst hatte, sondern auch einen kapitalen Fahrzeugschaden verursacht hatte. Die Diskussion zwischen den beiden wurde immer lauter und heftiger, bis der Viersener zu seinem Wagen ging und mit einem Baseballschläger zurückkam. Der Ronald, gegen den ich fahren sollte, hatte nichts bei sich, nur seine Crush Panels an den Schuhen. Also ist er in seine Karre gesprungen und ab!"

Ich unterbrach ihn und ließ mir zuerst einmal die Fachbegriffe aus dem Autorennsport erklären. Dann warf ich ein: „Sagen Sie mal, Herr Schreiner, mal eine persönliche Frage: sind Sie mit ihren 29 Jahren nicht ein wenig zu alt für diese Szene?" Der Mann sah mich erstaunt an. „Kennen Sie die „Fast and Furious"-Filme? Da geht's auch um private Autorennen und Paul Walker, der Hauptdarsteller, war beim ersten Film bereits 36. Aber Sie haben Recht, die meisten sind Anfang bis Mitte 20. Aber was anderes, Herr Kommissar: ich habe in der Zeitung kaum was gelesen und unter uns Fahrern kursieren nur Gerüchte. Was ist denn genau passiert?" Ich schüttelte den Kopf. „Die Ermittlungen laufen noch, tut mir leid. Was ich ihnen aber sagen kann, ist, dass der Mann, den sie Ronald nennen, mit einem Schädelbasisbruch im Krankenhaus liegt und möglicherweise nie wieder gehen kann. Aus meiner Sicht ist DAS kein Rennsieg wert, aber das ist ja alles Ihre Sache. Nur wenn dabei Unschuldige in Gefahr geraten, werden wir noch ärgerlicher, als wir es schon von Amts wegen aufgrund illegaler Rennen sind. So, ich werde jetzt Ihre Aussagen notieren und dann werden Sie mir das Protokoll unterschreiben."

Ich tippte, stellte Zwischenfragen und stellte das Protokoll fertig. Schreiner unterschrieb und verabschiedete sich gerade, als Jupp unseren Raum betrat. „Na, wie war's mit Murillo?" „Stumm bis auf ein paar nichtssagende Komplimente eines Killers." „Wie bei mir auch. Giordano hingegen war wie ein Märchenerzähler aus Tausendundeiner Nacht. Es ist einfach abstoßend, wie der Kerl über seine Neigungen redet. Ich habe ihm Angebote gemacht, JVA mit besonderer Ausstattung, Einzelhaft, alles was der Staatsanwalt zugestehen wollte. Nichts, er rückt mit keinen weiteren Infos zu anderen Personen raus. Seine Augen zuckten zwar, als ich Lessing erwähnte, aber die Angst vor dem scheint viel zu groß zu sein. Er bezeichnet sich als verwirrten Einzeltäter und sein Anwalt besteht darauf, dass Giordano zum Zeitpunkt der Tat nicht zurechnungsfähig gewesen sei." Ich sah Jupp schief an. „Hatte der Anwalt bei dem Gespräch auch schon die Hand verbunden?" Josef schüttelte den Kopf. „Nein, wieso?" „Ach, nur so." Ich informierte ihn über das Protokoll von Schreiner und wir machten uns schweigend an die Büroarbeit. Kurz vor Dienstschluss lehnte ich mich zurück und suchte in meiner Jacke nach einer Packung Pfefferminz. Dabei fiel mir ein Stück Papier in die Finger. Ich legte es vor mich auf den Schreibtisch und sah, wie Schmitz bei dessen Anblick erstarrte. Ich zog die Augenbrauen hoch und er nickte. Mit einer Schere öffnete ich den Umschlag, den mein Freund und Kollege mir heute Morgen gegeben hatte. Ich las konzentriert, versuchte die Fachausdrücke zu verstehen und hob dann den Kopf. „Ich bin kein Mediziner, aber Ruprecht hat mir ja immer wieder seine Terminologie um die Ohren gehauen. Da steht nur: minimaler, regelrechter PSA-Wert, keine Tumormarker. Ich denke, das ist eine richtig gute Nachricht, oder?" Ich sah, wie Josef aufatmete und sich über die Augen rieb. Als er die Hand wieder wegnahm, waren sie gerötet. Gepresst sagte er: „Die beste, mein Alter, die allerbeste! Das schreit geradezu nach einer Feier. Was macht ihr heute Abend?" Ich grinste, griff zum Handy und kontaktierte Sarah. Jupp rief währenddessen Jutta und seine Schwester an. Wir verabredeten uns für 19 Uhr im EXTRATOUR in Urdenbach. Elisa machte zwar einen Zwergenaufstand, dass sie nicht mit durfte, aber Jupp versprach ihr zum Ausgleich einen Ausflug nach Holland ans Meer.

Wir waren alle pünktlich und hatten in weiser Voraussicht Taxis für die Anfahrt genutzt. Sandra und Udo, die Wirtsleute, waren zufälligerweise beide anwesend und setzten sich von Zeit zu Zeit zu uns. Nach dem Essen folgten einige Runden Schumacher, durchsetzt mit Killepitsch, Krumme und Düsseldorfer Kirsch. Leicht angebrütet klingelte ich auch noch bei Ruprecht Vollmer durch und lud ihn ein. Er könne leider nicht zu uns stoßen, da er durch Damenbesuch verhindert sei. Jupp krähte undeutlich aus dem Hintergrund: „Bring die Süüüüße mit, isch lad heut' ALLE ein!"

Dann stießen wir alle auf Richters Wohl an, in der Hoffnung, dass er den Anschlag überleben würde.

Es war beinahe 23.30 Uhr, als wir aufbrachen, mehr oder weniger total abgefüllt. Sarah bekam einen langen, gefühlvollen Abschiedskuss von Jupp, der sich von ihr mit den Worten verabschiedete: „Warum heiratest du … HICKS … den Dicken eingent … eigentlich nich?" Sie kicherte albern, hakte sich bei mir unter und stieg mit mir in eines der beiden bereitstehenden Taxis ein.

Jupp fuhr mit Jutta und seiner Schwester Hannelore mit einem Taxi nach Hamm. Er war bereits nach wenigen Minuten auf dem Sitz neben dem Fahrer eingeschlafen und schnarchte vernehmlich. Dies gab Jutta und Hannelore, genannt „Lörchen", die Gelegenheit, sich zu unterhalten. „Sag mal, Lörchen, wie ist eigentlich im Moment der Kontakt zu Elisas Vater?" Hannelore seufzte: „Nun, er nimmt sein Besuchsrecht wahr und holt sie alle zwei Wochen für das Wochenende ab. Er unternimmt dann so das Übliche: Kino, Zoo, Schaufensterbummel, Shoppen … ja, das ist schon lange eine Thema für meine junge Dame. Aber mir scheint es, als würde er sich nicht richtig für sie interessieren. Es ist mehr ein Pflichtbesuch, den er eben durchziehen muss. Anfangs war sie noch recht verstört, wenn sie von diesen Wochenenden zu mir kam. Ich war dann Prellbock für ihren Frust. Nichts konnte ich ihr recht machen und es fielen sehr unschöne Worte zwischen uns. Klar, ich sollte die Klügere sein, aber ich bin auch nur ein Mensch. Und wenn die eigenen Tochter einen als Arschloch tituliert, dann bin ich nicht die Übermutter, an der so etwas abperlt." Beide schweigen ein paar Minuten, bis Hanelore das Gespräch wieder aufnahm. „Aber wie ist das im Moment mit dir Jutta? Mit meinem Bruder scheint es ja bestens zu laufen. Zumindest hören wir oben nichts von klirrendem Geschirr oder zerbrechenden Stühlen." Neugierig grinsend blickte sie ihre Wohnungsnachbarin von der Seite an.

266

„Tja, mit Josef ist alles eigentlich im Lot. Gut, wir haben wie jedes Paar so unsere Reibflächen. Wir sind ja erst in „fortgeschrittenem „ Alter" ein Paar geworden und haben uns so manche Junggesellen-Schrulle angewöhnt. Aber das klappt ganz gut. Wenn er nur nicht so unordentlich wäre! Ich frage mich, wie seine Bude damals ausgesehen haben mag, wenn er sie nicht gerade für meine seltenen Besuche hergerichtet hatte. Also, DAS ist zumindest ein ewiges Streitthema, aber er hat sich ja schon gebessert."

„Und der Fall?" Jutta sah die Fragende verdutzt an. „Welcher Fall? Ach, du meinst die Sache an der Kastanie in Himmelgeist? Nun, ich hoffe, wir haben da nicht in ein Wespennest gestochen. Falls doch, bin ich sehr skeptisch, dass wir bei der derzeitigen Personallage eine ausreichend starke SoKO für einen langen Zeitraum halten können. Manchmal wünschte ich mir, ich hätte einen direkten Zugang zu unserem Innenminister, um dem mal zu zeigen, wie es an der Front wirklich aussieht. Mein Kommissariat leistet doch Sisyphusarbeit – jaja, ich weiß, das tun alle Polizisten – aber wir sind doch diejenigen, deren Job wegen der Verbrechen an Kindern immer einer stärker emotional belasteten Sichtweise unterliegt. Dieser Fall ist dem Grunde nach nicht anders als andere, aber die beiden Jungs scheinen sich festgebissen zu haben. Ich weiß nicht, warum. Aber jetzt Schluss damit, sonst komme ich ins Lamentieren und finde heute Nacht gar keinen Schlaf.

Sarah und ich fuhren in ihre Wohnung auf der Händelstraße in Benrath. Albern wie ein Schulmädchen schäkerte sie mit mir, während wir die

Stufen hochstiegen. Sie schloss auf und beförderte mich ins Wohnzimmer. „Gieß uns bitte noch einen Whisky ein. Ich mache mich nur rasch etwas frisch." Ich war selbst nicht mehr ganz sicher auf den Beinen und kleckerte beim Eingießen des Laphroaig ordentlich daneben. Ich nahm Platz, ließ den ersten kleinen Schluck langsam durch die Kehle rinnen und stellte eine CD an. *Dead can dance* erschien mir für diesen Augenblick genau das Richtige. Meine Schöne ließ mich warten. Dann erlosch auf einmal das Licht bis auf eine Tischlampe im Flur, die spärlich bis ins Wohnzimmer leuchtete. Sarah stand wie ein Scherenschnitt vor der Lichtquelle. Sie hatte nur ein hauchdünnes, schwarzes Trikot an, das einem sehr knapp geschnittenen Badeanzug ähnelte. Dazu trug sie High Heels, die silberne Ketten um ihre Fesseln schlangen. Sie trat vor mich, kniete nieder und bot mir mit gesenktem Haupt und ausgestreckten Händen eine Reitgerte dar. „Sire, bitte verzeih deiner Sklavin. Ich war ungehorsam und bitte dich, mir angemessene Strafe zuteil werden zu lassen." Ich war total perplex. Gut, mit Sex hatte ich gerechnet, aber doch nicht mit unserem „Spiel". Nicht jetzt schon, so kurz nach der Operation. Ich war unsicher, wollte sie aber auch nicht verletzen. Sie war so hypersensibel, dass jedes Wort falsch interpretiert werden konnte.

Ich stand auf, beugte mich zu ihr herab und legte meine Hand in ihren Nacken. „Ist es denn tatsächlich schon so weit? Glaubst du, du könntest ertragen, was dir von Rechts wegen zustehen würde?" Sie beugte sich ganz zu Boden, öffnete meine Schuhe, zog sie und die Socken aus und küsste meine Zehen. „Ich könnte es nicht ertragen, wenn mein Herr mir meine Züchtigung versagt. Bitte, Sire, du kannst nicht so grausam sein." Ich zog den Gürtel aus meiner Hose, legte ihn ihr wie eine Hundeleine um den Hals und führte sie daran ins Schlafzimmer, auf dem Weg dorthin ihr Gesäß mit der Reitgerte leicht klatschend. Ich hob ein großformatiges Bild von einer Wand ihres Schlafzimmers und stellte es in die Diele. Sarah kniete währenddessen gehorsam neben dem Bett. Hinter dem Bild verborgen, waren mehrere Haken und Metallringe fest in der Wand montiert. Ich zog aus Sarahs Nachttisch einige dickere weiße Seilstücke, mit denen ich sie an den Ösen festschnallte.

„Du wirst heute deine Beherrschung trainieren. Viel zu lange mussten wir aussetzen. Daher beginnen wir langsam, erhöhen aber den Druck auf dich, indem du den Knebel nicht bekommst. Du wirst dich zügeln." Sie erschauerte, aber ihre Augen blickten mich erwartungsvoll an. Ich zog an den Seilen so, dass Sarah in der Endposition wie die Vitruvianische Zeichnung von Leonardo da Vinci aussah. Sie hatte die Augen geschlossen und die Lippen leicht geöffnet. Mit dem Lederblatt an der Spitze der Reitgerte strich ich langsam über ihren Körper. Als ich die Innenseiten ihrer Oberschenkel berührte, zuckte sie zusammen. Das Sportutensil ruhte auf ihren Schamlippen und sie stöhnte. Ich fuhr sie an: „Verstehst du DAS unter zügeln?" Die leicht schwingende Gerte klatschte gegen ihren Schritt. Krampfhaft unterdrückte sie den Schrei, der nur härtere Schläge zur Folge gehabt hätte. Ich löste meinen Gürtel von ihrem Hals. Dabei näherte ich mich ihrem Ohr und flüsterte: „Es wird dir weh tun. Du wirst es lieben. Ich werde dich auffangen und dich halten."

Ich ging erneut zu ihrem Nachttisch und holte ein silbern glänzendes Gerät hervor. Es sah aus wie ein Pizzaschneider, der statt der Rollklinge jedoch ein kleines Rad hatte, auf dem sich eine Vielzahl feiner, spitzer Nadeln befand. Dies war ein Instrument aus der Neurologie, ein sogenanntes Wartenberg-Rad, mit dem man Schmerzreaktionen testen konnte. Ich legte das Gerät vorsichtig auf Sarahs Schulter auf und ließ es ohne Druck herab auf ihre Brust gleiten. Zischend sog sie den Atem ein und befeuchtete ihre Lippen lasziv mit der Zunge. Gut, es wirkte! Also fuhr ich fort und erkundete ihren ganzen Körper mit dem Metallrad, den Druck gelegentlich erhöhend. Peinlich genau achtete ich darauf, dass es zu keiner Hautverletzung kam. Trotzdem war ihr Körper nach der Behandlung mit feinen roten Punkten übersät, die fast wie ein Henna-Tattoo wirkten. Ich konnte den Anblick aber nur kurz genießen, da die Male von Minute zu Minute verblassten.

Dann trat ich einen Schritt zurück und begann mit langsam sich steigernder Wucht ihren Körper mit Schlägen zu bedecken. Mit wachsender Intensität zuckte sie immer heftiger und ich bemerkte, wie sie verkrampft versuchte, ihre Oberschenkel zusammenzupressen und sie aneinander zu reiben. Ich löste also die Beinfessel ein wenig, sodass es ihr gelang. Dann setzte ich mein Tun fort und sie rieb sich heftiger. Auf einmal sah ich ein glänzendes Rinnsal auf ihren Beinen und sie sackte ein wenig zusammen. Ich blickte auf die Uhr und stellte fest, dass wir bereits über eine Stunde unser Spiel betrieben. Mittlerweile fühlte ich mich beinahe nüchtern. Ich löste Sarahs Fesseln und trug sie ins Bad, wo ich sie abduschte und eincremte. Dann legten wir uns auf ihr Bett und sie kuschelte sich an mich. Langsam glitt ihre Hand unter die Decke zwischen meine Beine. Sie streichelte zunächst sanft mein Glied, benutzte dann aber unmittelbar ihre langen roten Krallen. Sie wusste genau, womit sie mich sofort auf Touren bringen konnte. Ihre Lippen näherten sich meinen Brustwarzen und sie fuhr spielerisch mit der Zungenspitze darüber. Ich stöhnte, warf den Kopf in den Nacken und wollte mich ganz der Lust hingeben, als sie flüsterte: „Jetzt, wo ihr die Schweine erwischt habt, was machst du mit denen?" Sofort war meine Stimmung im Keller. Ich richtete mich auf und fragte: „Sag mal, geht's noch? Wie kommst du jetzt darauf? Wir ficken und du hast nichts Besseres zu tun als mich auf meine Fälle anzusprechen?"

„Ich hab doch nur gefragt. Du brauchst doch nicht gleich so aggressiv zu werden." Sie machte einen Schmollmund. „Komm, Sarah, hör auf. Diese

„Kleine-Mädchen-Nummer" passt nicht zu dir. Was soll das Ganze denn jetzt?" Sie zog die Decke hoch, verhüllte sich und schaute mich ärgerlich an. „Ich will einfach wissen, was ihr mit den Kerlen macht. Das ist doch ganz normal, dass einen interessiert, wie die Polizei solche Schweine behandelt." „Das weißt du ganz genau, mein Schatz. Ich habe dir oft genug von den üblichen Vorgehensweisen erzählt. Was erwartest du? Dass ich die Typen an die Wand schnalle und so behandle wie dich eben?" Sie schwieg, schaute mich lange an und flüsterte: „DAS wäre viel zu wenig. Das müsstest du mit einer Dornenpeitsche machen, wenn du sie wirklich bestrafen willst." „ICH BIN POLIZIST! Ich muss dir doch nicht die Gewaltenteilung in Deutschland erklären. Dafür ist die Jurisdiktion zuständig, aber die von dir vorgeschlagenen Maßnahmen sieht das Strafrecht nun einmal nicht vor … auch wenn Volkes Seele das manchmal gerne hätte!"

Sie reagierte nicht. Sie saß mit hochgezogenen Beinen und gesenktem Kopf im Bett. Ich nahm neben ihr Platz und hob ihr Kinn mit dem Zeigefinger an. Dann sah ich die Tränen. „Kannst du mir jetzt bitte erklären, was mit dir los ist? So kenne ich dich gar nicht!" Ihr Kopf sank wieder herab und ich hörte ihre Stimme dumpf klingen. „Ich muss die Gewissheit haben, dass wenigstens EINMAL die Täter zur Rechenschaft gezogen werden und nicht durch die Maschen des Systems schlüpfen können." „Aber warum, verdammt nochmal? WAS macht diesen Fall so besonders, dass du dich so reinhängst?" Ich hatte sie an den Schultern gepackt. Da schrie sie mir ins Gesicht: „WEIL DEINE GESCHICHTE AUCH MEINE IST!" Ich ließ erschreckt meine Hände sinken. „Meine Geschichte? Was meinst du damit? Du willst mir doch jetzt nicht sagen, dass …"

Sie nickte. „Meine Mutter!" Ich ließ ihr Zeit, setzte mich nah zu ihr und streichelte ihren Rücken. Sie sollte spüren, dass ich da war und sie entscheiden konnte, wann sie was sagen wollte. Wieder begann sie leise.

„Mein Vater ist relativ früh gestorben. Meine Mutter kam mit dem Alleinsein nicht gut zurecht und hatte bald einen Liebhaber. Nichts Ernstes, nur eine Schulter zum Anlehnen und gelegentlich eine durchvögelte Nacht, um ihre ausgeprägte Libido zu befriedigen. Der Kerl hat mich dann auch einmal angefasst, als ich mit ihm allein im Haus war. Ich war immer schon zierlich, eher androgyn. Das muss ihn unheimlich gereizt haben. Es kam zwar nie zum Akt, zum Glück, aber ich fühlte mich wie du beschmutzt. Ich habe das dann irgendwann meiner Mama gesagt ... und sie hat mir kein Wort geglaubt. Ich wurde als pathologischer Lügner bezeichnet. Sie schlug mich zwar nicht, aber sie strafte mich mit Liebesentzug – ich weiß nicht, was schlimmer war. Ich war elf Jahre alt und stand erst am Beginn, meine eigene Sexualität zu entdecken. Als ich noch einmal versuchte, meiner Mutter den Vorfall zu erklären, rastete sie völlig aus. Aus heutiger Sicht kein Wunder. Sie war eine schöne, eitle Frau ... und die sollte von ihrem Kind, dazu noch einem Jungen, ausgestochen worden sein? Sie schlug mich, riss mir die Kleidung vom Leib, schlug mich auf die Genitalien und ...“ Sie brach ab, zitterte in Weinkrämpfen und schmiegte sich an mich. Meine Hand glitt auf ihrem Rücken und Kopf auf und ab, ich gab ihr Halt und Wärme, wie ich es versprochen hatte. Sie brauchte Zeit, das war klar.

Sarah räusperte sich und sagte tonlos: „Dann hat sie mich vergewaltigt! Kannst du dir das vorstellen? Die eigene Mutter ihren Sohn? Ich war ihr körperlich überhaupt nicht gewachsen. Nach dem ersten Mal hatte ich einige Monate Ruhe. Dann aber meinte sie wieder, mich maßregeln zu müssen ... und tat es wieder. Da merkte ich, welche Lust es ihr bereitete. In meinem Kopf entstand das Bild, dass ich es geschehen lassen müsste, wenn meine Mutter mich weiterhin liebhaben sollte. Ich hatte das Gefühl, es ihr schuldig zu sein. Mit der Zeit wurde es regelmäßig. Mindestens einmal im Monat. Als ich dann ungefähr 15 Jahre alt war und mein Körper etwas kräftiger wurde, habe ich mich das erste Mal gewehrt. Ich habe sie von mir runtergestoßen und wir haben uns gegenseitig geschlagen. Am nächsten Tag hat sie mich in einem Internat in der Schweiz angemeldet und mich eine Woche später dorthin gebracht. Ich habe sie danach über ein Jahr nicht gesehen. Ich durfte in den Ferien nicht nach Hause. Es gab keine Besuche und kaum Post. Das Einzige, was ich ausreichend zur Verfügung hatte, war Geld ... aber keine Liebe. Mit 18 Jahren bekam ich die Verfügung über das Legat, das mein Vater für mich ausgelobt hatte. Damit war ich unabhängig von ihr. Ich machte das Abitur, trieb mich ein Jahr in der Welt herum, pfiff mir alles rein, was zu bekommen war ... aber das brauche ich ja nicht zu wiederholen, die Geschichten kennst du ja alle."

Ich stand auf, zog sie hoch zu mir und blickte ihr tief in die Augen. „Was auch immer geschehen ist, ich würde dich nicht verurteilen. Du hast in jungen Jahren viel Schlimmes mitgemacht, mehr, als man einem einzelnen Kind zumuten kann. Du hast mehr gelitten als ich, das verstehe ich jetzt. Und was kann ich jetzt sagen? Nur, dass ich für dich da bin, egal wie und wann. Du musst es nur sagen. Aber komm mir bitte nicht mehr mit solchen Rachegedanken an, die ich dann für dich realisieren soll."

Sie presste ihren Körper an mich und flüsterte: „Wenn du wüsstest, mein Grizzly ... aber danke, du bist mein Anker. Nur ... sei zu den Schweinen so wenig nett wie möglich. Und vielleicht kannst du ja jemand mal stürzen lassen ... oder möglicherweise kennst du ja jemand im Gefängnis, der dir noch etwas schuldig ist!"

Ich schüttelte den Kopf. DIESE Seite von Sarah kannte ich nicht und ich zweifelte, ob mir gefiel, was ich da sah. Sicher, Rache war schon immer eines der stärksten Motive für Straftaten, aber das bislang eher makellose Image meiner Gefährtin bekam erste Risse. Gewiss, das machte sie nur menschlicher, aber ich hatte zu oft erlebt, was Rachedurst anrichten konnte. Ich war gespannt, wie sie mir diese Haltung erklären würde, wenn der Zeitpunkt für ein solches Gespräch gekommen war. Für mich stand jedenfalls fest, dass ich längst noch nicht alles wusste, was Sarah quälte.

Etwa zur gleichen Zeit unseres Aufbruchs, nur 9.000 km entfernt, betraten Cynthia und Gereon Ihling das Seniorenheim, in dem der Vater der Frau lebte. Etwas wackelig auf den Beinen, erwartete er Tochter und Schwiegersohn in der Lobby. Freudentränen rannen über sein Gesicht, als er sein einziges Kind umarmte. Dann begaben sie sich in die Cafeteria und nahmen an einem Ecktisch Platz. Während sich Vater und Tochter angeregt unterhielten, klingelte Gereons Satellitentelefon. Er entfernte sich von dem Tisch auf die Veranda und meldete sich. Er erkannte die Stimme von David Lessing, der klang, als würde er direkt neben ihm stehen.

„Wo, verdammt nochmal, seid ihr? Ich rufe auf Festnetz und Handy an und niemand meldet sich. Euer Haus ist dunkel und verschlossen und auf eurem Firmenanrufbeantworter ist eine Ansage mit einem Hinweis auf einen Betriebsurlaub. Was soll das? Haben wir nicht schon genug Stress? Ihr beiden gehört zum inneren Kreis." Gereon unterbrach ihn. „Cynthia hat einfach die Nerven verloren. Und wir haben doch das beste Argument. Ihr Vater hat in ein paar Tagen seinen 91. Geburtstag und bei seinem Alter weiß man nicht, ob er noch einen weiteren erleben wird. Also bleib ruhig, wir sind in ein paar Tagen zurück." „Das will ich auch schwer hoffen." „Wie sieht es mit Ramon und Vittorio aus? Halten die beiden dicht?"

Lessing lachte hämisch. „Sie werden es, ich hatte gute Argumente. Wir werden während der Haftzeit und danach für sie sorgen. Mehr können wir im Moment eh nicht tun. Und wenn Gras über die Sache gewachsen ist, dann können wir wieder mal ein Festival in Doetinchem machen. Das wird allerhöchste Zeit, meinst du nicht?" Gereon stimmte ihm lachend zu, legte auf und kehrte zu seiner Frau und seinem Schwiegervater zurück.

Kapitel 15

Es waren seit dem Mordfall „Kölner Weg" einige Monate vergangen und die Vielzahl von Straftaten in der Zwischenzeit hatten die Erinnerungen an die Geschehnisse und vor allem an meine irrsinnigen Episoden mit den Erscheinungen verblassen lassen. Jupp hatte mit Jutta, seiner Schwester und seiner Nichte Urlaub auf den Kapverden gemacht, Sarah und ich hatten die Advents- und Weihnachtszeit sehr ruhig verbracht, lediglich von einem Abstecher ins Erzgebirge unterbrochen. Sie hatte sich von den Folgen der Operation völlig erholt und ihre Wundheilungsprobleme waren zum Glück Geschichte.

Jetzt gewannen die Ereignisse von damals wieder an Bedeutung, denn wir hatten unsere Zeugenladungen für die Prozesse gegen Giordano und Murillo erhalten. Zwei Wochen zuvor war in unserem Büro ein älterer Mann erschienen, der sich als Walter Gronimus vorstellte. Er übergab uns einen Datenstick, auf dem sich Unterlagen von Jan Poulsen befanden – seine Rechercheergebnisse. „Und warum kommen Sie erst JETZT damit zu uns?" Ich war verwirrt und verärgert. Gronimus antwortete: „Weil Jan die Dateien mit einem Passwort geschützt hatte. In der Mail hatte er zwar einen Hinweis gegeben, aber ich alter Esel habe es einfach nicht knacken können. Erst gestern, beim Lesen der Tageszeitung, ist es mir klar geworden. Da haben Kollegen nämlich wieder einmal über diesen Andreas Vogt berichtet, der auch die ganze Sache mit der Himmelgeister Kastanie losgetreten hatte. Dieser Vogt wollte mit einem Bürgerbegehren durchsetzen, dass der erste Düsseldorfer Bürgermeister nach dem 2. Weltkrieg endlich in die Ehrengalerie der Stadtoberhäupter aufgenommen wird. Beim Lesen seines Namens fiel es mir wie Schuppen von den Augen. VOGT war der Code ... aber nicht allein. Ich hab dann noch ein wenig rumprobiert und dann einfach das Datum angefügt, an dem die beiden Kinder an der Kastanie verbrannt sind. Bingo, das war es. Tut mir wirklich leid, dass mir das erst jetzt eingefallen ist, aber ich …", er zögerte, „ich glaube nicht, dass Ihnen die Sachen weiterhelfen. Er vermeidet es, Namen zu nennen. Vermutlich aus Sorge, dass ihm jemand die Story wegschnappen könnte." „Sie haben also alles bereits gelesen, Herr Gronimus?" „Natürlich, es war doch schließlich an mich adressiert. Jan hatte zwar scheinbar Vertrauen zu mir, aber doch nicht so viel, dass er mir auch die Namen der Verdächtigen genannt hätte. Schade, ich mochte den Jungen … wirklich …" Damit verabschiedete er sich. Leider behielt er Recht. Sowohl wir als auch der Staatsanwalt konnten die teils kryptischen Notizen des toten Journalisten nicht prozessrelevant verwerten.

Das einzig Positive, was sich in den vergangenen Wochen ereignet hatte, war die Entlassung Richters in die Reha, die vermutlich mehrere Monate dauern würde, zunächst in einer Klinik, danach zu Hause. Seine Frau hatte während der Krankenhauszeit sehr oft mit mir telefoniert und mich einmal sogar in meiner Wohnung besucht. Ich spürte, dass sie hin und her überlegte, wie sie mir für die Rettung ihres Mannes danken sollte. Daher kam ich ihr zuvor: „Frau Richter, reden wir einfach mal Tacheles. Ich bin Polizist und daher schon von Gesetzes wegen dazu verpflichtet, eine Straftat zu verhindern. So weit, so gut. Aber Ihr Mann ist auch mein Chef und Kollege, und dazu eine gar nicht so schlechter, was mein Eingreifen doppelt logisch macht. Ich war einfach zum Glück zur richtigen Zeit am richtigen Ort, was uns ja selten genug gelingt. Damit sollten wir es bewenden lassen, einverstanden?" Sie schüttelte den Kopf. „Nein, Michael … ich darf doch Michael sagen? … nein, das reicht nicht aus, keineswegs. Ich weiß nicht, ob und wie weit Werner sich erholen wird. Es ist gut möglich, dass er nie wieder sprechen oder gehen kann. Die Neurologen sind in ihrer Bewertung völlig indifferent. Sie haben ihm das Leben gerettet, nur das zählt für mich … und ich werde dafür sorgen, dass

Werner erfährt, was Sie für ihn getan haben." Sie bedankte sich mit einem festen Händedruck, ließ den Blick durch mein Wohnzimmer schweifen und meinte: „Schön haben Sie es hier, man merkt die weibliche Note Ihrer Freundin." Ich klärte den Irrtum nicht auf, denn Sarah hatte es mittlerweile aufgegeben, meinen eher konservativen Landhaus-Einrichtungsstil ändern zu wollen.

Beide Verhandlungen fanden in der gleichen Woche statt. Jupp und ich hatten uns noch einmal in die Fakten eingelesen. Heute saßen wir zusammen vor dem Sitzungssaal und warteten auf unseren Aufruf im Fall des Musiklehrers. Josef wurde als Erster in den Saal gerufen und machte seine Aussage. Der Verteidiger versuchte noch Kapital aus Schmitz' Ausbruch zu schlagen, als dieser bei der ersten Befragung den Angeklagten mit einem Schlag auf die Tischplatte erschreckt hatte. Es war die Rede von faschistischen Verhörmethoden, von Stasi-Praxis wie in Hohenschönhausen. Der Richter rief den Juristen zur Ordnung und sprach von unangemessenen Vergleichen. Wie zur Untermalung ließ er die flache Hand neben seinem Hammer auf das Pult knallen und sagte: „Dies, Herr Anwalt, ist die letzte Warnung." Missmutig machte der Verteidiger einen Rückzieher. Sein Klient war ebenso redselig wie bei den Vernehmungen, aber jeder Versuch der Staatsanwaltschaft, während der Verhandlung doch noch eine Aussage zu anderen Beteiligten zu erreichen, scheiterte. Giordano blieb bei der Behauptung, als Einzeltäter gehandelt zu haben.

Aufgrund der nicht widerrufenen Geständnisse waren nur vier Verhandlungstage angesetzt worden. Es sah fast danach aus, als würde diese Zeitspanne reichen. Ich wurde ebenfalls aufgerufen, erklärte die Ermittlungsergebnisse aus meiner Sicht und beantwortete Fragen beider Streitparteien. Dann wurde ich als Zeuge entlassen und nahm in den Zuschauerreihen neben Jupp Platz. Zwei Reihen vor uns saß David Lessing, der sich mit einem Mal zu uns umdrehte und affektiert winkte. Ich hätte ihm am liebsten mitten in die grinsende Visage geschlagen und verstand nicht zum ersten Mal die Emotionen, die Sarah bewegten. Der Unternehmer war weder als Zeuge noch als Beklagter im Fall Giordano anwesend. Es war lediglich neugieriges Interesse, was seine Anwesenheit im Gerichtssaal erklärte.

Wir hatten weder Zeit noch Lust, an den folgenden Verhandlungstagen teilzunehmen. Der Ausgang des Prozesses war relativ früh absehbar. Vittorio Giordanos Anwalt plädierte auf verminderte Schuldfähigkeit seines Mandanten, nachdem drei von ihm bestellte Gutachter in ausführlichen Aussagen dazu Stellung genommen hatten und dem Italiener eine labile Persönlichkeit mit Hang zu einer bipolaren Störung attestiert hatten. Für den Tatzeitraum sei eine Art retrograder Amnesie sehr wahrscheinlich ... trotz seiner relativ genauen Beschreibung des Tathergangs in den Verhören. Wir würden sehen, wie es ausgehen würde. Mit steinernem Gesicht hatte in der letzten Reihe des Zuschauerbereiches die Mutter von Svetlana Gribowsky gesessen, die als Nebenklägerin aufgetreten war. SIE würde durch den Prozess keine Linderung ihres Schmerzes erfahren, egal, wie hoch das Strafmaß ausfallen würde.

Zwei Tage später fand der erste Verhandlungstag gegen Ramon Murillo statt. Wieder saß David Lessing bei Gericht, nur dieses Mal wie wir als Zeugen vor dem Sitzungssaal. Er wurde auch zuerst hineingerufen. Lessing wiederholte seine Aussage, dass er nach dem Golfturnier getrennt von seinem Leibwächter nach Hause gefahren sei. Wie Murillo zum Kosaido Golfclub hin und wieder weg gekommen sein, sei ihm unbekannt, da sie zu unterschiedlichen Zeitpunkten und Orten angereist seien. Von der Reparatur des Audi A3 sei ihm nichts bekannt gewesen. Abschließend äußerte er seine Erschütterung über Murillos Tat, für die er keine Erklärung habe. Er bezeichnete den Angeklagten als Mann von höchster Integrität und Loyalität und beschrieb seine Fähigkeiten, insbesondere die Kaltblütigkeit, als außergewöhnlich. Seltsam, dachte der Staatsanwalt, das wirkte wie eine Zwiesprache im Subtext zwischen Lessing und Murillo: ich stehe zu dir und lobe deinen Charakter, aber wehe, du ziehst mich da mit hinein. Der Bodyguard betrachtete seinen Arbeitgeber schweigend und ohne sichtbare Regung, wie er überhaupt den gesamten Prozess wortlos verfolgte. Sämtliche Statements kamen von seinem Anwalt.

Das stärkste Beweismittel der Anklage war natürlich das Video, dessen Echtheit von einem Gutachter bestätigt wurde. Nachdem Murillo seinem Anwalt fast die Hand gebrochen hatte, hatte dieser darauf bestanden, dass Teile des Videos über ein Internetcafé in den Niederlanden anonym an die Staatsanwaltschaft weitergeleitet würden. In dem übermittelten Teil war nur die Szene zu sehen, wie Murillo an der Unfallstelle an der A3 stand und auf Richters verunglückten Wagen starrte. Es wurde mehrfach im Rahmen der Verhandlung abgespielt, was Murillo mit stoischer Ruhe ertrug. Josef wurde wieder vor mir aufgerufen und machte seine Aussagen, insbesondere zu seinen Ermittlungen auf dem Gelände von Lessings Villa. Murillos Lüge hinsichtlich des Fahrzeugs wog besonders schwer und untermauerte das Video. Auch ich wurde in diese Richtung befragt, aber sowohl Verteidigung wie auch Anklage konzentrierten sich bei den Fragen auf den zweiten Mordversuch im Krankenhaus. Der Anwalt des Leibwächters versuchte zu konstruieren, dass Murillo, von Schuldgefühlen geplagt, versucht haben wollte, von seinem Opfer eine Art „Absolution" zu erhalten. Da brach es aus dem Staatsanwalt heraus: „Ach, und wenn Ihr Mandant Herrn Richter ein Messer in die Brust gestoßen hätte, wäre das vermutlich eine Aktion gewesen, um dem Opfer das Atmen zu erleichtern, oder was?" Schallendes Gelächter aus dem Publikum und selbst der vorsitzende Richter musste schmunzeln. Dann aber warf er ein: „Meine Herren, ich darf Sie bitten, ihre Arbeit mit etwas mehr Ernsthaftigkeit auszuüben. Aber davon einmal abgesehen, Herr

Verteidiger, Ihre Argumentation ist wirklich geradezu haarsträubend." Diese Aussage des Vorsitzenden wollte der Verteidiger am Folgetag für seine Prozesstaktik nutzen, indem er einen Befangenheitsantrag stellte. Dieser wurde glücklicherweise abgewiesen, was andernfalls zu einer deutlichen Verfahrensverzögerung geführt hätte.

Ich war auch am Folgetag im Gericht anwesend, auf Bitte von Kriminaloberrat Richters Frau. Wir verfolgten das Geplänkel der Parteien und brachen bei der Verhandlungsunterbrechung zur Mittagszeit auf. Mir war nicht klar, was mich in diesem Augenblick geritten hatte – vielleicht war es der gequälte und resignierte Gesichtsausdruck im Gesicht von Frau Richter. Sie hatte gestern erfahren, dass ihr Mann während der Reha einen leichten Schlaganfall gehabt hatte, dessen Folgen noch nicht absehbar waren. Ich trat in die Nähe der Anklagebank und raunte Murillo zu, als dieser sich erhob: „Na? Sauer, dass es bei Richter nicht so gut wie bei Poulsen geklappt hat?" Seine Reaktion war sehr überraschend. Der sonst so beherrschte Söldner wollte sich auf mich stürzen und konnte nur von seinem Anwalt und den Justizvollzugsbeamten zurückgehalten werden. "Herr Richter, ich verlange, dass Sie diesen Mann", damit zeigte der Verteidiger mit dem Finger auf mich, „vom Verfahren ausschließen. Er provoziert meinen Mandanten in unverantwortlicher Art und Weise." Der Vorsitzende, der sich gerade im Begriff befand, den Saal zu verlassen, wandte sich um, schaute auf mich und sagte dann: „Aber sonst ist bei Ihnen alles in Ordnung? Sie selbst haben KHK Oberle doch als Zeugen benannt!" Kopfschüttelnd machte er sich auf den Weg zur Mittagspause. Ich brachte Frau Richter noch nach Hause und fuhr dann ins Präsidium.

Gereon Ihling stand auf dem Pier an der Fishermans Wharf und löffelte aus einer Pappschachtel das exzellent zubereitete Krebsfleisch. Sein Blick glitt über die Bucht hin zu dem auf der gegenüberliegenden Seite festgemachten U-Boot aus dem 2. Weltkrieg. Seine Frau Cynthia lehnte neben ihm an der Brüstung des Piers und genoss ein Glas eiskalten Weißwein. Ihling legte seinen Arm um die Schultern seiner Gattin. „Sag mal, Schatz, wollen wir ...“ Da klingelte sein Telefon. Er sah auf dem Display, dass die Rufnummer unterdrückt war. So meldete er sich kurz angebunden. „Yes?“ Eine ihm bekannte Stimme antwortete: „Hallo, Gereon, alter Freund, wie geht es dir? Und wie geht es Cynthia?“ „David! Was ist los? Wie sind die Prozesse gelaufen?“ Lessing lachte am anderen Ende der Leitung. „Vittorio ist glimpflich davon gekommen. Unser Anwalt hat perfekt gearbeitet. Acht Jahre wegen Totschlags. Und er ist um die Sicherungsverwahrung rumgekommen. Er wird nur nie wieder mit Kindern arbeiten dürfen. Und auch die Haftbedingungen sind ganz in Ordnung. Er kommt nach Bielefeld-Brackwede. Dort sind einige psychisch Kranke und Junkies untergebracht. Deutlich geringere Sicherheitsstufe und angenehmes Umfeld. Bei guter Führung und positiver Sozialprognose kann er nach fünf Jahren schon Freigänger sein.“ Lessing klang hörbar erleichtert.

„Und was ist mit Ramon? Ich glaube nach wie vor, dass er nicht dichthalten wird.“ Lessing wiegelte ab. „Das sehe ich völlig anders. Das Video war nur ein Warnschuss vor den Bug für ihn, dass er keine Dummheiten machen solle. Es war ja auch nicht der Rammstoß oder das Anzünden des Geländewagens zu sehen. Was ihm das Genick brechen wird, ist die Aktion in der Uni-Klinik. Dass er sich da von diesem Oberle hat erwischen lassen, macht alle Winkelzüge unmöglich. Wir rechnen beim nächsten Verhandlungstag mit einem Urteil. Ihr könnt also ganz beruhigt zurückkehren.“ Gereon Ihling zögerte etwas. „Ach, weißt du, wir haben in den letzten Tagen gemerkt, wie gut uns das hier tut, dieser American Way of Life. Wir können es hier problemlos noch eine Weile aushalten. Ich habe eh kaum noch Aufträge abzuwickeln und Cynthia kann noch Zeit mit ihrem Vater verbringen. Aber wir melden uns, versprochen!" Damit beendete er das Telefonat.

Cynthia stellte sich nah zu ihrem Mann und er berichtete ihr flüsternd vom Inhalt des Telefonats. Dann meinte er: „Sag mal, glaubst du, dein Vater könnte zwei Wochen auf unsere Anwesenheit verzichten?" Sie blickte ihn fragend an. „Nun, ich hab mir gedacht, wir mieten uns ein geräumiges Mobile Home und fahren die Küste entlang über L.A. bis nach Tijuana. Dort in Mexico soll es doch wunderschön sein. Und wenn es uns gefällt, können wir ganz bis runter nach Cabo San Lucas fahren – und zurück über den Golf durch die ganze Baja California. Wie wäre das? Zwei Wochen würden dafür völlig reichen. Danach bleiben wir noch eine Woche bei deinem Vater in San Francisco und im Anschluss geht's heim an den Rhein." Sie fiel ihm um den Hals, küsste ihn und das Paar machte sich auf den Weg zu ihrem Mietwagen.

Sechs Tage später standen sie mit dem luxuriösen Wohnmobil an einem Traumstrand südlich von Cabo San Lucas, dem Playa del Amor. Sie räumten gerade ihre Campingmöbel raus und stellten sie unter der Markise des Wagens auf, als sich zwei Mädchen scheu dem riesigen Gefährt näherten. „Schau mal, Gereon, die beiden! Sind die nicht allerliebst? Und so schüchtern. Wie alt mögen die sein?" Ihling überlegte. „Zwischen zehn und zwölf. Du hast Recht, besonders die linke." Die beiden Mädchen hielten sich an der Hand und starrten neugierig auf die Fremden. Cynthia stieg in das Wohnmobil und kehrte mit zwei Eis am Stiel zurück. Sie kniete sich vor den Kindern in den Sand und bot sie ihnen an. „Hola, Senoritas, cómo estás? Probar un helado?" Das Spanisch der Deutschen war bruchstückhaft, aber dafür würde es schon reichen. Die Mädchen sahen sich gegenseitig an und begannen eine leise, schnelle

Diskussion, von der Cynthia kein Wort verstand. Dann streckten beide ihre Arme aus, so weit sie konnten, um einen möglichst großen Abstand von den Fremden zu haben. Sie packten das Eis vorsichtig aus und eine sagte mit einem Lächeln: „Muchas gracias, Senora! Esta muy bien!" Immer schneller leckten und knabberten die Kinder an der Süßigkeit und ihre Begeisterung wuchs. Gereon hatte sich neben seine Frau gestellt und den Arm um ihre Hüfte gelegt. „Wunderbar, nicht wahr? Und so unschuldig. Hast du ihre braune Haut gesehen? Einfach himmlisch! Und diese Lippen und Augen!" Seine Miene war träumerisch und seine Augen hatten einen seltsamen Glanz angenommen. Cynthia blickte ihren Gatten an. „Meinst du?" Er antwortete nicht, sondern starrte nur kopfnickend auf die beiden Kinder. „Ich hole mal die Tropfen. Bei der Hitze und nach dem süßen Zeug bekommen sie bestimmt schnell Durst", stellte Cynthia fest. Im Wohnmobil öffnete sie den Kühlschrank, entnahm ihm zwei kleine Flaschen mit Orangensaft und öffnete sie. Aus ihrer Medikamententasche unter der Sitzgruppe entnahm sie eine kleine, braune Glasflasche. Aus dieser tröpfelte sie in jeden Orangensaft 15 Tropfen und steckte einen Strohhalm hinein. Mit beiden Behältnissen trat sie wieder aus dem Fahrzeug.

Die Kinder hatten das Eis aufgegessen und wandten sich bereits um zum Gehen. Da sprach die Deutsche sie erneut an. „Momentito, por favor. Gustar un zumo de naranja?" Wieder die hastige Besprechung der Mädchen, aber dann traten sie vertrauensvoll näher und nahmen die Flaschen entgegen. Wieder das „Muchas gracias", aber die Kinder entfernten sich jetzt nicht mehr.

Für ein längeres Gespräch reichten die Spanischkenntnisse der Ihlings nicht aus. Schon aus Gründen der Vertrauensbildung hatte Gereon es vermieden, selbst das Wort an die Kinder zu richten. Aus Erfahrung wusste er, dass fremde Männer stets als bedrohlicher empfunden wurden als fremde Frauen. In Ermangelung eines größeren Wortschatzes versuchte seine Frau es auf Englisch. Sie fragte die Kinder nach einer Bodega oder einem Mesón, einem einfachen, rustikalen Restaurant. Die beiden spanischen Worte schienen auszureichen, um den Mädchen den Wunsch verständlich zu machen. Aufgeregt schnatterten sie rasch, wiesen in südliche Richtung und zeigten mit den Fingern die Entfernung in Meilen an. Dabei bemerkte Cynthia, dass ihr Gerede gegen Ende immer stockender wurde. Die Kleinere sank auf einmal zu Boden und setzte sich auf ihren Po. Dabei rutschte ihr kurzes Kleidchen hoch, sodass ihr Slip sichtbar wurde. Gereon stöhnte lustvoll auf. Die Größere versuchte ihre Freundin hochzuzerren, aber dann gaben auch ihre Knie nach. Beide blickten das fremde Paar verängstigt und ratlos an. Krampfhaft versuchten sie, die Augen offen zu halten, aber es gelang ihnen nicht. Sie sanken nebeneinander völlig in den Sand und blieben dort Hand in Hand liegen.

Gereon und Cynthia Ihling gingen um ihren Wagen herum und spähten nach eventuellen Beobachtern. Doch der Strand war menschenleer. Zu weit waren die bewohnten Bereiche entfernt und der Deutsche fragte sich, wo die Mädchen wohl hergekommen seien. So weit konnten sich Kinder dieses Alters doch nicht von ihrem vertrauten Terrain entfernt haben? Er holte ein Fernglas aus dem Wagen und untersuchte peinlich genau den Horizont in allen Richtungen. Cynthia hatte derweil eines der Mädchen hochgehoben, es notdürftig vom Sand gereinigt und in den Schlafbereich des Wohnmobils getragen. Sie legte sie auf Gereons Bett ab. Er hatte Recht: wie unglaublich schön sie doch war! Schon beim Hochheben hatte sie die Wärme ihrer samtenen Haut gefühlt und dabei selbst das Kribbeln in ihrem eigenen Schritt verspürt. Gereon betrat jetzt das Wohnmobil mit dem zweiten Kind im Arm und schloss hinter sich die Tür. „Wieviel hast du ihnen gegeben?" „15 Tropfen für jeden. Das müsste bei ihrem Körpergewicht für gut drei Stunden reichen. Wir können also beruhigt einen Standortwechsel vornehmen und uns ein entlegenes Plätzchen suchen, an dem wir nicht überrascht werden können." Gereon verließ nochmals den Camper und verstaute die Campingmöbel in der Heckgarage. Danach fuhr er die elektrisch betriebene Markise ein und setzte sich ans Steuer des knapp 13 Meter langen Gefährts. Vorsichtig rangierte er auf die einsame Landstraße, die am Strand entlang führte. Von dort aus nahm er die Nationalstraße 19 in Richtung Norden, die er nach einigen Meilen an einem entlegenen Waldstück verließ.

Der aufkommende Sturm verwischte binnen Minuten jeden Hinweis darauf, dass an einem Strand südlich von Cabo San Lucas einmal ein großes Wohnmobil gestanden hatte ...

Ich hatte mich mit Jupp abgesprochen und wir plünderten unser Überstundenkonto. Gemeinsam mit Richters Frau besuchten wir Richter in der Reha in Bad Godesberg. In der Klinik „Godeshöhe" fand unser Chef langsam in ein normales Leben zurück – aber was hieß da normal? Richter konnte sich nur wenige Meter allein mit Hilfe eines Rollators fortbewegen und beim Sprechen war er etwa auf dem Niveau eines knapp Zweijährigen, und dies auch noch undeutlich. Die Pflegekräfte gaben sich die größte Mühe und lobten jeden noch so kleinen Erfolg. Frau Richter war mindestens zweimal pro Woche dort und half mit, so gut sie konnte.

Wir betraten erstmals das Zimmer, in dem unser Vorgesetzter lag. Er teilte es sich mit einem ca. Achtzigjährigen, der nur apathisch auf seinem Bett lag. Richter hingegen saß auf der Bettkante, als hätte er uns bereits erwartet. Seine Frau küsste ihn zur Begrüßung und sagte: „Schau mal, ich hab dir doch versprochen, dass ich dir das nächste Mal eine Überraschung mitbringen werde. Sieh mal, wer da ist!" Josef und ich traten hinter ihr hervor und wir sahen, wie sich sein Gesicht zu einem Lächeln verzog – was auf uns gequält wirkte. Sie flüsterte: „Wundern Sie sich nicht, er freut sich, aber die Mimik meines Mannes hat unter dem Schlaganfall gelitten." Dabei streichelte sie Richters Wange. Und da geschah etwas Unerwartetes: Richter wischte die Hand seiner Frau beiseite, funkelte sie böse an und sprach undeutlich, aber verständlich: „Rede nicht über mich, als ob ich nicht da wäre." Sie erstarrte in der Bewegung, sah ihren Gatten ungläubig an und schlug sich dann schluchzend die Hände vor das Gesicht. „Werner, was … was ist passiert? Du … du redest … in ganzen Sätzen!" Richter gelang ein unbeholfenes Grinsen: „Ich hab dir nichts gesagt. Ich wollte dich überraschen. Wir haben gestern eine Spülung mit einem Kontrastmittel gemacht und dabei ist wohl ein Gerinnsel abgegangen. Mir ging's danach mies, aber heute … König der Welt!" Sie schlang die Arme um seinen Hals und beide lachten und weinten gleichzeitig.

Jupp und ich kamen uns völlig deplatziert vor und wollten uns daher zurückziehen. Sie bemerkte das und intervenierte: „Nein, bitte, bleiben Sie, Michael und Josef. Ich habe sowieso hier gleich einen Termin. Ein Mann von der Opferschutzorganisation Weißer Ring kommt her und will mit mir und Werner sprechen, wie er uns bei der Durchsetzung unserer Ansprüche helfen kann. Davor will ich aber einen Arzt sehen. Es wäre toll, wenn Sie solange bei meinem Mann bleiben könnten." Dazu waren wir natürlich gerne bereit. Frau Richter verließ das Zimmer und wir stellten uns neben das Bett unseres Chefs. „Na, da haben Sie sich ja was Tolles für unseren Besuch einfallen lassen." Richter reichte zuerst Jupp, dann mir die Hand. Er hielt meine besonders lange und ich merkte, wie er sich bemühte die Tränen zu unterdrücken. „Danke, Micha, für alles. Auch das mit meiner Frau. Wollen wir raus?" Er wies in Richtung der gegenüberliegenden Wand, hinter deren Fenster sich eine Terrasse befand. Jupp bot sich an, für uns Kaffee zu organisieren. „Für mich mit Strohhalm, sonst sabbere ich", alberte Richter. Ich ging langsam neben ihm und seinem Rollator nach draußen. Dabei versuchte ich, die Tür zur Veranda möglichst leise zu öffnen, da sein Zimmernachbar zu schlafen schien. „Ist egal, der ist sowieso stocktaub." Ich legte Richter eine Decke über die Schultern, da es trotz der lauen Luft zu kühl für den nur mit einem Trainingsanzug Bekleideten war. Jupp kam mit dem Kaffee dazu und Richter sog genüsslich an dem Halm. „So, Jungs, wie läuft's im KK?" Wir berichteten abwechselnd von den Fortschritten bei Giordano und Murillo und Richter hörte aufmerksam zu. Wir merkten jedoch, dass er schnell ermüdete, und brachten ihn daher zurück ins Bett. „Meine Golferkarriere ist wohl zu Ende, aber für einen Fachlehrer an der Schule wird es wohl noch reichen. Ich bin wirklich platt. Danke für euren Besuch, es bedeutet mir sehr viel. Kommt bei Gelegenheit mal wieder ... und bitte, kümmert euch etwas um meine Frau."

Das versprachen wir ihm gerne und verabschiedeten uns. Auf dem Klinikflur trafen wir Frau Richter und den Mitarbeiter des Weißen Rings. Wir tauschten unsere Kontaktdaten aus und sicherten uns gegenseitige Unterstützung zu. Frau Richter hatte beschlossen, diese Nacht in einem Bonner Hotel zu bleiben, um den Erfolg ihres Mannes noch ein wenig zu feiern. Nachdenklich machten wir uns auf den Heimweg.

Am Folgetag war der letzte Verhandlungstag gegen Ramon Murillo. Die Plädoyers der Verteidigung und der Anklage waren gelaufen und das Gericht hatte für heute zur Urteilsverkündung geladen. Wir nahmen im Zuschauerbereich Platz und warteten gespannt. Dann erhoben wir uns, als das Richterkollegium den Saal betrat. Nach einer kurzen Einleitung wurde der Beschluss bekannt gegeben: zwölf Jahre Haft für den Bodyguard. Die

Juristen betonten in der Urteilsbegründung die besondere Schwere des Falles aufgrund der außerordentlichen Heimtücke des Angeklagten, indem er einen völlig Wehrlosen im Krankenhaus hatte ermorden wollen. Damit waren die Richter in großen Teilen dem Antrag und der Argumentation der Staatsanwaltschaft gefolgt. Nur beim Strafmaß hatte man nicht auf lebenslänglich erkannt. Für Jupp und mich war diese Aussage ein Skandal und wir konnten uns kaum noch auf den Sitzen halten.

Das Fass zum Überlaufen brachten aber nicht der Richter oder der Angeklagte. Es war David Lessing, der mit uns in den Zuschauerreihen saß. Draußen vor dem Sitzungssaal standen eine Menge Pressevertreter, welche die Juristen und uns mit Fragen bestürmten. Zwei von ihnen erkannten Lessing und wollten auch ihn interviewen. Er gab sich betroffen, fand das Urteil aber vom Grundsatz her gerecht. Die Handlungsweise seines ehemaligen Leibwächters sei ihm nach wie vor unverständlich. Dann verabschiedete er sich von den Journalisten und sah in unsere Richtung. Als er sicher sein konnte, dass wir auf ihn aufmerksam geworden waren, grinste er uns überheblich wie Middelhoff von der ARCANDOR nach seinem Prozess an. Um es auf die Spitze zu treiben, imitierte er Ackermann, den ehemaligen Deutsche Bank Chef, indem er die Finger zum Victory-Zeichen hob. Ja, genau jetzt dachte ich wie Sarah. Wären wir allein und unbeobachtet gewesen ... aber das blieb ja alles reine Fiktion.

David Lessing ließ sich mit Schwung in seinen Maybach gleiten. Er hatte heute seinem Fahrer freigegeben. Der Mann war ganz o.k., aber er würde nie an die Klasse von Ramon Murillo heranreichen. Mit einem Kavalierstart fuhr er an und verließ die Tiefgarage des Justizgebäudes an der Werdener Straße. Da er jetzt wieder Netz hatte, rief er über die Freisprechanlage in seinem Büro an, gab einige Anweisungen und verabschiedete sich in einen Kurzurlaub. Lessing wollte ein paar Tage in seinem Chalet in der Schweiz verbringen. Ein dortiger Freund würde sich mit ihm treffen und etwas zum „Spielen" mitbringen.

Der Verkehr war in der Innenstadt erstaunlich flüssig und so kam er gut voran. Er hatte die Route über den Südring, die Kardinal-Frings-Brücke und dann die A57 gewählt. Damit wollte er die lästigen Baustellen auf der A3 im Raum Köln umgehen. Außerdem hoffte er etwas von der beginnenden Obstbaumblüte entlang der A1/A61 sehen zu können. Er sagte laut den Namen Ihling in ein unsichtbar angebrachtes Mikrofon und das integrierte Mobiltelefon wählte eine Nummer. Es meldete sich jedoch nur ein Anrufbeantworter. Daher sprach er eine kurze Nachricht. „Hallo, Cynthia und Gereon. Gute Nachrichten. Ramon ist glimpflich weggekommen. Kein lebenslang! Immerhin. So, ich bin unterwegs nach Gstaad, ein wenig ausspannen. Bis bald und wenn ihr zurückkommt, feiern wir ein großes Festival im Schloss in Doetinchem." Damit legte er auf und stellte die Soundanlage an. Sanft erklang die Stimme von Melody Gardot, die von einem „Lover undercover" säuselte. Lessing summte die Melodie mit und tippte mit den Fingern auf das Lenkrad. Dann folgte ein stampfender Beat, „Played-A-Live" von Safri Duo, und unmerklich erhöhte er die Geschwindigkeit. Die Autobahn war leer und er gab seinem Wagen die Sporen. Gut, der Maybach war kein Rennwagen, schon allein aufgrund des Gewichts des gepanzerten Wagens. Aber seine 240 km/h schaffte er durch das Tuning allemal. Die linke Spur war auf lange Sicht frei und er flog nur so zu dem treibenden Rhythmus dahin. Lessing drückte auf

„Repeat-Play", um das Gefühl der wilden Fahrt nochmals zu genießen. Er näherte sich der Ahrtalbücke bei Bad Neuenahr, als auf einmal die Musik schlagartig aussetzte. Er drückte ärgerlich ein paar Tasten an seinem interaktiven Lenkrad. Nichts passierte. Da zuckte er zusammen! Es erklang das Lachen fröhlich spielender Kinder ... ganz in seiner Nähe ... hier im Wagen ... auf dem Rücksitz! Er blickte in den Rückspiegel und seine Finger verkrampften sich um das Lenkrad. Er sah zwei Jungen, die ihn anstarrten. Fast durchsichtig waren sie. Sie trugen altmodische, leichte Sommerkleidung und blickten ihn traurig an. Wieso traurig – eben hatten sie doch gelacht! Oder waren sie es etwa gar nicht gewesen? Er schrie: „Wie kommt ihr beide denn hier herein?" Statt einer Antwort, streckte einer der Jungen die Hand aus und berührte David Lessing leicht im Nacken. Den Mann durchfuhr ein eiskalter Schauer. Entsetzt warf er sich im Sitz herum und blickte nach hinten. Die Rückbank war leer! Als er sich wieder nach vorne wandte, erkannte er seinen Fehler zu spät. Durch die hohe Geschwindigkeit und das abrupte Umdrehen hatte er das Lenkrad verrissen und raste nun ungebremst auf die rechte Spur und die Leitplanken zu. Für das über drei Tonnen wiegende Spezialfahrzeug waren die Sicherungsmaßnahmen wie Leitplanken, niedrige Betonschwellen und metallenes Geländer am Brückenrand nicht gedacht. Der Aufprall auf die ersten beiden Hindernisse löste den Airbag aus, der Lessing in den Sitz presste. Über den Rand des weißen Kunststoffsacks sah er, wie sein Wagen auch noch die blau lackierte Balustrade überwand und danach in den 54 Meter tiefen Abgrund stürzte. Lessings Schrei verhallte ungehört in dem Inferno, als der Wagen in einem Waldstück unter der Brücke aufschlug und sofort in Flammen aufging.

Josef hatte mich überredet, zusammen mit Sarah, Jutta, seiner Schwester und Nichte einen Spaziergang am folgenden Abend zu machen. Wir hatten am Morgen in der Zeitung und im Internet von dem schrecklichen Autounfall gelesen, der sich auf der A1 zugetragen hatte. Später erfuhren wir, dass es der Wagen von David Lessing gewesen war. So erschien es uns irgendwie richtig, dass uns der Spaziergang nach Himmelgeist und zur Kastanie führen sollte.

Wir hatten uns viel zu warm angezogen und ich ging nach wenigen hundert Metern zum Wagen zurück ... sechs Jacken unter den Arm geklemmt. Die Anderen ließen sich Zeit und so holte ich sie bald ein auf dem Weg zu dem schicksalsträchtigen Baum. Ich drückte jedem eine kleine Flasche Apfelschorle in die Hand. Anfangs unterhielten wir uns noch angeregt, denn Sarah, Jutta und Josefs Schwester löcherten uns mit Fragen zu dem Fall „Kölner Weg" und wollten Hintergrundinfos zu der Karambolage auf der Ahrtalbrücke haben.

Elisa war langweilig und sie entfernte sich von uns. Bevor wir das bewaldete Stück in unmittelbarer Nähe des Schlossparks Mickeln verließen, hatte das Kind einige Schneeglöckchen gepflückt und schenkte sie den Frauen. Josef warnte seine Nichte: „Jetzt aber nicht mehr mit den Fingern an den Mund kommen. Die sind schwach giftig und du kannst irre Bauchschmerzen kriegen." „Ach, Onkel Jupp, ich lutsch doch schon ewig nicht mehr am Daumen", meinte Elisa vorwurfsvoll.

Der Weg öffnete sich und wurde zu einer asphaltierten Strecke, die links und rechts von noch nicht bestellten Feldern gesäumt wurde. In der Ferne sahen wir den kahlen, solitär stehenden Baum ... und mich überkam ein Frösteln. Je näher wir kamen, desto mehr verstummten unsere Gespräche. Ebenso verlangsamten wir unseren Schritt, ohne dass wir dies abgesprochen hätten.

Dann, insbesondere für mich erschreckend, erklang wieder das wohlbekannte Kinderlachen. Es war aber nicht schrill, so wie die früheren Male. Da hatte es eine Anmutung von Irrsinn gehabt, den ich ja auch bei mir zu verspüren geglaubt hatte. Jetzt klang es nur fröhlich, entspannt, glücklich ... so, wie Kinderlachen immer sein sollte. Mir jedoch machte der Klang Angst. Ich hatte gehofft, dass diese „Vorkommnisse" mit dem Abschluss des Falles Giordano erledigt gewesen wären. Seitdem hatte ich auch nicht mehr Vergleichbares erlebt. Und jetzt ... jetzt war es wieder da.

Ich sah mich verstohlen nach meinen Mitwanderern um, aber diese schienen nichts zu bemerken. Also ignorierte ich das Geräusch und ging weiter. Da trat Elisa neben mich, ergriff meine Hand und sagte: „Hörst du das auch, Micha? Ist hier in der Nähe ein Spielplatz?" Wie angewurzelt blieb ich stehen. Die Erwachsenen bemerkten das nicht und gingen langsam weiter. Ich beugte mich zu Elisa herab und fragte: „Was hörst du denn?" Sie blickte mich an, als sei ich nicht recht gescheit. „Na, was wohl? Die Kinder! Die lachen doch. Klingt, als hätten die viel Spaß. Vielleicht liegt hinter dem Deich dort ein Bauernhof, wo sie leben?" Ich wusste genau, dass dem nicht so war. Ich hatte vor Elisa gestanden, mit dem Rücken zu dem besagten Deich, und stellte mich jetzt neben sie. „DA, Micha, da sind sie ja!" Elisa hob einen Arm und winkte. Dann sah ich es auch. Dieses Mal waren es drei Kinder, zwei Jungen und ein Mädchen, und sie standen etwa 20 Meter weit entfernt von uns, mitten im Feld. Ich konnte erkennen, dass sie lächelten ... und sie winkten uns zu. Elisa sah mich grinsend von unten her an. Als ich den Kopf wieder in Richtung Deich drehte, erkannte ich, wie ein Windhauch zwischen die Kinder fuhr und sie wie Nebelschwaden auseinandertrieb. Jupps Nichte hatte scheinbar das Gleiche gesehen, denn sie meinte: „Und weg sind sie. Müssen wohl zum Abendessen nach Hause!" Dann ließ sie mich stehen und rannte zu ihrer Mutter. Ich starrte weiter auf den Deich, aber da war nichts mehr, was an die Erscheinung erinnerte. Doch dann erklang es noch einmal, das Lachen der Kinder … und in ihm schwang ein einziges, deutlich erkennbares Wort mit. „DANKE!"

Ich wusste nicht, ob dieser Dank wirklich mir gelten sollte, aber ich wandte mich um und versuchte humpelnd, meine Freunde einzuholen. Mir schien es sicher, dass ich diese Erscheinungen zum letzten Male erlebt hätte. Es würde gut tun, in der Gesellschaft der Menschen, die mir so nahe standen, einen entspannten Abend zu verleben … ohne Visionen oder Albträume.

Nachwort

Warum nur glaubt man als Autor, das jeweils aktuelle Buch sei das schwerste? Zumindest bei mir war das so. Und ich hoffe nicht, dass die folgenden Werke mich emotional so mitnehmen wie „Rheinkastanie". Warum?

Weil ich im Verlauf des Buches feststellen musste, dass ich teilweise meine eigene Lebensgeschichte beschrieben habe ... meine eigene Missbrauchserfahrung als ungefähr Zehnjähriger. 45 Jahre lang war die Geschichte in irgendeiner dunklen Ecke meines Unterbewusstseins weggesperrt gewesen und erst, als ich eine bestimmte Passage Testhörern vorgelesen hatte, war auf einmal alles wieder präsent. Ich hätte gerne auf diese Erinnerung verzichtet – ich habe bisher auch gut ohne diese Erkenntnis gelebt. Und es gibt ausreichend Erlebnisse, die meinen Verstand heftig genug quälen.

Psychologen bestätigten mir, dass diese Verdrängung durchaus nicht selten sei und dass es nur eines höchst individuellen Auslösers bedürfe, um die Trümmer des Vergessens wegzusprengen.

Ich habe in „Rheinkastanie" historische Fakten und Fiktionen miteinander verwoben. Die Story um eine Pädophilengruppe ist zwar erfunden, aber beileibe nicht unmöglich. In diesem Buch zitiere ich Feststellungen und Beobachtungen von Fachleuten, die als Ermittler, Traumatherapeuten oder eingeschleuste „Maulwürfe" der Polizei mit Opfern und Tätern interagiert haben. Offiziell wurden meine Fragen immer damit abgetan, dass eine Form von organisierter Kriminalität im Bereich Kinderpornographie als Hirngespinst abgetan wurde. Ich bezweifle solche Aussagen, und sei es nur aus einem Grund: überall dort, wo es um eine Menge Geld geht, ist auch schnell das Verbrechen präsent, welches seinen Vorteil zu ziehen versucht. Mit einfachsten Mitteln ist es möglich, seine Identität im Netz gut zu verschleiern und somit seine Spur zwar nicht völlig, aber deutlich, zu verwischen. Man muss dafür keine tiefgehenden Programmiererkenntnisse haben – es gibt dafür einfach kostenlose Programme, die diesen Job für den Interessierten übernehmen.

Ich selbst habe es vermieden, mich in diese Materie einzuarbeiten – weil ein Gesehenes grundsätzlich nicht mehr aus dem Kopf zu entfernen ist, und falls doch, nur um einen sehr hohen Preis. ICH will solche Bilder und Filme nicht sehen, vielleicht aus Angst, dass noch mehr aus meinem Unterbewusstsein hochkommt. Was bereits jetzt als Unrat auf den Wellen meines Bewusstseins treibt, reicht mir völlig aus.

Warum schreibe ich das dann, fragen Sie? Meine Antwort: ich arbeite wie ein Profiler –versuche mich in den Kopf der Täter und Opfer hinein zu versetzen, um ihre Denkweise nachvollziehen und ihre nächsten Schritte ahnen zu können. Ich denke, dass mir das mehr oder weniger gut gelingt, da ich mir meiner dunklen Seiten sehr bewusst bin und sie gelegentlich an die Oberfläche lasse.

Um mich selbst und meine künftige Arbeit zu schützen, gehört an diese Stelle folgende Formulierung:

Jede Ähnlichkeit mit lebenden oder toten Personen sowie realen Geschehnissen ist zufällig und nur selten beabsichtigt. Bitte entscheiden Sie selbst, werter Leser und werte Leserin, welche Passagen Sie für real halten. Um es Ihnen leichter zu machen: die Informationen zu den Ermittlungen in Schweden entsprechen, leider, den Tatsachen. Die

Razzien und Verhaftungen, die unter den Projektnamen „Avalanche" oder „Falcon" kursieren, sind grausame Realität.

Es ist also nur eine Frage der Zeit, wann sich auch in Deutschland, insbesondere unter den derzeitigen Umständen (Flüchtlingsströme), ähnliche Verbrechensstrukturen entwickeln ... oder sind sie bereits aktiv?

In diesem Sinne, liebe Leserinnen und Leser ... achten Sie auf Ihre Kinder und die Kinder in Ihrem direkten Umfeld.

Maht et joot!

Personen   *In alphabetischer Reihenfolge*

Fresnell, Gaby	Polizeireporterin der RP
Frings, Roger	Grafiker, Tatverdächtiger
Gillessen, Karen	Kommissarin im KK 11
Giordano, Vittorio	Musik- und Gesangslehrer
Gribowsky, Svetlana	Erstes Mordopfer
Gronimus, Walter	Altgedienter Reporter der RP
Ihling, Cynthia	Ehefrau von Gereon
Ihling, Gereon	Architekt
Kelkheim, Sebastian	Entführer, genannt „Prinz Eric"
Koch, Teresa	Mitarbeiterin des Jugendamtes
Kordes, Holger	Polizeibeamter im KK 14
Lessing, David	Online-Broker, Leitfigur einer Pädophilengruppe
Murillo, Ramon	Söldner, Lessings Leibwächter
Oberle, Michael „Obelix"	Kriminalhauptkommissar, KK 11
Poulsen, Jan	Journalist bei der RP
Richter, Laura	Ehefrau des Kriminaloberrats Richter
Richter, Werner	Kriminaloberrat, Chef von Oberle, Schmitz und Schäfer

Rose, Sarah	Transsexuelle Psychologin, Gastronomin
Schäfer, Jutta	Kriminalkommissarin, KK 12
Schmitz, Hannelore „Lörchen"	Schwester von Josef „Jupp" Schmitz
Schmitz, Josef „Jupp"	Kriminalhauptkommissar, KK 11
Seboldt, Carmen	Mutter eines entführten Mädchens
Seboldt, Sonja	Entführtes Mädchen
Vollmer, Ruprecht	Rechtsmediziner
Winzer, Klaas	Immobilienmakler

Weitere Bücher aus der Reihe „Düssel-Krimis":

- *Rheinblut* – erschienen als Print, eBook und Hörbuch

- *Rheinschnee* – erschienen als Print und eBook

- *Rheinfeuer* – erschienen als Print, eBook und Hörbuch

- *Rheinliebe* – erschienen als Print, eBook und Hörbuch (nur im Direktvertrieb beim Autor)

- *Rheinpänz* – erschienen als Print und eBook

- *Rheinherz* – erschienen als Print und eBook

Außerdem sind Kurzgeschichten von Jörg Marenski in folgenden Anthologien erschienen:

Online ins Jenseits – Verbrechen rund ums Internet – erschienen als Print und eBook im Grafit-Verlag

Die vergessenen 17 Gräber – Thriller rund um das Thema Menschenversuche im Dritten Reich, erschienen als Printversion im RaBu-Verlag